二千回の殺人

石持浅海

幻冬舎文庫

二千回の殺人

【目次】

序章 8
第一章 出撃 14
間章 67
第二章 舞台 73
間章 110
第三章 攻撃開始 118
間章 175
第四章 非常ベル 183
間章 233
第五章 殺戮 244
間章 286
第六章 後手 294
間章 336
第七章 憧憬 342
間章 383

第八章　反撃　390
間章　439
第九章　応報　452
間章　495
第十章　完成　502
間章　543
第十一章　贄の巣　549
間章　596
第十二章　終局　601
間章　655
第十三章　拾遺　656
終章　669
参考文献　675
解説　吉野仁　678

アルバ汐留フロア平面図

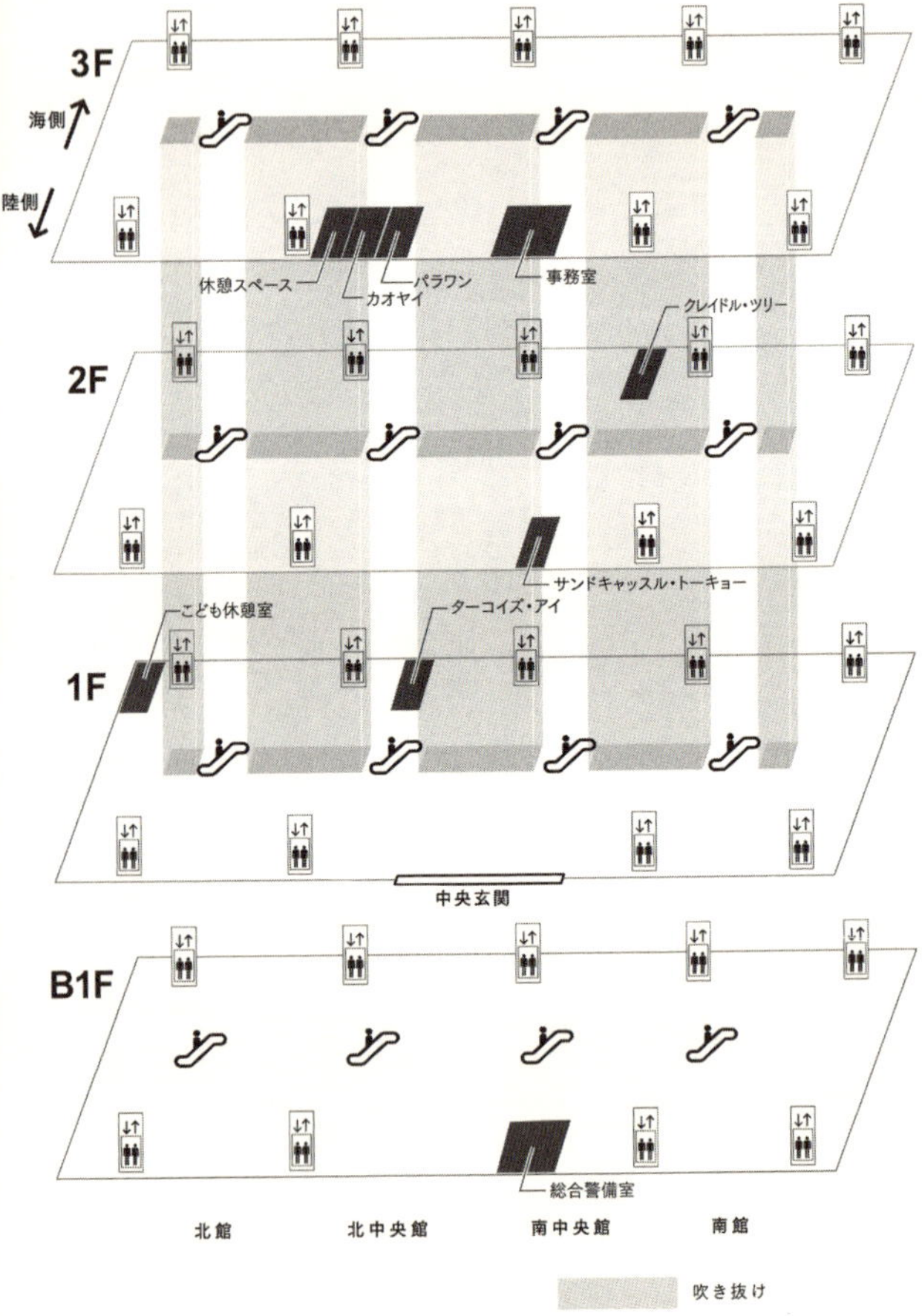

殺すんだ。
できるだけ多くの人間を。

序章

ドアを開けると、中はひんやりとしていた。

ひんやりといっても、避暑地のように涼しいわけではない。あくまで屋外と比較しての話だ。地下の店内は外気と遮断されていたから、外の暑さが入ってこないだけだろう。それでもうだるような往来に比べたら、ずいぶんとありがたい空気だった。

吉祥寺(きちじょうじ)の駅を降りて店まで歩いてくる数分だけで、汗が噴き出るほどの猛暑。九月に入ったというのに、暑さは衰える気配がない。

昔からこうだったっけ。

ドアを閉めて再び鍵をかけながら、須佐達樹(すさたつき)は記憶をたどる。しかし自分は地方出身であり、昔の東京を知っているわけではない。少なくとも故郷の夏は、これほど暑くなかった気がする。東京はコンクリートに囲まれているから、特に暑くなるのかもしれない。

まず照明のスイッチを、続いてエアコンディショナーのスイッチを入れた。開店まで二時間。ガンガンに冷やしておかなければ。客は冷気を求めてやってくる。この季節は、空調の効いた室内で、冷たいビールを出すことが、飲食店に求められるのだ。特にこの店は、アメリカのニューオリンズをイメージしている。ジャズをかけながら、南部風の料理を出すのだ。そんな店に、冷たいビールがなくてどうしろというのか。

須佐がこの店でアルバイトを始めてから、もうすぐ三年になる。平日の昼間は中堅商社で働きながら、夜と週末は飲食店でアルバイトする。そんな二重生活をずっと続けてきた。理由は簡単。親の後を継ぐためだ。

須佐の両親は、故郷で小さな食堂を営んでいる。高校卒業後、調理師専門学校に進んで、すぐに家業を手伝うという選択肢もあった。けれど他ならぬ両親が、それに反対したのだ。

「少し、外を見てこい」

高校卒業当時、父は四十代だった。まだまだ元気に働けるし、小さな店にはそれほど経済的な余裕がない。須佐がスタッフで入ったところで売り上げが倍増するわけではないから、単純に人件費が増えるだけになる。経験を積むのは他所(よそ)でもできるから、外で稼げというわけだ。

そのような事情で、須佐は大学に進学した。農学部で食品化学を学び、食材の輸入に携わる商社に就職した。そこで原材料仕入れの強力なコネクションを手に入れる傍ら、飲食店でアルバイトして、店舗経営の実務を学んだ。

昼間は会社員として働いているから、アルバイトでも、学生よりも気の利いた仕事ができる。おかげで店長から、開店と閉店の仕切りを任せられるまでになった。開店と閉店を任せられるということは、売上金の管理を任せられるということでもある。そこまで信頼されているわけだ。須佐の方も信頼に応えるため、こうして誰よりも早く店に来て、一人で開店準備をしている。入るなりドアの鍵をかけたのも、開店直前を狙った強盗を警戒してのことだ。犯罪被害は自分の責任ではないとしても、だからといって店に損をさせるわけにはいかない。

「西国は、本当はおまえに任せたかったんだけど」

店長は、そんなことを言ってくれた。西国とは、この春JR西国分寺駅前にオープンした二号店のことだ。東京では、実務経験を二年積んで調理師試験に合格すれば、専門学校に行かなくても調理師免許が取得できる。須佐はすでに免許を取得していた。実務経験が豊富で、経営もわかっていて、なおかつ調理師免許も持っている。店を任せるには適任というわけだ。

ありがたい話だけれど、受けるわけにはいかない。すべては、家業を継ぐためだからだ。

「そろそろ、かな……」

ダスターでテーブルを拭きながら、須佐は一人つぶやいた。

五十歳を超えてから、父親が急に弱ってきた。今は投薬で騙し騙し働いているけれど、それほど遠くない将来に、入院と手術を覚悟しなければならないらしい。そうなる前に、店を引き継いでおかなければ。

モップ絞り器付きバケツに水を張りながら、故郷の店を思い浮かべる。地方の小さな食堂だ。今までと同じことをやっていても、じり貧になるのは目に見えている。店の形態も変えていかなければならないだろう。東京での経験は、集客アップと原価低減に必ず役に立つ。暮れには帰省する。そのときには、本気で引き継ぐ話をしなければ。

床を拭く手を止めて、携帯電話を取り出す。ボタンを操作して、保存している画像を呼び出した。長髪の女性が、ピースサインで写っている。お盆休みに、二人で旅行に行ったときの写真だ。

後を継ぐときには、彼女を連れて帰ることになるだろう。須佐はそう考えていた。向こうもそのつもりのようで、今は仕事を辞めて、レストランや喫茶店でアルバイトしている。彼女もまた、実務経験を積んでいるのだ。実家の母親は、おそらく父の介護に多くの時間を取られることになる。今までのようには店に出られない。どうせ誰かを雇わなければならないのなら、将来にわたって我が家にいる人間の方がいいに決まっている。

向こうの両親も反対しないだろう。今は二人とも首都圏に住んでいるけれど、実は高校時代の同級生だ。同郷というわけだから、娘が戻ってくるのを嫌がるはずがない。首都圏でどこの馬の骨ともわからない男と一緒になるくらいだったら、地元で小さな食堂の女将さんになった方がずっといい。

来年の春――。

丁寧に床を拭きながら、須佐はそんなふうに考える。会社やアルバイト先には、早めにこちらの意思を伝えておけば問題ない。三十歳になる前に、店を引き継げる。ライフプランどおりだ。

――と。

須佐はモップを止めた。出入口のドア付近が濡れているのだ。ドアの隙間から、水が浸入したような濡れ方。いや、浸入しているのだ。ドアの下端から水が流れ込んでいるのが、はっきりと見て取れた。

この店は、歩道に面した階段から入れるようになっている。だから雨が降れば、雨水が階段を伝って流れてくることはある。けれど、台風のときでもないかぎり、店に浸入してくることはない。少なくとも、今朝の天気予報に台風情報はなかった。

どうしたんだろう。

須佐はモップを壁に立てかけて、ドアの鍵を解錠しドアを開けようとする。

不要だった。ドアは、自ら勢いよく開いたからだ。

水の壁が、須佐を襲った。突然の事態に、須佐は対応できない。水に押されて後方に倒れる。後頭部に衝撃が走った。テーブルの角で頭を打ったのだ――と思う暇もなく、須佐は意識を失った。そのまま床に倒れ込む。

圧倒的な量の水によって、地下の狭い店は、あっという間にプールになった。

須佐を沈めたまま。

第一章　出撃

パンは全粒粉のもの。挟む具材はローストビーフとアボカド。ディップはクリームチーズ。ローストビーフは薄く切るけれど、何枚も重ねよう。

「むふふ」

カウンターの中で行われる作業を見つめていた篠崎百代（しのざきももよ）が、忍び笑いを漏らした。ローストビーフサンドイッチの製作者、紙谷梓（かみたにあずさ）が顔を上げる。「なによ」

百代が笑顔のまま答える。「おいしそうだなって思って」

梓も微笑みを返した。

「あら、そう？　じゃあ、もう一枚載せてあげる」

梓がしなやかな手つきでローストビーフを一枚切り取って加えた。

「これだけ中身を増やすと食べにくくなるけど、大丈夫？」

梓の言葉に、百代はひらひらと手を振った。

「いいの、いいの。大口開けるから」

「まったく、若い女の子がなんてことを」

　ぶつぶつ言いながら、梓はローストビーフの上にパンを載せて、耳を落とした。対角線で切る。「はい、できあがり」

「わーい」

　子供のような歓声を上げる。

　数時間後にとんでもないことをやらかす人間とは、とても思えないな。

　無邪気にはしゃぐ百代を見て、藤間護（ふじまもる）はそんなことを考えた。これから実行する作戦の困難さを考えたら、もちろん平常心を保っているに越したことはない。それでも、昨日は緊張で顔が青かったことを憶えている。カウンターの中でも凡ミスをくり返していたし、本当に大丈夫なのかと心配したものだ。それが、一夜明けたらこのとおりだ。決行を目前にしたことによって、かえって肚（はら）が据わったのかもしれない。

　梓がサンドイッチをプラスチック製の容器に並べ、蓋をした。そして保温機能のついた水筒を取り出す。

「今日もずいぶん暑くなるみたいだけど、ホットでいいの？」

「うん。ハワイコナをお願い」

「おお、贅沢に走りましたね」

　テーブル席の三枝慎司（さえぐさしんじ）がコメントすると、隣に座る池田祐也（いけだゆうや）が笑った。

「ハワイコナくらいで贅沢扱いされちゃ、モモちゃんが気の毒だ」

童顔の医大生は唇を尖らせた。「でも、この店じゃ、ブルーマウンテンに次いで高価なコーヒーですよ」

ふむ、と池田が顎をつまむ。

「それもそうか。俺もまだ飲んだことないもんな。高いから」

池田が納得し、店内は笑いに包まれた。

梓がハワイコナの入ったキャニスターを取り出した。「他に、飲む人は?」

「あ、わたしも飲む」

辻野冬美が手を挙げる。

「おお、さすが社長さん」

池田が混ぜっ返し、冬美に睨まれた。しかし女社長はすぐに表情を戻す。「みんなは、飲まないの?」

「いや、俺はいいです」池田が片手を振った。「モモちゃんと違って、これからも飲む機会はあるから。普通のブレンドをお願いします」

「そんなこと言っていると、結局飲まずに終わるのよ。チャンスがあったら試さないと」

「言えてますね」三枝が笑う。「でも、僕もやめときます」

「高いから？」

三枝が、こちらは両手を振った。「いえ。今日も朝から暑いですから。アイスコーヒーにします」

確かに、今日も朝から暑い。梓が指摘したように、天気予報ではさらに気温が上がるそうだ。三枝でなくても、冷たいものが欲しくなってくる。コーヒーは熱いものと決めてかかっている藤間としては、採らない選択肢なのだけれど。藤間だけではない。池田も、冬美も、コーヒーはホットでしか飲まない。暑いからといってすぐにアイスコーヒーを注文する三枝を「だから子供なんだ」とからかうのも、この面々だった。

「藤間さんは？」

藤間はちょっと迷う。藤間もまた、普段はメニューに載っていても、気に留めることはなかった。冬美の科白（せりふ）ではないけれど、せっかくの機会なのだから、ハワイコナを飲んでみたい気はしている。けれど万が一、警察が百代から自分たちにたどり着いたとしたら。今日という日にハワイコナという特別なコーヒーを飲んでいたことに、意味を見出すかもしれない。自分たちが、特別な日だと自覚していたと。考え過ぎかもしれないけれど、ほんのわずかでも可能性があるのなら、消しておくべきだろう。

「俺も、いつものにします」

「ジャワ・ロブスタ？」
「はい」
「なるほど」池田が口元で笑った。「今日が普通の日に過ぎないと、演出したいわけだ」
藤間は瞬きした。自分と同じ年の大学講師を見る。「よくわかったな」
池田は若白髪が目立つ頭を掻いた。「俺も同じことを考えたから」
なるほど。それでいつものブレンドを注文したのか。
「なんだ、冬美さん以外はバラバラなのね」
手間が増えるのにとぼやきながら、梓がキャニスターを開ける。まずは、ハワイコナから
だ。電動ミルで粉砕して、粉をネルドリッパーに入れる。サーバーの上にセットして、専用
のヤカンから湯を少しだけ入れる。しばらく待つと、コーヒーの粉が泡のように盛り上がっ
てくる。そこに細い湯をそっと注ぎ入れた。「の」の字を書くように、ゆっくりと。
流れるような手つきを眺めながら、藤間はぼんやりと考える。そう。今日は、百代にとっ
て特別な日であると同時に、自分たちにとってはごく普通の日でなければならない。少なく
とも、今はまだごく普通の日だと認識していなければならない。だからこそ、いつもと同じ
コーヒーを飲むのだ。
さいたま市大宮区にあるコーヒー専門店「ペーパー・ムーン」。開店前の店内に、コーヒ

ーの香りが漂う。これもまた、ごく当たり前の光景だった。店主の紙谷邦男(くにお)を中心に、気の合う仲間が集まって遊びに出掛ける。そんなことは、何度となくくり返されてきた。だから、決して不自然な行為ではない。

ただし——藤間は心の中でそう続ける。数時間後には、今日は普通の日ではなくなる。自分たちだけではない。日本中、いや、世界中で今日という日は記憶されるだろう。最上級の、忌まわしい記憶として。

サーバーに溜まったハワイコナを、梓はまず冬美のカップに入れ、残り全部を水筒に入れた。蓋を閉めて、サンドイッチと共に百代に渡す。「はい」

「ありがとー」

百代がにこにこ顔で受け取る。「お代は、退職金を充てるから」

「アルバイトに、退職金なんてないわよ」

また笑いが起こった。

笑いが収まったところで、三枝が腕時計を見た。

「木下(きのした)さん、遅いな」

反射的に壁の掛け時計を見る。午前九時四十五分。開店十五分前だ。昨日の申し合わせでは、木下隆昌(たかまさ)はとっくに姿を見せていなければならない。

「寝坊かな」池田が窓の外を見やった。歩道には、すでに街路樹の濃い影が落ちている。

「土曜日くらいはゆっくりしようっていういつものクセで、アラームをセットしなかったとか」

「かもね」冬美が切れ味鋭い笑みを浮かべる。「わたしも普通はそうだし」

「あれっ？」三枝が高い声を出した。「旦那さんは起こしてくれないんですか？」

「旦那は、土日も仕事なのよ」

冬美がうんざりしたような顔をした。「まあ、店を持たされている奴が、土日に休みたいって言ったらしばかれるよ。そうでしょ？　梓さん」

梓が苦笑した。「うちの宿六は、釣りだけどね」

「ああ」池田が納得顔をする。「どうりで、いないと思った」

ペーパー・ムーンの店主である紙谷邦男は、平日はカウンターに立つけれど、週末は釣りに出掛ける習慣がある。今日という特別な日でも、それは変わらないようだ。いや、藤間や池田と同様、「今日だからこそ、普段と違う行動をとらない」という判断に従っただけかもしれない。

「木下くんは寝てるのかもしれないけど」藤間が話題を戻した。「どうしようか」

「電話してみますか？」

三枝が携帯電話を取り出した。しかし百代が首を振る。

「いいですよ、起こさなくても。わざわざ、わたしなんかの見送りに来なくても――」

「そういうわけにはいかんでしょう」

三枝が遮った。表情は真剣だ。「この肝心なときに、『五人委員会』のメンバーがいないなんて」

「まあ、そうだな」池田が腕組みをした。「単なる約束以上の意味があるのは、間違いない」

「責任があるのは、間違いないよね」

冬美もうなずいた。藤間も同意見だ。自分たちには、百代を見送る責任がある。

しかし百代はあっさりと否定した。

「みなさんに、責任なんてないですよ」

さらりとした口調。「元々、そういう取り決めだったじゃありませんか」

「それは、そうですけど……」

適当な返答を思いつかないのか、三枝が口ごもる。

「いいんです」

今度は、百代が言葉をかぶせた。「みなさんには、十分なことをしていただきましたから。本当に感謝しています」

「そんなことないよ」思わず藤間は口を挟んだ。「動いたのは、すべてモモちゃん一人だ。俺たちは何ひとつ行動していない」

「だからですよ」百代が透明感のある笑顔を見せた。「行動したのがわたしだけだからこそ、責任もわたし一人が負います。寝坊したくらいで、木下さんを責めないであげてください」

「………」

論点がずれている。今までの準備は、すべて百代一人が行っている。それは間違いない。そしてこれから起こるであろう悲劇も、彼女一人がもたらすものだ。だから責任はすべて自分一人が負うという百代の言葉は、決して間違ってはいない。けれど冬美が指摘した責任とは、もっと道義的なものなのだ。だって、喫茶店でアルバイトをしている二十代女性が、ここまで大それたことを起こせるまでに準備できたのは、自分たち五人委員会の働きなしには決してあり得なかったわけだから。責任がないなんて、決して考えてはならない。

――いや、そうじゃない。

藤間は思い直す。責任という言葉を使うから、論点がずれてしまうのだ。責任ではなく、覚悟。百代がもたらす結果に責任を感じるのではなくて、受け止める覚悟があるかどうか。それが大切なのだ。たとえ責任がなかったとしても、今日の悲劇に自分たちが関わっているのは間違いない。そんな自覚の下にテレビのニュースを観る覚悟があるのか。誰かに対して、他人事のように事件を論評する覚悟があるのか。結局のところ、自分たちが求められているのは、その一点なのだろう。

　そして今日、五人委員会のメンバーである木下が、百代を見送りに来ていない。彼に覚悟はあるのか。自分たちがこだわっているのは、おおよそそんなところなのだろうと、藤間は考えた。

「やっぱり、電話してみます」

　三枝が携帯電話に指を当てた。アドレス帳から電話番号を呼び出し、通話ボタンを押した。耳に当てる。しばらくその体勢のまま動かなかった。しかし二十秒ほどしてから、携帯電話を耳から外した。終話ボタンを押す。液晶画面を見つめたまま口を開く。

「出ません」

　眉間にしわが寄っている。珍しい、怒りを含んだ表情。

「どうしたんでしょうか」

「どうもこうも」池田がブレンドコーヒーのカップを取りながら答えた。

「起きないだけだろう。三枝くんが電話したのは、あいつの携帯だろう？」

「そうです」

「マナーモードのままだったら、電話がかかっても目覚めないよ。うちの学生もよくやる」

「それもそうね」冬美もまた眉間にしわを寄せた。しかしこちらは苦笑混じりだ。

「彼って、イエデンがないんじゃなかったっけ」

「そう聞いてます」

イエデンとは、家庭用の固定電話のことだ。携帯電話が普及したため、電話加入権を購入せず、家にいても携帯電話を使う生活者が増えている。自宅からファクスの送受信をする必要でもなければ、用は足りてしまうからだ。一人暮らしの学生や若いサラリーマンなどは、ほとんどがこのパターンだろう。そして若いサラリーマンである木下もまた、すべてを携帯電話で済ませていた。

「じゃあ、放っておくしかないわね。子供でもあるまいし、家まで起こしに行くこともないでしょ」

「それ以前に、もう時間切れだ」

池田が腕時計を見た。「五十分になった。あと五分で出発だから、あいつが今この瞬間に起きたところで、間に合わない」

まったく、と三枝が鼻から荒い息を吐いた。

三枝の気持ちは、わからないではない。

藤間護。

池田祐也。

辻野冬美。

木下隆昌。

三枝慎司。

自分たちはことあるごとにペーパー・ムーンに集まり、百代の相談を受けていた。いや、そんな受け身な姿勢ではない。どうやれば彼女が目的を達成することができるか、積極的に話し合った。それぞれが自分の得意分野を持ち寄って。そうしているうちに、百代を支援する自分たちのことを、いつしか「五人委員会」と呼ぶようになった。

それなのに、肝心なときに「四人委員会」になってしまった。そのしまらない結末に、三枝は憤りを覚えているのだろう。

百代が窓の外を見た。

「そろそろ出発の時間ですね」

スツールから降りた。さらりとした黒髪が揺れる。「じゃあ、行ってきます」

梓が瞬きした。

「行っちゃうのね」

「はい」百代は梓に向かって、深々と頭を下げた。「本当に、長い間お世話になりました」

深いため息。

「がんばってねとは言えないけど、幸運を祈ってるわ」

「ありがとうございます」

カウンターの中から、手が差し出される。百代がその手をしっかりと握った。手は二秒ほどで離れた。

百代が、藤間たちに顔を向けた。

「行ってきます。みなさんの尽力は、無駄にはしません」

「うん」冬美が口元だけで笑った。

「いい？　最悪なのは、一人も殺さないうちに捕まっちゃうことよ」

「わかってます」百代も微笑んだ。「安心してください。万が一捕まっても、みなさんのことは決して言いませんから」

「それは、信用してるわ」

冬美が席を立って、百代に歩み寄った。右手を上げる。その掌を、百代の掌が叩いた。ぱあん、と乾いた音が、店内に響いた。

「あ、あの」三枝が男子中学生のように言葉をつっかえさせた。

「風向きに気をつけてください。建物の中は、エアコンの吹き出し口の場所によって、風向きがバラバラです。間違っても、風下に立たないように」

「ありがとうございます」

百代は丁寧に礼を言った。三枝は百代よりも年下だけれど、ずっと店員と客としての関係だった。だから彼にかぎらず、ずっと敬語だ。三枝にしてみればそれが不満だったのだけれど、百代は気づいていないようだった。

「三枝さんも、いいお医者さんになってくださいね。今日みたいなことが起きたら真っ先に駆けつけて、苦しんでいる人たちを助けてあげられるような」

三枝が弱々しく笑った。泣きだす一歩手前に見える。

「そうします」

右手を差し上げる。掌が打ち合わされた。

「小銭は持った？」

池田がそんなことを言った。「コインロッカーの超過料金を払うのに、百円玉がたくさん要るよ」

「はい、持ちました」

百代がポシェットに手を当てた。「自動販売機をハシゴして、たくさん――ああ、そうだ」

百代がカウンターの端に置かれた紙袋を取った。

「そのときに買った缶コーヒーです。みなさんで、どうぞ」

紙袋に手を突っ込み、中から丈の短い缶を取り出した。一人ずつ手渡す。梓がゆるゆると頭を振った。

「よりによって、この店で缶コーヒーを渡すとはねえ」

笑いが起こる。

「ごめんなさーい」

百代が舌を出した。「同じ百二十円でも、量が少ないのが、缶コーヒーしかなかったから」

自動販売機に千円札を入れて、飲み物を一本だけ買う。そうしておつりの百円玉を得る。それを何回もくり返すことによって、百代は大量の百円玉を確保したのだ。ただしその方法では、手元に缶飲料が何本も残ることになる。少しでも軽いものをと、内容量の少ない缶コーヒーを選んだのだろう。

藤間も笑いながら茶色い缶を受け取った。自分はペーパー・ムーンのコーヒーをこよなく愛する人間ではあるけれど、車を運転するときなどには、缶コーヒーも飲む。とはいえ、手渡されたこの品は、当分飲む気が起きないだろう。なんといっても、記念の品なのだから。

池田が表情を戻した。

「そこまで準備できてるのなら、安心だ。でも――」

「でも？」

「何もせずに戻ってくるという選択肢も、まだ残ってるよ」

百代の表情が止まる。目の前の若白髪を、じっと見つめた。しかし、すぐに動きだす。

「池田さんも、人が悪い」

柔らかな笑み。「わたしがためらってないか、試そうとしてもダメですよ」

「それなら、いいんだ」

池田は真面目な顔のままうなずく。

「なんといっても、モモちゃんは俺たちが生み出した傑作だからな。宝刀は、抜かなければ意味がない」

「大丈夫ですよ」

百代が自分の胸を叩いた。「期待しててください」

「わかった」

掌が打ち合わされた。最後に、百代は藤間に顔を向けた。

「藤間さんも、本当にありがとうございました」

「うん」短く答えながら、藤間はためらった。昨夜から、最後にかける言葉は決めていた。

しかし、言ってしまうと、彼女の運命が本当に決まってしまうような気がしたからだ。

もちろん、藤間が何を言おうと、百代はもう結論を出している。今日、決行すると。それはたった今の、池田との会話でも明らかだ。だったら、自分が何を言おうが関係ない。藤間は言葉を続けた。

「須佐くんによろしく」

藤間の言葉を聞いた途端、百代の目が見開かれた。みるみるうちに、その目が潤んでくる。

「もう、バカ」

ポシェットからハンカチを出して、涙を拭く。「本当に、藤間さんは肝心なときに怖いことを言うんだから」

「ああーっ、女の子を泣かしたなーっ」

冬美がわざとらしい非難の声を上げる。しかしその視線は温かかった。

百代がハンカチをしまった。その目は、もう濡れてはいない。

「よく言っておきます。みなさんが、全力であの人に酬いようとしてくれたことを」

藤間もまた、ハイタッチの姿勢を取った。打ち合わせられた掌には、百代の力強さがしびれとなって残った。

梓がカウンターから出てきた。

「札をひっくり返さないと」

ドアにかけられた「準備中」の札をひっくり返して「営業中」にするということだ。時計の針は、九時五十八分を指している。別にデパートの初売りのように、開店と共に客が押し寄せるわけではない。それでも自分たちが百代を送り出したという事実は、他人に知られない方がいい。百代には、開店前に店を出てもらわなければ。

「上野で乗り換えるの？」

冬美が尋ねた。目標のショッピングモール「アルバ汐留」は、その名のとおり汐留地区にある。大宮から汐留に行くには、高崎線か宇都宮線で上野まで行き、山手線に乗り換えて新橋で降りるのが早道だ。そこからは歩いて何分もかからない。しかし百代は首を振った。

「いえ、京浜東北線でのんびり行きます。始発だから座れるし」

「気をつけてね」

「ありがとうございます。みなさんも、お元気で」

百代はキャリーバッグの持ち手をつかむと、梓と共に店を出た。立ち止まって手を振ったりしない。梓はすぐに戻ってきた。

店内は、静けさに包まれた。たった一人がいなくなっただけで、まるで宿っていた魂が抜かれてしまったかのようだ。誰も彼も、呆けたように百代が出て行ったドアを見つめていた。

「須佐くんによろしく、か……」

池田がつぶやいた。先ほど藤間が百代にかけた言葉だ。

「あの二人、高校時代の同級生だったっけ」

「そう言ってましたね」自動販売機が喋るような口調で、三枝が答える。

「他人の俺が言うのも何だけど、ラブラブべたべたって感じじゃなかったな。なんとなくまではいかなくても、自然体でつき合っていた気がする」

「確かに、そんな感じでした」

「それなのに、こんな決心をしてしまうんだな。それほど須佐くんを愛していたとは、気づかなかった」

「自然体だからでしょ」

冬美が横から言った。「大恋愛なんて、三日泣いたら吹っ切れるわよ。二人でいることがごく自然なことだったからこそ、いなくなったときのダメージが大きいんじゃない」

「でも」三枝が口を尖らせる。「ここまで突っ走らなくても――」

「おいおい」思わず藤間は口を挟んだ。「君が、ここでそれを言うのか？　五人委員会のメンバーである君が」

三枝の頬に朱が走った。

「すみません」

「いや、謝るほどのことじゃない」

藤間が言葉を切ると、天使が通り過ぎたような居心地の悪さが、店内を支配した。

「ひょっとしたら」

ふと気づいたように、冬美が口を開く。

「木下くんは、これが嫌だったのかも。モモちゃんと最後の別れをして、お通夜みたいな雰囲気を味わうのが」

なるほど。そんな解釈もあり得るか。しかし藤間の感覚では、それは覚悟ができていないことを意味する。五人委員会のメンバーとしては、あってはならない心の動きだった。

「それなんだけど」

池田がまた腕組みした。目つきが鋭くなっている。

「三枝くん。もう一度電話してみてくれないか」

「えっ？　は、はい」

三枝が携帯電話を取り出し、木下に電話をかける。しかし、二十分ほど前と同じ結果だった。「出ません」

「どうしたの？」

池田の雰囲気がそれまでと違っていることに気づいたのか、冬美もまた真剣な顔になった。

「いえ」そこでいったん言葉を切り、池田は少しの間考えをまとめていたようだ。しかしすぐに話を再開する。

「さっきはモモちゃんがいたから言わなかったんですが」

「何を？」

池田は三人の仲間を等分に見やって続けた。

「木下くんは、本当に寝坊しているんでしょうか」

「っていうと？」

「俺たちは、モモちゃんに力を貸しました。今日、あの子は世間がひっくり返るような事件を起こします。その背後にいるのは俺たちです。そのことは、全員が自覚しています。もし、もしですよ。木下くんがその自覚に耐えられなくなっていたとしたら？」

冬美の目が大きく見開かれた。三枝も同様だ。おそらく、自分も同じような顔をしていることだろう。

「……裏切り？」

池田が曖昧に首を振る。肯定とも否定とも取れる振り方だ。

「仮説に過ぎません。今日、この場にいないという事実から連想される、失礼な妄想だと思います。でも、もしあいつがこれから起こる事件に耐えかねて、未然に防ごうとしたら、どうするでしょうか」

「密告か」

藤間が答えを音声にした。自分には、覚悟ができている。

「仮に木下くんが精神的に五人委員会を抜けていたとしたら、警察に密告している可能性がある。モモちゃんがアルバ汐留に着いたときには、機動隊が総動員で建物を護っているかもしれない」

三枝が頭を抱えた。「そんな！　そんなっ！」

冬美が眉間のしわを深くした。そんな顔をすると、普段は巧みに隠している四十代の容貌が浮かんでくる。

「可能性は低いと思うけど、あり得なくはないね。もし木下くんが密告していたのなら、三枝くんからの電話に出るわけがない」

ぶるぶると震えながら、三枝が首を振る。携帯電話を握りしめた。

池田が小さく息をついた。

「だとしたら、誰が電話をしても、あいつは出ない。確かめるには、直接アパートに行ってみるしかないだろう」

四人は顔を見合わせた。ためらう人間はいなかった。

「行ってみよう」

言いながら、藤間は立ち上がった。

池田は、百代のことを「俺たちが生み出した傑作」と表現した。しかし、それは必ずしも正確な表現ではない。百代自身ではなく、彼女が引き起こす事件こそが、自分たち五人委員会の作品なのだ。やると決めたからには、なんとしても実行してもらう。メンバーの裏切りによって頓挫どころか実行すらできないなど、許すことはできない。

「彼のアパートって、どこだっけ」

三枝が即答する。

「確か、大宮とさいたま新都心の中間くらいです。吉敷町の交差点近く」

「行ったこと、ある？」

「あります。ここからなら、歩くのがいちばん早い」

「行きましょ」

冬美も立ち上がった。「梓さん、お勘定」

心配そうにこちらの様子を窺っていた梓は、小さく首を振った。「いいですよ。今日は」

「ダメです。飲んだ分は払わないと」

池田が言下に否定し、それぞれがコーヒー代を支払った。店を出る。

「みんな、深刻そうな顔をしないでくれよ」

池田が率先して笑顔を作った。「俺たちは、寝坊した友人を起こしに行くだけなんだから」

言われなくてもわかっている。四人もの男女が血相を変えて駆けていったら、強く印象に残る出来事になるだろう。しかし土曜日の午前中に、談笑しながら歩いていたら、誰の記憶にも残らない。

それでも、冗談口を叩く気分ではない。早足になるのを意思の力で抑えるのが精一杯だった。

大宮区役所を通り過ぎて、さらに南へ向かう。細い脇道に入り、三枝が足を止めた。

「ここです」

三枝が指さしたのは、三階建てのアパートだった。古びたという佇(たたず)まいではないけれど、セキュリティがしっかりした最新の施設というわけでもない。来訪者が、普通に玄関ドアまで行ける造りだ。建物の規模とドアの枚数から考えて、部屋の広さは単身者向けだろう。

そっと建物に入る。土曜日の午前中ということもあってか、静かだった。ドアポケットには、新聞が差さったまま取り込まれていない部屋も少なくない。藤間たちは、三階のいちばん奥だという木下の部屋に向かって歩いていった。

「ここか」

池田が短くつぶやいた。三〇五号室。表札を入れるスペースには、黒マジックで無造作に「木下」と書かれた紙が入っている。間違いない。

「新聞は、ささってないね」

冬美が冷静に指摘する。「木下くんは、起きて新聞を取り込んだのかな。それともはじめから新聞を取ってないのか」

「取っているという話は、聞いたことがありません」

木下は民間のシンクタンクに勤務している。だから世の中の動きには絶えずアンテナを張っているはずだけれど、今どき紙の新聞を取らずに、電子版で済ませる人間はいくらでもいる。もちろん、だからといって取っていないとは断言できない。声をかけてみるしかない。

代表して池田がインターホンのボタンを押した。ピンポーンという間抜けな音が聞こえた。しばらく待つ。反応はない。もう一度。やはりインターホンは、木下の声を届けてくれはしなかった。

池田が遠慮がちにドアをノックした。本当は乱打したいところだろうけれど、他の部屋に怪しまれたくない。

ノックは、インターホンと同じ結果しかもたらさなかった。池田が焦れたようにドアノブを握る。回して引いた。

――と。

ドアが、音もなく開いた。

まさか開くと思っていなかった池田の額に、ドアがぶつかった。かなり間抜けな絵面だったけれど、誰も笑わなかった。

顔を見合わせた。開いた？

「よりによって、今日という日に、鍵をかけ忘れたって？」

信じられない、という冬美の口調。しかし自失は一瞬だった。全員が、音も立てずに中に入った。ドアを閉める。

「木下く―んっ」

小さな声で呼びかけながら、室内に入る。見るかぎり、よくある1Kのようだ。玄関からはキッチンが見え、奥に一間があることを連想させる引き戸がある。キッチンスペースには、少なくとも木下はいない。引き戸の奥から、返事はなかった。

四人は、引き戸の前に立った。

「開けるぞ」

低い声で池田が言った。返答を聞く前に、一気に引き戸を開けた。

引き戸の向こうは、予想どおり六畳ほどの洋室があった。小振りの整理棚。ノートパソコンの載った折りたたみ机。マグカップが置かれたままのテーブル。そしてパイプベッド。ベッドは真っ赤に染まっていた。その中心に、木下はいた。

木下は、血まみれになって死んでいた。


全員が、凍りついたように、動きを止めていた。

予想もしなかった光景に、藤間は頭が真っ白になった。自分が見ているものが理解できない。理解できないから、反応できない。反応できないから、行動を起こせない。

なんだ、これは。

いったい、何が起こったんだ。

木下は、どうしたんだ。

同じ問いが、頭の中をぐるぐる回っている。しかし問いは勝手に踊るだけで、思考のスタート地点になってくれない。だから藤間は、脳が混乱するに任せるしかなかった。

藤間だけではない。誰もが身動きひとつできずに、洋室の入口で佇むだけだった。

最初に動いたのは、冬美だった。しかし、決して能動的な動きではない。彼女は自分の体重を支えきれなくなったようによろめき、傍(そば)に立つ三枝にもたれかかった。

最年少の若者は、年上の女性を支えられなかった。冬美に押される形で、あっけなくバランスを崩し、尻餅をついた。その三枝の上に乗っかる形で、冬美が転がる。その口が開きかけた。

「シッ！」

池田が素早い動作でかがみ込み、冬美の口を掌で押さえた。

「大声を出していい状況じゃありません」

そうか。池田の抑制された声を聞いて、藤間もようやく茫然自失の状態から脱することができた。このレベルのアパートだと、たいした防音措置も講じられていないだろう。冬美が悲鳴を上げたら、建物中に響き渡るに違いない。そして驚いた住民たちがすっ飛んでくることになる。他の部屋は、新聞が取り込まれていないところも多かった。金曜日の夜から出掛けているのでなければ、部屋でのんびりしている可能性が高い。何が起きたのかわからないうちは、騒ぎにすべきではなかった。

少し時間がかかったが、冬美も自分を取り戻したようだ。右手で池田の掌をどけ、小さくうなずいた。その瞳にも、知性の光が戻っている。もっとも、まだ三枝の上からどかない程度の回復だったが。

その下敷きにされた男は、まるで自分が尻餅をついていることすら気づかない様子で、木下を凝視していた。血の気が引いて真っ白になった顔は、まるで石膏像のようだ。まったく動かないところも、よく似ている。

石膏像の口が動いた。「きゅっ、救急車！」

本人は叫んだつもりかもしれないけれど、実際にはかすれ声だった。大声でなくて助かった。その肩を、池田がぽんと叩く。

「今は、ダメだ。救急車も、警察も。いずれは呼ぶことになるけど、今すぐじゃない」

三枝は振り向いた。若白髪の大学講師を見上げる。池田は続ける。

「今日は、モモちゃんの決行日だ。木下くんは、計画と準備に、深く関わっている。そんな木下くんが、よりによって今日という日に、ひどいことになっている。これは、関係があることなのか？」

「…………」

三枝は口をぱくぱくさせた。喋ろうとしたけれど、肺に空気が入っていないから声にならないかのように。

三枝が思い出したように息を大きく吸った。弾みで唾液が気管に入ったのか、何度か咳き込んだ。それでも数回呼吸して、なんとか落ち着きを取り戻した。

「そ、そうですね」

身じろぎする。冬美が今さら気がついたように、三枝の上からどいた。三枝も立ち上がる。

全員で、あらためて木下を見つめた。

濃いグレーのTシャツに、カーキ色の短パン。この季節、一人暮らしの男性の部屋着としては、ありふれている。

パイプベッドに横たわってはいるが、タオルケットの上だ。タオルケットをかけてはいない。本格的に眠ろうとしたのではなくて、ちょっと横になっただけのように見える。

パイプベッドは壁に横づけされる形で設置されている。横の白い壁に、大きな染みができていた。ベッドや部屋着と同じ色だ。どす黒い染み。最初に見たとき、真っ赤に染まっていると感じた。しかし現実は黒だ。見た瞬間、直感的に血だと判断したから、赤いと思ってしまったのだろう。入口から観察するかぎり、血は完全に固まっているようだ。

「警察は、呼ぶわけにはいかない」

池田が重い声で言った。「けど、救急車はことと場合によっては、すぐに呼ばないといけないかもしれない。もしも木下くんがまだ生きていたら、状況に関係なく、すぐに医者に診せないと」

形式上、口にしただけのような話し方だった。それもそのはず、藤間の目から見ても、今の木下が息をしているとは、とうてい思えなかった。

「で、でも、どうやって……」

つぶやく三枝の肩を、今度は藤間が叩いた。

「三枝くんしかいないだろう。医学部なんだから」

叩かれた肩がびくりと震えた。ようやく自分が誰だか思い出したような顔。助けを求めるように池田と冬美を見る。しかし二人とも、視線で「行け」と答えるだけだった。

三枝が唾を飲み込んだ。そして自分自身にするようにうなずき、一歩踏み出した。どす黒い染みを踏まないように、パイプベッドに近づく。幸い血は壁の方に流れたらしい。手前の床には、血は落ちていなかった。おかげで、三枝はベッドのすぐ側まで行って、木下を観察することができた。

横たわる木下を見下ろす。動かない相手と相対したことで、肚が据わったのか、あるいは大学の実習を思い出したのか、その表情が鋭いものになった。百代を指導していたときの顔だ。つまり、五人委員会の顔。

三枝はまず、口元に手を近づけた。そのまましばらく静止して、すぐに首筋に指先を当てる。さらに数瞬。今度は指でまぶたを開かせた。すぐに戻す。

若き医学生は、ゆっくりと首を振った。

「もう、死んでます」

死んでます――。

確信していたこととはいえ、実際に宣言されてしまうと、言葉は砲丸となって藤間の胸にめり込んだ。息が詰まる。すうっと脚から力が抜けていく感覚があった。下腹に力を込めて、なんとか踏みとどまる。

三枝は木下の腕を取って軽く持ち上げた。少しかがんで、下になっていた部分を見上げる。二の腕を指先で押した。そして腕を下ろすと、何かを探すように視線を宙にさまよわせた。その目が、一点に固定される。その先にあるのは、エアコンだ。

「完全に死体硬直しています。死斑もつながっている。指で押しても消えませんから、死後かなりの時間が経っているのは間違いありません」

「かなりの時間？」

池田の問いに、医者の卵がうなずいた。

「この時期は暑いので、死体現象は速く進みます。けれど、この部屋はエアコンが効いていますから、通常の進行と考えていいでしょう。ただ、今できる程度の観察では、死後六時間から十二時間くらいとしかいえません。直腸の検温をすれば、もう少し絞れるのでしょうが」

「六時間から十二時間」

藤間は復唱した。腕時計を見る。デジタル液晶画面の表示は、午前十時二十分となっている。

「昨夜の十時から、今朝の四時くらいか」

時間帯にどれほどの意味があるのかは、今はまだわからない。藤間は、機械的に数字だけを頭に叩き込んだ。

三枝は、木下に覆いかぶさるようにして、その身体を観察した。

「首ですね」

そう言って指さす。「右側に大きな切り傷があります。壁にかかるほどの出血ですから、頸動脈を切断された可能性が高い。おそらく、その場に医師がいたとしても、どうしようもなかったでしょう」

首から噴水のように血が噴き出た光景を想像して、背筋が寒くなった。しかしそれは想像ではなく、現実に起こったことなのだ。藤間はまた下腹に力を込めて、萎えそうになる気持ちを奮い立たせた。

「刃物は？」

切り傷というくらいだから、刃物でできた傷だろう。藤間の質問に、三枝はまた指さすことで答えた。

「ここにあります。木下さんの、右手に」

木下の右手に視線が集中する。タオルケットのしわで見えにくかったけれど、ナイフが転がっているのがわかった。一歩踏み出して、よく見る。見覚えのあるマークが刻印されているのがわかった。ドイツ製のナイフだ。切れ味がいいことで有名なブランドだと記憶している。

「右手」池田が言った。視線はナイフに据えられたままだ。「確かに右手の傍に落ちている。木下くんは右利きだった。でも、握ってはいない。三枝くん。自殺の可能性は？」

医大生はゆるゆると首を振った。

「僕は法医学専攻じゃありません。首の傷が自傷かどうかまでは、判断できませんよ」

池田は一瞬黙り、続いて小さくうなずいた。「そうか」

判断ができない以上、どちらもあり得るということか。

「オーケー。三枝くん、ありがとう」

三枝は医師の表情のまま戻ってきた。代わって、池田と藤間が洋室に入る。池田は折りたたみ机の前に、藤間は整理棚の前に立った。

整理棚といっても、ホームセンターで売っているような三段ボックスだ。三段のうち、二段に本とCDが入っている。残りの一段は、段ボール紙でできた抽斗（ひきだし）を突っ込んであった。そっと引き出すと、イヤホンやデジタルカメラ、プリンターのインクカートリッジなどが雑然と詰め込まれていた。藤間は木下の部屋に入るのははじめてだったけれど、独身男性の持ち物として、不自然な点はないように感じられた。

「なんだ、これ」

すぐ傍で池田が唇をひん曲げた。振り返って折りたたみ机を見ると、ノートパソコンの脇に紙片が広げられていた。見ると、アルバ汐留のフロアガイドだ。入口のラックなどに挿してある、誰にでも入手できるもの。フロアガイドには、各フロアの案内図が記載されている。あちこちの店舗を、赤ペンでチェックしていた。

「なんで、こんなものを出してるんだ」

池田の声に、非難が混じっていた。

彼の言うとおりだ。百代が起こす騒ぎには、自分たちは一切無関係ということになっている。もちろん、百代自身が無関係と思われるように計画は立案している。だから彼女も自分たちも、計画に関する資料は、すべて廃棄する取り決めになっていた。それなのに、なぜ当日になってもまだ、木下はパンフレットを持っているのか。それもただのパンフレットではない。あちこちチェックしてある、危険なものを。

「まずいな」

池田がパンフレットを取り上げ、折りたたんだ。そのままチノパンのポケットに入れる。

「まさか、パソコンも？」

ノートパソコンは開いたままだった。電源ランプはゆったりとした点滅をくり返している。電源を入れてから長い時間操作をしていなかったためだろう。スリープモードに入っているようだ。池田が爪の先で電源ボタンを押すと、スリープ状態から回復した。木下はパスワードロックを設定していないようだ。すぐに画面が再現された。インターネットブラウザが起動されている。タッチパッドを操作して、表示内容を確認した。こちらも、アルバ汐留のサイトが出てきた。

「どうしようか。履歴も消すか……」

独り言のように池田がつぶやいた。履歴を消すと、アルバ汐留以外の履歴も消えてしまう。そこに不自然さが生じないか。彼が迷っているのは、そんな理由からだろう。池田の迷いはごく短い時間だった。指紋が付かないように爪で器用にパソコンを操作して、インターネットブラウザの閲覧履歴をすべて消した。

次はスマートフォンだ。こちらも、パスワードロックがかかっていない。指紋をつけないようにハンカチで持った。簡単に確認したところ、計画に関わる情報は出てこなかった。安堵の息と共に、スマートフォンを机に戻した。

二人でさらに周辺を観察したところ、特に気になるものは見つけられなかった。通勤鞄もチェックしたが、百代の行動を匂わせるものは何もなかった。

二人で入口に戻る。全員が立ったまま向かい合った。

「さて、どうするか」池田が腕組みした。「少なくとも、救急車を呼ぶ必要はなくなったけど」

「問題は、警察だね」

藤間は言ってみた。「死体を発見したら、警察に通報するのが、善良な一般市民の自然な行動だ。通常なら」

「そう。通常なら」

池田は言葉では同意しながら、表情では異論を唱えていた。

「でも、今日は通常の状態じゃない。よりによって今日なんだ。警察を呼んでいいものなのかな」

「よりによって今日、という論法は通じないだろう」

藤間はあえて反論する。

「俺たちは、これから起こる惨劇について、何も知らないんだ。俺たちはいつものように、週末に遊ぶ約束をしていた。集合場所に来なかった木下くんを心配して、様子を見に来た。そこで死体を発見したら、通報しない方が逆に不自然だ」

藤間は、頭の中で意見をまとめながら、話を続ける。

「少なくとも、警察はそう考えるだろう。俺たちが通報せずに立ち去っても、いずれは発覚する。三枝くんがすでに死体に触れているわけだから、警察は木下くんの死後、誰かが部屋に入ったことに気づくだろう。連中の科学捜査で俺たちにたどり着く可能性は、決して低くない。一度目をつけられてしまったら、そこから今日の事件に結びつけられることは、十分に考えられる。だったら、すぐに通報する方が、かえってリスクは低くなるんじゃないのかな」

本気の反論というより、議論を進めるための発言だ。意図は全員が正確に理解してくれたらしい。誰も藤間を非難したりせず、真剣な顔で考え込んでいた。

「藤間くんの意見は、正しいと思うよ」

冬美が口を開いた。「でも、現実的に考えると、やっぱり通報はしない方がいいと思う。考えてもみてよ。木下くんが死んでるこの部屋は、玄関に鍵がかかっていなかったんだよ」

三枝が目を見開いた。冬美は年下の友人にうなずいてみせた。

「そう。仮に木下くんが自殺したとして、そんなときに鍵をかけないってことが、あり得るのかな。可能性があるとしたら、早く自分の死体を見つけてほしかったということになるけど、発見が早過ぎたら、自殺そのものが妨げられてしまうかもしれない。自殺する際にどの程度理性が保たれていたのかという問題はあるけど、鍵をかける方が、心理としては自然な気がする。自殺っていうものは、徹底的に個人的な行為だからね。誰かの関与を無意識のうちに拒否する気がする」

「ということは、自殺じゃない、と？」

池田の指摘に、冬美は怒ったような視線で答えた。

「他殺ならば、事件の発覚を遅らせるために鍵をかけた方がいいのは決まってる。だけど、鍵の場所がわからなかったとか、自らの殺人に動揺して鍵まで気が回らなかった可能性もある」

立て板に水、と表現するのがぴったりな冬美の説明だった。さすがは都内にいくつもの店舗を運営する社長。一度肚が据わってしまうと、驚くべき対応力を発揮する。

「池田くんが言ったとおりだよ。やっぱり、『よりによって今日』なんだ。よりによって今日、五人委員会のメンバーが殺された。殺人ならば、犯人がいるわけでしょ。モモちゃんが決行する日に、あの子に協力した人間が。だったら、殺したのは誰？」

三枝が唾を飲み込んだ。「……警察？」

「そんなわけは、ないな」

池田が言下に否定した。「もし警察が俺たちの行動に気づいていて監視していたとしたら、真っ先に逮捕されるのはモモちゃんだ。なにしろ、実際に手を動かしたのは、あの子なんだから。五人委員会のメンバーが捕まるとしても、木下くんだけだってことはない。全員一緒だ。第一、銃を持って大暴れでもしないかぎり、日本の警察が容疑者を殺すもんか」

三枝が恥ずかしそうにうつむいた。考えなしに意見を述べてしまったことを悔いているのだろう。しかし、すぐに顔を上げる。

「だったら、誰が？」

「わからん」池田の答えは素っ気なかったけれど、先ほどよりも相手に対する真剣さがあった。「これがモモちゃんに関係しているのなら、今通報すると、モモちゃんの行動を邪魔してしまうんじゃないか。冬美さんの言いたいことは、そういうことだ」

「そう」

冬美がうなずいた。スマートフォンを取り出して、時刻を確認する。

「今、十時三十五分。モモちゃんが店を出たのが十時ちょっと前だった。大宮駅までの時間と電車での所要時間を考えると、あの子はまだアルバ汐留に到着していない。警察がどの程度有能かによるけど、警察がモモちゃんの行動を妨害する可能性はあるでしょ」

「今すぐ通報すれば、警察は十時四十分くらいにはここに来るだろう」

藤間は計算してみた。

「俺たちはこの場で事情聴取を受ける。木下との関係を問われたら、ペーパー・ムーンの常連仲間と答えざるを得ない。後々のことを考えたら、嘘をつくわけにはいかないから。警察はすぐにペーパー・ムーンに連絡を取る。ここで十一時としよう。モモちゃんがアルバ汐留に到着して、仕込みを回収するくらいの時間帯だ。警察はアルバイトの女の子にも話を聞こうとするだろう。しかし彼女はいない。俺たちや梓さんがいくらとぼけようとも、携帯電話の番号くらいは教えざるを得ない。警察がモモちゃんの携帯電話に電話をかけたとして、十一時五分。彼女は、まだ行動を起こしていない可能性が高い。警察から連絡を受けてしまったら、さすがに計画を中止せざるを得ない。無理やり決行しても、動揺した状態では、たぶん失敗する」

「計画は、警察によって潰される……」

冬美が眉間にしわを作った。「まずいわね」

いかにも、まずい。あれだけ準備をしてきたのだ。今さら警察ごときに妨害されるわけにはいかない。かといって、妙案も思いつかないのも、また事実だ。全員が黙り込む。

「――そうだ」

突然、池田が口を開いた。メンバーを見回す。

「単純なことに気づかなかった。通報したら、警察がモモちゃんに電話する。どうして、それを待つ必要がある？　俺たちが先にモモちゃんに連絡を取ればいいじゃないか」

　冬美が訝しげな表情を作った。

「もうすぐ警察から連絡が行くはずだから、気をつけろと？」

「そうじゃありません」池田が大きな動作で首を振った。「今日は、中止させましょう」

「えっ？」

　藤間と三枝が同時に声を上げた。中止だって？

「そう」

　池田は真剣な顔で答えた。

「正確に言うと、延期だ。木下くんがなぜ死んでいるのか。モモちゃんの計画と関係しているのか。それがわからないうちは、危ない橋を渡る必要はない。今日は確かに決行には最適な日だけど、どうしても今日じゃなきゃいけないわけでもない。今日は中止して、事件のほとぼりが冷めてから、あらためて決行すればいい」

「で、でも」三枝がつっかえながら反論した。「木下さんの死が、計画に関係していたとしたら、やっぱり未然に防がれてしまうんじゃないんですか？」

「うん」池田が曖昧にうなずいた。少しのためらいの後、話を続ける。

「計画に関係していたとしたら、犯人は誰だ？　計画を知っている人間しかあり得ないわけだから、関係者だ。俺たち、紙谷夫妻、そしてモモちゃん。他には、いない。じゃあ、誰だ？」

　四人は顔を見合わせた。

「紙谷さんたちは、計画を知っているだけで、積極的には関わっていない。閉店後の店を、場所として貸しただけだ。通報はしても、殺したりしないだろう。木下くんがツケを溜めていたという話も聞いていない」

「モモちゃんが、決行前日という大切なときに、こんなことするとは思えないよね」

　冬美が続く。「ってことは……」

　三枝が生唾を飲み込んだ。

　バカな。藤間は心の中で首を振った。この四人の中に、木下を殺した犯人がいる？

　藤間は、自分が犯人でないことを知っている。だとすると、池田、冬美、三枝に絞られる。あり得ない。自分たちは、ひとつの目的を共有していた。苦楽を共にしたといってもいい。情が通い合っていたのだ。五人委員会と自ら命名するほどに。それなのに、同じ仲間を殺しただって？

「考えにくい」池田が抑制の利いた声で言った。「俺たちは仲間だ。言い方を換えれば、同じ穴の狢（むじな）ということになる。木下くんを殺して警察が捜査したら、自分に累が及ぶことは、簡単に想像できる。ここでも、『よりによって今日』理論が適用される。普通の殺人事件ならば、こんなこと心配しなくていいんだ。けど、今日起こる騒ぎの場に、木下くんの関係者がいたら、警察は両者を結びつけるかもしれない。モモちゃんが起こす騒ぎに、自分たちが巻き込まれることだけは、なんとしても避けなければならない。だから、もし俺たちの中に犯人がいたとしても、少なくとも今日は殺さないんじゃないかと思うんだ」

「池田くんは、木下くんが殺されたのは、計画とは無関係だって言いたいのね」

冬美が大きな息を吐き出しながら言った。藤間もまた、ため息をつく。

「なるほど。事件が計画と無関係に起こったことなら、警察が木下くんから計画にたどり着く可能性は低い。だったら時期さえずらせば、モモちゃんは失敗することはないし、俺たちも警察からマークされる心配がないってことか」

池田は結論を出すように、大きくうなずいた。

「そうだ。モモちゃんに、中止の指示を出そう」

池田はまた仲間たちを見回した。反対の声はなかった。

「中止する際の方法は決めていないよね」

反対の代わりに、冬美が具体案に踏み込んだ。「どうやって知らせる？」

「携帯しかないですね」

藤間が答えた。「曖昧な文章でメールして、あの子が理解してくれれば……」

「本当は直接電話した方がいいとは思うけど。ニュアンスも伝わりやすいし。でも、まだ電車の中だよね」

「電話でいいと思います」

三枝が言葉を重ねた。「向こうは、黙って聞いているだけでいいんですから。大声で話したりしなければ、他の乗客も怪しんだりしないでしょう」

「よし」

池田がスマートフォンを取り出した。「電話しよう」

スマートフォンのパスワードロックを解除する。液晶画面に表示されたテンキーを押し始めた。

「どう伝える?」

「『ごめん、今日は行けない』のひと言だけで伝わるよ」

池田がスマートフォンを耳に当てた。待つことしばし。やがて、耳から離した。「出ない」

ペーパー・ムーンで、三枝が木下に電話したときと同じ表情だ。

「電車の中だから出ないのか、それともポシェットの中にでも入れていて、着信に気づかなかったのか」

「どちらもあり得るな。とりあえず、メールしておこう」

池田はスマートフォンを両手で構え、メールを打ち始めた。二本の親指で、器用に液晶画面上のキーボードを打っていく。

『ごめん。今日の飲み会は行けなくなった。もう一度日程調整させてもらえる？』

そこまで打って、画面を見返した。

「これでいいか」

隣に立つ藤間に、確認を求めてくる。特におかしな文章ではない。今日の中止と、取りやめではなく決行日を変更するだけだという意図も伝わりやすい。

「いいと思うよ」

「よし」言いながら、送信ボタンを押した。

ふうっと冬美がため息をついた。

「じゃあ、警察に通報する？　藤間くんの意見だと、通報した方が安全なようだし」

「そうなんですけど」

「ですけど？」

冬美が藤間の目を覗き込んでくる。別に藤間はもったいぶるつもりはない。すぐに話を再開する。

「モモちゃんから返信が来るまでは、安心できません」

冬美が唇をへの字に曲げた。

「返信があるまで、ここで待つの？」

それこそ不自然だよ——冬美はそう続けた。本音は、これ以上死体と一緒にいたくないというものだろうが、それこそ自然な感情だった。だから藤間は気にせず話を進めた。

「モモちゃんは、携帯を持っていかなかった可能性があります。計画では、決行に携帯は必要ないですから。だから、返信は来ないかもしれないんです」

冬美が目を大きくした。「だったら——」

「俺が、言いに行きます」

藤間はきっぱりと言った。「それまでは、俺たちはここに来なかったことにしましょう。キーホルダーは、通勤鞄に入っていました。鍵をかけていけば、誰かが迂闊に死体を発見することもありません。モモちゃんに中止を告げた後、あらためて戻って『発見』しましょう」

「ふむ」池田が自らの顎をつまんだ。「藤間くんの言うとおりだな。確実に止めるためには、会いに行くのがいちばんいい」

「で、でも」

三枝がまた顔を白くした。「もう始まっていたら……」

藤間は腕時計を見た。午前十時四十二分。

「今からすぐに追いかける。モモちゃんは、京浜東北線でちんたら行くって言ってた。さいたま新都心駅から宇都宮線か高崎線に乗れば、追いつけはしなくても、時間を短縮できる。彼女が仕込みをした場所も、全部わかっている。行動を起こす前に捕まえられると思う。何も起こっていなければ、単なる待ち合わせと同じだ。周囲に疑われる危険性は皆無だ」

「わかった」

池田が顎から指を離した。「俺も行こう。さっき、ドアノブには俺の指紋が付いてしまった。消すわけにはいかない。次の発見のときにも、俺がドアを開ける必要がある」

「仕方ないね」冬美も肩をすくめる。「わたしもご一緒するわよ。せっかくだから、モモちゃんと合流して、みんなでご飯でも食べましょ」

藤間は最年少の学生を見た。

「三枝くんはどうする？　このまま、ここで木下くんを見張っていてもいいけど」

三枝はぶるぶると首を振った。

「僕も行きます。僕は木下さんの身体に触れています。みなさんと一緒に来たことにしないと、警察に怪しまれますから」

池田が軽く手を打ち合わせた。「決まった。行こう」

自分たちがここに来たことを、アパートの住人たちに知られたくない。一人一人順番に、ドアスコープから外の様子を窺って、人気のないタイミングで出た。幸いにも、突然ドアが開いて住人と出くわすこともなく、四人とも脱出することができた。最後の池田が鍵をかけ、さいたま新都心駅に向かう。周囲に怪しまれないよう、走っていけないのが悔しかった。

駆けだしたくなる衝動を懸命に抑えながら、藤間は百代の顔を思い浮かべていた。

モモちゃん。早まるなよ——。

／／／／／／／／／／／／／／

丸山宗一が、朝から大きなあくびをした。

傍に座る関口弘道が声をかける。

「課長は、寝不足ですか」

「まあね」

丸山はハンカチを取り出し、目頭の涙を拭き取った。

「昨夜は、息子の成績について、嫁の愚痴をずっと聞かされたからな。結局、布団に入ったのは二時過ぎだよ」

「それは、大変でしたね」

　確か、丸山の一人息子は、この春高校に進学したはずだ。教育熱心な母親ががんばった——もちろん本人も——おかげで、大学進学率の高い有名私立高校に合格したと聞いている。しかし周囲が成績優秀者ばかりだから、授業についていくのが大変なのだろう。平凡な高校を出て平凡な大学を卒業した身としては、今ひとつぴんとこない悩みではある。だから関口のコメントも、ついおざなりなものになってしまう。

「息子も懸命にがんばっているんだから、父親も土曜日だろうがなんだろうが、がんばって働かないとな」

　殊勝なことを言いながらも、その表情は弛緩していた。

　大型ショッピング施設「アルバ汐留」にある、総合警備室。関口たちが新橋警備保障株式会社のアルバ汐留担当として勤務している場所だ。

　総合警備室といえば、なにやら物々しい響きがある。警備員は警察官のような制服を着ているし、施設内の防犯カメラ画像が多くのモニターに映し出されているから、まるで映画やテレビドラマに出てくるような場所だ。事実、何か問題が発生すると、総合警備室が対策本部になる。

しかしここはオリンピックの会場ではないし、自分たちは先進国首脳会議の警備をしているわけでもない。警備といっても、テロの警戒をしているわけではないのだ。だから、敷地の隅々まで目を配るような仕事をする必要はなかった。もしそんなことを実践しようとしたら、警備員が何人いても足りない。

ショッピング施設で起こる問題といえば、万引きだったり、従業員と客とのいざこざだったり、酔っぱらいの介抱だったりだ。大事件は起こらなくても、それらの細かな問題はけっこうな頻度で発生する。だから八名の警備員は、それなりに毎日忙しく働いている。責任者である丸山課長まで現場に出ることはなくても、次席である関口があちこち走り回ることは珍しくない。

「今日も暑いですから、熱中症が心配ですね」

若い直井武彦がモニターを指し示した。

「午前中なのに、もう気温が三十度を超えてます」

丸山が表情を引き締めた。昨年、猛暑の最中に屋外のイベントスペースでヒーローショーを開催したら、具合が悪くなる子供が続出したのだ。自分たち警備会社に責任はないけれど、子供たちを日陰に連れて行ったりで大忙しだったのを憶えている。警備員の制服は、夏でも厚手になっている。いくら日頃から身体を鍛えているといっても、やはり炎天下を走り回るのは遠慮したい。そんなものは、学生時代経験した、ラグビー部のしごきだけで十分だ。

「今日は、外で何があったっけ」

「大道芸フェアですね」

関口が壁の予定表を見ながら答える。「芸をやっている当人たちは大変でしょうが、お客さんが一カ所に長時間留まることはありません。熱中症の心配はそれほどしなくていいでしょう」

「そうか」

安心したような、丸山の声。また表情が弛緩した。しかしまた引き締める。

「暑い日は、客があまり外に出ない。屋内が混み合うから、今度はスリの被害とかが多くなる。別の意味で忙しくなるぞ」

はい、と直井が神妙な顔をした。右手を上下に動かす。警棒を振る仕草だ。警察が来るまでに、自分たち警備員が犯罪者を取り押さえなければならないことはある。しかし犯人が暴力で抵抗するケースとなると、多くはない。十年以上この仕事をやっている関口も、二度か三度しかなかった。直井はまだ経験がない。そんなことが起きないかという期待と緊張が、自然と身体を動かしてしまったのだろう。関口は、そんな後輩に声をかけた。

「そう、気張るな。今は、モニターを眺めておかしなことが起きていないかをチェックするときだ」

直井が頬を赤らめた。「了解しました」

防犯カメラのモニターに顔を向ける。さすが人気施設だけあって、開場して一時間も経っていないのに、もう多くの客で賑わっている。確認するかぎり、若い男女や家族連ればかりだ。つまりは、ごくありふれた買い物客。

だから、アポロキャップをかぶった黒髪の女性など、関口たちが気に留めるはずがなかった。

間章

藤間護がコーヒー専門店「ペーパー・ムーン」に着いたのは、午後八時を回った頃だった。

「いらっしゃい」

カウンターの内側から声がかかった。店主の紙谷邦男だ。週末は妻の梓に店を任せて釣りに出掛けるけれど、今日はきちんとカウンターに立っているようだ。梓もまた、ダスターを片手に、藤間に微笑みかけた。「お疲れさまです」

「どうも」

答えながら、カウンターに座る。そして先客に声をかけた。「よう」

「お疲れ」

先客は、池田祐也だった。さいたま新都心近くにある、東京産業大学経営学部の講師だ。同じ年齢ということもあって、ペーパー・ムーンの常連客の中では、最も早く仲良くなった男だった。

「ジャワ・ロブスタを」

藤間はカウンターの中に声をかけた。藤間の定番だ。店側もよくわかっているようで、藤間が口を開く前から、梓はジャワ・ロブスタのキャニスターに手を伸ばしていた。

ミルで豆が挽かれ、スタンドにネルドリッパーが仕掛けられている間、藤間は店内をぐるりと見回した。店主の紙谷と妻の梓が、二人して店に出ている。これまではなかったことだ。どちらか片方が店に出て、もう一人は家の雑事をこなすのが、この夫婦の流儀だと聞いている。普段はアルバイト店員がいるから、二人同時に店に出る必要はないのだ。それなのに今夜、夫婦揃ってカウンターの中にいるということは、アルバイト店員が出勤していないことを意味していた。

「モモちゃんは、まだ？」

質問というより、確認のための発言だった。紙谷が顔を曇らせる。

「そうなんですよ」

ふうっとため息をつく。「まあ、仕方がないと思います。婚約者が、突然死んでしまったんですから」

藤間は声に出して応えず、黙ってうなずいた。隣では、池田が同じように黙ってコーヒーカップを見つめている。おそらくは、いつものブレンドコーヒーなのだろう。コーヒー専門店の個性が最も出るブレンドを飲むのが、常連客としての正しい姿だと、彼は信じて疑っていない。

目の前に、コーヒーカップが差し出された。手に取って、口元に持っていく。土臭とも表現される重たい香りが鼻をついた。藤間は、この香りが好きだ。熱いコーヒーを少しだけ飲んで、息を吐く。

「あれから、二カ月ですか」

今年の九月、篠崎百代の婚約者である須佐達樹は死亡した。

その日、須佐は吉祥寺にあるダイニングバーで、開店準備をしていた。そこに、突然の豪雨が襲ったのだ。

一時間に百四十ミリという、猛烈な豪雨。レストランの入口は、地上から階段を降りたところにあった。雨水は階段を伝って、閉じられたドアの前に即席の溜池を作った。水の重みがドアを破り、鉄砲水のように須佐を呑み込んだ。須佐は転倒し、頭を打った。意識を失った須佐は、そのまま雨水のプールに沈んで、溺死した。

「来春には、二人で故郷に帰るって、モモちゃんは言ってました」

梓がつぶやくように言った。

そう。カウンターを挟んだ雑談で、藤間も池田も知っていた。須佐は実家の食堂を継ぐことになっており、その際には百代を連れて行くつもりだったと。

百代は明るくて人なつっこい性格だから、ペーパー・ムーンでアルバイトを始めて、すぐに店のマドンナになった。藤間や池田はもちろん、あまり女の子のことを話題にしない木下隆昌も、彼女のことを気に入ったようだった。若い女性にシビアな辻野冬美も、百代にかぎっては都会の親戚——自分ではおばさんといわない——を自任していた。医学生の三枝慎司に至っては、百代のことを完全に女神扱いしていたのだ。だから、百代に彼氏がいるとわかったとき、この世の終わりのような顔をしたのを、今でも鮮明に憶えている。

マドンナの彼氏が気にくわないのは、当然のことだ。ある日、当人が店に現れると知って、店の常連たちは、どんな奴か見極めてやろうと手ぐすね引いて待っていた。

ところが現れたのは、快活で人当たりのよい青年だった。ほんの数分話しただけで、気にくわないどころか、百代の相手はこの男しかいないと納得してしまうまでにうち解けていた。

だからこそ須佐の死は、ペーパー・ムーンにとって衝撃だったのだ。悲嘆に暮れるというより、抜け殻のようになった百代。彼女は、店に来なくなった。雇用主の紙谷夫妻も何も言わず、ただ百代からの連絡を待った。しかし音沙汰がないまま、二カ月が過ぎたのだ。

「やっぱり、故郷に帰ったんでしょうか」

藤間が言うと、梓が首を振りかけて、すぐにうなずきに切り替えた。

「そうだと思います。本人はともかく、ご両親が放っておかないでしょう。埼玉で一人暮らしをさせておくわけにはいかないって、連れて帰るでしょうよ」

亭主の顔も寂しげだった。

「本人が自分を取り戻していないのなら、ご両親はモモちゃんがうちでバイトしてたことを知らないかもしれません。連絡がないのも、仕方ないですよ」

紙谷が口を閉ざすと、沈黙が店内に満ちた。

別に重苦しい雰囲気を味わうために喫茶店に来たわけではない。しかし自分は常連客だ。紙谷夫妻も、百代も、友人のように接している。だからこの重苦しい雰囲気も、百代への思いという共通した感情に基づいている。だから決して逃れたいような沈黙ではなかった。

藤間はジャワ・ロブスタを一気に半分飲んだ。カップを置く。

「須佐くんの命を奪ったのは、ゲリラ豪雨だ」

そんな言葉が、口から滑り出てきた。

「ごく短時間に都心を襲う豪雨。地下の店で開店準備をしていた須佐くんは、おそらく雨が降ったことすら知らなかっただろう。そこに大量の雨水が襲ってきたんだから、いくら須佐くんでも、どうしようもない」

死者を過大評価しているのかもしれないけれど、藤間は素直に思っていた。もし須佐が防犯のことなど気にせずに、ドアを開けっ放しにして開店準備をしていたなら、彼は死なずに済んだと。

藤間は言葉を続ける。

「ゲリラ豪雨なんて、昔はなかった。だからこそ、防災が後手に回っている。でも、起こるべくして起こる災害なんだ。だって、ゲリラ豪雨は人災なんだから」

藤間は拳を握りしめた。隣で池田が、珍獣でも見るように藤間を見ている。藤間がこれほど強い言葉を口にするのを、はじめて見たからだろう。

池田だけではない。カウンターの中の紙谷夫妻もまた、目を丸くして藤間を見つめていた。

いや、三人だけか？

ドアが開く気配を、藤間は感じ取れなかった。それでも、店内には新たな人影が存在していた。藤間はその人影に視線をやった。目が見開かれているのが、自分でもわかった。

黒髪の長髪。細身の身体。二十代後半の女性が、ゆっくりと口を開いた。

「藤間さん。それ、本当ですか？」

百代が、出入口に立っていた。

第二章　舞台

「これ、なんて読むんだっけ」

陳文琴（チェンクエンチェン）が、ガイドブックを指さした。呉信良（ウーシンリャン）が覗き込む。綺麗なネイルアートが示す先には、カラフルな文字で「汐留」と書かれていた。

日本は、台湾と同じく漢字を使うけれど、読み方はまったく違う。意味も微妙に違う場合があるから、うっかりすると大失敗する。呉は必死に記憶を呼び起こした。

「えっと、確か『シオドメ』だったと思う」

なんとか思い出せたのは、昨晩、今日のスケジュールを予習していたからだ。もっとも、昨晩は居酒屋で飲み慣れない日本酒を飲んで相当に酔っぱらっていたから、記憶はかなり曖昧だ。念のために、自分のガイドブックを開く。こちらには、日本式の読み方をアルファベットで記してある。該当するページを開いた。Ｓｈｉｏｄｏｍｅ。合っていた。女の子を前に恥をかかなくて済んで、ホッとする。

「汐留っていうのは、東京でも最近注目されているスポットらしいよ」

インターネットの受け売りであることを隠さずに、呉は言った。受け売りをまるで自分の知識であるかのように語るほど、恥ずかしいことはない。文琴は聡明な女性だ。底の浅い見栄など、簡単に見抜いてしまうだろう。彼女が憧れていた日本に来られたというのに、そこで「これだから、台湾の男は」などと失望されるのは、なんとしても避けなければならない。

「今から行く、アルバ汐留っていうショッピングモールと、テレビ局のアンテナショップは、最低でも押さえておきたいよね」

文琴が、大きな目を輝かせる。「アルバって、確かアルバトロスの略だよね。英語でアホウドリの」

呉はうなずく。

「そう。空から見ると、鳥が羽を広げているようなデザインになってるそうだよ。新しいモールだから、日本でも最新の店が入ってるって」

「最新？　昨日の原宿よりも？」

文琴は、自分の爪を見た。昨日は、原宿から渋谷を回った。彼女の指先を彩るネイルアートも、昨日原宿の店でやってもらったものだ。

呉は、彼女の機嫌を損ねないよう、注意しながら返答した。

「原宿や渋谷は、やっぱり流行の中心地だよ。でも、これから流行りそうな種は、汐留みたいな新しい場所に蒔かれている。たとえば――」

　自分のガイドブックを指し示す。

「この『サンドキャッスル・トーキョー』なんて、次にブレイクするアパレルの最右翼だって、日本の雑誌でも取り上げられているらしいよ」

　デイパックから、雑誌の切り抜きを取り出す。日本の雑誌ではなく、日本の雑誌記事を紹介した、台湾の雑誌だ。記事には、西アジアファッションを大胆にアレンジしたサンドキャッスル・トーキョーというアパレルが、今後台風の目になるだろうと書かれている。ツジノ・フユミという女社長のインタビュー記事が、雑誌にも紹介されていた。インタビュー記事の中でツジノ社長は「新店舗の出店先に汐留を選んだのは、今後ここが情報の発信基地になるからだ」と答えている。

「そうなんだ」

　素直に感心する文琴に、呉は軽口を叩いた。「文琴さんほど日本のファッション事情に詳しい人が、サンドキャッスルを知らないとはね」

　文琴は頰を膨らませた。

「何もかも知っているわけじゃないよ」

　その表情が、また愛らしい。

　日本の女性が綺麗だというのは、日本に来てよくわかった。けれど、最近の台湾女性だって、決して負けていないと思う。事実、目の前の文琴は、呉の目から見れば日本人と遜色ないおしゃれさんだ。

「とにかく、行ってみようよ。きっと気に入ると思うよ」

思いきり無責任な発言だった。旅行中なのだから、それでいいと思っている。けれど文琴は乗ってこず、険しい目を呉に向けた。

「そんなこと言ったって、わたしに似合わないかもしれないじゃないのよ」

「そんなことないよ」

まるで脊髄反射のように即答した。「絶対、似合うって」

文琴は頬に手を当てた。「そう?」

「うん。間違いない」

まったく根拠なく断言した。今は、文琴の気持ちを萎えさせないことが大切だ。彼女には、日本を気に入ってもらわなければならない。文琴は呉の安請け合いを信じたのか、笑顔になった。呉はまるで眩しいものを見るように、目を細める。

正直、勉強以外取り柄のない自分が、美しい文琴に好かれる可能性は、そんなに高くないと自覚している。けれど、冴えない男だって、努力次第で結果を残すことは可能なのだ。

呉の場合は、台湾でも最先端を走っているTPMSというIT企業に就職できたことが、それに当たる。女性が結婚相手として高収入の男性を選びたがるのは、世界中に共通する傾向だ。

もちろん、勤務先の名声だけではない。細かい気遣いも必要だ。一緒に来た友人たちは、今日は秋葉原へ行っている。呉と文琴だけが、ここ汐留にやってきた。

「昨日、原宿と渋谷でファッションは見たから、今日はハイテクを見に行く」

それが友人たちの言い分だ。彼らの言うとおり、秋葉原は世界にその名を轟かせる電気街だ。けれど現実には、多くの電子機器は台湾製だ。呉が勤務するTPMSのスマートフォンや携帯GPSも、店頭にずらりと並んでいるだろう。それに、優れた日本製の家電は、新宿や池袋でも手に入る。秋葉原に行く必要性は、実は高くない。

彼らの真の目的は、日本のキャラクターだ。秋葉原は、どういうわけだかキャラクター文化の中心地にもなっていて、ソフトやキャラクターグッズが多く売られている。台湾にも日本製アニメーションが紹介されているけれど、友人たちは未だ台湾に紹介されていない作品を探索に行くのだ。

ＩＴ企業に勤務する身として、呉も秋葉原に——純粋な意味での——興味がある。けれど今回の訪日では、文琴との距離を縮めることを優先させなければならない。見知らぬ異国の地で、女の子を一人きりにするわけにはいかないという理由をつけて、汐留行きに同行した。

文琴は邪気のない笑顔を呉に向けてきた。

「でも、呉くんが来てくれて、助かったよ。日本語ができるんでしょ？」

「できるってほどじゃないよ」にやけそうになるのを意思の力で抑えながら答える。「簡単な読み書きと、多少のリスニングができるだけ」

「それで十分だよ。わたし一人じゃ、どうしようもないから」

気をつけろ。調子に乗るなよ。

呉は自分に言い聞かせた。実際に役に立たなければ、印象はかえって悪くなるんだからな。

とはいえ、日本語には多少の自信がある。ＴＰＭＳは日本法人を持っていて、呉はこっそり日本法人への出向を希望しているのだ。ＴＰＭＳでは、シリコンバレーか東京のどちらかに赴任経験があれば、その後の出世にかなり有利になる。将来を見据えての準備だった。

だから日本語学習は、あくまで自分のためであり、別に今回の日本旅行で文琴に感心してもらうためではない。それでも結果的に役立つならば、万々歳だ。文琴は、筋金入りの哈日族（ハーリーズー）だ。今回の日本旅行で文琴がさらに日本を好きになってくれたら、自分が日本に赴任する際に、ついてきてくれるかもしれないではないか。

「じゃあ、行こうか。でも、その前に——」

呉は日本製のデジタルカメラを手に取った。パソコンやスマートフォンは、台湾製も日本製に負けていないけれど、ことデジタルカメラに関しては、日本製の右に出るものはない。

「建物をバックに写真を撮ろうか」

文琴は、花が咲いたように笑った。

「ありがと」

液晶画面を覗き込みながら、建物が入るよう下がっていく。そこに、声がかかった。

「シャッター、押しましょうか?」

咄嗟（とっさ）だったから、聴き取れなかった。それでも「シャッター」という音だけは認識できた。顔を上げると、自分たちよりも少し年上らしい男性がこちらを見ていた。男性は穏やかな表情のまま、右手の掌を上に向けて、こちらに差し出してきた。どうやら、写真を撮ってあげるから、彼女と並べと言ったらしい。

呉は一瞬迷う。カメラを預けたら、シャッターを押すふりをして、そのまま持ち逃げされるのではないだろうか。日本ではあまり聞かないけれど、海外ではよくある犯罪被害だという。あらためて男性を見た。傍らに、茶色い髪をした女性と、ベビーカーに乗った幼児がいた。どうやら家族連れらしい。ベビーカーが一緒なら、カメラを持ち逃げしたりしないだろう。

「ありがとうございます。お願いします」

丁寧に言って、カメラを渡した。文琴の元に走る。並んで立った。香水の匂いをかぎ取れるほど近く、それでも近過ぎない距離を保つ。男性がカメラを構えた。

「いいですかー。はい、チーズ！」

男性の人差し指が動く。液晶画面を確認する。そして「じゃあ、もう一枚」と言った。今度はカメラを縦に構えている。シャッターが切られた。

「どうですか？」

写真の出来映えを確認しろというのだろう。呉は小走りで男性に向かい、液晶画面を見た。アルバ汐留は巨大な建造物だから、全体は入っていない。それでも入口と看板ははっきりと写っていた。これなら、記念写真としては十分だ。

「ありがとうございました」

呉が礼を言うと、男性は片手を振りながら、家族を連れて歩いていった。入口に向かっている。親切な、いい雰囲気の日本人だった。

自分たちもあんなふうになればいいな——呉は文琴を意識しながら考えた。


／／／／／／／／／／／／／／／／／／／／

「親切じゃんか」

菊田真樹子が、ベビーカーを押す夫に話しかけた。少しだけ、からかうような響きがあるのは、仕方がない。夫が外国人観光客の写真を撮ってあげる——しかも自ら進み出て——なんて、結婚して以来はじめて見る光景だからだ。

夫、菊田孝雄は困ったように笑う。

「まあ、普段はしない」

「じゃあ、どうして今日は？」

「そうだな」

孝雄は少し上半身を前のめりにした。ベビーカーの中を覗き込む。そこには、一人娘の友里亜が座っていた。先ほどまでは起きていたけれど、今はうつらうつらしている。そういえば、もう午前中のお昼寝タイムだ。

「友里亜の前では、いい恰好をしておかないとね」

「お父さんなんか、嫌いっ！」

真樹子が声色を使って言った。「——って言われたくないから？」

二人で笑った。

「半分は、そう」孝雄は笑顔を収めて答える。

「もう半分は？」

「友里亜が、他人に優しくできる人間になってほしいから。そのためには、親がお手本を示さないと」

真樹子が瞬きした。

「真面目ね」

「当然」

わざとらしく胸を張りながらも、孝雄は自分の変化を自覚していた。学生時代から、特段優等生というわけではなかった。けれど不良というわけでもない。簡単にいえば、ごく平均的な人間。性格としては、軽いというより、ちゃらんぽらんという表現の方が合っている。社会に出てからもそうだったし、真樹子と結婚してからも同じだった。

それが、一昨年友里亜が生まれてから、変わった。性格が変わったのではない。価値観が変わったのだ。買い物のひとつひとつ、自らの行動の一挙手一投足まで、すべてが娘基準になってしまった。

「このクッションを、友里亜は気に入ってくれるだろうか」

「今の態度は、友里亜に対して恥ずかしくなかっただろうか」

常に、そんなふうに考えるようになった。緊張し続けているわけではない。ごく自然に、そんなふうに考えてしまうのだ。母親である真樹子からすれば「単なる親バカ」ということになるのだろうが、孝雄は自分の成長と捉えていた。

「今の人たち、どこから来たのかな」

真樹子が独り言のようにつぶやいた。興味があるというより、ふと思いついたような響き。

「少なくとも、日本人じゃないよね。日本語を喋っていなかったし、なんとなく、顔つきが違う」

「そうだな」

孝雄もうなずく。先ほどのカップルを思い出していた。男の方は、髪を短く刈り上げて、銀縁眼鏡をかけていた。決してハンサムというわけではないけれど、知的な風貌と表現できる顔だちだ。女の方は、背中まであるストレートヘアをダークブラウンに染めていた。目は大きく、鼻筋は通っている。なかなかの美人だった。街中のどこにでもいそうな外見ではあるけれど、真樹子の言ったとおり、なんとなく日本人でないと思わせる雰囲気があった。それに、男の発した言葉。「ありがとうございました」という、たったそれだけの言葉からも、発音がネイティブのものでないのは明らかだった。

「でも、東アジアの人間なのは間違いないと思う。肌の色が、俺たちと同じだ。だとすると、韓国か中国、そうじゃなければ台湾」

「香港は？」

「香港は、とっくに中国に返還されてるよ」

「そうだっけ」

「もちろん、アジア系アメリカ人とか、東南アジアの華僑という可能性もある」

真樹子が片手を振った。

「そこまでいくと、もうわかんない」

二人並んで、玄関の大きなガラスドアをくぐる。頭上からひんやりした空気が降ってきて、ふうっと息をつく。まだ午前中というのに、外はすでに猛暑の気配だ。それに比べたら、建物の中は天国だった。

アルバ汐留に来るのは、今日で二回目だ。一回目は、開業間もない時期に、物見遊山で来てみた。大変な混雑が嫌な記憶になって、それ以来足が遠のいていたのだけれど、今日は真樹子が買い物したいと孝雄を誘ったのだ。

「ネットで評判のいい店を見つけたんだ」

昨晩の夕食後。真樹子は、スマートフォンの液晶画面を孝雄に突きつけながら言った。

「どれどれ」と言いながら覗き込むと、子供服の店だった。「クレイドル・ツリー」という名前を持つこの店は、ネット通販を受け付ける一方、アルバ汐留にも店舗を構えているという。

「だったら、ネットで買えば？」

孝雄の真っ当な提案を、真樹子はあっさりと却下した。

「ダメだよ。他人様へのプレゼントなのに、現物を見ないで買うなんて」

それもそうか。

真樹子は、大学時代の友人への出産祝いを探していた。出産祝いといえば子供服。有名どころのアパレルブランドは、たいてい子供服を用意している。けれど、真樹子はそれらには目もくれなかった。学生時代、友人とは何かと張り合っていた仲だから、万人が知っているブランドの品など選んだら、「真樹子は結婚して平凡な主婦になった」などと笑われるに決まっている。真樹子はなんとかして友人の鼻を明かしてやろうと、マイナーだけれど知る人ぞ知るブランドを探し回った。そして到達したのが、クレイドル・ツリーだったというわけだ。

何気なく画面をスクロールした孝雄は、顎を外しそうになった。すぐに汚れてしまう赤ん坊の服なのに、真樹子が着る服とそれほど変わらない値段がついていたからだ。少なくとも、友里亜の普段着よりもゼロがひとつ多い。

いや、お祝いの品なんだから、高くて当たり前だ。

孝雄はそのように自分を納得させて、妻についてきた。

「えっと」真樹子が入口インフォメーションからフロアガイドを抜き取った。壁際に移動して広げる。視線でスキャンするようにフロアガイドを見回した。視線が止まる。

「あった。二階だ。南館の二階、エスカレーターを降りた辺り」

孝雄も見つけた。店舗名の下にある「２４２」という数字は、コマの番号だろう。いわば、ショッピングモールの番地だ。フロアガイドを見るかぎり、それほど大きな店ではなさそうだ。


けれど孝雄は、甘くみてはいなかった。交際は三年。結婚してから五年。真樹子の買い物が長くなるのは、骨身に染みている。ましてや今日の買い物は、友人へのプレゼントだ。吟味に吟味を重ねるはずだから、スーパーマーケットで魚を選ぶのとはわけが違う。うんざりするくらい時間をかけることは、容易に想像がついた。

「大丈夫」

あんたの考えていることなんてお見通しといわんばかりに、真樹子は切れ味鋭い笑みを浮かべた。フロアガイドの隅を指さす。

「ほら。一階に『こども休憩室』ってあるよ」

真樹子の指先をたどると、はたして「こども休憩室」という表示があった。コマの番号は、「１０１」だ。つまり、建物の端っこにある。親の買い物につき合わされた子供がぐずったときに、休ませる場所なのだろう。これは助かる。

「じゃあ、俺は友里亜とここで待ってるよ」

「うん。そうして。お昼は、少しくらい遅くてもいいよね」

「いいよ」

　今日は土曜日だから、朝食がいつもより遅かった。もう午前十一時になるというのに、空腹どころか胃の中にまだトーストが残っているような感覚すらある。午後一時を過ぎた辺りでちょうどいい昼食どきになるだろう。

「じゃあ、友里亜をお願いね」

　真樹子が紙おむつと粉ミルクの入ったトートバッグを孝雄に押しつけた。こう見えても、おむつ交換やミルクを飲ませたりすることは、よくある。いくら会社の仕事が忙しくても、育児を真樹子に任せっきりということはないのだ。

　孝雄もフロアガイドをホルダーから抜き取って、トートバッグに入れた。

「じゃあ、待ってるよ」

「うん。あんまり遅くなるようだったら、メールを入れるね」

　これはメールが入るなと思いつつ、真樹子と別れた。妻はエスカレーターに向かって歩きだす。孝雄は逆方向に向けてベビーカーを押した。二人連れの若い女性にぶつかりそうになるけれど、巧みな操作で躱（かわ）した。二人連れは、こちらに気づきもしなかったように喋りながら去っていった。

休憩室というくらいだ。飲料の自動販売機くらいあるだろう。缶コーヒーでも飲みながらスマートフォンをいじっていたら、時間なんて、あっという間に過ぎてしまう。のんびりと、頭を使わない時間。同時に、家族サービスにもなる。

なんて素晴らしい土曜日なんだ。

／／／／／／／／／／／／／／／／／

「いいの？　土曜日なのに、彼氏を放っておいて」

亀山玲（かめやまれい）は、隣を歩く広田依子（ひろたよりこ）に声をかけた。

「だーいじょうぶ、大丈夫」

依子が大げさに首を振る。ふわふわとした髪が一緒になって揺れた。

「今日のために、先週、ちゃんと彼氏孝行したんだし」

つき合いの長さを感じさせる科白だった。

唐突に依子の彼氏に言及したのは、たった今、すれ違ったベビーカーを見たからだ。ベビーカーを押している男性は、三十歳をいくらも超えていないだろうに、すっかり落ち着いた雰囲気をまとっていた。玲も会ったことのある依子の彼氏は、独身ながら同様の落ち着きがある。だからこその連想だった。

「それでも、週末しか会えないんでしょ？」

依子の笑顔が、わずかに曇る。「まあね」

依子は、千葉市の稲毛(いなげ)区で働いている。一方彼氏の勤務先は、さいたま市の大宮区だ。電車で片道一時間二十分もかかるから、平日に仕事が終わってから会うというわけにもいかない。

「向こうは向こうで、色々つき合いもあるからね。会うのは、だいたい隔週だよ。今週は、お互いのつき合いを大切にする週」

ますます恋人らしい発言になってきた。彼氏いない歴が三年目になる玲としては、うらやましいかぎりだ。

けれど。

玲は気づいている。しばらく前から、彼氏の話をするときに、依子の顔が曇りがちになるのを。

最初は、彼氏が浮気しているのかと疑った。少なくとも、依子が浮気を疑っているのかと。けれど、どうもそうではないらしい。玲の見立てでも、彼氏はとても浮気しそうなタイプではない。それに、依子の言葉の端々から、本気で浮気を疑っているわけではないということもわかった。それでも玲には、依子が嫉妬しているように感じられるのだ。浮気ではないのに、嫉妬？

　ふと気づくと、依子がじっとこちらを見ていた。表情から、自分が依子のことを考えていたのがわかったらしい。言いたいことがあれば言いなさいよ、とその目が訴えている。仕方がない。彼氏の浮気話をするわけじゃないから、素直に考えていたことを告げた。

「あいつってば、凝り性だからね」

　玲の話を聞いた依子は、ため息をひとつつくと、そんなことを言った。

「つき合い始めてまず驚いたのは、コーヒーだね。独身アパートなのに、まるで喫茶店みたいな大きなコーヒーミルがあって、聞いたこともない種類のコーヒー豆を挽いて、それを布で漉して淹れてくれるんだよ。そんなことする男の人、見たことないね」

　それは驚くだろう。玲はそれほど多くの男性とつき合ったわけではないけれど、自宅でレギュラーコーヒーを淹れる人にすら、出会ったことはない。それなのにコーヒーミルとネルドリップとは。

「しかも、豆が二種類置いてあるのよ」

「二種類？　ブレンドするの？」

当然の発想だったけれど、依子は首を振った。

「そうじゃなくて。あいつが好きで飲む種類は女の子向きの味じゃないからって、わざわざわたし用に別の豆を用意してたんだ」

「あら、熱々」玲は掌で顔を煽ぐ仕草をした。どう聞いても、のろけではないか。

依子は親友のからかいを無視して、話を続ける。

「それから仕事。なんといっても研究員だからね。好きが昂じて職業にしたようなものだから、下手をすれば研究所に泊まり込んで仕事してるらしいし」

「あ、それはわかる」

玲は人差し指を立てた。「うちの兄貴も、大学のときは理系の研究室にいたけど、平日はずっと帰ってこなかったからね。でも今は公務員になったから、毎日定時で帰ってる」

あいつもそうなればいいんだけど、と依子がつぶやく。確かに、結婚しても相手が毎日午前様では、新婚生活も味気なかろう。

「そんなふうに、いつも何かに夢中になる奴だから、ずっとわたしを見てるってわけじゃないんだわ、これが」

ふうん、と納得しかかったけれど、すぐに思い直す。それならば、つき合い始めてからずっと同じではないか。それなのに、どうしてある日を境に、表情を曇らせるようになったのだろう。玲がそう言うと、依子は渋面を作った。視線を遠くに向ける。

「なんだか、わたしよりも大事なことを見つけて、それに夢中になってるって感じなんだよねえ」

「ええーっ？」

思わず変な声が出た。それは、ずばり浮気ではないのか。そう言いそうになったけれど、その前に依子が言葉を続けた。

「たぶん、女じゃない。それはわかる。でも、たとえそうじゃなくても、やっぱり嫌だよ。自分より大切なものを、相手が持ってるってのは」

そこまで言ってから、依子が頭を抱えた。「うわっ！　素面（しらふ）なのに、すっごいバカな女の科白を吐いてしまった！」

勝手に苦悶している。相変わらず、面白い奴だ。

玲は、あえて無責任な表情を作った。

「それは、あんたががっちりと捕まえておかないからだよ」

親友の肩を叩く。

「さっさと、結婚しちゃえば？　片道一時間二十分かかるっていっても、中間地点に住めば、お互い四十分で通勤できるってことでしょ。全然問題ないじゃんか」

依子は頭を抱えたままこちらを見る。「そうかなあ」

「そうだよ」

なぜか、自分の胸を拳で叩いた。「藤間さんだって、絶対依子と結婚したがってるって」

「そっか」

依子の顔に、笑顔が戻った。

「ごめん。土曜日の午前中から、くだらないことを言っちゃって」

「だーいじょうぶ、大丈夫」

玲が、さっきの依子と同じことを言った。

「今日は、ブローチを買うんでしょ？　佐和（さわ）の結婚式に着けていくやつ。その後は、タイ料理屋に行くんじゃない」

アルバ汐留には、一点物のアクセサリーを売る店がある。共通の友人である三田（みた）佐和の結婚式は、再来週末だ。それまでにブローチを買っておきたいというのが、そもそもの目的だった。依子が買い物に彼氏を連れてこないのは、審美眼に期待していないからだろう。合理性命の研究員に、おしゃれの判定を期待しても仕方がない。同性の友人の方が、まだ頼りになる。その辺りは、依子は割り切っている。

「そうだね。行こう」

依子も声を明るくした。エレベーターホールに行こうとする女性を避けて、北中央館に向かった。女性を避けたのは、彼女がキャリーバッグを持っていたからだ。都心の観光地では、キャリーバッグを持った女性は少なくない。地方から出てきて、そのまま目的地に入るからだろうか。

よくある光景だから、玲はその女性のことをすぐに忘れてしまった。

黒髪に、アポロキャップをかぶっていることも。

／／／／／／／／／／／／／／／／

「よしっ」

ぴかぴかになった床を眺めて、アピラック・クランパイブーンは大きな声を出した。

隣に立つ赤嶺亜美（あかみねあみ）がくすりと笑う。「まったく、大げさなんだから」

バカにした笑いでないのはわかっている。だからクランパイブーンは穏やかに答えた。

「ここが居心地のいい場所になるのに、悪いことは何もないでしょう？」

「違いない」

居心地という難しい日本語に感心したのか、亜美は唸った。そんな彼女に向かって、クランパイブーンは手を伸ばした。持っているモップをよこせ、という意思表示だ。自分が二人分のモップを洗えば、その間に亜美は別の準備ができる。けれど亜美は首を振った。「自分のモップくらい、自分で洗うよ」

ここで押し問答しても仕方がない。クランパイブーンは手を引っ込めて、二人並んで洗い場に向かった。

東京都港区にある複合商業施設、アルバ汐留。三階のレストラン街では、各店舗が慌ただしく開店の準備をしていた。タイ料理レストラン「カオヤイ」も例外ではなく、正社員やアルバイト店員が、忙しく働いている。

クランパイブーンと亜美は清掃担当だ。アルバ汐留のレストラン街では、店内にモップを洗う場所がない。共用の洗い場まで行かなければならないから、面倒くさい。そのため誰もがやりたがらない仕事だけれど、だからこそ、クランパイブーンは自ら買って出た。外国からやってきた人間が認められるためには、誰よりも額に汗して働かなければならない。クランパイブーンはそう信じていた。

そしてアルバイトリーダーの位置にある亜美は、そんなタイ人留学生を見て「やれやれ」と口では言いながら、同じように率先して清掃担当に名乗り出てくれた。リーダーの立場だから仕方なく、というわけではないのは、こうして自らモップを洗いに行く姿勢を見ても明らかだ。

洗い場からは、ちょうど隣のシンガポール料理店「パラワン」のアルバイトが出てくるところだった。シンガポール料理といいながら、彼はマレーシア人留学生だ。軽く挨拶を交わして、洗い場に入る。絞り器付きバケツにモップを突っ込んで洗い、レバーを踏んで水気を切る。モップを所定の場所に立てかけて、石鹸でよく手を洗った。

「もう、慣れた？」

並んで手を洗いながら、亜美が声をかけてきた。クランパイブーンはうなずく。「ええ。かなり」

バンコクの大学から日本の大学に留学して、半年近くが経った。来日した当初は、タイとはまるで違う環境に戸惑ってばかりだったけれど、最近になってようやく落ち着いた気がする。ホームシックにかかった時期があった――日本では五月病というらしい――ものの、今ではごく自然に、ここが自分の居場所だと感じられるようになった。そこまで至るのに大きな役割を果たしてくれたのが、カオヤイでのアルバイトであり、アルバイト仲間の亜美の存在だった。

「そりゃ、よかった」

亜美はペーパータオルをホルダーから抜き取って手を拭いた。笑うと、浅黒い顔から覗く白い歯が眩しい。

彼女は紛れもない日本人だけれど、自分の周囲にいる多くの日本人とは、顔だちがやや異なっていた。目鼻が大きく、唇も厚い。眉毛は濃くて太い。亜美の故郷である沖縄では一般的でも、のっぺり顔の多い東京では目立ってしまう。クランパイブーンは、少しだけ自分たちに似ている彼女がアルバイト先にいたおかげで、日本にすんなり入っていけたと思っている。いきなり冷たい水に入るのは、抵抗がある。少しぬるめの水に入って、身体を慣らしてから冷たい水に移れば、ダメージは少ない。亜美は自分にとって、ぬるめの水だったのだ。

「アピくんは、真面目だからなあ」

まるで慨嘆するように、亜美が言った。「下手な日本人よりも、よっぽど日本人らしい。そりゃあ、馴染むはずだよ」

そんなことないですよ、と否定する声を聞き流して、亜美が続ける。

「でも、あんまり真面目にやり過ぎちゃダメだよ。ただでさえ、毎日慣れない日本語に向き合って、緊張し続けてるんだから。適当に手抜きすることを覚えないと、疲れちゃうよ」

アルバイトの先輩というより母親のような科白に、思わず笑いそうになる。本当は、彼女の方が年下なのに。

「大丈夫ですよ。タイ人は『マイペンライ』の精神ですから。大丈夫、なんとかなる。僕なんかより、亜美さんの方が、ずっと真面目でしょう。見習わなければなりません」

クランパイブーンは、アピラックというファーストネームから、日本では「アピくん」と呼ばれることが多い。一方の亜美は、ストレートに「亜美さん」だ。呼び名の響きが似ていることも、彼女に親近感を抱く原因になっている。

「ダーメ、ダメ」

亜美が右手をぱたぱたと振った。「こんな留年すれすれの奴を見習っちゃダメでしょ」

二人で笑った。通路を歩いて、店舗に戻る。アルバ汐留は午前十時に開場するけれど、三階のレストラン街だけは午前十一時の開店だ。現在、午前十時四十一分。厨房では、調理担当の連中が準備にてんてこ舞いしているだろう。自分たちフロア担当は、業務日誌を読み返して、昨日のスタッフが書き残したことを確認しなければならない。予期せぬトラブルや、その対処法についての貴重な情報が、書き記されているかもしれないからだ。

トラブルやクレームについての情報は、従業員全員が共有して、業務改善に当たる。カオヤイでは、正社員もアルバイトも、それが徹底されていた。業務日誌のアイデアは、アルバイトリーダーである亜美のものだ。クランパイブーンも、自分の接客体験を日誌に残したことがある。その中には店側の落ち度から発生した問題もあったし、明らかにクレーマーからの嫌がらせもあった。日本での生活経験が浅いクランパイブーンは、日誌に自らの経験を書き残すことで、先輩たちからアドバイスをもらえる。貴重なシステムであり、発案してくれた亜美には感謝するばかりだった。

　それでも、と思う。

　見方を変えれば、日本という国は、クレーマーごときが問題になるくらい、平和だということだ。この国の治安の良さは、住んでみて実感できる。スリやひったくりなど、いわゆる軽犯罪の発生率が、考えられないほど低いのだ。電車に乗っていればわかる。財布の入った鞄を網棚に載せて、自分は眠りこけている。そんな日本人を、来日以来何人も見かけた。それでも、鞄はなくなったりしない。

　翻って、自分の故郷であるタイをはじめとした新興国。いくら経済発展を誇ろうとも、中央と地方、貧富の格差は大きくなる一方だ。その格差が、犯罪を生む。日本では、格差はそれほど大きくない。だから、犯罪の発生率が低く抑えられている。成熟した先進国ならではだろう。ときどき、とんでもない大災害や大事件が起きるものの、ほとんどの時期にほとんどの人は、安全に暮らしている。それが、日本という国だ。

　タイがその域に達するのは、いったいいつのことなのだろうか。

　そんなことを考えながら、クランパイブーンは、掃除中テーブルに載せておいた椅子を戻す作業に取りかかった。

藤間たち四人は、目立たない程度の早足で、駅に向かって歩いていた。

さいたま市内にある木下のアパートを出たのが、午前十時四十分過ぎ。最寄りのさいたま新都心駅まで距離があることに加え、冬美が早足で歩くのに向かない靴を履いていたこともあり、移動には思いの外時間がかかった。タクシーを使えばもっと早く着いたのだろうけれど、徒歩十分の距離は、常識的にはタクシーを使うには近過ぎる。タクシーの運転手の記憶に残ることは避けたかった。だから、これが最善かつ最速の行動なのだ。

「ペーパー・ムーンから大宮駅まで、歩いて六分」

声が届く範囲に他人がいないのを確認してから、池田が口を開いた。スマートフォンを片手に握っている。

「モモちゃんが店を出たのは、十時ちょっと前だった。キャリーバッグを引っ張りながらだから、それほど早く歩けるわけじゃない。大宮駅に着いたからといって、そこからホームまでも、ある程度の距離がある。加えて、モモちゃんは京浜東北線でのんびり行くと言っていた」

「そうだな」

「その前提で路線検索してみると、大宮を十時十五分に出る京浜東北線が、おそらくモモちゃんが乗った電車だ。この時間帯の京浜東北線は快速運行だから、新橋には止まらない。秋葉原か東京で、山手線に乗り換えることになる。まあ、十一時二分くらいが、新橋到着の目安だな」

「新橋からアルバ汐留まで、歩いて五分です」

三枝が言い添える。「とすると、モモちゃんがアルバ汐留に入れるのは、十一時七分」

池田がまたスマートフォンに視線を落とす。

「このペースでいくと、俺たちは十時五十七分の高崎線に乗れる。アルバ汐留に到着するのは十一時四十分過ぎってところか。その差、三十分あまり。行動を開始していなけりゃいいんだけど」

「微妙ね」慣れない早歩きにふうふう言いながら、冬美がコメントした。「望みは、あの子が梓さんのお弁当を持っていったことね。分厚いローストビーフサンドイッチに、熱いコーヒー。短時間でかき込めるものじゃないわ。それ以外にも、コインロッカーに寄ったりとか、準備がいくつもある。間に合う可能性は、低くないよ」

「アルバ汐留に着いたら、真っ先に北館に行きましょう」三枝が緊張した、それでも平静な声で言う。こちらはさすがに現役の大学生。若者だけあって、多少の早歩きなど苦にもならないようだ。「モモちゃんがこども休憩室に入る前に、合流できたらいいんですけど」

「期待できるけど、期待しちゃいけない」

それが池田の答えだった。

「わかっているのは、一度始めてしまえば、ストップはかけられないということだけだ。始めないか、完遂するか。今回の計画は、そのどちらかしかない。始まっていたときのことも、考えておかないとな」

「始まっていたとき……」

藤間がくり返す。今回の計画では、こども休憩室が、最初のターゲットだ。理由はいくつかある。まず、こども休憩室に来るような子供は赤ん坊に毛が生えた程度だから、逃げられる心配がない。次に抵抗力が弱いから、比較的容易に死体を稼げる。さらには施設の北端にあるから、事件が起きても、すぐさま全館パニックになったりしない。救急車や警察、あるいは施設に常駐している警備会社も、建物の端に集められる。次の行動を起こしやすいのだ。

理性的な理由は、そんなところだ。しかし藤間は、池田がこども休憩室を最初のターゲットに決めた真の理由が、別にあることを知っている。無防備な赤ん坊を、自らの手で殺せるのか。それも、いのいちばんに。できなければ、計画を完遂することなど、できっこない。

池田はターゲット設定によって、百代に覚悟を問うているのだ。

できる。

藤間は、そう考えている。今朝の、吹っ切れた表情。紙谷梓が作るローストビーフサンドイッチとハワイコナコーヒーを受け取ったときの、嬉しそうな顔。百代には、覚悟ができている。今さら赤ん坊の顔を見たくらいで、腰が引けたりしないだろう。

「始まってたら」冬美が息を切らしながら言った。「どうするの？」

池田は答えられなかった。若者の一団が歩いてきたからだ。手に持っているスポーツバッグに学校名が書いてあるから、高校生だろう。そのまま並行して、さいたま新都心駅に続くエスカレーターに乗った。ここまでくれば、危険な話はできない。四人は口をつぐまざるを得なかった。

十時五十七分発の上野行き高崎線に乗り込んでしまうと、もう電車に任せるしかない。藤間は、ただ黙って吊革につかまっていた。

横に立っている、池田をちらりと見る。彼は多くの乗客がそうしているように、片手でスマートフォンをいじっていた。

始まっていたときのことも、考えておかないとな——。

最後に出てきた彼の科白が、ずっと頭の中で残響となっている。

間に合えば、それでよい。ベビーカーを押してこども休憩室に入ろうとする百代を呼び止めればいい。自分たちの姿を見ただけで、彼女は非常事態の発生に気づく。具体的な話し合いは必要ない。一緒に三階のレストラン街でお昼を食べて帰るだけのことだ。今後の対応については、今夜ペーパー・ムーンで話し合うことになるだろう。

でも、すでに始まっていたら？

自分たちは計画段階で、詳細にシミュレーションしている。百代がこども休憩室を攻撃した後、何が起こるだろうか。

「こども休憩室での失敗は、ないですよ」

深夜のペーパー・ムーンで、木下が自信満々に言った。

「周囲に迷惑がられそうな、うるさ型の母親を演出すれば、こども休憩室の先客たちは目を合わせようとはしませんから。結果として、攻撃直前まで接近に気づかれずに済みます。大人が数人程度だったら、問題なく始末できるでしょう。攻撃の練習は、今までに散々やってきたわけですし」

民間のシンクタンクに勤務している木下は、人間の行動パターンについて研究している。どう動けば目立つのか、逆に目立たないのか。物販から芸能人のパフォーマンスまで、彼の研究成果が役に立つ分野は広い。五人委員会での木下の役割は、実際に行動する際の、百代が取る仕草の演出だった。こども休憩室を攻撃する際、他の親たちが敬遠する恰好や仕草をさせることで、逆に注目させないというのも、彼のアイデアだ。

「大人を処理してしまえば、子供への攻撃を妨害する人間はいない」

冬美が後を引き取る。

「攻撃の回数分、死体を製造できるってことね」

酷薄とさえ感じられる、冬美の科白だった。冬美のこんな科白を聞く度に、やはり男性よりも女性の方が残酷なのだろうかと、失礼な感想を抱いたものだった。そして同時に、同じ女性である百代もまた、同じように残酷な行動が取れるのではないかと期待してしまうのだ。

「俺も、こども休憩室への攻撃は、成功すると思う」池田が人差し指を立てた。「じゃあ、発覚はどんな感じだろう」

「二パターンあるな」

これには藤間が答えた。

「ひとつは、こども休憩室への攻撃後に、新たな利用者が現れて、惨状を発見するパターンだ。中の人間が全員倒れていたら、訪問者は中に入ろうとはしないだろう。大声を出して近くの係員を呼ぶか、携帯電話で警察に通報するかして、発覚する」

「もうひとつは、防犯カメラで確認されるパターンね」

冬美が答えを引き継いだ。

「アルバ汐留も警備会社と契約して、警備員が常駐しているからね。みんなも、ロケハンしたときに見たでしょ？　警備員の制服に『新橋警備保障』っていうワッペンがついてたのを。中央玄関の真下辺りに総合警備室があって、すべての防犯カメラの映像をチェックしてるのよ。もちろん数が多過ぎるから、ひとつずつ注視しているわけじゃない。でも、実行の瞬間を見逃したとしても、何人もが床に倒れ伏している姿が映し出されたら、すぐに気づくでしょ」

さすがはアルバ汐留に出店しているだけのことはある。テナントに入った店舗には、警備態勢が教えられている。経営者として、店舗の安全のために警備状況の報告を受けるのは当然のことだ。さすがに全館の防犯カメラの配置までは教えられていなかったけれど、警備員の人数や一日の動きなどは、だいたい把握できている。

ただし百代の動きに、警備情報を露骨に反映させるわけにはいかない。仮に百代が実行犯だと判明したとしたら、なぜ彼女が警備会社の警備態勢を把握していたんだという疑問が提示され、そこから冬美にたどり着く危険があるからだ。だから百代には、あくまで一般来館者が、その目で見てわかる程度の警戒しかさせていない。それでも警備員や防犯カメラの目を逃れて計画を遂行させるのが、自分たち五人委員会の腕のみせどころだった。

「どちらにせよ、まずは警備会社が動く。来館者が直接一一〇番通報したとしても、所轄の警察署は、警備会社に連絡を入れて、自分たちが到着するまでの状況把握と現場保存を依頼するだろうから。警備会社の連中が、中に入って被害者を介抱しようとして、自分も犠牲になればいいいんだけど」

池田の発言に、三枝が今度は首を振った。

「それは、わかりません。攻撃を受けた被害者はすさまじい顔になりますから、一見してやばいことが起きたってわかります。警備員がどの程度勇気を持っているかにもよりますが、中に入ろうとするかどうか」

木下が冬美を見た。

「警備会社の連中が、具合が悪い客の介抱をすることが義務づけられていたり、あるいは対テロ訓練を受けていたりするかはわかりますか？　俺も対テロ訓練は詳しくないですけど、一見して危なそうなら、近寄らずに専門家を呼ぶよう、指導されている気がします」

冬美が眉間にしわを寄せた。

「わからない。わたしが聞いたのは、自然災害が起きたときのマニュアルがあるってことだけ。熱中症で具合を悪くした客を介抱したりはするでしょうけど」

「今回の客とは、見た目のインパクトが違い過ぎますね」

「オーケー」

池田が手を打った。

「警備員が犠牲者を介抱しようとして、自分もカビ毒の犠牲になる。そんなことが起きたとしても、最初に現場に入る一人か二人だな。その後は、警察と消防がやってくるまで、警備員が出入口を厳重にふさぐだろう。こども休憩室は、子供を犯罪被害から護るためか、外から中の様子が見えないようになっている。警備会社が大騒ぎしなければ、一般の来館者は何が起きたのかがわからない。無警戒の状況はまだまだ続くわけだ」

冬美が鼻から息を吐く。

「ってことは、その間にモモちゃんは、やりたい放題だってことね」

電車に揺られながら、藤間はシミュレーションを反芻（はんすう）していた。自分たちの仮説が的を射ていれば、もし百代が作業を開始してしまっていた場合、こども休憩室の前には屈強な警備員が立っていることになる。遠くからでもわかるから、始まっているかどうかの判別は、すぐにつくだろう。

そこまで考えて、藤間は自分が無益な思考を巡らせていたことに気づいた。

始まっていたときの対策など、意味がない。

そもそも自分たちがアルバ汐留に向かっているのは、木下の死が計画にどのような影響を与えるか予想できないから、一時中止を告げるためなのだ。すでに始まっていたら、影響も何もない。ただ、百代の行動を黙って見ている以外にない。

いや、見ることすらしない方がいい。こども休憩室の前に警備員がいたら、きびすを返して新橋駅に向かい、そのまま電車に乗ってさいたま新都心駅に戻る。そして木下のアパートで彼の死体を〝発見〟するしかないのだ。

そう。自分たち五人委員会の役割は、百代の行動を手伝うことではない。彼女の思いを実現するための環境を作ってあげることなのだ。だったら、本番中は近くにいない方がいい。

今朝、百代はリラックスしているように見えた。リラックスついでにゆっくり弁当を食べてもらって、どっこらしょっと行動を起こす前に自分たちが到着するというのが、今の望みうる最大の幸運だった。

藤間は窓の外を眺めながら、それとなく仲間の様子を窺った。

池田は、相変わらずスマートフォンを見つめている。冬美も同様だ。三枝はぼんやりと窓の外を眺めている。

万が一、彼らの誰かが木下を殺したとしたら。その人物は、百代の計画が成功することを望んでいるのだろうか。それとも——。

失敗を狙っているのだろうか？

間章

「見ていてくれ」

水槽を前に、藤間は言った。

返事はない。しかし無視しているわけではないのは明らかだ。その場の全員が、真剣なまなざしで水槽を見つめていた。

河口湖畔の貸別荘。季節外れのためか、利用客は多くない。藤間たちは、敷地の最奥にある棟に投宿している。ひとつ手前の棟は無人だった。よほどの大きな音を立てなければ、藤間たちが中で何をやっているか、他者に知られる心配はない。

藤間は、ダイニングキッチンのガスコンロ前に立っていた。ガスコンロの上部にある換気扇は、風量を最大にしている。他のメンバーはダイニングキッチンの出入口付近に立っている。

「ドアは、ちゃんと開いてる？」

藤間が問いかける。三枝が振り向いて確認し、すぐに向き直る。

「大丈夫です。ドアストッパーがかかっています」

三枝の言うとおり、キッチンのドアが少しだけ開かれ、幅五センチメートルほどの隙間を作っている。木下が隙間に顔を近づけた。大きなマスクを少しずらして、地肌を外気に曝す。

「うん。きちんと空気が動いています」

木下の言うとおり、ダイニングキッチンには、ドアからガスレンジへと向かう風の流れができていた。

「オーケー」

藤間はわざと軽い口調で言った。メンバーを安心させるためだ。

「これで、たとえ水槽の中身が漏れても、みんなの方へは流れていかない」

「外は、大丈夫なのか？」

池田が口を挟む。藤間はうなずいた。

「ああ。換気扇から外に流れ出ても、すぐに拡散するから、危険な濃度じゃなくなる。大丈夫。万が一に備えての工夫だよ。ここでしくじって、警察沙汰になるような間抜けはしない」

「わかったから」冬美が着ている服をつまんで引っ張った。「早く始めましょ。これ、窮屈だわ」

その場の全員が、同じ服を着ていた。使い捨てのツナギに、高性能のマスク。目はゴーグルで保護している。さらには、両手にやはり使い捨ての手袋をはめていた。

「わかりました。じゃあ、始めましょう」

藤間が水槽に手を添えた。水槽といっても、小学生がカブトムシを飼うときに使うような、小さなプラスチック製のものだ。

中にはハツカネズミが一匹、一心不乱にリンゴを齧(かじ)っていた。数日前に、ペットショップで購入したハツカネズミだ。しかしよく見れば、普通のハツカネズミとは外見が違うことがわかる。背中の毛が剃られ、地肌がむき出しになっているのだ。

先ほど、藤間と三枝が二人がかりで剃った。なぜこの二人かというと、動物実験の経験があるのが、自分たちだけだったからだ。藤間は大学で生化学を専攻していたし、今も民間企業の研究所で働いているから、動物の扱いはお手のものだ。そして三枝は、現役の医大生だ。相棒として、彼以上の適任者はいない。

ハツカネズミは嫌がって暴れたけれど、藤間が身体を押さえつけ、三枝がシェービングクリームと安全カミソリで処置した。いくら残酷でも、仕方がない。ハツカネズミは、全身に毛が生えている。人間と同じように、地肌がむき出しになっていなければ、実験には使えない。それ以前に、毛を剃るなんて児戯に等しいと思えることを、これから藤間はこの小動物に対して行うのだ。体毛ごとき、いちいち気にしていられない。

藤間は、もう一度出入口付近の仲間を見た。中でも、人一倍緊張した雰囲気を身にまとっている女性に。

「モモちゃん。やるよ」

藤間はその女性の名前を口にした。百代は黙ってうなずいた。大きめのマスクとゴーグルのおかげで、表情を窺うことはできない。けれど目を見ただけで、集中力を極度に高めていることがわかる。

深呼吸をする。相手はひ弱な存在ではあるけれど、だからといって気を抜いていいわけではない。齧歯類は、鋭い歯を持っている。爪も侮れない。暴れたハツカネズミの歯や爪が藤間の手を引っ掻き、手袋に穴を開けられるのは、絶対に避けなければならない。

藤間は、水槽の脇に置いてあるアトマイザーを手に取った。キャップを外す。ヘッドを押すと、中の液体が霧状になって噴射される、ありふれた品だ。事実、藤間は百円均一の店で買ってきた。

アトマイザーを右手で構える。左手を、水槽の蓋にかけた。

「やるぞ」

早口に言って、水槽の蓋を開けた。アトマイザーを持つ右手を水槽に入れる。

まず、ハツカネズミの顔に向けて噴射した。そしてむき出しになった背中にも。アトマイザーはそのまま水槽の中に捨て、すぐに右手を抜いて蓋を閉めた。蓋を両手で上から押さえる。

反応は、すぐに現れた。ハツカネズミが暴れ出したのだ。

「ヂィッ！」

大きくはないが甲高い声が、水槽越しに聞こえた。食べていたリンゴを、口から吐き出した。水槽の床を転がる。苦しんでいるのは、明らかだった。ハツカネズミが壁にぶつかって水槽が倒れないように、藤間はしっかり押さえていた。

「ヂィッ！」

「ヂィッ！」

ハツカネズミがのたうち回る。しかし一分もしないうちに、様子に変化が訪れた。苦しむ動きが、弱々しくなったのだ。そして数分後には、ぐったりとして動かなくなった。まだ髭や口元は動いていたが、それもさらに数分経つと、止まった。

誰かが生唾を飲む音が聞こえた。

「……死んだの？」

喉に引っかかる声で、冬美が言った。

「はい」

藤間は押し殺した声で答える。

実験で動物を殺したことなんて、数かぎりなくある。今日だって同じだ。大学の実験室だろうと、勤務先の研究所だろうと、河口湖畔の貸別荘だろうと、やることは同じだし、得られた結果が死だということも変わりない。

それでも今日の行為は、藤間の心理に与える影響が、他とはっきりと違っていた。それがなぜなのかもわかっている。どんな実験も、目的があって行われる。この場で行われた実験が、将来どのような結果に結びつくのか。自覚しているからこそ、普段と同じではいられないのだ。

それでも自分はプロだ。自覚があったところで、行為そのものに影響は与えない。だから、成功した。

ふうっと池田が息を漏らした。

「カビ毒って、すごいな」

そして頭を振る。「もう、餅にカビが生えたら、食べるのはやめよう」

「カビによるよ」

藤間は苦笑した。水槽の中に放置したアトマイザーを指さす。

「世にあまたあるカビ毒の中でも、トリコセテン・マイコトキシンは別格だ。致死量も少ないし、触れてから発症までの時間も短い。口から取り入れたり吸ったりするよりも、皮膚への暴露がより効果的なのも、今回の目的にはうってつけだ。もっとも、こいつは使い勝手をよくするために、多少の工夫はしているけどね」

「多少の工夫って？」

木下が訊き返した。彼は純粋な文系人間だ。死を前提とした動物実験には慣れていない。目の前でリアルな死を見せつけられて動揺したのか、声が少し震えた。

「唐辛子エキスを混ぜたんだ。トリコセテン・マイコトキシンがいくら強力だからといって、触れたら即死というわけじゃない。被害者がその場から動けなくするために、刺激の強い成分を加えたんだ。こいつが目にかかったら、激痛で目を開けていられなくなる。見えない以上、その場でじっとしているしかない。じっとしているうちに、死に神が迎えに来る」

「藤間くんって、そんなえげつない人だったっけ」

茶化したような冬美の口調からも、恐怖が滲(にじ)み出ていた。

「ともかく」

藤間は水槽を軽く叩いた。

「こいつなら、女の細腕でも大量殺人が可能だ。——モモちゃん」

藤間はもう一度、喫茶店のアルバイト女性の名前を呼んだ。百代の目が見開かれる。

「モモちゃん。このとおり、君が持ち帰ったカビ毒の威力は絶大だ。こいつを上手に使えば、君一人で相当な人数を殺せる。殺せるってことは、苦しんで苦しんで、苦しみ抜いた挙げ句に死ぬ人間が、大勢出てくるってことだ。たった今見たネズミのようにね。君の目の前で。君の行為によって」

藤間は、ゆっくりと、ひと言ずつ、はっきりと言った。

「君に、その覚悟があるか？」

百代の身体は揺らがなかった。そして今までと同じ口調で即答した。

「あります」

第三章　攻撃開始

正面広場のイベントスペースでは、すでに大道芸フェアが始まっていた。

ジャグリングを披露する者。

水晶玉を宙に浮かせる者。

竹馬に乗ったまま大縄を跳ぶ者。

広場のあちこちに設置されたブースで、世界中から集まった大道芸人たちが、驚きのパフォーマンスを見せている。それなのに、広場に見物人は少なかった。理由は簡単。暑いからだ。

よく晴れた空からは、日差しが容赦なく降り注いでいる。ポーカーフェイスの大道芸人たちも、服の内側は汗だくに違いない。風でも吹いてくれれば少しはマシなのだろうけれど、アルバ汐留そのものが海からの風を遮っているせいで、正面広場はただ暑いだけだ。それでも彼らがばたばたと倒れないのは、地面が芝生だから、下からの照り返しがないためだろう。

そんな広場を見下ろす三階に、篠崎百代はいた。

アルバ汐留は、四つのエリアに分かれている。南側から南館、南中央館、北中央館、北館だ。北側のふたつのエリアは、三階がレストラン街になっている。

そして北中央館と北館のつなぎ目に、休憩スペースがある。エレベーターホールを少し広めに取って、そこにいくつかのベンチを置いてあるだけだけれど、買い物の合間にちょっと休むには重宝する。現在は百代の他には、若いカップルがひと組だけだった。

午前十一時二十分。レストラン街は開店したばかりだ。早めの昼食客も、現れるのは午前十一時半を過ぎてからだろう。どれだけ買い物客がいようと、自分の来場目的に気づかれる心配はない。最低でも、ベンチに座ることができれば、それでいい。

百代は、窓際のベンチに腰掛けて、正面広場の大道芸を見下ろしていた。アポロキャップを脱いで、長い黒髪を指ですく。そうやって頭皮に外気を当てて、蒸れた空気を逃がした。

ＪＲ大宮駅にたどり着くまでは汗をかいたけれど、電車の中は冷房のため寒いくらいだった。ＪＲ新橋駅からアルバ汐留までは、地下通路を通る。建物に入ってしまうと、きちんと空調が効いている。だから暑くてたまらないということはない。

百代は長袖のラッシュガードパーカーを着ている。白地にピンクとブルーのボーダーは、見た目には涼しげだけれど、やはり残暑の残る九月に長袖は暑い。それでも日焼け防止には仕方がないと、多くの女性が割り切って身にまとっている。空調の効いた屋内では日焼けを気にする必要はない反面、脱ぎたくなるような暑さも感じない。だから買い物客は、半袖と長袖が混在している状況だった。百代もまた、大宮駅からずっとパーカーを脱いでいない。

そう。日焼けが悪だと世の中の女性たちが認識してから、真夏でも長袖を着る習慣が定着している。だから百代が長袖を着ていても、何の違和感もない。それこそが大切なのだ。

百代は、脇に置いたデイパックに手をやった。ファスナーを開けて、中から水筒を取り出す。水筒の蓋を開けると、ふわりとコーヒーの香りが鼻をくすぐった。ペーパー・ムーンで梓が淹れてくれた、ハワイコナだ。

夏だろうが何だろうが、紅茶とコーヒーは、ホットでなければならない。

年中ホットというのは、達樹とつき合うようになってから身についた習慣だ。唯一の例外は、店主の紙谷邦男が丁寧に作るダッチコーヒーだけだけれど、今日はホットコーヒーを飲みたかった。

蓋になっているコップに中の液体を注ぎ、そっとすする。淹れたてほどではなくても、十分熱い。火傷をしないよう慎重に、あるいはひと口ひと口をいとおしむように、ゆっくりと飲んだ。

コーヒーを三口飲んでから、水筒を置いた。今度はサンドイッチの入ったプラスチック容器を取り出す。蓋を開ける。梓がローストビーフを多めに挟んでくれた、サンドイッチ。上下のパンよりも、折りたたまれたローストビーフの方が厚い。こちらは口を大きく開けて齧る。油断するとアボカドがパンの間から逃げてしまうから、食べ方にも工夫が必要だ。梓の口ーストビーフサンドイッチは何度も食べてきた。具を飛び出させるようなへまはしない。簡単に最初のピースが腹に収まった。

ふたつ目のピースを取り、齧る。眼下では、大道芸人たちのパフォーマンスが続いている。しかし百代の目には、彼らは映っていなかった。

買い物客のうち、どれだけの人数が広場に出てこられるだろう。

そんなことを考えた。

「決して、少なくはない」

それが、五人委員会の予想だった。

「アルバ汐留の週末の来館者は、一日八万から十万人だ」池田が言った。「昼食時の混み合う時間帯なら、客と従業員を合わせて一万人近くが建物にいるだろう。まったく被害を受けないか、受けても軽微な症状で済む人間は、大勢いる。実行の初期段階で異変に気づいて逃げる奴もいる。警察がいち早く避難場所を指定して、他から外に出さないようにしなければ、そいつらは一階の玄関口から広場に出るか、地下一階から地下通路に逃げようとする。広場は、一時的に野外コンサートの会場みたいに混み合うことになる」

「そこで一網打尽にしたいところね」

冬美が唇を歪めた。決して健康的ではない笑み。その隣で、藤間が首を振った。

「いえ。広場は、捨てましょう。天候にもよりますが、今回の兵器は、屋内向きです。広場では、効果的に使えない可能性が高いわけですから」

「賛成です」

三枝が片手を挙げて、藤間に味方した。「広場の連中に攻撃を加えようとしたら、モモちゃんは広場にいる人の間を、ナイチンゲールさながらに駆けずり回らなければなりません。いくら何でも不自然です。その頃には警察も消防も到着しています。まず間違いなく捕まっちゃいますよ」

「そうだな」木下がコーヒーを飲みながら続けた。「屋内勝負だ。いかに屋内で効果的に攻撃するかに、作戦の成否がかかっている。屋外に逃げた奴は放っておいて、その絶対数を減らすことを考えた方がいい」

冬美が不健康な笑みを口元にたたえたまうなずく。「そうね。外に逃げた奴を追いかけるんじゃなくて、いかに逃がさないかを考えましょ」

「オッケー」池田が両手を挙げた。「全員一致だ。作戦が始まってから、モモちゃんが広場に出る必要はない」

「それに、広場に客が溜まるのは、警察の対応が遅れたときだ」藤間が言い添えた。「事件を知った警察が真っ先に考えるのは、客が勝手に逃げ出さないようにすることだ。警察が誘導するのは、風上の浜離宮恩賜庭園だと予想できる。広場のことは、気にする必要はないよ」

　百代は、深夜のペーパー・ムーンで交わされた議論を思い出していた。

　あのときの議論どおり、自分は今、建物の三階から広場を見下ろしている。眼下の大道芸人たちは、命拾いをするわけだ。それでいい。自分の狙いは、特定の対象ではないのだから。

　過去に思いを馳せている間に、四ピースのサンドイッチは、すべて胃の中に収まった。水筒のコーヒーも飲み干す。

　おいしかった。

　百代は満足して、ウェットティッシュで両手と口元を拭いた。デイパックからコンパクトとリップスティックを取り出し、口紅を引き直す。水筒はデイパックに戻し、空になったサンドイッチのケースと使い終わったウェットティッシュを、近くのゴミ箱に捨てた。ベンチに座り直す。

　ラッシュガードパーカーのポケットから、無造作に折りたたまれたフロアガイドを取り出した。準備段階で書き込みのためぐちゃぐちゃになったものは、昨日のうちに処分してある。今手にしているのは、今日、入口のインフォメーションで取ってきたものだ。

　ベンチに座ったまま、フロアガイドを広げる。足元にはキャリーバッグ。脇にはデイパック。週末を利用して東京観光に来た地方人そのままの恰好だ。

それだけではない。自分は際だって背が高いわけでも、低いわけでもない。モデルのように痩せているわけでも、樽のように太っているわけでもない。女優のように美しいわけでも、ヘイケガニみたいな顔をしているわけでもない。こと外見に関していえば、平凡という言葉がぴったり当てはまる。そんな平凡な人間が、ありふれた恰好をして、一日十万人近くが訪れる場所にいる。他人の印象に残るわけがない。

「こそこそする必要はない」

また、木下の言葉が頭に浮かんだ。

「普段どおりに振る舞えばいい。大切なのは、流れに身を任せることだ。その場その場で、周囲の人間の行動に合わせるんだ。合わせながら、要所要所でスパイスの動きを挟む。そんな感じだな」

百代は顔を上げた。視界の隅に、天井の一角を捉える。正確には、天井から吊り下がった、小さな箱状のもの。防犯カメラだ。

アルバ汐留には、数十機の防犯カメラが設置されている。この場所のように、はっきりわかる形で設置されているものだけで、その数だ。見落とし、あるいは隠すように設置されているものもあると考えれば、建物のどこにいても――ごくわずかの例外を除いて――防犯カメラから逃れることはできない。自分の行動は、すべて記録されると考えた方がいい。

事件の後、すべての映像が検証されることだろう。自分の姿も、警察の目に曝されることになる。しかし、必要以上に心配することはない。検証の際に注目されるのは、周囲から浮いた行動だ。少なくとも、今現在の映像は、真相究明の参考にはならない。もちろん決定的な瞬間も録られるはずだ。しかし、その映像が自分に直結しないよう、準備はしてきた。

あらためて、フロアガイドに視線を落とす。

アルバ汐留は、地上三階、地下一階で構成されている。四つのエリア――南館、南中央館、北中央館、北館――は、フロアごとに売り場のジャンル分けがなされている。

南側、南中央館と南館の三階は、シネマコンプレックスだ。映画のチケットがないと、中に入れない。

二階と一階は、女性向けファッション売り場だ。女性向けファッションは、商業施設で最も重要視されるジャンルだ。そのために、スペースも広く取っている。二階はミセス向けのブランド、一階は若者向けのブランドというふうに棲み分けてはいるけれど、いちばん混雑するのは、南館の端に二階分ぶち抜きで入っている、ファストファッションの新店だろう。

地下一階は、来館者用の駐車場だ。こちらは人口密度が低いから、今回対象になっていない。無視していい場所だった。

北側は、さらに細かく分かれている。自分が今いるのが、北中央館の三階。北中央館と北館の三階は、レストラン街だ。ファストフードや居酒屋は入っていない。比較的客単価の高い、おしゃれな店舗が占めている空間だ。

北中央館の二階は、男性向けファッション売り場。自分には――達樹にも――まったく縁のない、男性向け高級ブランドが軒を連ねている。こんなことでもないと、決して足を踏み入れない空間だった。

一階は、化粧品や貴金属売り場だ。これまた、あまり縁がない。地下一階は、食料品売り場。いわゆるデパ地下を想像すれば、ほぼ当たっている。こちらは達樹がいた頃に、将来に備えてよくデパ地下巡りをしていたから、なじみのあるフロアだ。

北館の一階と二階は、雑貨とカルチャーのゾーンだ。二階には大型書店も入っているから、アルバ汐留の中では、最も五人委員会の面々に近いエリアだといえるだろう。

地下一階もレストラン街だ。ただし、三階よりも気軽に入れる店が並んでいる。平日のランチタイムでごった返すのは、三階よりも、むしろこちらの方だ。平均的なランチの価格帯も、倍近く違う。

端から端まで五百メートルを超え、大小合わせて二百八十店余りが出店している巨大施設。それがアルバ汐留だ。

もう、すっかり覚えてしまった情報を、もう一度反芻する。そして、緻密に組み上げられた計画も。

おそらく自分には、臨機応変な行動など取れないだろう。事前に決めた計画どおりに、愚直に動くだけだ。自分程度の判断力では、思いつきで行動することは、即破綻につながる。ポイントさえ外さなければ、むしろ考えずに行動した方がいい。では、今すぐ行動するべきだ。昼食は、たった今済ませた。食後の休憩も終わった。だったら、次の行動に移るのが正しい行動だろう。

午前十一時三十五分。百代は立ち上がった。アポロキャップをかぶり直す。デイパックを右肩にかけ、左手でキャリーバッグの持ち手をつかんだ。エレベーターの前まで歩き、▽ボタンを押した。三機並んだエレベーターの、右側のランプが灯った。しばらく待つと扉が開き、大勢の人間が吐き出された。もう、ランチタイムだ。平日と違い、休日は三階も混み合う。今から各店は大忙しだろう。

入れ替わるようにエレベーターに乗り込む。他には誰も乗ってこない。一階のボタンを押した。エレベーターは二階に止まらず、一階で百代を降ろしてくれた。

シミュレーションどおり、コインロッカーに向かう。アルバ汐留には、コインロッカーが数カ所に設置されている。遠方からの客が手荷物を預けたり、買い物の荷物を一時的にしまったりするためだ。サイズも、大型から小型まで、いくつもある。週末ともなると、ほとんど空きがない状態になることは、確認してある。

しかし百代には関係ない。昨日のうちに、必要な荷物は預けてあるからだ。その一カ所目、北館一階にあるコインロッカーに到着した。

コインロッカーは、通路に面して並んでいるパターンと、ひとつのブースになっているパターンがある。アルバ汐留の場合、一区画を取ってブースにしている。荷物の出し入れをする際、通路を歩く人の邪魔にならないメリットがある反面、店舗を入れられるスペースを潰さなければならないデメリットもある。アルバ汐留の設計者は、デメリットよりもメリットを優先したのだろう。商業施設は、イメージが大切だ。美観の面でも、通路にむき出しのコインロッカーを置いておきたくなかったのだ。残念ながらこの鋭い推察は、自分のオリジナルではない。実際に自分の店を出店している、冬美の意見だった。

推察の出典はともかく、施設側のメリットは、百代のメリットにもなる。コインロッカーのブースにも防犯カメラは設置されていると思うけれど、やはり荷物の出し入れを多くの客に見られたくはない。どうしても不自然さが入り込み、不要な関心を抱かれてしまうかもしれないからだ。その点、アルバ汐留の設計者の判断に感謝すべきなのだろう。

コインロッカーのブースに入り、最奥に進む。パーカーのポケットから、薄手の手袋を取り出した。これもまた、日焼け防止によく使われるものだ。この季節、はめていても不自然でない品。今からは、指紋を残すわけにはいかない。

百代が用があるのは、端にある縦長のロッカーだ。預けてから日付が変わっているから、扉を開けて中の荷物を取り出すためには、超過料金が必要となる。百代は小銭入れから百円玉四枚を取り出して、コインロッカーに投入した。鍵を差し込んでひねると、扉が開いた。手を突っ込む。中から、折りたたみ式のベビーカーを取り出した。

折りたたんだまま、コインロッカーを離れる。キャリーバッグにベビーカーだから、かなりの荷物だ。あまり長時間人目に曝されたくない恰好だから、すぐに手近なトイレに入った。

幸いなことに、大型の多目的トイレが空いていた。混み合う女性用を避けて、多目的トイレに入る。内側から鍵をかけた。

ふうっと息をつく。数十機も設置されている防犯カメラ。カバーしていない数少ないエリアのひとつが、トイレの個室だ。もし防犯カメラが女子トイレの個室を撮影していて、それがばれたら大問題になる。つまり、ここでどんな作業をしても、防犯カメラの映像をチェックしている人間にはわからないわけだ。

多目的トイレは、本来は身体が不自由な人に向けたものだ。子供のおむつ交換にも使われるから、今の自分の出で立ちなら、使用しても不自然ではない。とはいえ、用事を済ませたら、すぐに出た方がいい。あまり長い時間占拠していると、待っている人間の印象に残る危険がある。

百代は折りたたまれていたベビーカーを開いた。そしておむつ交換用の台にキャリーバッグを置いて、開ける。キャリーバッグの中身を、ベビーカーに移していった。

移し終わると、ベビーカーのシェードを下ろした。これで周囲からは、ベビーカーの中に赤ちゃんが乗っているのかどうかはわからない。自分は二十代後半だし、年相応に見える恰好をしている。そんな自分がベビーカーを押していたら、疑われることはない。

空になったキャリーバッグには、デイパックを、中の水筒ごと入れた。キャリーバッグも、デイパックも、もう必要ない。かといってトイレに放置すれば、警備員に通報されるかもしれない。だから持ち出す必要がある。

ベビーカーの中から、マスクを取り出して装着する。日本では、年中何かのアレルギー症状が蔓延している。だから街中でマスクをしている光景は、当たり前になった。自分も、その一人だ。そしてミラーサングラス。これもまた、ファッションとして異様なものではない。鏡で全体のバランスを確認して、個室を出た。

待ちかねたように、小さな子供を三人連れた中年女性が個室に入った。子供のおむつを替えようというのだろうか。ずいぶん焦っていたようで、ベビーカーとキャリーバッグを押した百代には、目もくれなかった。

またコインロッカーブースに戻る。先ほど空けたコンパートメントは、幸いなことにまだ空いていた。キャリーバッグを押し込む。それだけではない。ベビーカーからレジ袋にくるまれたものを取り出し、一緒に入れる。藤間の指導に従って自作した、自動発火装置だ。コインロッカーにしまったものから、警察が百代にたどり着くのを防ぐための工夫だった。スイッチを入れて、扉を閉めた。また百円玉四枚を投入する。鍵をひねって施錠した。本来ならこの鍵はもう不要だけれど、まさかコインロッカーの鍵を捨てる瞬間を、防犯カメラに捉えられるわけにはいかない。鍵は、パーカーのポケットに入れた。

アルバ汐留の中は、目をつぶっても歩ける。百代は迷わず次の目的地に足を向けた。

次は、１０１。

こども休憩室だ。

／／／／／／／／／／／／／／／

「ふうっ」

菊田孝雄は、こども休憩室に入るなり、大きなため息をついた。

妻の真樹子と、一階中央玄関前で別れた。買い物の用事を真樹子に任せて、自分は娘の友里亜と、こども休憩室で待っていることにしたからだ。

気楽な気持ちでベビーカーを押していたら、最初の誤算に気がついた。中央玄関は、その名のとおり建物の真ん中、南中央館と北中央館を跨いだ場所にある。一方、こども休憩室は北館の端っこ。横に長い建物の、ほぼ半分を歩かなければならないのだ。直線距離としてはたいしたことはないはずだけれど、なにぶん人が多過ぎた。通路は広めに取ってあっても、通行人の絶対数が多ければ、密度は上がる。前方から押し寄せる人波を避けながらベビーカーを押すのは、至難の業だった。

しかも、こども休憩室に到着してみると、飲料の自動販売機がなかった。缶コーヒーでも飲みながら待とうと考えたときは、それほど飲みたいわけではなかったけれど、ないとわかると飲みたくなる。孝雄は一度こども休憩室を出て、飲料の自動販売機を探す旅に出た。その結果、見つからなかった。結局、北中央館の地下一階にある、焼きたてパンを売るベーカリーに置いてあった缶コーヒーを、バターロールの一個も取らずにレジに持っていった。レジの女の子は怪訝な顔をしたけれど、口に出しては文句をつけられなかった。

さらに脱力したことには、ようやく缶コーヒーを確保して一階に戻ると、こども休憩室の目の前に、テイクアウト可能なコーヒーショップがあったのだ。なんだ。最初からここで買えばよかった。缶コーヒーを入手することに意識が固定されてしまい、目に入らなかったのだろう。こういった頭の固さは、自分の欠点だと思う。真樹子ならば、すぐさまこの店を見つけて入っていただろうに。

まあいい。二歳の友里亜が、父親の無駄な行動を母親に喋るわけがない。どうせ真樹子の買い物には時間がかかるのだ。店内をうろうろするのも、いい時間の潰し方だ。そんなふうに自分を納得させて、こども休憩室に入った。ベビーカーは中にまで入れられないらしく、入口で友里亜を下ろして、たたんだ。ベビーカー専用スペースに立てかける。

こども休憩室は、それほど広い空間ではなかった。自分たちが住んでいる２Ｄ Ｋの「２」の部分、つまり六畳間をふたつ合わせたくらいだろうか。全体がパステル調の色合いで、ひと目で子供向けの施設だとわかる。

先客は三組。というのは、大人が三人いたからだ。いずれも男性。孝雄と同じように、奥方が買い物をしている間、子供と一緒に待っているという図式だろう。三人が三人ともコーヒーショップの紙コップを手にしていることには、気づかないふりをした。子供は四人だ。大人が三人だから、四人のうち二人は兄弟姉妹だと想像できる。

靴を脱いで上がると、柔らかなカーペットの感触があった。子供を遊ばせるスペースと、親が滞在するスペースを区切っているのも、キューブ形のクッションだ。子供が転んだときに怪我をしないようにという配慮だろう。と同時に、クッションは小さな子供が勝手に出て行かないよう、バリケードの役割も果たしている。友里亜はもう自分ですたすた歩く。目を離すと、どこに行ってしまうかわからないけれど、大型のクッションを越えることはできない。その意味でも、ありがたい設備だった。使う人間の立場になって造られたことが、よくわかる。

こども休憩室には、木製の玩具がいくつも置いてある。先客の四人はそれぞれ玩具を手に遊んでいる。それでもまだ余っている。目を覚ました友里亜を下ろすと、友里亜は一目散に玩具に向かって歩いていった。よし。後は、のんびり過ごすだけだ。

空いているソファに腰掛けた。先客の男性たちは、一人は居眠りしていて、もう一人は文庫本を読んでいる。最後の一人は、遊ぶ子供の写真を携帯電話で撮っていた。まさしく、週末の父親の行動だ。

缶コーヒーを開けて、ひと口飲む。コーヒーショップの淹れたてとは比べるべくもないけれど、決して嫌いな味ではない。缶を床に置いて、スマートフォンを取り出した。ソーシャル・ネットワーク・サービスのサイトにつなぐ。これで、ようやく自分も休日モードだ。

SNSが登場してから、疎遠になっていた人間との交流が復活した。今も、十五年近く交流の途絶えていた、高校時代の部活動の仲間と連絡を取り合っている。便利な時代になったものだ。木製玩具で遊ぶ友里亜を視界の隅に捉えながら、旧友の書き込みにコメントをつけていった。

高校の部活動以外にも、孝雄はいくつかのソーシャル・ネットワークに参加している。順番に見ていけば、時間はいくらあっても足りない。金曜日の夜などに迂闊に接続すると、「俺の時間を返せ」と思うくらいあっという間に過ぎ去ってしまう。今日も、そうなるのだろう。

――と。

空気が動く気配があって、孝雄は顔を上げた。見ると、自動ドアが開いて、誰かが入ってくるところだった。

女性だ。アポロキャップにサングラス、さらにはマスクという重装備だ。日焼け対策とアレルギー対策なのだろうか。最近、こんな女性が増えた気がする。

女性は、ベビーカーを押していた。本来なら、そこでベビーカーをたたまなければならない。しかし彼女は、ベビーカーをそのままに、中に入ってきた。入口の注意書きに気づかなかったのだろうか。

さて、どうしよう。

やはり、注意すべきだろうか。しかし、相手がどんなキャラクターかわからない。こちらが注意したら逆ギレされて、面倒なことになるのは避けたい。ここは黙っているのが上策だ。

孝雄はそう判断し、あえて女性が入ってきたことに気づかないふりをした。他の二名——もう一人は眠っているから——も同様らしい。みんな、自分の作業に夢中になっているふりをしている。

女性は靴脱ぎ場ではさすがに足を止めた。いくら何でも、ベビーカーを押したまま土足では来ないだろう。そう思っていたら、女性はさらに意外な行動に出た。どこから取り出したのか、除菌スプレーのボトルを手にしていた。噂に聞く、過剰な綺麗好きだろうか。子供が触れるものすべてを、消毒しなければ気が済まないタイプの親。これでは、迂闊に注意したりしたら、百倍になって返ってくるかもしれない。孝雄は、この女性とは関わり合いになるまいと、固く心に誓った。無理やり視線をスマートフォンに戻す。女性のことは、無視した。

突然、液晶画面に影が落ちた。

どうしたのだろう。孝雄は反射的に顔を上げた。すると、目の前に除菌スプレーのボトルがあった。噴射口が、こちらを向いている。

目の前が白くなった。

一瞬、何が起きたのか、わからなかった。それでもすぐに、除菌スプレーを顔面に向かって噴射されたことを理解した。

さすがに腹が立った。他人に向かって除菌スプレーを吹きかけるとは。人間を菌扱いするとは、いくら何でも失礼だ。そう文句を言おうとした。

しかし、言えなかった。顔面が、猛烈に熱くなったからだ。それだけではない。目にも強烈な痛みが襲ってきた。涙が出て止まらない。前が見えなくなった。

除菌スプレーには、アルコールが入っているものがある。そのせいで、顔と目が痛いのか。そんなふうに考えようとしたけれど、それすらできないほどの痛み。慌てて息を吸おうとした。むせた。今度は咳が出て止まらない。そうしているうちに、顔面を焼かれるような感覚は、ますます強くなってきた。

どすん、と重い音が聞こえた。痛みと涙にまみれた目で確認しようとする。傍らのソファに座っていた男性が倒れたのだとわかった。男性もまた、顔面を両手で押さえている。彼もまた、女性に除菌スプレーを吹きつけられたのか。

鼻からも鼻水が出て止まらない。鼻と口がそんな調子だから、呼吸がままならない。息苦しくなってきた。身体がだるくなり、動かせない。自分の身体もまた、ずるずるとソファから頽れていくのがわかった。

なんだ。

いったい、何が起きたんだ。

わからなかった。わからないなりに、孝雄にははっきりと理性で捉えている対象があった。友里亜。

友里亜は大丈夫か。見えない目を一人娘に向ける。無理やりまぶたをこじ開けた。

友里亜は寝ていた。いや、違う。倒れているのだ。その証拠に、他の四人の子供たちもまた、床に転がったままのたうち回っている。

なんだ、これは。

理解できないまま、孝雄は友里亜に向かって移動しようとした。しかし身体を床に接地させている現状では、這うしかない。それなのに、身体が動かないのだ。

「友里亜……」

肺にわずかに残った空気で、娘に呼びかけた。娘に届いたかどうか自信がないくらい、弱々しい声だった。

孝雄の意識は、それを最後に闇に閉ざされた。

／／／／／／／／／／／／／／／／

最初に気づいたのは、島村文雄(しまむらふみお)だった。

アルバ汐留担当の中では最も目が細いのに、最も早く異常を見つけると評判の中堅社員は、モニターの一角を指さした。

「なんだ、あれは？」

「えっ？」

関口が、島村が指し示す先に視線をやる。総合警備室にいくつも並んだモニター。館内に設置された防犯カメラの映像を映し出している。

島村が注目したのは、１０１、つまりこども休憩室の映像だった。こども休憩室は、親が買い物をしている間、子供が退屈しないように遊ばせる場所だ。もっともベビーシッターがいるわけではなく、両親の片方が子供をみることになる。そのため、子供が遊ぶスペースと、親が休憩するスペースがある。奥にはおむつ交換台と授乳室もある。

防犯カメラは、子供が遊ぶスペースと親が休憩するスペースの様子を捉えている。おむつ交換台はともかく、授乳室は女性が乳房を出す場所だから、カメラを設置するわけにもいかない。それ以前に、防犯の点からいえば出入口に面したスペースさえ押さえておけば、奥のスペースを撮影する必要はない。

関口をはじめとする新橋警備保障のメンバーが、ひとつのモニターに視線を集中させた。こども休憩室は、静まり返っているように見えた。動きがないのだ。午前中は午後と比べてそれほど混み合わないものの、いつも誰かしら利用者はいる。それなのに、利用客の動きが、モニターから見受けられないのだ。

かといって、無人なわけではない。モニターには、大人と子供の姿がはっきり映っていた。それなのに、誰も動かないのだ。しかも、大人はソファに座っているのではなく、床に伏している。明らかに異常な映像だった。

「これは……」

警備責任者の丸山が、椅子から立ち上がった。総合警備室内をぐるりと見回す。

「おい。島村と直井、様子を見てこい」

「はいっ！」

二人がバネ仕掛けのように立ち上がる。「行ってきます！」

そのまま総合警備室を走って出ようとする二人に、丸山があらためて声をかけた。

「十分に注意しろ。状況を確認したら、すぐに連絡するように。いいか。行動を起こす前に報告だ」

「わかりましたっ！」

若い直井が大声で返事して、総合警備室から出て行った。

二人がいなくなってから、関口が丸山に話しかける。

「課長。珍しいですね」

「何が？」

「行動を起こす前に報告って。いつもは、迅速な行動こそが、被害を最小限に留める最大の武器だって言ってるのに」

　丸山は表情を変えずに、頭だけ振った。

「大人と子供を合わせて九人もの人間が、ぴくりとも動かないんだ。カメラの故障でもないかぎり、何かが起きたと考えるしかない。その何かの正体がわからないうちは、慎重を期した方がいいだろう」

「…………」

　関口は唾を飲み込んだ。丸山の言う「何か」が想像できないから、上司の言葉に説得力を感じたのだ。

「関口。いつでも警察に連絡できるようにしておけ。島村と直井の報告次第では、すっ飛んできてもらわなきゃいけないからな」

「わかりました」

　短く答えた。警備会社、それもアルバ汐留のような大規模施設の警備を担当している部署が、普通の一一〇番通報をするわけがない。所轄署とは普段から緊密に連絡を取り合っているし、ダイレクトに連絡できる回線を持っている。関口は、ここしばらく機会のなかった緊急連絡の手順を頭の中で反芻した。

関口は、あらためてモニターを見やった。丸山が指摘したとおり、大人四名と子供五名が映し出されている。誰も、ぴくりとも動かない。しかしこども休憩室の施設そのものには異常はないように見える。

もしかして、ガス漏れか？

火災による一酸化炭素中毒ならば、こども休憩室は煙っていなければならない。それ以前に、火災報知器が作動する。しかしガスならば、モニターのような絵になるのではないか。いや、こども休憩室にガス栓はあったか？　それと、ガス探知機はあったか？　すぐには思い出せなかった。資料をめくって確認しようかとも考えたが、思い直した。すぐに島村と直井が状況を報告してくれる。自分は、丸山の指示に従って警察への連絡に集中するべきだ。

／／／／／／／／／／／／／／

「何があったんでしょうか」

小走りでこども休憩室に向かいながら、直井は島村に話しかけた。

「さあな」島村は素っ気なく答える。「俺だってこの業界に長いわけじゃないけど、はじめて見る絵だった」

総合警備室は、南中央館の端、北中央館との境目の地下一階にある。アルバ汐留全体から見れば、ほぼ中央だ。一方こども休憩室は北館の一階の端にある。だから直井たちは施設のほぼ半分を走っていかなければならないわけだ。

制服姿の警備員が走っていて、心温まる事態が発生しているわけはない。すれ違う買い物客たちは、誰もが訝しげな表情を見せている。しかし気にしてはいられない。

「島村さんも経験がないってのは、けっこうな大事件でしょうか」

買い物客に聞こえないように注意しながら、直井は言葉をつないだ。アルバ汐留に配属されて以来、はじめて起こった異常事態に、緊張と興奮が隠しきれない。しかし本人は気づいていなかった。

「さあな」先輩社員はまた同じ返事をした。「ただ、気になることはある」

「気になること？」

「さっきのモニターだ」

島村の口調が緊張したものになった。緊張が伝染して、直井の下半身が縮む感覚があった。

「おまえも見ただろう。101にいた客は、ぴくりとも動いていなかった」

「ええ」

「俺は、モニターを通して客がどんな状態か確認しようとした。単に眠っているのか、それとも異常に苦しんでいるのか。他人の様子を確認するとき、どうする？　普通、顔を見るだろう」

「……………」

「防犯カメラの解像度は、決して高くない。でも目鼻立ちやある程度の表情は読み取れる。それなのに、できなかった」

「できなかった？」

「そうだ。客は、揃いも揃って顔がよくわからなかったんだ。まるで、顔に靴墨でも塗っているみたいに、表情が読み取れなかった」

先輩の発言に、直井は混乱した。顔がわからない？　靴墨って何だ？

わからなかった。わかるのは、一刻も早くこども休憩室に行かなければならないことだけだ。直井は走る速度を上げた。

こども休憩室に到着した。モニターで異状を察知してから、誰も中に入らなかったのだろうか。周囲は騒ぎになっていなかった。

直井は腰の警棒に手を当てて、自動ドアの前に立った。自動ドアは、いつもと変わらぬ動きで開いた。

「――っ！」

直井は声なき叫びを上げた。鮮明さを欠く総合警備室のモニターからは窺い知ることのできなかった光景が、目の前に広がっていたからだ。

最初に感じたのは、異臭だった。酸っぱいような、耐え難い悪臭。その正体を、直井は瞬時に理解していた。嘔吐だ。狭い空間で誰かが嘔吐すると、このような臭いが充満する。

映像で見たとおり、中では複数の人間が倒れていた。大人の男性が四名。子供が遊ぶスペースに五名の子供。全員が横たわり、動かない。彼らの頭部の近くには、吐瀉物が確認できた。やはり吐いたのだ。しかも、全員が。

しかしそれだけでは、直井も叫んだりしない。直井の全細胞が、島村の言葉を理解したからこその叫びだった。

全員に、顔がなかった。

いや、顔はあるのだ。よく見れば、目も鼻も口もある。けれど全体が黒っぽくただれていて、顔だちというものが消し去られている。確かに、島村が言ったように、靴墨を塗ったようにも見えた。

顔だけではない。この猛暑だ。大人も子供も薄着だ。露出した肌のあちこちにも、同様のただれが見て取れた。直井は、これに似た事例があるような気がした。半ばパニックになった頭で、記憶を探る。見つかった。火傷だ。

自分で思い出してしまうと、するすると思考が回っていく。彼らは、火傷したのか？　そんなわけはない。こども休憩室の内部には、火災の痕跡などまったくなかった。それなのに、客は火傷のような症状で倒れている。いったい、どういうことなのか。

肩への強い衝撃で、我に返った。島村が直井の肩を叩いたのだ。

「課長に連絡だ。すぐに救急車と警察を呼んでくれと」

「あ、はい」

返事をしながらも、我に返った直井は、自分が警備員であることを思い出していた。目の前で、小さな子供が倒れている。すぐに様子を見て、必要な措置を取らなければ。

考えた瞬間に、身体が動いていた。倒れ伏した子供たちに向かってダッシュしようとする。

しかし、島村が直井を止めた。

「待て。何をする」

「何をって」先輩の静止に、直井は苛立った。「助けないと」

当たり前の答えだったはずなのに、島村は首を振った。

「報告が先だ。課長は、行動する前に報告しろと言っただろう」

「でも」直井は島村の手を振り払おうとした。「この人たちを早く助けないと、まずいでしょう。また訴訟を起こされますよ」

直井の言葉に、島村がのけぞった。

アルバ汐留ではないが、新橋警備保障の担当している施設で、来館者が亡くなったという事例が報告されていた。脳梗塞か、くも膜下出血かのどちらかだったと思うが、その場にいた警備担当者が、適切な措置を取らずに治療が遅れたため、助からなかった。そして遺族が警備担当者の行動を問題視して、新橋警備保障に対して訴訟を起こしたのだ。まだ係争中ではあるけれど、我が社の旗色はかなり悪いと聞いている。

目の前にくり広げられた光景も同様だ。直井たちが適切な行動を取らなかったために死亡者が出たということになると、教訓をまったく生かしていないことになる。下手をすれば、大手との警備契約を破棄されるかもしれない。一瞬にしてそこまで思い至ったからこそ、島村はのけぞったのだ。

島村の力が緩んだ隙に、直井は子供に向かって駆けていった。最も手近な場所に倒れている子供に向かう。靴下に『きくたゆりあ』と書かれてあった。この子供の名前だろうか。ゆりあ、というくらいだから女の子だと思う。髪も長い。けれどただれて水疱のできた顔から、性別を判断するのは不可能だった。

両肩をつかんで揺すった。黒くただれた顔ががくんがくんと揺れる。

「おいっ！　大丈夫かっ！」

間近で見た顔は、直井の心に恐怖を植えつけた。しかし職業意識が、作業を続けさせた。

「しっかりしろっ！　すぐに助けが来るっ！」

また子供の身体を揺する。そのとき、『きくたゆりあ』の髪の毛に付着していたものが、髪を放れて宙を舞った。それは、最も近くにいた直井の眼球に届いた。

「ぐわっ！」

いきなりきた目の痛みに、直井は『きくたゆりあ』の身体を取り落とした。直井はバランスを崩してカーペットに手を突いた。途端に、掌に激痛が走った。

なんだ、これは。

いったい、何が起きたんだ。

わからないままに、自分もカーペットに転がる。頰が接地する。すると、頰も猛烈に痛み始めた。

「島村さんっ！」

先輩に助けを求めた。すぐに息を吸う。むせた。気管の痛みのため、息ができない。

島村さん。助けて。

叫ぼうとしたが、声が出ない。床を転がる。転がれば転がるほど、痛みは大きくなっていった。

島村は助けてくれなかった。ただ、緊張しきった声で無線機に話しかけているのが聞こえた。

「直井がやられました。１０１の中は、危険な状態になっています。すぐに警察を呼んでください」

報告が終わった後も、島村は来てくれなかった。来たら、自分も同じようになってしまうことがわかっているのだ。

「島村、さん……」

かすれ声で言った。返事はなかった。

直井はたった一人で、全身を襲う激痛に耐えていた。

／／／／／／／／／／／／／／／／／／／

「バカが」

丸山が沈痛な表情で吐き捨てた。「だから、行動の前に報告だと言ったんだ」

隣に立つ関口は、同意するでもなく、異を唱えるでもなく、ただモニターを見つめていた。

こども休憩室にいた九人は、ぴくりとも動かない。解像度のよくないモニターでも、彼らの顔が黒ずんでいるのがわかる。単に眠っているわけではないことは、不自然な体勢で床に伏していることから一目瞭然だ。

衝撃的な光景なのは間違いない。けれど、あくまでモニター上で得られた情報だ。自分の職場で起こるとは想像もしていないものだから、リアルな認識が肚に落ちてこなかった。

しかし、同僚が同じ目に遭ったとなると、話は別だ。同じモニター上の展開であっても、よく知る人間が登場人物になった途端、関口は事態の異常さに身体を凍らされてしまった。

先ほどまで床を転がって苦しんでいた直井は、今はぐったりしている。防犯カメラが送ってくる映像からでは、直井がまだ生きているのか、それともすでに死んでいるのかもわからない。直井が死んでいる――そう考えただけで、関口の脳はパニックに襲われそうになる。

おそらく直井は、倒れている来館者を救助するために入ったのだろう。若手特有の正義感ゆえか。ひょっとしたら、別の施設で起こった訴訟騒ぎが頭に残っていたのかもしれない。結果的に直井は丸山の指示を無視した形になり、こうして被害者の一人となった。

パニックになるな。考えるんだ。

関口は必死になって自分を叱咤していた。冷静に事態を把握して行動しなければ、大変なことになる。直井の無惨な姿は、関口にそう思わせるのに十分なインパクトを持っていた。

こども休憩室の出入口は、自動ドアだ。開きっぱなしにはならない。中の人間がすべて同じ状態になっていることを考えると、こども休憩室の空気がおかしくなっていると考えるべきだ。施設には換気システムが備わっているけれど、ある程度空気が滞留するのは仕方がない。

空気――毒ガス？

股間が、誰かに握られたかのように縮こまった。現代日本において毒ガスが使用されるなんて、テロ事件としか考えられない。これは、テロなのか？

あわてて他のモニターをチェックする。アルバ汐留の他のエリアに、異状は見られなかった。こども休憩室だけに起こっているようだ。

丸山が無線機を取り上げた。

「島村。いいか、１０１を封鎖しろ。入口のところにある換気システムのスイッチを切れ。すぐに警察が来る。それまで、誰も中に入れるな！」

そんなの、言われなくても真っ先にやっている。関口は心の中で突っ込んだ。これだけの惨状を目の当たりにしながら、島村が「いらっしゃいませ」と来館者を中に入れるわけがない。それでも丸山は、言わずにいられなかったのだ。いや、指示を出したという事実が、管理責任者にとっては必要なことなのかもしれない。

丸山は、今度は関口に顔を向けた。

「警察に通報だ。状況を説明して、ガス中毒か、毒物に対する準備をしてくれ、と付け加えろ」

具体的な指示に、身体が動いた。受話器を取り上げて、警察に状況を伝えた。受話器の向こうで、息を吞む気配があった。今から警察は大騒ぎだ。

壁の掛け時計を見る。十二時ちょうど。警察の行動は迅速だ。通常なら、五分かそこらで現れる。

ただし、それは通常の刑事事件の場合だ。アルバ汐留クラスの施設ともなると、万引き程度の犯罪は日常茶飯事だ。関口たち警備員はその度に出動し、犯人を確保し、警察に引き渡す。

しかし今回は勝手が違う。狭い空間にいる全員が倒れている。起きている事態のレベルが違う。事故であろうが事件であろうが、警察もそれなりの準備をしてくることだろう。到着には、時間がかかるかもしれない。あるいは、まずは先遣隊が来て、遅れて本隊が重装備で来ることも考えられる。しかし重装備を揃えるには、ある程度の時間が必要だろう。

関口は別のモニターを見た。こども休憩室の中ではなく、入口付近を撮っている映像。ドアの前に島村が仁王立ちになっているのが確認できた。同僚の直井が深刻な事態になっているが、彼は助けに入らない。酷薄とも思えるが、正しい判断だ。後輩社員の毅然とした態度を見て、関口の動揺も収まってきた。代わりに、職業的使命感が頭をもたげてくる。

「課長」関口は丸山に声をかけた。「警察も、アルバ汐留の造りは把握しています。ここに寄らず、まっすぐ１０１に向かうでしょう。その際に、現場に島村一人というのはよくありません」

「そうだな」丸山もモニターを見据えたまま答える。「関口、行ってくれるか」

「了解です」

予想された指示だった。というより、その指示を引き出すための問いかけだ。警備責任者の丸山か、次席の自分が現場にいた方がいい。

「では、行ってきます」

「頼む。俺は本社に報告しておく」

関口はドアに向かった。総合警備室は、南中央館の中央側、地下一階のエレベーター脇にある。こども休憩室に向かうには、近くの階段を使って一階に上がり、そこから北半分を延々と歩いていかなければならない。もちろん、普段から身体を鍛えている関口には、どうということのない距離だ。問題はむしろ、来館者の人波をかき分けていかなければならないことだろう。土曜日の昼前。施設内はかなり混み合っている。今日も暑いから、外を歩いている人間は多くない。建物の外を通る方が、まだ移動しやすい。大変だが、外を走っていこう。

無線機の作動を確認して、ドアを開けた。ここのドアは外開きだ。オートクローズ機構もついている。関口はドアを大きく開いたまま廊下に飛び出した。そのまま駆けだそうとする。

そのとき。

視界の隅を、何かがよぎった。

関口が気づいたのは、それが赤い色をしていたからだろう。注意を喚起する色だったから、意識が向かった。

なんだ?

関口は赤い色を目で追った。頭上だ。赤く、丸いものが頭の上に浮かんでいる。人の頭ほどの大きさ、いや、もう少し大きいか。

赤いものの正体は、風船だった。

関口は安堵する。南中央館の地下一階は、総合警備室がある以外は、一般来館者用の駐車場になっている。子供が駐車場で手放してしまい、何かの弾みでこちらまで流れてしまったのだろうか。

関口は意識から風船を排除した。すぐにこども休憩室へ行き、島村を助けなければならない。関口は前方への推進力を弱めなかった。

しかし、風船がそれを許してくれなかった。背後のドアはオートクローズ機構のため、閉まっていく。風船が、なぜかそれに引っ張られるように動いたからだ。不自然な動きに、また意識が乱される。振り返って風船の動きを追った。ドアが閉まる。風船がドアを追いかける。ドアの表面に触れた。

ぱん。

風船が割れた。途端に、風船のあった空間が白く濁った。

やばいっ！

本能が叫んだ。

逃げなければという意識と、白濁の正体を知りたいという意識が頭の中で錯綜し、関口は十メートル走ったところで立ち止まった。振り返る。

白濁は、ゆっくりとその濃度を下げていた。関口は視力がいい。白濁は、地面に向かって落下しているように見えた。学校の運動場で、ラインを引くのに使う消石灰を宙に撒(ま)いたときのようだ。それだけではない。自分がたった今出て来たドア。なぜかドアの中間から、割れた風船がぶら下がっている。風船の縛り口から伸びている紐が、セロハンテープでドアに貼りつけられているのだ。

なんだ、あれは。今朝自分が入ったときには、あんなものはなかったぞ。

しかし関口が見つけたのは、風船だけではなかった。セロハンテープの数十センチ上に、画鋲が貼りつけられている。

そこまで見えてしまうと、からくりの構造は想像できた。ドアの外側に、風船の紐と画鋲を貼りつける。そのとき、風船を画鋲の少し横に配置し、割れるのを防ぐ。誰かがドアを開けると、風船がドアに押される。そしてオートクローズ機構によってドアが閉まる際、風船が紐に引っ張られる形でドアに突進し、画鋲によって割れる。割れた際、風船の中に入っていた白濁が空間に撒き散らされる。

からくりの構造はわかる。では、白濁の正体は、いったい何なのか。正体はわからなくても、こども休憩室と結びつけるのは自然な流れだった。

鳥肌が関口の全身を覆っていた。あれか。こども休憩室で子供たちや直井を動けなくしたのは、あれなのか？

危なかった――。

関口は鳥肌の鎧で硬直しながらも、安堵していた。ドアが閉まるとき、関口は階段に向かって駆けだしていた。前方への加速度がついており、それが関口を救った。関口はドアから走って逃げる形になっていたから助かったのだ。正しい判断によって助かったわけではない。偶然の産物だ。しかし、偶然だろうが何だろうが、助かればいいのだ。

安堵しながらも、関口は次の不安の誕生を意識していた。確かに、一度は助かったのだろう。しかしあの白濁が危険なものだとして、この程度の距離で安全なのか？

全身の筋肉が強張り、次の瞬間には弾けたバネのようにダッシュしていた。総合警備室に背を向けて。

関口は壁まで走って、足を止めた。ほんの数メートルなのに、肩で息をするほど疲れた。しかし別に気分は悪くなっていない。体調に変化がないことを確認して、今度こそ大きく息をついた。

白濁の正体はわからない。それでも、総合警備室にこの事実を伝えなければ。関口は無線機を取った。

「課長っ！」

ほんの少しの間があって、返事があった。

『関口か。もう着いたのか？』

意外そうな声。当然だ。もう着いたのであれば、関口は瞬間移動の超能力を持っていることになる。

「違います。まだドアの外です」

『ドアの？』

返事に不吉なものを感じて、関口は思わず叫んでいた。

「ドアを開けないでくださいっ！」

『どうした？』

驚いた声。どうやら、ドアを開けて外を確認しようとしたようだ。危なかった。

関口は早口に事情を説明した。

「というわけで、ドアの前が危険な状態である可能性があります。外へ出ないでください！」

『…………』

発信ボタンを押していながら、丸山が次の言葉を発せられずにいる。数秒経ってから、スピーカーから緊張した声が聞こえてきた。

『ドアの外は、パーキングに通じている。パーキングの客は、大丈夫なのか？』

無線機を手にしたまま、関口は遠くを見る。総合警備室と駐車場は直接面してはいない。総合警備室は一般来館者に見せるような場所ではないから、短い通路によって隔てられている。実際のところ、来館者の動線には入らない。

「大丈夫だと思います。念のため、パーキングから警備室に通じる通路に、通行止めのコーンを置いておきます」

『どうやって？　警備室の前を通るのか？』

「いったん一階に上がって、パーキング側から行けば問題ありません。それから、これも可能性は高くありませんが、北中央館の食品売り場からこちらに迷い込む可能性も、ないとはいえませんから、ここにもコーンを置いておきます」

話しながら、左右を見回す。通行止めを表す紅白の縞模様の円錐は、隅にいくつか置いてある。関口は無線機を切ると、コーンをふたつ取り、総合警備室のドアから二十メートルのところに並べて置いた。さらに、黄色と黒のバーでふたつのコーンをつなぐ。これならば、普通の来館者なら、さらに奥へ進みはしないだろう。

関口は階段を駆け上り、南中央館中心付近の階段から駐車場に下りた。素早く周囲を見回す。午前中というのに、すでにほぼ満車だ。多くの来館者が車を降りて、エレベーターやエスカレーターに向かっている。総合警備室の方へ向かう人影はなかった。

総合警備室へと通じる通路へ急ぐ。通路付近には、人が倒れている様子もない。安堵しながら、駐車場の隅に置いてあったコーンを通路に置いた。これでよし。

関口は無線機を取った。

「コーンを設置しました。一応、当面の危機は去ったといっていいでしょう」

『ご苦労』丸山が低い声で答える。『とはいえ、安心はできない。白濁の正体がわからない以上、何の弾みで駐車場まで届くかわからないからな』

「そうです。警察に情報を流してください」

一瞬の間。

『わかった。新橋警備保障ともあろうものが、警備室に閉じ込められるとは情けない話だが、言わないわけにもいかんだろう』

「お願いします」

関口は無線を切り、また走りだした。危険だと想像されるものを放置してこの場を離れるのはリスクを伴うが、他に人間がいない。丸山が、警察に情報を入れてくれる。彼らが対処して、丸山たちを救出してくれるだろう。連中に任せた方が安心だ。そう。リスクは警察に取ってもらって、サラリーマンである自分たちは一歩退いた方がいい。

関口はそう判断して、自分が総合警備室を出た本来の目的、島村の手助けのため、こども休憩室に向かった。

走りながら考える。こども休憩室に何が起きたのか、まだわかっていない。事故か、事件かさえも。しかし総合警備室の仕掛けは、間違いなく人の手によるものだ。こちらは、百パーセント事件だ。何者かの意思、それも強烈な悪意がアルバ汐留を襲っているのは、間違いない。

それにしても、完全にしてやられた。アルバ汐留には、数多くの防犯カメラが設置されている。そのため館内のほぼ全域を、総合警備室から確認できるようになっている。しかし、総合警備室そのものは監視対象外だ。同じ地下一階にある駐車場には防犯カメラを設置してあるが、総合警備室の前で誰が何を行ったかについて、記録は残されていない。

島村と直井が出て行ったときには、風船は割れなかった。たまたま画鋲が風船を捉え損ねたのか。いや、めざとい島村が風船に気づかないはずがない。だとしたら、仕掛けた奴は、島村たちが出て行った後に、悠々と仕掛けを施したのだ。

なんて奴だ。

関口は走りながら、悪意の主体に戦慄（せんりつ）した。正体がわからないから、具体的なイメージとしては想像できない。ただ、黒くて強大な影のようなものが脳裏に浮かんでいた。九人――直井を含めると十人を、あっという間にあのような姿にできる奴。館内警備の本丸である総合警備室に、人を食ったような罠（わな）を仕掛けられる奴。そのような存在が、自分たちを襲っている。

この暑いのに、関口は脇の下に冷たい汗をかいていた。

百代は、南中央館の地下一階にいた。

来館者用の駐車場を、ベビーカーを押しながら歩いている。いかにも、車から降りて館内に入ろうとする来館者のように見える動きで。

警備員への攻撃については、五人委員会の間でも意見が割れた。

真っ先に賛成を表明したのは、木下だった。

「警備会社の連中はプロだ。高い職業意識を持っていたら、来館者の危機に際しては、身を挺して救おうとするだろう。結果として、稼げる死体の数が減る危険性がある。でも――」

木下は、暗い笑みを浮かべた。

「総合警備室に攻撃を仕掛けたら、連中は自分たち自身が狙われていることを自覚する。標的になる恐怖を植えつければ、警察に下駄を預けて自分たちは逃げようとすることが期待できる。結果的に、対応が遅れるし、不十分になるはずだ」

「反対」

すぐさま池田が反論した。

「警備員に直接攻撃を加えるのは、危険過ぎる。やぶ蛇になる可能性が高い」

「そうですよ」

三枝が池田に同調する。「そもそも、どうやって警備員を襲うんですか。顔にスプレーを吹きかけようとしたところで、取り押さえられるのがオチですよ」

「風船は？」

冬美が口を挟んだ。「藤間くんの風船爆弾なら、遠くから攻撃できるでしょ？」

「無理ですよ」

池田が切り捨てた。「仮に風船を総合警備室の中で破裂させられたとしても、その前には風船を室内に入れるという作業が必要になります。そうしたら、少なくとも一人は、風船を入れた人間を取り押さえるために部屋を出ます。他の全員が死んだところで、モモちゃんが捕まって終わりです」

ぬう、と木下が喉の奥で唸った。池田の意見に反論しづらいけれど、かといって自説を取り下げるつもりもないようだった。

「俺は、警備会社の実力を侮っていません。警察や消防が完全装備で事態の収拾に当たるまでの間に、どれだけの死体を稼げるか。計画のポイントはそこにあるのに、警備会社に活躍されては水の泡だと言いたいんです」

今度は、池田が唸った。計画全体を統括するのが彼の役割とはいえ、別に実権を握っているわけではない。五人委員会に委員長はいない。全員が同格だというのが、当初からの取り決めになっている。誰か一人が資金を出していたら、その人物に決定権が渡るだろう。しかし彼らが出しているのは、知識と知恵だけだ。

冬美が藤間を見た。「藤間くんは、どう思うの？」

計画を詰めていく段階では、意見が分かれることは珍しくない。意見が分かれた場合には徹底した議論が行われ、それでも結論が出ない場合には、多数決で決める。今回は、二対二に分かれた。冬美は、五人目である藤間に意見を求めたのだ。

藤間は、その落ち着いた顔を少しだけ傾け、腕組みをして考えをまとめているようだった。そのまましばらく動かなかったけれど、やがて口を開いた。

「正直、リスク回避のためには、池田の意見は正しいと思います」

池田の顔が明るくなった。一方の木下は、眉間にしわが寄っている。そんな二人を、藤間は掌を向けて制した。

「けど、警備会社の動きを止めるという木下くんの判断もまた、正しいと思います。とはいえ、三枝くんが言うように、攻撃はもっと大きなリスクを伴います。だったら、攻撃せずに、警備会社の動きを止めることを考えてはどうでしょうか」

「攻撃せずに？」

「動きを止める？」

池田と木下が同時に言った。わからない、というふうに首を振る。藤間は困ったような笑みを浮かべた。

「思いつきですけど、結界を張るっていうのはどうですか？」

「結界？」

冬美が高い声を出した。「何、それ」

「簡単に言えば、警備会社の連中を直接攻撃するんじゃなくて、総合警備室の周囲にカビ毒をばら撒くとか。そうしたら、連中は総合警備室から出るに出られなくなります。池田くんや三枝くんの心配を排除した上で、木下くんの目的を達成することができるかもしれません。それに、総合警備室への人の出入りを防ぐことは、他のメリットもありますし」

ペーパー・ムーンの店内は静まり返った。それぞれが、真剣に藤間の意見を吟味している。

「よさそうですね、それ」

最初に口を開いたのは、三枝だった。

「問題は、総合警備室の前に、防犯カメラがあるかどうかだな」

池田が続く。異論を唱えているようにも見えるけれど、藤間の意見に正しさを認め、その実現可能性を真剣に検討しているからこその発言だった。

「奴らは、あくまで監視する側です」木下が答えた。「自分たちが監視されるとは、考えもしないでしょう。防犯カメラが設置されていない可能性は高いと思います」

「まあ、それは現地で確認すればいいだけのことだからね」

冬美も賛成し、藤間案は細部にわたって検討されることになった。

当時のことを、百代は思い出していた。

藤間護。

ペーパー・ムーン常連客の、企業研究員。達樹が店を訪れたときに、真っ先にうち解けたのが彼だった。そして達樹が死んでしまった後、百代を何かと心配してくれたのも彼だった。そして百代が決心した後、カビの探し方と増やし方、カビから毒を抽出する方法まで、すべて教えてくれたのが、藤間だった。

いつも冷静で、かといって冷たいわけではなく、常に周囲に気を配れる人間。それが藤間だ。彼はときどき、恋人を伴って店を訪れた。カウンターの中から応対したかぎりでは、恋人の女性——広田依子といったか——は、明るくてフットワークのいい女性だという印象を受けた。彼女ならば、藤間が好きになるのも当然だ。素直にそう思えた。

そして今日、自分は藤間の素案を元に練りあげられた計画に沿って、総合警備室のドアに風船と画鋲を貼りつけてきた。五人委員会の目論見が的中すれば、何人かの警備員は無力化できている。

こども休憩室のときとは違って、総合警備室に仕掛けた罠は、その結果を百代自身が見ることはできない。しかし、結果を気にしてはいられないのだ。ただ、前に進む。自分には、それしかできない。

百代は人気（ひとけ）のない階段を、ベビーカーを抱えて上がり、階段のすぐ脇にあるトイレに入った。

ショッピングモールの女子トイレは、いつも混んでいると相場が決まっている。実際、今日も混んでいた。女子トイレの個室を狙うよりも、現在は使用中の多目的トイレを狙った方がいいと考えて、行列ができていない多目的トイレの前に立った。一分半ほど待って、中から子連れの女性が出てきた。先客と目を合わせず、入れ替わるように多目的トイレに入る。

ベビーカーのシェードを上げる。アポロキャップを取った。白地のラッシュガードパーカーも脱ぐ。両方とも、ベビーカーに載せた。続いて、長い黒髪を簡単に頭の上にまとめて、ピンで留める。サングラスも、ミラータイプのものから、ヒョウ柄のフレームの品に替えた。ベビーカーから黒地にピンク文字のアポロキャップを取り出し、かぶる。新しいラッシュガードパーカーも、同じく黒地にピンクのラインが入っている。全体に派手な印象を与えるデザインだ。少なくとも、先ほどまでのさっぱりした外見とはかなり異なる。百代は鏡に映った自分の姿に満足して、多目的トイレを出た。

ベビーカーを押しながら、近くのコインロッカーに向かった。確保しておいた大型のロッカーを開け、中からヒョウ柄のトートバッグを取り出した。代わりに、ベビーカーを今まで身につけていたものと一緒にロッカーに入れる。自動発火装置のスイッチを入れて、ドアを閉める。百円玉四枚を入れて、ロックした。これでよし。百代はトートバッグの持ち手を右肩にかけて、コインロッカーから離れた。

今からは、仕込みの時間帯だ。百代は南中央館を突っ切って、南館に入った。エスカレーターに向かう。アルバ汐留は、四つのエリアにエスカレーターが一基ずつある。百代は下りエスカレーターの方に回った。ここからなら地下一階へ下りることができる。南館の地下一階は、契約者のみが使用できる月極駐車場になっている。月極駐車場には、用はない。百代に必要なのは、エスカレーターの行き先でも、エスカレーターそのものでもない。降り口の傍にある、ゴミ箱だった。

ここは東京都だから、ゴミはきちんと分別しなければならない。エスカレーター脇には、四つのゴミ箱が並んでいる。それぞれ可燃ゴミ用、不燃ゴミ用、瓶と缶用、ペットボトル用だ。さすがは人気スポット、ゴミ箱もぴかぴかのステンレス製だった。よく掃除されているようで、ゴミ箱という名前からくる汚い印象はまるでない。本当は、ちょっとくらい汚れていたり、ゴミが溢れていたりしていた方が好都合なのだが、贅沢はいっていられない。

百代は周囲に係員らしき人間がいないことを確認して、トートバッグに手を入れた。中から茶色い紙袋を取り出す。有名ファストフード店のロゴが入っている。ハンバーガーとポテト、それにドリンクの紙カップを入れるのにちょうどよいサイズ。それもそのはず、紙袋はきちんとファストフード店でテイクアウトのセットを買って手に入れたものだ。百代はさりげない仕草で、実は細心の注意を払って紙袋をゴミ箱の横に置いた。ゴミ箱に捨てたのではない。可燃ゴミ用のゴミ箱とエスカレーターの間に、隠すように置いた。

全身が緊張する。ここで声をかけられたくない。

「一般の買い物客は、自分が直接迷惑を被らないかぎり、他の客の行動に口を出すことはない。だから、係員にさえ気をつけていれば、大丈夫だ」

木下のアドバイスが甦る。彼の指摘どおり、誰も百代の行動を咎める人間はいなかった。安心して、エスカレーターを回り込む。上りエスカレーターで二階に上がり、また下り側に回り込んで、同じことをした。しかし三階には上がらず、南中央館に移動する。

南館と南中央館の三階は、シネマコンプレックスになっている。全部で十二の劇場からなる、複合型映画館だ。

「映画館って、密閉空間に大勢が座ってるから、攻撃しやすそうだけど」

冬美の言葉に、三枝もうなずく。

「そうですね。しかも上映中は暗いし、全員がスクリーンに夢中です。モモちゃんが何をやっても気づかれないでしょう」

もっともな意見だと思ったけれど、池田が首を振った。

「そう思えるけど、実はけっこう攻撃しにくいんだ」

冬美が首を傾(かし)げる。「えっ、そうなの?」

「問題は、空間です」

藤間が言った。「アルバ汐留のシネコンは、ひとつの劇場が百五十席程度あります。床面積もそれなりにありますし、加えて映画館はけっこう天井が高いんです。それだけの空間に、致死量のトリコセテン・マイコトキシンを撒き散らすのは、さすがに難しいんですよ。かといって、一人一人に吹きかけるのは、もっと難しいでしょう。じっと座っているのが映画館なんですから。うろうろしていたら、あからさまに怪しいです」

「ああ、なるほど」

冬美が納得する横で、三枝が手をぽんと打った。

「じゃあ、エスカレーターと同じように、出入口に仕掛けるのはどうですか？　シネコンなら、出口にドリンクやポップコーンを捨てるゴミ箱があります。そこに置けばいいじゃありませんか」

人間の行動パターンについて研究している木下が、うなずきかけて首を振った。

「いや、それも難しい。シネコンは、集中チケット売り場で券を買って、全体の入口で切符をもぎってもらって、そこからそれぞれの劇場に入る仕組みになっている。スクリーンが十二もあるから、自分がどの劇場に行けばいいのか迷う人のために、係員が立っている。ひとつひとつの出入口に紙袋を置いていたら、いくらなんでも怪しまれる」

「シネコンは、捨てよう」

池田がまとめるように言った。「シネコンそのものを攻撃しなくても、連中も避難するときにはエスカレーターか階段を利用せざるを得ない。そこに仕掛けた罠で、ある程度の死者は稼げる」

五人委員会の出した結論に従って、百代はシネマコンプレックスに入らない。南中央館から北中央館に移動しつつ、それぞれのエスカレーターに同じことをした。北館に移動し、北館も二階から順に紙袋を置いていった。北館の地下一階、レストラン街の入口脇に最後の紙袋を置いたら、トートバッグは空になった。

空のトートバッグを肩にかけたまま、一階に上がる。またコインロッカーに向かった。今度は小型のロッカーを開き、トートバッグを別のバッグに取り替えた。今度は百円玉三枚を入れて施錠する。新しいトートバッグは、ピンク色のエナメルレザーの品だ。派手で目立つ品ではあるけれど、今の自分の服装にはよく似合っている。似合っているということは、他人に不自然さを感じさせないということだ。百代はコインロッカーを離れ、次の目的地に向かった。

／／／／／／／／／／／／／／／／／／

ＪＲ新橋駅から徒歩でアルバ汐留に行こうとすると、大まかにいってふたつのルートがある。ひとつは、地下通路を歩いていき、手前にある広場からエスカレーターに乗って一階に上がり、中央玄関から入るルート。もうひとつは広場を突っ切って、北中央館か北館の地下入口から入るルートだ。

藤間たちが向かっているのは、北館一階の端だ。だから一階の中央玄関から入っても、北館のレストラン街から入ってもいい。

「一階の中央玄関から行こう」

池田が小声で言った。「コインロッカーは一階に集中している。モモちゃんが最も通るのも、一階だ。あの子に会える確率が高い」

そうか。百代がまだことを起こしていなければ、直接会えるのが最高の結果だ。四人は広場からエスカレーターに乗って、一階に上がった。南中央館と北中央館に跨がる中央玄関から中に入る。

少なくとも、まだ館内はパニック状態には陥っていない。こども休憩室が襲撃されているかどうかは不明だけれど、仮に襲撃されていたとしても、まだ情報が広まっていないようだ。藤間は表情に出さずに安堵した。

買い物客を装って、北館に向かって歩きながら、それでもさりげなく周囲を見回す。百代を捜さなければならない。

北中央館の一階は、化粧品と宝飾品の販売店が並んでいる。普通なら足を踏み入れない領域だ。無関心を装いながら――事実販売店には無関心なのだけれど――、通り過ぎる人の顔を確認していた。

そうしていたら――。

藤間は、ひとつの販売店に目を留めた。店名は「ターコイズ・アイ」というらしい。宝飾店だ。藤間たちが歩いている通路から少し離れた場所にあるその店に、見覚えのある顔を見つけたからだ。その顔を認識した途端、藤間は凍りついた。

バカな。なぜ、ここに？

藤間は表情を変えなかった。驚きのあまり顔の筋肉が強張って、動かせなかったからだ。

宝飾店「ターコイズ・アイ」でガラスケースを覗いている二人組の女性。

片方は、広田依子だった。

間章

空気はじっとりしていた。

梅雨明け宣言が出された直後から、また雨が降り始めた。今はやんでいるけれど、七月中旬という時節柄、気温は高い。放っておけば、着ている服にまでカビが生えてしまいそうだ。

福岡県糸島市。藤間護は週末を利用して、九州まで足を運んでいた。

目の前には、緑の平原が広がっている。といっても、今は真夜中。懐中電灯の光が当たっている範囲だけが、本来の葉の色を教えてくれた。

「小麦畑だ」

藤間は同行者に言った。

「日本の小麦自給率は、十二パーセント程度だ。逆にいえば、十二パーセント分くらいは作っているということだよ。ここもそう。福岡や佐賀といった九州北部は、北海道に次いで小麦の生産が多い」

同行者――篠崎百代が小さくうなずいた。

藤間は左右を見回して、他人目がないことを確認してから、小麦畑に降りた。百代が続く。

かがんで、葉の一枚を手に取る。そっとめくって裏側を見せた。懐中電灯の光を当てる。

「こんなふうに、何もない。健康そのものの葉だ」

葉から手を離す。

「日本の畑は手入れが行き届いているから、カビが生えるなんて、滅多にない。あっても、それが望むカビかどうか、わからない。でも、ないとはいえない。日本にある小麦畑、大麦畑、トウモロコシ畑。それらのどこかに、きっとフザリウム属のカビが生えている。モモちゃんは、それを探さなければならない。気が遠くなるような話だけど、モモちゃんには大きな組織のバックアップもないし、自ら毒物を合成する設備も能力もない。そんな君が致死性の高い毒物を入手しようと思ったら、これがいちばんの近道だと思う」

藤間は百代の顔を見た。闇夜の中だから、その表情を窺い知ることはできない。しかし気配は伝わってくる。やらなければならないのなら、やります――。

「葉に付いた汚れのようなものが、カビかどうか。カビだとして、それがトリコセテン・マイコトキシンを産生するフザリウム属なのかどうかについては、僕が判別方法を教える。なに、特別な方法じゃない。大学の図書館にでも行って調べれば、文献に出てくるような方法だ。知識から容疑者が特定できるような内容じゃない」

そこまで言って、自らを笑った。

「いや、逆かな。知識から容疑者を特定しようとしたら、まず君にはたどり着かない。でも必要なことだ。いざというときのために、モモちゃんは僕たちの力を借りなくても実行できたという事実は、残しておく必要がある。僕たちの保身のためにね」

暗闇の中で、笑う気配。戯れ言を笑ったときの反応だ。戯れ言には違いないけれど、嘘ではなかった。百代が計画を実行した後も、自分は生きていく。そして広田依子を幸せにしなければならないのだ。共犯者として逮捕される事態は、避ける必要がある。

「フザリウム属のカビを手に入れられたとして」

藤間は話を続けた。

「今度は、それを増やさなければならない。いくらトリコセテン・マイコトキシンの毒性が強いといっても、ターゲットの人数を考えると、毒物の量は多いに越したことはないからね。大丈夫。心配する必要はない。大学や企業の研究所みたいな設備は要らない。注意してやれば、アパートの台所で、調理器具を使って増やすことは問題なくできる。手造りビールキットは、知ってるだろう?」

「ええ」

百代が即答した。百代の婚約者だった須佐達樹は、実家に戻って食堂を継ぐはずだった。彼女も飲食店経営の勉強をする過程で、酒類についても知識を得ていたのだろうか。

「ビールはビール酵母を使って、原料を発酵させて造る。カビも似たようなものだ。家庭の台所でビールが造れるのなら、カビ毒だって造れる。精製の仕方も、僕が教えるし」

「ありがとうございます」

感情のこもった、それでいて一定の距離を保った礼だった。藤間はほんの少しだけ淋しさを感じたけれど、自らを納得させた。そう、それでいい。

自分たちペーパー・ムーンの常連客が、百代の支援をすると決めたとき。冬美を除く男性四名で、確認し合ったことがあった。

決して、百代を口説かないこと。

当然の取り決めだった。百代は須佐を愛していた。そして彼が死んだ後もなお愛し続けているからこそ、今回の計画を実行するのだ。実行した後は、警察が彼女を逮捕するかどうかにかかわらず、大罪人となる。一緒にいてはいけないのだ。

全員が納得して、誓い合った。百代のことが好きで、できることなら自分の元に来てほしいと考えていた三枝でさえも。

彼に決意を促したのは、百代の須佐に対する想いだった。いくら生きている自分の方が現世利益を与えられるといっても、死者にはかなわないのだ。戦う前から勝敗は決している。百代の望むままにさせるしかない。

もちろん藤間も同様だ。百代は可愛らしいと思う。性格もいい。田舎町の食堂の女将さんになるために、勤めていた会社を辞めて喫茶店で修業するという姿勢にも、好感が持てる。主観的にも客観的にも、篠崎百代という女性は魅力的だ。三枝が惚れるのも、無理はない。

それでも自分には依子がいる。おそらくは百代よりも、はるかに自分と話の合う女性が。自分は、百代がペーパー・ムーンでアルバイトを始める前から、自分は依子とつき合っていた。自分は、二人の女性の間で揺れたりはしていない。そう。自分は、百代に惚れたりしていないのだ。

それでも――。

「僕が協力できるのは、カビ毒を造るところまでだ」

気を取り直して、藤間は言った。

「カビ毒を、アルバ汐留でどんなふうに使うかは、三枝くんに相談しよう。三枝くんなら、うまい使い方を考えてくれるはずだ。医学部にいて、人間はどうやったら死ぬかをよく知ってるからね」

「そうですね」

感情のこもらない声で、百代が賛同した。

彼女は、三枝が自分を愛していることに気づいていないのだろうか。

気づいている。気づいていない。どちらもあり得ると思う。女性は、男の浅薄な心づもりなど、簡単に見抜いてしまうからだ。そして、気づいたことを完璧に隠すことができる。しかし、たとえ気づいていても、無視するしかない。今から実行しようとする計画には、三枝の愛情など、障害でしかない。

「それらしいものが見つかったら、連絡をくれ」

藤間は身を起こした。ずっと中腰になっていたから、腰が痛んだ。右手の握り拳で、腰を叩く。

「確認のやり方は僕が教えるけれど、確認そのものは、君がやらなきゃいけない。これは──」

「わたしの計画ですから」

百代が先に言った。藤間は簡単にうなずく。

「うん。それがわかっているのなら、心配することはない。じゃあ、行こうか」

懐中電灯の光を頼りに、農道に戻った。この先の、少し広くなったところにレンタカーを停めてある。

二人で車に乗り込み、静かに発進させた。今夜は、福岡市内のホテルに泊まることになっており、すでにチェックインは済ませている。二十四時間出入り自由のホテルだから、こうやって夜中に外出できるのだ。

糸島市と福岡市は近い。遅い時間帯だけあって、道は空いていた。あっという間にホテルに着いた。駐車場にレンタカーを置いて、まず近くのコンビニエンスストアに立ち寄る。夕食は済ませている。立ち寄ったのは、寝る前に飲むビールを買うためだ。百代はビールでなく、ノンカフェインのブレンド茶を買った。ホテルに入る。エレベーターを使って、客室に向かった。

部屋は、シングルルームをふたつ取ってあった。男女が別々の部屋に泊まる際、ホテル側が気を利かせてフロアを変えてくれることがある。このホテルもそんな方針らしく、藤間は四階、百代は五階の部屋だ。

エレベーターが四階に着いた。扉が開いて、藤間が降りる。箱の中から、百代が声をかけてきた。

「今日は、どうもありがとうございました。おやすみなさい」

藤間も答える。「おやすみ」

扉がゆっくりと閉まる。藤間は動かない。エレベーターが上昇を再開した。

もし、百代の手を引いて、四階に降ろしていれば。

そんなことを考える。百代は、人殺しにならずに済むかもしれない。多少の揉め事と、恋人と友人を失うことになるかもしれないけれど、多くの人命を救うことができる。しかし、考えてはいけないのだ。多くの人命は救うことができるかもしれない。けれど、肝心の百代を救うことができないからだ。

だから、自分は結論を出した。百代に協力すると。

今夜自分が百代に出した課題は、あまりにも困難なものだ。肚の据わっていない奴ならば、簡単に音(ね)を上げてしまうような。けれど、彼女ならやり遂げるのではないか。そんな気がしていた。それほどの女性だからこそ須佐は好きになったのだし、自分たちも手伝う気になったのだ。

もう百代はとっくに五階でエレベーターを降りている。それがわかっていながら、藤間はエレベーターホールから動けずにいた。無人のホールで、小さくつぶやいた。

「モモちゃん……」

第四章　非常ベル

救急車のサイレンが聞こえてきた。

本来聞く者を緊張させる音でありながら、関口の耳には、まるで援軍の進撃ラッパのように聞こえていた。

関口は、同僚の島村と共に、こども休憩室の出入口に立っていた。

「すみません。ただ今設備の調整中でして」

関口が到着してから数分の間に、こども休憩室を利用しようとした親子連れが、二組現れた。その度に、関口は申し訳なさそうな顔で、それでいて「たいしたことは起きていない」ふうを装ってお引き取りいただいた。

実際のところ、一介の警備員としては、それしかできない。こども休憩室で起きたことが大事件なのかどうかは、警察が判断することだ。そして、仮に大事件だった場合、アルバ汐留としてどう対応するかは、事業会社が決めなければならない。どちらも、新橋警備保障に権限はない。

そういえば、丸山は、事業会社に連絡したのだろうか。

関口たち新橋警備保障は、あくまで雇われの警備会社に過ぎない。施設の運営は、東京湾岸不動産という会社が行っている。万引き程度の軽犯罪であればともかく、大事件が発生したら、事業本部に一報を入れる義務がある。そして連絡するのは、警備責任者である丸山の仕事だ。

関口は、通常時の丸山の能力を疑ってはいない。彼の指揮には安定感があり、思いつきで指示を出したという感じがない。部下としては、動きやすいタイプだと思う。しかし、今回のような前例のない事態に対しては、わからない。なにしろ、前例がないのだから。

子供を含め九名もの来館者がぴくりとも動かないという状況、しかも部下の直井が死に瀕している。おまけに、自分自身は総合警備室から動けない状態だ。はたして丸山がマニュアルどおりに東京湾岸不動産に連絡できていたかと問われると、自信を持って断言できない。

島村の報告をうけ、丸山の指示で関口が警察へ連絡した。その後、総合警備室に閉じ込められたときには、本社に連絡するとは言っていたが、運営本部については言及されていなかった。動揺して思いつかなかったのか、とっくに連絡済みで関口に教える必要を感じなかったのか、それはわからない。

もっとも、もし丸山が運営本部への連絡を怠っていたとしても、丸山一人を責められないのも、また事実だ。関口もまた、自分自身が平常時なら当然やってしかるべきことをやっていない自覚があった。アルバ汐留には医務室があるにもかかわらず、医務室に連絡しようとは、思いつきすらしなかったのだから。

言い訳するわけではないけれど、モニターに映った来館者の様子、島村から伝えられた直井の状態を見るかぎり、医務室に連絡して解決するとは思えなかった。医務室のスタッフだって、対応に困っただろう。連絡しなくて正解だったのだ。

救急車のサイレンに、別の音が混ざり始めた。こちらもサイレンだ。考えるまでもなく、警察のパトロールカー。関口たち新橋警備保障が呼んだのだ。

汐留地区を管轄とするのは、愛宕(あたご)警察署だ。アルバ汐留とは、直線距離にすると一キロメートルも離れていない。関口は腕時計を見た。十二時十五分。関口が第一報を入れたのは、正午だった。通報から到着まで十五分もかかるなど、通常ではあり得ない。警察にとっても、それほど衝撃的な通報だったわけだ。

南中央館の地下には、一般来館者用の駐車場がある。駐車場に通じる自動車専用の入口が、海岸通り沿いにあって、そこから地下駐車場に入らずに建物に沿って走ると、こども休憩室のある北館の傍まで自動車を寄せることができる。救急車もパトカーもそうしたようだ。サイレンの音がすぐ近くまで来て、やんだ。そしてすぐに、スーツ姿の中年男が姿を現した。エラの張った、髭のそり跡の濃い顔をしている。背後に、もう一人。こちらは、細い顔に細い目をしている。男たちは関口の姿を認めると、すぐに走り寄ってきた。

「どうなんだ？」

余計な挨拶抜きで話を切りだす。エラの張った男は、愛宕警察署刑事課の高見（たかみ）だ。通常の軽犯罪レベルだと、アルバ汐留に私服刑事が来ることは、ほとんどない。制服警官に引き渡して終わりだ。しかし大事件に備えたやり取りでは、この高見が窓口になっている。だから関口のことはよく知っていた。しかし一緒に来た細目の男は、見覚えがない。

関口の視線に気づいたのだろう。高見は背後の男を後ろに向けた親指で紹介した。

「この人は、警備課の下田（しもだ）さんだ」

細目――下田は黙って会釈した。関口も機械的に会釈を返す。同じように警備と名乗っていても、警察の警備課とは、あまり接点がない。アルバ汐留のオープン間もない頃、政治家が視察に訪れたことがあった。そのとき、政治家の周囲を囲んでいたのが警備課だったと記憶しているくらいだ。そんな部署の人間が、なぜ来るのか。

これは、テロなのか？

関口は、自分の想像を思い出した。こども休憩室の様子を伝える映像の異様さに、総合警備室でそんなふうに考えたのだ。その様子を聞いた警察が、対テロ対策の担当部署を派遣しても、不思議はない。

「説明を」

下田が短く言った。関口は短い空想を破られる。

「あ、はい」

その頃には、「東京消防庁」と書かれた服に身を包んだ消防隊員数名が、ストレッチャーを押して現れた。こども休憩室に入ろうとする若い隊員を、年長の隊員が止めた。

関口は島村と共に、総合警備室のモニターで異常を察知してから直井が倒れたことまでを、詳細に説明した。

「すると、直井さんという方は、こども休憩室に入った瞬間はなんともなかったのですね。けれど、子供を介抱しようとしたときに、倒れた」

年長の消防隊員が確認した。その場にいた島村がうなずく。

「はい。子供を抱き起こした次の瞬間、直井も同じように倒れたのです」

年長の消防隊員は、自らの顎をつまんだ。

「わかりました」

そして下田に目配せする。下田がうなずいた。「針谷(はりたに)さん。お願いします」

「了解しました」

年長の消防隊員——針谷というらしい——が、若い隊員に目配せした。若い隊員はひとつるタイプだ。

うなずくと、ストレッチャーから黄色い防護服を取り上げた。頭から指先、足先まで保護す

消防隊員が三人、慣れた動作で防護服を身にまとう。顔に防毒マスクのようなものをつけ、その上から前面に大きな窓のついたフードをかぶる。ストレッチャーをそのままにして、こども休憩室に入っていった。

こども休憩室は、防犯のために外から中の様子が見えないようになっている。ここで待っているしかない。

「大丈夫だ」高見が関口に言った。勇気づけるような口調だ。

「針谷さんは、東京消防庁の化学機動中隊の方だ。きっと的確な対処法を教えてくれる」

化学機動中隊。警備会社に勤務する者として、その名前は知っていた。日本でＮＢＣ――核、生物、化学――兵器が使われた際に、国民の命を守る、専門家集団だ。

警備課の下田といい、化学機動中隊の針谷といい、対テロ対策の担当者が来ている。それはとりもなおさず、警察も消防も、こども休憩室で起きていることがテロ事件だと認識しているということではないか。

「あなた方の連絡では、異常が発生しているのはこども休憩室だけだということでした」

まるで関口の思考を読んだかのように、下田が説明した。

「大規模テロは起きていない。けれど、異常は発生している。ですから、私や針谷さんが先遣隊として来たのです。状況を把握して、必要とあらば、すぐに完全装備の応援がやってきます」

「…………」

警察内部では、刑事課と警備課は仲が悪い。刑事ドラマなどではよく描かれていることだ。高見の話では、実際も同じようなものらしい。しかし今日、刑事課の高見は、警備課の下田と一緒にやってきた。しかも、同じ公務員でもまったく別系統である消防庁の針谷も一緒に。

かつて日本は、東京で大規模テロ事件を起こされたことがある。その経験から、対テロ対策に関しては、部署の垣根を越えた協力態勢が築かれているのだろうか。

しかし、関口は下田のコメントを否定せざるを得ない。

「あの、異常はここだけではありません」

「えっ？」

二人の警察官が、同時に声を上げた。「どういうことですか？」

関口は、二人が驚いたことに驚きながら、話を続けた。

「総合警備室です。ドアの外側に風船が仕掛けられて、それが割れて白い粉が撒き散らされました。正体がわからないうちは、総合警備室にいる人間が出られない状態です」

下田の眉が動いた。

「どうして今まで言わなかったんですか！」

怒られても困る。それに、丸山が警察に連絡すると言っていたのだ。関口がそう説明すると、「自分たちが出発してから、連絡が入ったのかな」と納得してくれたようだった。

消防隊員がこども休憩室から出てきた。関口は、出てきたことにまず安堵する。

「まずいです」

消防隊員が、少し距離を置いて針谷に言った。周囲を見回す。来館者たちはこちらを奇異な目で見ているけれど、野次馬根性を発揮して寄ってきてはいない。だから大声を出さなければ、彼らに聞かれる心配はないだろう。

「間違いなく、毒物です」

「毒物」

針谷がくり返した。

「まさか、サリン……？」

下田が低い声で言った。しかし黄色い防護服の隊員は首を振った。

「サリンでは、あんな症状は出ません。毒物を経口摂取、あるいは吸引したわけじゃありません。皮膚に直接触れることで起こるものです。イペリットのようなびらん性毒ガスを想像しましたが、直井という人が入ったときには症状が出ていなかったことを考えれば、毒ガスの線も薄いと思われます。だとすると、なんらかの毒素を直接塗布、あるいは噴霧されたと考えられます」

消防隊員の話は、半分以上ちんぷんかんぷんだ。あからさまに理解していない顔をしていたからだろう。針谷が補足した。

「現段階では特定はできませんが、化学兵器も生物兵器も、要は毒素です」

関口は舌の根元がしびれるような感覚を味わった。兵器だって？

「まずいですね」

下田が、消防隊員と同じことを言った。「総合警備室の白い粉も、同様の毒物だとしたら……」

針谷が唇をきゅっと引き締めた。他の隊員に声をかける。

「その白い粉とやらを、サンプリングしてこい」

「了解しました」

消防隊員は同じ黄色い防護服を手に取った。下田はうなずき、高見の方を向いた。

「署に報告してきます。全館、緊急避難させなければ」

「了解しました」

高見が真剣な顔で返した。パトカーの警察無線を使うつもりなのだろう。下田が猛ダッシュで来た道を引き返していった。賑わう来館者たちが怪訝な顔をしたけれど、気にする様子はまったくない。

「あの、全館避難、ですか」

関口が確認するように言うと、高見が眉間にしわを寄せた。

「当たり前だ。こども休憩室だけだったら、普通の刑事事件かもしれないけど、総合警備室を狙われたんだ。他の場所を襲うときに邪魔されないために決まってるだろうが」

怒鳴りつけたいのを意思の力で抑えたのがわかる口調だった。そして、その口調をさらに和らげる。

「大丈夫だ。新橋警備保障さんも、天災のときに客を緊急避難させる訓練はしてるだろう。ついこの前も、九月一日の防災訓練があったことだし。うちの連中も、すぐに応援に来る」

「は、はい」

半ばパニックに陥りかけた理性が、なんとかつなぎ止められる。上司である丸山が陣頭指揮できない状態では、警察の応援——というか指示——はありがたい。

「案内してください」

消防隊員が関口を急かし、関口はこども休憩室を島村と高見に任せて、駆けだした。二人の消防隊員が後を追う。あっという間に北館と北中央館を抜けて、総合警備室の前にたどり着いた。関口の処置が効いたか、総合警備室の前には、誰もいなかった——倒れている人間も。関口は全身で安堵した。

消防隊員の一人が防護服を身につける。関口は無線機を取った。

「課長。消防庁の方が来てくれました。今からドアの粉を採取してくれるそうです」

『そうか。それが終わったら、出られるのか？』

「いえ、まだです」

防護服を着ていない消防隊員が口を挟んだ。「毒物の正体がわからないと、除染の方法がわかりません。もうしばらく、そのままでいてください。そちらの皆さんに、体調の変化はありませんか？」

ドアの隙間から毒物が総合警備室に入り込んでいないかを心配したのだろう。しかし返ってきた声は、苦しげではなかった。

『こちらは全員無事です——ああ、私はここの責任者の丸山といいます。我々は後どのくらいで出られそうですか？』

「わかりません」消防隊員はきっぱりと答えた。「少なくとも、三十分やそこらでは答えは出ません。館内の避難は、私たちと警察がやりますから、安心してください」

『館内の避難？』訊き返してから、納得の言葉が続いた。『そうですね。ここが狙われた以上、他も襲われる危険性が高い。おい、関口』

「はい」

『役に立たないことで申し訳ないが、次席のおまえが現場の責任者として動いてくれ。警察や消防と協力して、お客さんを安全に避難させるんだ』

無線機を握る手に、力が入る。

「了解しました」

短くそう答えて、無線機を切る。その頃には、防護服を着た消防隊員はもうドアに取り付いていた。ドアや床に付着した白い粉を試験管のような容器に入れている。容器を、鞄に収めた。もう一人が受け取る。

「戻りましょう」

「わかりました」

防護服を着た隊員を残して、関口は来た道を走る。途中、気になって話しかけた。

「あの、こども休憩室の中は……」

質問の意図は、瞬時に伝わったようだ。消防隊員は息を乱さずに答えた。

「全員、心停止していたそうです」

答えの衝撃に、関口は転びそうになった。

全員、心停止。つまり、死亡していた。

半ば予想していた結論だ。しかし救命の専門家の口から聞かされると、思いきり脚を払われたような、あるいは脚そのものが爆発したかのような感覚があった。下半身が突然消えてしまって、上半身のコントロールが利かなくなったかのようだ。関口の身体は、脳より先に答えの意味を理解していた。全員の中には、直井も含まれていることを。

なんとか体勢を立て直して転ばずに済んだものの、今度は頭が真っ白になった。

直井が死んだって？　警備室で最も若く、会社員としての警備業務にまだ馴染んでいなかった直井。ヒーロー幻想から卒業できず、だからこそ来館者の子供たちにも優しかった直井。その直井が、死んでしまったというのか。

関口は島村から、直井が制止を振り切ってこども休憩室に入った経緯を聞いた。口では訴訟問題を持ち出したらしいが、本当のところは子供が倒れているのを放っておけなかったのだろう。その正義感が、身を滅ぼした。

関口は強く頭を振った。いけない。感傷に囚われている場合ではない。

必死に自分に言い聞かせる。いいか、ここで思考停止に陥ってはいけないんだ。直井の死を無駄にしないためにも、残る来館者全員を無事に避難させることこそが、自分の役割だ。

そのために、マニュアルもあるし、訓練もしてきた。

関口は走りながら、避難手順を思い浮かべようとした。しかし、まるで記憶が消去されてしまったかのように、思い出すことができなかった。

／／／／／／／／／／／／／／／／

——バカな。なぜ、ここに？

藤間は振り返りたい欲求を必死になって抑えながら、考えた。なぜ依子がここにいるのか。

一週間前、週末を一緒に過ごしたときに、依子は言っていた。

「来月、佐和の結婚式があるの」

佐和とは、学生時代のアルバイト仲間である三田佐和のことだ。藤間も依子に連れられて、一度だけ一緒に飲みに行ったことがある。色白の顔に、ストレートの黒髪がよく似合う美人だったけれど、堅そうな印象も受けた。まるで社長秘書のようだと思ったことを、よく憶えている。そんな彼女だったが、仲間うちでの結婚第一号になったらしい。

「この前新調した服を着ていくつもりなんだけど、服に合うブローチがまだ見つからないんだ。だから、今度の土曜日に買いに行くつもり」

「そうか」藤間は話を合わせるように言った。「じゃあ、俺も一緒に行った方がいいかな？」

「いいよ、別に」依子は掌をひらひらと振りながら答えた。「玲と一緒に行くから。護くんも、今度の週末は予定が入ってるでしょ？」

「まあね」

内心ホッとしながら、藤間は首肯した。藤間はコーヒー専門店「ペーパー・ムーン」の常連客であり、マスターや他の常連客と共によく遊びに行っている。依子もそのことを知っており、認めていた。依子を伴ってペーパー・ムーンを訪れたことがあり、そのときに梓から「藤間さんが浮気しないように、しっかりと見張っておきますから」と宣言されている。だから安心して週末を別々に過ごせるのだろう。

依子の認識は、おおむね正しい。マスターの紙谷や常連客の池田たちと遊びに行っているのは本当のことだ。しかし、次の週末だけは違う。百代が計画を実行する日だからだ。藤間は池田たち五人委員会の仲間と共に、百代がもたらした結果をテレビで確認する予定になっていた。だから依子に「買い物に行くからつき合って」と言われたら、どうやって断ろうかと困ってしまうところだった。

「玲って、亀山さんだっけ。あの娘（こ）ならセンスがいいから、少なくとも俺よりはいいアドバイザーになる」

亀山玲もまた、学生時代のアルバイト仲間だ。シンプルな装いを好む佐和と違って、ファッション雑誌から抜け出してきたかのような恰好をしていた。学生時代からずっと同じような服を着ている藤間と、どちらが装飾品購入のアドバイザーとしてふさわしいか、考えるまでもない。だから自分も依子も納得した上で、別行動を取ることにしたのだ。

それはいい。わかっていたことだ。けれど、なぜ依子は、よりによってアルバ汐留に現れたのか。彼女は、ちょっとした買い物は千葉市内で済ませるけれど、勝負をかける買い物には、銀座へ行く習慣だったじゃないか。まさか汐留に来るとは考えもしなかったから、彼女が危険に遭う可能性に思い至らなかった。ひょっとしたら、アクセサリーに詳しい玲が、アルバ汐留の店を紹介したのかもしれない。

平静を装ったまま歩きながら、藤間は忙しく頭を働かせた。自分たちは百代の行動を中止させるためにやってきた。放っておけば、今からこの施設で大惨事が起きる。まさか事前に知っていると周囲に喧伝(けんでん)するわけにはいかないから、知らないふりをして歩いている。その上で、自分は仲間たちにも動揺を気取られないように、平静を保っていなければならない。二重に周囲を騙しているわけだ。

百代がまだ開始していなければよい。ここでは、何も起こらない。依子は何も知らずに買い物を済ませて、家に帰るだけだ。では、すでに始まっていたら？

百代がどこまで動いているかによって、対応策は変わってくる。まだこども休憩室への襲撃に留まり、その事実が全体に広まっていないのなら、対応は楽だ。すでに始まっていた場合、自分たちはそのまま回れ右して帰るつもりだった。だったら帰る途中に偶然を装って依子を見つけ、「こども休憩室でなんか事件があったみたいだよ。気持ち悪いから、一緒に帰ろう」と声をかければいい。自分がここに来た理由は、ペーパー・ムーンの常連客たちと話題のレストランに味見しに来たとでも言えばいい。藤間は辛い食べ物が好きだから、たとえば三階にあるタイレストラン「カオヤイ」に来たとか。

問題は、百代の攻撃が広範囲にわたってしまった場合だ。全館パニックになる。依子が巻き込まれて怪我をする心配がある。何より、彼女がトリコセテン・マイコトキシンを浴びて死に至る可能性だって、十分にあり得るのだ。

河口湖畔の貸別荘を思い出す。自分は実験のために、ハツカネズミをトリコセテン・マイコトキシンで殺した。のたうち回りながら、苦しみ抜いて、ハツカネズミは死んだ。依子も、ああなってしまうのか。

そうはさせない。では、どうすればいいのか。難しいのは、パニック映画の主人公のように、猛ダッシュして依子に近寄り、抱きかかえて逃げるわけにはいかないということだ。周囲の来館者がパニックを起こして逃げ惑う中、明確な意志を持った行動は、かえって奇異に映る。もし冷静な観察眼を持った人間が近くにいて、藤間の行動を見ていたら、それは強く印象に残る出来事になる。すべてが終わった後、その人物が生き残っていたら、警察に証言するかもしれない。そして優秀な日本警察が証言から自分にたどり着く可能性も、ないとはいえないのだ。五人委員会でも、くり返し話したことだ。警察を、侮ってはいけないと。

周囲がパニック状態に陥ったら、自分もまたパニックを装わなければならない。そして逃げ惑ううちに、さりげなく依子の傍に行き、安全に逃げるために誘導すればいい。問題は、パニックが起きたとき、依子がどこにいるかだ。先ほどの店「ターコイズ・アイ」――そういえば、依子の誕生石はトルコ石だ――にずっといてくれればいいけれど、当てにはできない。まずはターコイズ・アイに行ってみて、いなければ捜さなければならない。パニックが起きたら、誰もが同行者を捜すだろう。だから、捜すこと自体には不自然さはないはずだ。彼女の身体にトリコセテン・マイコトキシンが降りかかるまでに見つけだせるかは、賭けだ。

「いかん」

池田が小声で言い、藤間は黙考を破られた。声の主に顔を向けると、池田は視線だけで北中央館のエスカレーターを指し示した。

「ゴミ箱の脇」

池田の科白はそれだけだったけれど、彼が何を言いたいのか、藤間にはすぐにわかった。

もちろん藤間だけではなく、冬美にも、三枝にも。

計画では、エスカレーターの降り口に罠を仕掛けることになっている。パニックを起こした来館者たちは、エスカレーターを駆け下りるだろう。だから彼らを攻撃する手段を、降り口に置くのだ。ゴミ箱からこぼれ落ちた、ファストフード店の紙袋を装って。そしてそこに、紙袋は、あった。

藤間の下腹に、重いものが出現した。計画では、エスカレーターの降り口に罠を仕掛けるのは、こども休憩室への攻撃の後だ。さらにいうならば、総合警備室に結界を張った後。今現在エスカレーターに罠が仕掛けてあるということは、攻撃はもう始まってしまっている可能性が高い。

「こども休憩室を確認しないと」冬美が小声で返した。「あれは、まったく別の客が捨てたものかもしれないわけだし」

冬美も、本気でそう信じているわけではないだろう。しかし、目視確認は絶対に必要だ。池田も否定することなく、歩く速度を変えることもなく、北館に向かって進んでいく。

「こども休憩室に、怪しまれずに近づくためには、エレベーターに乗ればいい」

池田は正面を向いたまま言った。「こども休憩室は、北館のエレベーターの、ちょっと先だからな。二階の本屋か三階のレストランに行くふうを装えば、まったく問題ない」

大荷物を抱えているわけでもないのに、ひとつふたつ上の階に行くのに、エレベーターを使おうとしている。理由は簡単だ。エスカレーターには、致死性のカビ毒が仕掛けられている。自分たちで発動させなくても、近寄りたくない。池田は口に出しては言わなかったけれど、そう考えていることは明白だった。仮に池田がエスカレーターの使用を主張しても、冬美が猛反対したことだろう。

藤間は、背後のターコイズ・アイに未練を残しながら、北館に入った。ここでもまだ、騒ぎは起きていない。すれ違う来館者たちは、一様に弛緩した表情だ。本当に、百代はこども休憩室を襲ったのだろうか。

北館の一階は、雑貨とカルチャーのコーナーになっている。お香の店を過ぎ、旅行用品の店を横に見ながら北に向かって歩いていく。ほどなく、見えた。こども休憩室の前に立つ人影が。何人もいる。警備員の制服姿も、消防隊員の姿もあった。

藤間は思わず目を閉じていた。

始まっていた。百代は、何の罪もない幼児を殺した。ゲリラ豪雨が須佐達樹を殺したように。いや、それ以上に残酷な方法で。

ここでUターンするわけにはいかない。何も気づかないふりをして、そのまま進んでいく。北館のエスカレーターに乗らず、エレベーターに向かう。

エレベーターの前まで来ると、こども休憩室の様子がはっきりと見て取れた。警備員が、出入口の前に仁王立ちになっている。悲愴な顔をしていた。中が気になるのか、ときどき背後を確認する。こども休憩室は、防犯のために外から中の様子が見えないようになっている。だから磨りガラスしか見えないのだけれど、警備員はくり返し振り返っていた。

間違いない。こども休憩室の中は、死屍累々だ。もし生きてうめいているようだったら、あんなふうに静かに立っていない。大騒ぎになっているはずだ。すでに全員死亡しており、誰も緊急搬送する必要がないからこそ、彼らは被害拡大を防いでいるだけでいいのだ。

「刑事かしら」

冬美が小声で言った。スーツ姿の男性のことを指しているのだろう。

「そうかもしれません」池田も小声で答える。「ここの運営スタッフという可能性もありますが」

「どっちでも、もう事件はばれてるね。あれが刑事じゃなくても、すぐ来る」

「そういうことです」

言いながら、池田がエレベーターの上昇ボタンを押した。ここまで来て最も自然な行動は、エレベーターに乗ることだ。しばらく待って、他の来館者と共にエレベーターに乗り込んだ。三階で降りる。

こども休憩室が襲撃され、エスカレーターに罠が仕掛けられた以上、もう一刻の猶予もない。すぐにここを離れなければならない。依子を連れて。

藤間の考えを読んだかのように、池田が口を開いた。

「帰ろう」

そして、再び木下のアパートに行って、彼の死を発見しなければならない。

あらかじめ決めていたことだ。誰も反応せずに、北中央館に向かって歩きだした。北中央館のエレベーターで一階に下りて、そこからアルバ汐留を出るつもりだった。

しかし、藤間は足を止めなければならなかった。

非常ベルが、鳴り響いたのだ。

／／／／／／／／／／／／／／／／／／

「おっかしいな」

菊田真樹子はスマートフォンの液晶画面を睨みながら、一人つぶやいた。

今日は友人の出産祝いを買うために、アルバ汐留にやってきた。プレゼントは慎重に選ばなければならない。そのためには、集中力を削ぐ要因になる夫と娘は、傍にいない方がいい。

そう考えて、二人を一階のこども休憩室に押し込んでおいて、自分は買い物に集中することにしたのだ。

夫の孝雄も、興味の持てない子供服選びになんて、つき合いたくはないだろう。コーヒーでも飲みながら、スマートフォンをいじっている方が、何倍もいい。友里亜だって、ずっとベビーカーに乗せられているよりも、こども休憩室で遊んでいた方が楽しいはずだ。家族の思惑が一致して、全員が有意義な週末を過ごすことになった。

買い物は、自分としてはあっけないほど簡単に終わった。本命だった「クレイドル・ツリー」という子供服販売店で商品をチェックした後、有名ブランドの店を五軒ほど見て回った。その結果、やはりクレイドル・ツリーで買うと決めて、そこから品選びに本腰を入れた。そして一品に絞り、レジに並んだのだ。

スマートフォンで時刻を確認する。十二時二十分。この自分が、重要な買い物に一時間二十分しかかけないなんて、珍しいことだ。もしかしたら、以前ほど買い物に情熱を傾けられなくなったのだろうか。最も恐れている、おばさん化が進んでいるのかもしれない。軽い恐怖を覚えながら、孝雄にメールした。もうすぐ終わるから、昼食の店を考えておいてくれと。

そしてレジで会計を済ませ、プレゼント用のラッピングを待っているところだ。

しかし。孝雄からの返信がない。

いつもなら『了解』とか『わかった』といった返事をすぐにくれるのに。こども休憩室でのんびりしているだけなのだから、会社で働いているときとはわけが違う。メール着信に気づかないとか、気づいていても手が離せなくて確認できないといった状況ではない。それなのに、なぜ夫は返信をよこさないのか。

「九番でお待ちのお客様ー」

レジカウンターの奥から声がかかった。バッグのサイドポケットに突っ込んでおいたカードを取り出す。「9」と書かれてある。頼んでおいたプレゼント包装が仕上がったのだ。「はーい」と返事しながらカウンターに近づく。カードと引き替えに、紙袋を受け取った。ベビー服ということもあり、サイズは小さい。それがいい。嵩張るプレゼントなど、野暮なだけだ。

右手にスマートフォン、左手に紙袋とバッグを持ってクレイドル・ツリーを出た。アルバ汐留は、四つの建物が屏風のようにつながった構造をしている。そのひとつひとつに、一階から三階まで貫いた吹き抜けがあった。吹き抜けの傍にはいくつもベンチが設置されており、真樹子はそのひとつに座った。隣の座席に紙袋を置く。

あらためてスマートフォンの画面を確認した。やはり孝雄からの返信はない。

「寝てるのかな」

たぶん、そうだろう。昨晩、孝雄は帰りが遅かった。金曜日のうちに仕事を片づけておかないと、休日出勤する羽目になってしまうからだ。いくら遅くなっても、夕食も摂らずに仕事に励んでいた夫に、食べさせないわけにはいかない。食事を終えて入浴していたら、日付が変わってしまった。しかも、そこからすぐに眠ったわけではない。友里亜も、もう二歳だ。そろそろ次の子供が欲しくなり、そのための努力をしたのだ。

おかげで夫は、疲労が抜けずに寝不足だ。こども休憩室で遊ばせているうちは、たいして監視しなくても危険はない。そう思って眠りこけているのだろう。

だったら、電話をかけて、着信音でわざわざ起こすことはない。孝雄はスマートフォンの着信音を、八〇年代の賑やかな洋楽に設定している。こども休憩室でそんなものを鳴らしたら、周囲から冷たい視線を浴びるだろう。孝雄は起きるだろうけれど、寝ている他の子も起こしてしまうかもしれない。

どうせ、レストラン街は最も混んでいる時間帯だ。今からこども休憩室に移動して、少しだらだらしてから昼食に行けばいい。

そう考えて、フロアガイドを広げた。位置関係を確認する。

「うげっ」

思わず、妙な声が口をついて出た。自分が今いるのが、南館の二階中央付近。一方、こども休憩室は北館一階の最奥だ。ほとんど施設の端と端じゃないか。歩くと、けっこうな距離がある。

よし、電話しよう。

真樹子はあっさりと考えを変えた。お互いが中央に向かって歩けば、南中央館と北中央館の境目くらいで合流できる。そこからエスカレーターでレストラン街に向かえばいい。

フロアガイドを見直す。レストラン街は、三階の北半分だ。つまり、北中央館と北館。南側の三階には、シネマコンプレックスがある。友里亜もあと数年経てば、子供向けアニメーション映画を観たがるかもしれないけれど、今は用事がない。

各店舗をチェックしていく。おしゃれな店が多い。いつも友里亜を連れて行くようなファミリーレストランはないようだ。それでも、キッズメニューくらいあるだろう。キッズメニューがなくても、そば屋がある。友里亜はざるそばが好きだから、そこに行ってもいい。個人的には、滅多に食べられないタイ料理店やシンガポール料理店に入ってみたいけれど、それは友里亜がいないとき、会社の食事会などにしておこう。二歳児に、エスニック料理はまだ早い。

真樹子は夫の番号を呼び出し、通話ボタンを押した。こども休憩室に騒音を撒き散らしたくはない。最初の一コール目ですぐに起きて電話に出てくれるよう、真樹子は祈った。

しかし。

出ない。四コール、五コール、六コール。どうして？

ひょっとしたら、マナーモードにしているのだろうか。ここに来る電車では、車内で着信音が鳴らないように、マナーモードに設定していた。電車を降りてから、孝雄は通常モードに戻しただろうか。はっきり憶えていない。

真樹子はため息をついた。終話ボタンを押して、電話を切る。よく見ると、自分もマナーモードを解除していなかった。おそらく孝雄も、鞄の中で震えているスマートフォンに気づかず、眠っているのだろう。

仕方がない。こども休憩室まで歩くとするか。

それにしても、この施設はどうして横長にしてしまったのだろう。おかげで、移動が大変だ。六本木ヒルズみたいに、タワーにまとめてくれたらいいのに。土地の確保の問題なのかもしれないけれど、これでは建物というより、壁だ。

さあ、行こう。

スマートフォンをバッグにしまう。そして立ち上がって歩きだした。

南館から南中央館に移る。こちらも女性ファッションのフロアだ。二十代半ばから三十代くらいの女性を対象にした店舗が多い。十代が好むようなブランドは、一階にある。今日は自分用の買い物はないから、素通りした。

北中央館に移る。こちらは男性向けブランドのフロアだ。国内外の有名ブランドが軒を連ねている。

こういう場所に来る度に思うのは、世の男たちは、それほどおしゃれを気にするのだろうかということだ。自分の周辺にいる男性——孝雄も、会社の男性社員たちも——あまり着るものに関心がない。女性は大なり小なりおしゃれに気を遣うから、女性服の大きな売り場があるのは理解できる。けれど男性向けのためにわざわざ一フロア使っても、需要があるようには思えない。本当に、やっていけているのだろうか。

そんなことを考えながら通路を歩いていたら、ふといい香りが鼻をついた。周囲を見回すと、吹き抜けを通して三階が見えた。レストラン街だ。この香りは、コリアンダーだったと思う。ということは、タイ料理店がそこにあるのかもしれない。今度行こう。そんなことを考えていると。

非常ベルが鳴り響いた。

／／／／／／／／／／／／／／／／／／

「いらっしゃいませーっ！」

店に入った途端、店員の明るい声が聞こえてきた。

日本に来てから、何度も聞いた科白だ。店員の愛想よい挨拶は、日本独特のものだと思う。日本語の授業で、日本人は自然体で客をもてなす国民性だと聞いた。話だけだとぴんとこなかったけれど、こうやって実際に接してみると、なるほどと実感する。

同行した文琴は、日本語がまったくわからない。そのため買い物の際には、多少なりとも話せる呉が通訳を務めている。けれど十分用が足りるほどの語学力は、まだない。客が日本語を上手に話せないとわかると、店員は、ゆっくりと丁寧に、簡単な単語を選んで話してくれる。おかげで、文琴は望む買い物ができるわけだ。メニューに英語併記があるレストランがまだ少ないなど、国際都市としては未完成だけれど、アジアを代表する資格は十分にあると思う。

文琴が店内を見回した。

「ここが、呉くんお薦めの『サンドキャッスル・トーキョー』か」

両手にいくつもの紙袋を提げた呉が首を振る。

「僕の推薦じゃないよ。雑誌に紹介されてただけ」

「けっこう、よさそうじゃない」

文琴が、手近に陳列してあるショールに触れた。薄手の生地が、さらりと揺れる。サンドキャッスル・トーキョーは、西アジアのファッションを大胆にアレンジした衣類が人気のブランドだ。元々ファッションに詳しくない呉は、西アジアの標準的服装も知らないし、どの辺が大胆なアレンジなのかもわからない。つまり、サンドキャッスル・トーキョーのよさがわからない。しかし、そんなことはどうでもいい。文琴が気に入ればいいのだ。

「それじゃ、ちょっと見てくるね」

文琴は入口で呉にそう告げると、すたすたと店内に入っていった。アルバ汐留に来てから、すでに何軒もの店舗に入り、かなりの買い物をしている。その戦利品が呉の両手にあるわけだけれど、彼女はまだまだ満足していないらしい。世界の有名ブランドならば、台北でだって買える。今回の日本旅行で彼女が欲しているのは、東京でしか手に入らないブランドを、友人たちに先駆けて手に入れることなのだ。

これまでの店舗と同様、呉は入口付近で他の客の邪魔にならないように立っていた。サンドキャッスル・トーキョーは女性服を扱っている店だから、自分が客でないことは明らかだ。かといって胡乱（うろん）な目的で入り込んだわけではないことは、手にした紙袋の山で一目瞭然。彼女か奥さんの買い物につき合って、仕方なしにやってきた男だと、すぐにわかる。だからぼんやり突っ立っているのが、いちばんいい待ち方だ。

そこまで考えたところで、呉は自分の思考にどきりとした。

彼女か奥さん。

それは呉が内心、文琴に求めていることでもある。実際は、二人は団体旅行のメンバーに過ぎない。それでも、他の買い物客から見たら、自分たちは親密な関係だと思うだろう。

周囲には、自分たちのことを知っている者は、誰もいない。しかも、ある程度日本語が聴き取れる自分と違って、文琴は周りの人間たちが何を喋っているのかすらわからない。ある意味、彼女の傍にいる人間――コミュニケーションを取れる存在は、自分だけなのだ。彼女だって、自分のことを意識せざるを得ないだろう。ここで頼りになることをアピールできれば、少なくともこの旅行中は自分をあてにしてくれるだろう。便利に使われるというより、頼られる存在になる。そうして、帰国してからも同じ立場でいられたら。

――いかん、いかん。

呉は心の中で首を振った。くだらない妄想に浸ってはいけない。下心を抱いて文琴に接してはいけないのだ。彼女は感性が鋭い。呉の瞳の奥に邪な光を見つけ出してしまえば、自分を遠ざけようとするだろう。いいか。好意と下心を混同するなよ。

「店長ーっ、ちょっと来てくださーい！」

高い声に物思いを破られた。声の方角に顔を向けると、若い女性店員が、奥の方を見ていた。傍らには、中年女性が立っている。厚化粧のため年齢はわかりにくいけれど、険しい表情をしていることは明白だ。目尻がつり上がっていた。

奥から男性店員が出てきた。細身の中年男性だ。まっすぐに女性店員の方へ向かっていったから、彼が店長なのだろう。

「どうしましたか？」

部下に対して、丁寧な言葉遣いだ。女性店員が安堵の表情を浮かべる。「こちらのお客様が——」

中年女性が店長に対してまくし立てている。早口だし語尾が揺れているから、呉には聴き取れない。ただ、砂色の紙袋から衣類を取り出して指さしているから、買った品に瑕疵(かし)があったのだろうか。返品か交換を要求しているのかもしれない。

「ははあ、なるほど」女性から商品を受け取り、検分していた店長がうなずいた。「確かに、ほつれがあります。交換させていただきます」

しかし中年女性の怒りは収まらなかった。

「もう、いいわよっ！　お金返してっ！」

「返品でございますか。レシートはお持ちですか？」

「そんなの、とっくに捨てたわよっ！」

「さようでございますか——承知いたしました」店長は女性店員に視線を向けた。「お客様に、ご返金申しあげて」

女性店員は不満そうだったけれど、指示どおりレジに向かった。そのとき、中年女性がほくそ笑んだのを、呉は見逃さなかった。

ひょっとして、あの女性は買い物などしなかったのではないか。

商品を万引きして、以前買い物したときに手に入れた紙袋に入れる。そしてほつれを作って、返金を要求する。そんな詐欺なのではないか。本当に傷ものを買って、返品要求が受け入れられたのであれば、勝ち誇った顔はしても、ほくそ笑んだりしないだろう。

呉はこっそり店長の横顔を見た。感情を表に出していない。けれど、その目は詐欺に引っかかったようには見えなかった。むしろ、彼こそが真っ先に中年女性の意図に勘づいた。しかし証拠はない。だから事を荒立てずに衣類一枚分のお金で事態の収拾を図った。そんな気がする。

ずいぶんと弱腰な態度に見える。レシートがなくても、買った日と時間帯を聞けばいいのに。店側には販売記録が残っているのだから、照合すれば嘘はすぐに見抜ける。それなのに店長は、事実関係を確認しようとしない。日本では客の立場が必要以上に強いと聞くけれど、その典型だ。

そう考えかけて、思い直す。アメリカの一流百貨店では、自分たちが取り扱っていない商品まで返品に応じた事例があるという。返品可能というルールを作り、例外なく対応する。そうやって顧客の信頼をつなぎ止めていれば、生涯にわたる購入が期待できるからだ。長い目で見れば、一時の損は将来の大きな利益につながる。あの店長、いやサンドキャッスル・トーキョーも、同様の経営方針なのかもしれない。

金を受け取って店を出る中年女性に向かって、店長は頭を下げた。顔を上げたとき、眉根にわずかにしわが寄っていた。怒りではなく、しょうがないな、といった困り顔。やはり彼はわかっている。わかっていて返金に応じたのだ。

「お待たせ」

紙袋を持った文琴が戻ってきた。先ほど中年女性が持っていたのと同じ、砂色の紙袋。

「ここ、いいわあ。早く台北にも出店すればいいのに」

目を三日月のようにしている。喜んでいる証拠だ。紙袋を受け取りながら呉が答えた。

「台北に来ちゃえば、独占できないだろう？」

「あっ、それもそうか」

鳥のさえずりのように笑う。「じゃあ、行こうか」

「うん」

店を出るとき、先ほどの店長がこちらに向かってお辞儀をした。「どうもありがとうございました」

「どういたしまして」

日本語で返すと、店長が微笑んだ。先ほどの困り顔とはまったく違う、自然な笑み。それだけで、呉はこの店長が好きになった。胸のネームプレートを見る。「辻野」とあった。

通路に出て、呉は腕時計で時刻を確認した。十二時二十分。昼食どきだ。

「どうする？　そろそろご飯にする？」

「そうね」文琴が自らのお腹をさすった。「確かに、お腹空いてきたね」

「何か、食べたいもの、ある？」

「そうだなあ」

入口のインフォメーションでもらった、中国語版のフロアガイドを開く。インフォメーションでは、日本語の他に中国語、英語、韓国語のフロアガイドが置いてあった。自分たち旅行者にはありがたい配慮だ。

フロアガイドのレストラン一覧を睨んでいた文琴が、一点を指さした。「ここ、行きたい」

「どれどれ」

ネイルアートされた指先が示す箇所には、「そば処健蕎庵」と書かれてある。日本そばの店のようだ。

「いいね」

呉はふたつ返事で同意した。仮に文琴が台湾料理店を希望しても反対しないつもりだったけれど、日本そばには呉も興味がある。台湾ではほとんど見かけないからだ。そばという植物から作る麺類らしいのだけれど、台湾ではそばという穀類は食材として使われない。だからむしろ積極的に賛成した。

「えっと、北館の三階か」

サンドキャッスル・トーキョーがあるのは、南中央館二階の真ん中辺りだ。ちょっと歩くけれど、二人とも若いから気にならない。

文琴がフロアガイドをポーチにしまった。

「じゃあ、行こうか」

「うん」

近くにエスカレーターがある。南中央館の二階はかなり混み合ってきていて、たくさんの紙袋を持っていては歩きにくい。三階まで上がってから、移動した方がいいだろう。呉は文琴にそう言い、二人でエスカレーターの上り口に向かった。

おや。

呉はエスカレーターの上り口に視線をやった。正確には、脇に設置されているゴミ箱。ゴミを捨てるところなのにぴかぴかに磨かれているのは日本らしいけれど、呉が気になったのは、ゴミ箱のすぐ傍にゴミが落ちていたことだ。ファストフードの紙袋。台北でも見かけるロゴマークが印刷されている。誰かがゴミ箱に捨てたつもりで落としたのだろうか。

しかし自分たちには関係ない。今から食事に行こうというのに、他人のゴミの始末で手を汚すという発想は、呉にはない。無視してエスカレーターに乗った。

南中央館の三階は、シネマコンプレックスだった。多くのポスターが貼られてある。

「あっ、これ観たかったんだ」

文琴が一枚のポスターを指さした。見ると、ハリウッド製のＳＦアクション大作だ。呉も台湾で公開されたら観ようと思っていた作品だった。

「どうする？　ここで観る？」

文琴が訊いてくる。「いいね」と答えかけて、呉は首を振った。

「でも、ここは日本だから、英語に日本語字幕か、日本語吹き替えしかないよ」

文琴は自分の口に手を当てた。「あっ、そうか」

「そう。観ても、内容がわからないと思う。帰ってからの楽しみにしよう」

「そうね」口では肯定しながら、文琴は残念そうだ。

「だって、台湾ではまだ公開されてないんだよ。いち早く観られたら、自慢できるのに」

「帰りの飛行機でやっていたらいいんだけどね。そうしたら、中文の字幕が出る。国際線の飛行機は、公開が少し早かったりするから、期待できるかもしれない」

「そっか」

「うん。ここは諦めよう」

「わかった」

今度は納得してくれたようだ。ずらりと並んだポスターを眺めながら、歩みを再開する。よかった。

呉はそっと胸を撫で下ろした。二人きりで映画館に入るというのは、なかなかドキドキするシチュエーションだ。だからつい同意してしまいそうになった。もし本当に入っていたら、「ちっとも内容がわからなかった」と文琴が不機嫌になってしまっただろう。直前に気づいて、回避できてよかった。呉は今日の自分が冴えていることを喜びながら、北中央館に向かった。

シネマコンプレックスが途切れ、エレベーターホールが見えてきた。その脇に、北中央館に続く通路がある。シネマコンプレックスからレストラン街へ行こうという来館者が少ないのか、あれだけ混雑していた館内の中、ここだけが閑散としている。おかげで歩きやすい——と思ったら、いきなり脇から人が飛び出してきた。ぶつかりそうになったけれど、向こうが寸前で避けた。

「すっ、すみませんっ！」

よほど慌てていたのだろうか。大きくたたらを踏みながらも、なんとか転倒せずに持ちこたえた。五十歳くらいの男性だ。太っていて、かなり生え際が後退している。この暑いのに、ネクタイを締めていた。

太った男性の後に、中年女性と若い男性が続いた。女性の方は、中年とはいっても先ほど店で返品要求をしていた女性より、はるかに若々しい。銀縁眼鏡から覗く瞳が凜々しい印象を受けた。男性の方は、まだ二十代だろう。自分とさほど年齢は変わらないように見える。少し長めの髪を茶色にしているのが、今どきの若者を思わせる。二人とも、スーツ姿だ。

三人は、エレベーターホールの隅にある階段を下りていった。靴底が階段を踏む音が、かなり長い間聞こえた。

「なんだろ、あれ」

文琴がぽかんとしてつぶやいた。

「よくわからないけど」呉は非常階段に視線を置いたまま答える。両手がふさがっていなければ、腕組みをするところだ。

「ここの従業員じゃないかな。土曜日なのに、ネクタイを締めてたし。店員じゃなくて裏方だと思う」

「裏方？」

「うん。接客担当じゃなくて、間接部門。経理とか、総務とか。店じゃないところから出てきたから、ひょっとしたら店の裏方じゃなくて、アルバ汐留そのものの運営をしている人たちかも」

文琴が眼をぱちくりさせた。

「呉くん、すごーい。よく、そんなにすぐに考えられるわね。さすがＴＰＭＳの社員」

文琴の言うとおり、呉が勤務しているＴＰＭＳは、台湾では大企業の部類に入る。文琴は、目の前の男性がエリートであることを再認識したようだ。

けれど、ここでにやけるのは、かなり恰好悪い。呉は意識して渋面を作った。

「当てずっぽうだよ」

この話題を打ち切り、通路を抜けて北中央館に入った。

途端に、スパイスとハーブの香りが鼻をつく。

それもそのはず。目の前にはインドカレー店があった。その先には、シンガポール料理店とタイ料理店も見える。この辺りは、東南アジアから南アジアにかけた料理が提供されるようだ。

「ふむ」

呉は小さくつぶやいた。日本人は、感受性が鋭い。日本そばがどのようなものか、はっきりわからないけれど、少なくともスパイスの匂いを漂わせたりはしないだろう。だから、そば屋はここから離れた北館に店舗を構えた。

彼女かどうかにかかわらず、男は女性を長時間歩かせることを好まない。呉もまた、ここからさらに文琴を歩かせることに躊躇した。

ジーンズのポケットから、中国語版のフロアガイドを取り出した。施設の全体像を記したページを開く。

アルバ汐留は、四つの建物が横につながってできている。だから移動するには、建物を伝いながら延々と歩かなければならない。

まったく、いったい誰がこんな設計にしたんだよ。

呉はフロアガイドをたたみながら思った。これじゃあ、商業施設というより、壁だ。

しかし、現実にそうである以上、仕方がない。てくてく歩いてそば屋まで、文琴を連れて行くしかない。両手の荷物を握り直して、同時に気を取り直した。よし、歩くぞ。

そう思った途端。

非常ベルが鳴り響いた。

「ひっ！」

文琴が息を吞む。自分もまた、心臓が跳ねていた。

非常ベル？

どこから？

考えるまでもなかった。

目の前のタイ料理店から、煙が噴き出ていた。

／／／／／／／／／／／／／／／／／

「い、い、い、いったい――」

榎本利允（えのもととしみつ）が調子の狂った声で言った。

無理もない。自分が運営本部長を務めるアルバ汐留で、尋常ならざる事態が発生したのだ。

こども休憩室前は、すでに物々しい雰囲気に包まれていた。

丸山は、総合警備室に閉じ込められた状態でも、最低限の仕事は果たした。アルバ汐留の運営本部、東京湾岸不動産に連絡を取ったのだ。運営本部は、南中央館三階にある。地下一階にある総合警備室の、真上に当たる場所だ。丸山はこども休憩室と総合警備室の状態を榎本に伝え、すぐにこども休憩室へ行くよう進言した。そして関口たちが戻ってまもなく、運営本部の連中が到着したのだ。

彼らだけではない。警察の増援はまだ来ていないが、消防隊員はすでに二桁を超えている。針谷たちが先遣隊として状況確認している間、建物の陰で待機していたのだろう。黄色い防護服に身を包んだ隊員たちが、こども休憩室の周辺から来館者を遠ざけていた。

「化学テロの疑いがあります」

警視庁愛宕署警備課の下田が、冷たいとも思える冷静さで答えた。

「こども休憩室だけのことであれば、別種の事件とも考えられます。しかし館の警備担当者を総合警備室に閉じ込めたとなると、他の場所も狙われる可能性が高い。全館に、すぐに避難指示を出します。いいですね？」

榎本は、この暑いのに顔を真っ青にしていた。唇を震わせる。「は、え、いや、その——」

突然の事態に、頭がついていっていない。いや、迷っているのか。週末は稼ぎどきだ。ここで全館に避難指示を出すことによって、失われる売上額が頭をよぎったのかもしれない。

「お願いします」

横から中年女性が言った。業務課長の泰間詠子（たいまえいこ）だ。「警察のみなさんには、お客様の安全な誘導をお願いします。わたしたちは、全店に指示を出して、お客様の避難を手助けしますので」

必要以上に大きな声だ。

榎本の真っ青だった顔が、急に真っ赤になった。「き、君いっ！」

部下が勝手に答えたからだろう。甲高い声が裏返った。しかし銀縁眼鏡の課長は、下田の声以上に冷たい視線を本部長に投げかけた。

「ここは、即答以外の選択肢はありません」

そして、やや声を潜めた。「見てください。物々しい雰囲気に、来館者が写真を撮っています。ここの状況は、すぐにネット上に流れるでしょう。こんなところで時間をかけていたら、後になって何を言われるか、わかりませんよ」

榎本の身体が感電したように震えた。そっと周囲を見回す。消防隊員たちが遠ざけている来館者たちは、多くが携帯電話やスマートフォンをこちらに向けていた。アルバ汐留の状態は、すでにソーシャル・ネットワーク・サービスに流れていると考えた方がいい。詠子の指摘したとおり、迷っている時間はない。

納得すると同時に、関口は詠子が大声で答えた理由も理解していた。彼女は下田や榎本ではなく、来館者に聴かせるつもりで言ったのだ。東京湾岸不動産は、客の安全を第一に考えていることをアピールした。ここの状況が逐一ネットに流れていると考えた場合、正しい判断だといえた。

　榎本がそれ以上文句を言わなくなったことを確認すると、詠子は若い男性に声をかけた。

「山岸くんは、本部長と一緒に事務室に戻って、全店に指示を出して。まず、お客様に身体の不調を訴えている人がいないか。次に、落ち着いて避難していただくように」

「了解しました」

　若手社員——山岸岳見が答える。榎本ほどではないが、こちらも顔面を蒼白にしているけれど、上司が二人も傍にいるためか、理性は保っているようだ。

　詠子は下田に視線を移した。

「避難場所は、災害シミュレーションに則って、広場に集まってもらいますか？」

「いえ、海の方に逃がしてください」

　下田は答えた。「ここの広場は、風が入ってきません。化学テロであった場合、風上に逃げるのが原則です。浜離宮恩賜庭園の南側ならば、ここの影響を受けずに済みますから。浜離宮恩賜庭園は元々災害時の避難場所ですし、ちょうどいい」

　津波を想定した避難訓練では、一階にいる来館者を広場に集めることになっている。津波が来ても、アルバ汐留そのものが防波堤になってくれるからだ。一時的な措置ではあるけれど、その間に来館者を順番に上階に上げられる。

しかし津波を止める建物が、風の流れも止めてしまう。広場だと、空気が滞留してしまう。それは、今日のイベントである大道芸フェアの参加者たちが汗だくでパフォーマンスを行っていることからもわかる。広場に風が通っていたら、あれほど大変な思いをせずに済むはずだ。毒物の正体がわからない以上、空気が滞留する場所へ誘導するわけにはいかない。

「ただし、勝手に駅や駐車場に向かわないようにさせます。事実関係がはっきりしない以上、来館者は全員が何らかの影響を受けている可能性があります。拡散を防ぐためにも、一カ所に集めなければ」

「わかりました」そして山岸に視線を戻す。「店には、北から南に向かって移動しながら避難するように指示を出して」

「外での避難誘導と、こちらへ向かっている客の対応は、警察が行います」

下田が横から言った。「本庁は、すでに人員を調えてこちらに向かっていますから」

関口はふうっと息をついた。よかった。プロフェッショナルたちの手によって、着々と手が打たれていく。それでも、ただ突っ立っているわけにはいかない。

「弊社からも、増援を出しましょうか？　元々ここには八名の警備員がおりますが、動けるのは私と島村の二名だけですから」

下田が一瞬宙を睨んだ。

「いえ。警察で人数は足りますので、必要ありません。唐突な派遣要請では命令系統もはっきりしませんから、かえって混乱をもたらす危険があります」

ずいぶんはっきりとしたもの言いだ。関口は気を悪くしかけたけれど、仕方のないことというのもわかっている。対テロ訓練をくり返している警察の警備課と、日常の安全を護る民間警備会社では、事件への対応レベルが違う。

しかも、こちらの警備責任者である丸山は、総合警備室から出られない。新橋警備保障も企業に過ぎない。会社員は、相手の役職を見て動く。増援が来たところで、責任者である丸山ならともかく、次席に過ぎない関口の指示で、一糸乱れぬ行動が取れるとは思えなかった。やはり、警察と消防に任せるしかない。

自分は、自分のやれることをしよう。自分も島村も、アルバ汐留の内部は知り尽くしている。ひょっとしたら、運営本部の連中よりも詳しいかもしれない。警察や消防の活動に、適切な情報を与え、必要に応じて手助けする。そして逐一丸山に報告する。それが正しい行動だ。

「急ぎましょう」

針谷が言った。「こども休憩室の異常発生から、三十分が経過しています。関口さんが総合警備室の仕掛けを発見してからも、二十分近く経っています。今のところ、他の場所で騒ぎは起きていないようですが、すぐにでも起こる可能性があります。次の攻撃がある前に、避難させれば被害は食い止められます」

攻撃。

陰嚢が縮こまるような感覚に襲われた。針谷は「攻撃」と明言した。彼らは、可能性だけでなく、本当にテロだと認識している。

針谷は、化学テロの疑いがあると言っていた。つまり来館者や直井を殺したのは、化学兵器ということになる。そんなものを用意した以上、犯人はテロリストなのだ。警察や消防にとっては、敵だ。敵だからこそ、攻撃という言葉を使った。

パニックに陥るな。考えろ。

関口は必死に自分に言い聞かせた。自分は、この施設を隅々まで熟知しているではないか。その知識が役に立つはずだ。

「こども休憩室は、密閉された空間です」

ある程度考えをまとめたところで、口を開いた。周囲の視線が関口に集まる。

「換気システムがあるにしても、毒物はある程度室内に滞留します。だから被害が大きくなった。毒をばら撒いた奴は、同じように密閉された空間を狙うのではないでしょうか。けれど、ここには密閉された空間は多くありません。すぐに思いつくのは、エレベーターと医療機関、それからマッサージルームくらいです」

　刑事課の高見が瞬きした。

「なるほど。下田さん。エレベーターは止めましょう」

「元より、そのつもりです」

　素っ気なく答えたが、関口と高見の提案を「そんなの、とっくにわかっているよ、バカ」というニュアンスは感じなかった。こちらが責任を果たしたことに、敬意を表しているようにも見える。

　山岸がダッシュした。三階の事務室に戻るためだ。やや遅れて、榎本も走る。

「海側の荷物搬入口に、対策本部を置きます。泰間課長、ご対応をお願いします」

　下田の言葉に、詠子がうなずいてみせる。

「わかりました。物流業者に対しても、こちらへの搬入は止めるよう指示します」

　そして携帯電話を取り出し、実際に指示を出した。さすが巨大施設アルバ汐留を実質的に仕切っている業務課長。行動が早くて的確だ。お飾りの榎本とは、肚の据わり方もまったく違う。

　関口の精神状態も、迷子の子犬のようだった先ほどとは、ずいぶんと違っている。使命感とやる気に満ち溢れていた。自分がやるべきことは、来館者を安全に避難させるための、最善の手助けをすること。スピード勝負ならば、勝ってやろうじゃないか。

しかし、関口の覚悟を乱す音が、胸元で鳴った。無線の呼び出しだ。レシーバーを取る。

「はい」

『三階だ！』

スピーカーから丸山の大声が響いた。

「三階？」

『北中央館の三階だ！』

丸山の声は、緊張で割れていた。

『三階で、火災報知器が作動した』

間章

「カビは、見つかったよ」

藤間はグラスを見つめたまま言った。

同じようにグラスを見つめていた池田が、静かにうなずいた。「そうか」

週末の夜十時。藤間は、池田のアパートを訪れていた。彼が在籍している東京産業大学は、東京と名乗っておきながら、埼玉県さいたま市にある。だから池田もさいたま市内に居を構えていた。気楽な独身同士であることに加えて、ＪＲ大宮駅から歩いて十分という便利な場所にあったから、気軽に立ち寄ることができる。

ペーパー・ムーン常連客仲間の池田とは、外でもつき合いがある。数カ月に一度という頻度で、二人で飲みに行っているのだ。

けれど今日は、池田のアパートだ。なぜなら、他人に聞かれたくない話をしたかったから。

「持ち帰ったカビがどの程度の毒を産生するかどうかは、さすがにモモちゃん一人では判定できない。これればかりは、俺が手伝った。研究室で調べたんだ。元々研究室にある機器と試薬で確認したから、そこから足がつくことはない」

「調べて、どうだったんだ？」

「モモちゃんのすごいところは、カビを一検体だけで済ませなかったことだ。ひとつ見つけても気持ちを切らすことなく、合計五検体を持ってきた。五つのカビのうち、ひとつがカビ毒を産生するものだった。しかも、相当強力な毒性を持っているやつだ。大当たりだ」

「それで？」

池田の質問に、藤間はようやく顔を上げて質問者を見た。

「今、せっせと増やしてるよ。手造りビールキットだけでは追いつかないから、業務用の寸銅鍋を何個も使っている。モモちゃんは、須佐くんが後を継ぐ食堂で働くつもりだったから、料理の研究に余念がなかった。調理器具の扱いは、慣れたものだ」

「そんなので、できちゃうのか」

池田がグラスを取った。埼玉県秩父市で造っているウィスキーだ。二人とも水割りやハイボールを好まないから、氷を入れただけのロックで飲んでいる。

「できるよ」

藤間は即答した。藤間は品川化学工業という会社で研究職に就いている。食品の専門家ではないけれど、生化学には詳しい。一方、池田は経営学部の講師だ。数字には強くても、科学の世界は門外漢といっていい。だからぴんとこないのだろう。

「モモちゃんにも説明したことだけれど、カビを増やす行為は、ビールの醸造とたいして変わりはない。大切なのは、カビが繁殖する環境を整えてやることと、他の雑菌を入れないことだ。温度管理をしっかり行って、餌になる栄養素をバランスよく与える。そして周囲を清潔にしておけば、目当てのカビだけを台所で増やすことは、十分に可能だ」

「俺も、冷蔵庫に入れっぱなしにしたまま忘れていた料理を、カビだらけにしたことがある」

「正反対だ」藤間は苦笑した。「それが、他の雑菌を入れてしまうということだ。むしろ問題なのは、増えたカビからカビ毒を抽出することだよ。こちらは、細心の注意を要する。まあ、台所でできてしまうのは、同じだけどね」

「トリなんとかか」

「そう。トリコセテン・マイコトキシン。いくつかのタイプがあるけれど、いいものだと細菌兵器になるくらいの威力がある」

「いいもの、か」

今度は池田が苦笑した。皿からベビーサラミをつまみ、口に入れる前に一度しげしげと見つめた。まるでカビ毒が付いていないか、確認するように。

「細心の注意を要するってのは、もちろん間違って自分が触ってしまわないかということだよな」

「そうだよ。触れてしまったら、自分自身があっけなく死んでしまう」

「でも、モモちゃんは成功する」

池田が断定口調で言った。「おまえが正しいやり方を教えるからだ。あの子は、二千人を殺せる毒物を手に入れる」

池田がウィスキーを飲む。口の中に放り込むような飲み方。

「藤間。どうして、そこまでする？　五人委員会の仕事の中でも、おまえの役割は最大級にやばい。なんといっても、普通の人間にはできないことを、高度な知識を駆使して普通の人間にやらせているんだから。それだけじゃない。自ら手を使ってカビ毒の同定までしている。この点では、五人委員会の役割を逸脱さえしているじゃないか。警察が本格捜査を始めてモモちゃんにたどり着いたときには、おまえは具体的な根拠をもって疑われるだろう。それなのに、どうして？」

「…………」

池田の指摘どおりだ。五人委員会は、それぞれの立場から百代の計画が成功するよう手助けしている。

大学でマーケティングや経営戦略を研究している池田は、基本計画の策定と統括を行っている。

シンクタンクで人間行動学を研究している木下は、ターゲットとなる買い物客の動きを予想し、百代がどう動けば疑われずに目標を達成できるかアドバイスしている。

アルバ汐留に出店している冬美は、内部情報を百代に教えると同時に、池田の計画と木下のアドバイスに従って、当日身につける最適な服装を選んでいる。

医学生の三枝は、藤間が選んだカビ毒をどう使えば効率的に殺害できるかを考えている。

彼らの仕事は、すべて重要だ。誰一人欠けても、百代は計画を実行することができない。けれど、彼らと自分との間には、決定的な違いがある。

彼ら四人は、藤間が役割を果たさないと出番が回ってこないのだ。

藤間の指示に従って、百代が実際にトリコセテン・マイコトキシンを手にしないかぎり、彼らの知恵と工夫はすべて机上の空論になってしまう。その意味では、藤間の役割は、単なる毒物調達アドバイザーではない。決行するためのスイッチでもあるのだ。

藤間もウィスキーを飲んだ。こちらは、ゆっくりと、少しずつ。グラスを置いて、ふうっと息を吐いた。

「モモちゃんを手伝う理由は、お互い聞かないのが不文律じゃなかったのか？」

「そうだな」池田はウィスキーのボトルを取り、自分のグラスに注ぎ入れた。「三枝くんほどわかりやすければともかく」

顔を見合わせて笑った。

三枝は百代に好意を寄せている。友人に誘われて、たまたま入ったコーヒー専門店。三枝は、そこで働くアルバイト女性に出会った。可愛らしくて、はきはきしていて、動きが機敏。コーヒー一杯飲み干すまでの短い間に、彼はその女性にすっかり魅了されていた。

それ以来、三枝は足繁く店に通うようになった。二十四歳の若者としては純朴過ぎると思うけれど、ただ彼女の顔を見るのが楽しみだったのだ。彼女には婚約者がおり、しかも婚約者が後を継ぐ予定の食堂を手伝うために、喫茶店のアルバイトで経験を積んでいると知ってからも。

それが、ひとつの事故をきっかけとして変わった。百代の婚約者、須佐達樹が急死したのだ。衝撃のあまり店に来なくなった百代を、それでも三枝は待ち続けた。そうして再び店で働き始めた百代が口にした言葉が「人を殺したい。それも、できるだけ多くの人間を」だった。

三枝は医学を学んでいる。別に親が開業医だからだとか、勉強ができたから単純に偏差値の高い学部に入ったというわけではない。医療の現場で、一人でも多くの人間を救いたい。そう思ったからこその、医大進学だった。

どれほど懊悩（おうのう）したのか想像もできないけれど、三枝は百代に協力することにした。一人でも多くの人間を助けるために身につけた知識を、一人でも多くの人間を殺すために使うことを決めたのだ。そこまでしても、百代が自分のものになることはないと、わかっているのに。では、他のメンバーはどうなのか。

「一方的に言わせるのは、卑怯だな」

池田が口を開いた。ウィスキーを飲み、正面の藤間を見据える。

「俺の目的は、実践だ」

藤間は池田を見返した。「実践？」

意味がよくわからない。もうちょっと説明しろと、目で訴える。池田はきちんと説明してくれるつもりのようだった。自分自身に向かってうなずく。

「そう、実践。知ってるとおり、俺が研究しているのは、経営学やマーケティング学と呼ばれる分野だ。どんな学問でも、実践されなければ意味がないのは同じだと思う。だけど俺の分野は、学問の成果をそのまま現実社会に持ち込むのが、特に難しいんだ。実学に近いように見えるくせに、その実、理想と現実のギャップが大き過ぎる。企業との共同研究なんかもやってるけど、連中がこちらのアドバイスどおり動くわけじゃない。連中にも連中の事情があるから、当然のことだ。だからこの分野の研究者は、大なり小なりもやもやとしたものを抱えている」

池田はウィスキーを飲んだ。熱い息を吐く。

「そこに、モモちゃんが現れた。彼女の願望を聞いて、俺は千載一遇のチャンスが訪れたと思った。組織のバックアップもない、特殊訓練も受けていない普通の人間が、たった一人で二千人を殺そうっていうんだ。そんな荒唐無稽な願望を、俺の立てた計画で実現に導く。これ以上の実践はない。俺は、彼女を使って自分の考えを形にしたいんだよ」

「…………」

藤間はすぐに返事ができなかった。

この上なく、身勝手な理屈だ。けれど、理解できなくはない。彼は学者であって、経営コンサルタントではない。だから自分の研究成果に従った誰かが会社経営に失敗したとしても、責任を感じる必要はない。それでも「だったら、おまえが社長をやってみろよ」と言われる可能性は常にあって、しかも反論できないこともわかっているのだ。

しかし。自分の立案した計画で、困難な目標を達成できたら。池田にとっては強烈な成功体験になる。成功体験は、今後の彼の研究生活を支えてくれるだろう。

池田がまたグラスを干した。今度は、同時に藤間もグラスを空にした。池田がボトルを取り、ふたつのグラスに秩父のウィスキーを満たした。こちらを見る。自分は話したぞ、おまえはどうだと、その目が言っていた。

「俺の場合は」ゆっくりと藤間は口を開いた。「三枝くんと、たいした違いはないよ」

「えっ？」

池田の目が見開かれた。「でも、おまえには広田さんという彼女がいるじゃないか」

心を移したのか？　そう続けたそうな顔をしていた。同時に、藤間が言いたいのはそんなことではないことも理解している表情。藤間は虚空を見つめた。

「今回の計画は、そもそもは俺の失言が元になっている」

「ゲリラ豪雨は人災、か……」

やはり池田は憶えていた。自分が、よりによって百代がペーパー・ムーンに帰ってきた当日にそんなことを言ってしまったために、そして百代に聞かれてしまったために、計画は始まってしまった。

「須佐くんに死なれて生きがいをなくしたモモちゃんは、再び生きがいを手に入れた。本当は、止めなければならなかった。でも、俺は止められなかった。なぜなら、決心してからのモモちゃんを、美しいと思ったからだ」

「美しい？」

疑問は、言い終えるまでに納得に変わっていた。五人委員会の中心人物として、池田もまた、長い時間百代と一緒にいた。彼もわかっているのだ。現在の百代は、特別な美しさを手に入れていると。

「俺は、あの美しさを完全なものにしたい。本気で、そう思っているよ。だから、手伝っている」

「………」

今度は、池田が黙り込んだ。藤間らしくない発言だと思っているのだろうか。しかし彼ならば、自分が百代に惹かれている理由が、恋愛感情などではないことを理解してくれると思った。

藤間の思いは通じたようだ。池田は短く「わかった」と答えた。

「やれやれだな」

ベビーサラミを嚙みながら、池田が天を仰いだ。「こんないい加減な理由で殺されたら、被害者が浮かばれない」

わざととぼけた言い方をしている。自分たちの立場では、そんな言い方をするしかないからだ。

「まったくだ」

藤間も苦笑する。そしてグラスを見つめた。

「木下くんや冬美さんも、似たような理由なのかな」

「さあな」

池田は天井を見たまま答えた。

「案外、もっとリアルな目的があるのかもしれないけど」

第五章　殺戮

さあ、忙しくなってきたぞ。

タイ料理店「カオヤイ」で、クランパイブーンは軽い高揚感に包まれていた。

タイ人の自分にとっても、日本の夏は暑い。暑いときには辛いものを食べればいいことを、日本人もわかっているようだ。午前十一時の開店から三十分も経たないうちに、店内は賑わい始めた。そして十二時二十分を回った現在、入口の外には行列ができている。

「三番卓さん、A二丁と日替わり一丁！」

クランパイブーンが厨房に伝える。カウンターの向こうから「あいよっ！」と声が返ってきた。Aとはランチ A セットのことで、トムヤムクンをメインにしたセットだ。Aと名づけられているだけあって、一番人気のメニューになっている。カオヤイのランチセットはAセットの他に、グリーンカレーをメインにしたBセットと日替わりセットがある。今日の日替わりは、タイ風焼きそばのパッタイだ。

「七番卓さん、上がったよっ！」

カウンターに日替わりランチのプレートがふたつ並べられた。亜美がすかさず両手でピックアップして、七番テーブルに持っていく。入れ替わるように六番テーブルの客が食べ終わったらしく、伝票を持って立ち上がる。

「ごっそさん」

料理を作った人間に対する感謝の意を表す「ごちそうさま」という言葉を、日本の客は口にすることが多い。金を払った客なんだから、おいしい料理を提供してもらうのは当たり前――そんな感覚は、日本人にはないようだ。マナーという言葉で表現していいのかどうかはわからないけれど、ごく自然に礼を尽くす精神風土があるのは理解できた。

「六番卓さん、お帰りですっ！」

大声で言った。日本人アルバイトがレジに向かう。クランパイブーンは六番テーブルのプレートを片づけ、ダスターでテーブルを拭いた。紙ナプキンと箸を見て、補充の必要がないことを確認してから、入口に向かう。入口の待機名簿に視線を落とした。

「お待ちのデガワ様二名様。大変お待たせいたしました。お席にご案内します」

入口に置かれた椅子から、若い男女が立ち上がる。クランパイブーンは二人を六番テーブルに案内した。カウンターから、冷水の入ったコップをふたつ持って戻ってくる。

「ご注文がお決まりになりましたら、お呼びください」

コップを客の前に置きながら言った。しかしカップルの男性の方が片手を振った。

「日替わりふたつ」

並んでいる間に、店頭にあるメニュー見本を見て決めていたのだろう。

「かしこまりました。少々お待ちください」そしてキッチンに向かって声を張り上げる。

「六番卓さん、日替わり二丁！」

クランパイブーンはある程度日本語ができるから、フロア担当を任されている。何かと大変だけれど、人と向かい合う仕事は、元々苦手ではない。亜美にも手助けしてもらいながら実地訓練していたら、かなり早い時期から戦力として働けるようになった。

そうなってくると、今度は自分のたどたどしい日本語も、タイ人らしい南方系の顔も、むしろ武器になる。タイ料理店なのだから、接客をタイ人が担当した方が、本場感が増して客が喜ぶからだ。店にとって役に立つ人間でいられることは、クランパイブーンにとっては何よりも嬉しいことだった。

昼食どきに、アルバイト店員同士で私語を交わしている余裕などない。ときどき視線の端に亜美を捉えるものの、向こうもタイ人留学生の仕事ぶりを気にかけるゆとりはないようだ。もちろんこちらも、女子大生の活き活きとした笑顔に見とれている暇はない。三番テーブルの料理ができたから、すぐに持っていかなければならない。慣れた先輩アルバイトなら三枚のプレートを一度に持っていくけれど、自分はやらない。一往復の手間を惜しんで料理を落としてしまったら、ダメージは大きい。元々正確を期す性格ということもあり、二回に分けて運ぶことにした。

三番テーブルの注文は、Aセット二人前と日替わりセット一人前だ。そして三番テーブルの客は、男性二人に女性一人だ。さて、誰が何を注文したか。クランパイブーンは記憶を呼び起こした。確か、女性客が日替わりセットを注文していた。レディーファーストということもあり、まず日替わり一人前を運び、その後男性用のAセットを二人前運ぶことにしよう。

クランパイブーンは日替わりのパッタイセットを持って、三番テーブルに運んでいった。

「お待たせしました。日替わりセットでございます。Aセットのお二人分は、すぐにお持ちします」

そう言って、女性客の前にパッタイのプレートを置く。女性を挟むように座っている二人の男性が、同時に「お先にどうぞ」と女性に話しかけた。女性は愛想のいい笑顔を浮かべて「ありがと」と答えた。よし、選択は正しかった。すぐに男性客のAセットを持ってこよう。

タイムラグは、ほんの十数秒だ。

クランパイブーンはきびすを返してカウンターに向かう。そのとき、入口で動くものを視界の隅に捉えた。

女性だ。行列に並ばず、店頭のメニュー見本をしげしげと眺めていた。そして行列を無視して店内に入ってくる。数歩入ったところで、周囲をきょろきょろと見回していた。

店内で待ち合わせしているのかな。

クランパイブーンはそう思った。何人かで訪れた客のうち一人が行列に並んで、席を確保する。その間に仲間は買い物を済ませて店に入れば、効率よく買い物と食事ができる。それほど珍しい行動ではない。

はて、先に入って待っている客がいたかな。

待ち合わせする客は、冷水を出したときに、「もう一人来るから」などと店員に告げることが多い。少なくとも自分は、そのようなコメントを受けた記憶はなかった。他の店員が応対したテーブルなのだろう。

派手な外見の女性だった。黒地にピンクのラインが入ったラッシュガードパーカーを着ている。屋内だというのにかぶったままのアポロキャップも、同じ色遣いだ。肩にかけたトートバッグもピンク色をしている。印象的な出で立ちではあるけれど、東京では特に奇異なファッションというわけではない。クランパイブーンは店内を見回した。これほど派手な女性と待ち合わせしているのだから、先着した客も派手な恰好をしているのではないかと考えたのだ。満員の店内には確かに派手な服装をした客もいるけれど、さすがに外見だけでは女性の仲間かどうかはわからない。

　女性がカウンターの脇にトートバッグを置いて、あらためて周囲を見回す。サングラスにマスクをかけているから表情を読み取れないけれど、仕草から困っているか戸惑っているように見えた。

　女性を気にしている場合ではない。まずは三番テーブルにAセットを運ばなければならない。クランパイブーンはカウンターに行き、二枚のプレートに手を伸ばした。そのとき、声がかかった。

「すみません――」

　先ほどの女性だ。店員の自分に声をかけたということは、自分が待ち合わせた客が店に来ていないかを確認したいのだろう。残念ながら、すぐに答えてあげられない。

「大変申し訳ありません。少々お待ちいただけますか」

　すまなそうな表情を作って、小さく頭を下げる。そして返事を聞かずにプレートを両手に持った。三番テーブルに運ぶ。「お待たせいたしました」

　よし。時間のロスはしていない。再びカウンターに視線をやる。自分が相手をしなかったからだろうか。派手な女性はカウンターから奥のテーブル席に移動して、なおも周囲をきょろきょろと見回していた。ここは、話しかけた方がいいだろう。待てと言ったのは自分なのだから。クランパイブーンは入口とカウンターに背を向けて、女性の後を追った。

そこに。

最初は、ざわめきだった。

「えっ？」

そんな声だ。一人ではない。数名の声が重なり、ざわめきとなっていた。ざわめきに、違う言葉が続く。

「煙？」

なんだって？

一瞬、言葉の意味がわからなかった。急いで頭の中の辞書をひっくり返す。見つかった。ケムリとは、煙のことだ。煙だって？

クランパイブーンは足を止めて、振り返った。言葉どおりだった。入口付近に、もくもくと煙が上がっているのだ。

「ええっ？」

思わず、客と同じような声を上げてしまった。

火事？

最初に考えたのは、それだ。建物の中で煙が上がるのは、火事が原因と相場が決まっている。しかし次の瞬間、理性が疑義を呈した。キッチンならばともかく、なぜ火の気のない入口で火事が起こるのか。

「うわっ！」

今度は悲鳴が上がった。悲鳴のした方に顔を向ける。カウンターだ。カウンターからも、ものすごい勢いで煙が上がっていた。

やっぱり火事か。カウンターの向こうはキッチンだ。キッチンは最大の火の元だ。どうする。火を消さなければ。えっと、確か消火器があったぞ。アルバイト研修で聞いたはずだ。どこだっけ。

「火事だっ！」

「ええっ！」

客たちが騒ぎだした。その頃にはもう、入口付近の煙は天井に達していた。天井の火災報知器に煙が触れる。途端に、警報が鳴り響いた。けたたましい警報に、客たちの顔が引きつった。

「わっ！　わっ！」

食事どころではない。客たちは一斉に立ち上がった。逃げようとするけれど、入口は煙に包まれている。煙に向かってダッシュしようとする客はいない。みんな、煙のない方、店の奥に向かって駆けだした。それは、ちょうど店の奥にいる女性に近寄ろうとしたクランパイブーンの動きと同じだった。

「うわっ！」

クランパイブーンもまた、声を上げていた。突進してくる客に突き飛ばされたからだ。ぶつかる直前に身を横に退いたから、人の流れにはじかれる形で身体が泳いだ。椅子に背中をぶつけて倒れ込む。そしてクランパイブーンは見た。

客が集中した店の奥からもまた、煙が上がったのを。

「きゃあっ！」

「ひいいっ！」

悲鳴。鳴り続ける警報。パニックが店内を襲っていた。

座り込んだまま、クランパイブーンは叫んだ。

「みんなっ！　落ち着いてっ！」

叫んでから、自分自身が最も落ち着いていないことに気づいた。タイ語だったからだ。慌てて日本語で言い直す。けれど、誰も聞いていないことは明白だった。逃げ込んだ先で煙に巻かれ、客たちはお互いぶつかり合って、意味のある動きができていない。

バカな。店の奥から煙が？

ひょっとして、大規模火災なのか。

クランパイブーンはそう思った。カオヤイのキッチンから火が出たという問題じゃなく、アルバ汐留そのものが大火災になっているのではないか。だから、本来火の気のない入口や店の奥にも煙がやってきた。

いや、違う。

タイ語で叫んだことに気づいて、自分が動揺していることを自覚したため、逆に落ち着きを取り戻した。この煙は、どこかの煙が漂ってきたというようなものではない。今、この場所で煙が発生しているのだ。そうでなければ、この勢いはあり得ない。そもそも、他で火災が発生してその煙が届いたのなら、火災発生場所の火災報知器が鳴るはずだ。けれど警報は鳴っていなかった。いくら昼食どきで大わらわだったとはいえ、警報が鳴ったら、気づかないわけがない。では、この煙はどうやって生まれた？

「排煙をっ！」

高い声が響いた。亜美の声だ。亜美は、カウンターから少し離れたところから、キッチンに向かって叫んでいた。けれどすでにカウンターは煙に包まれている。キッチンスタッフに聞こえたかどうか、わからない。

「亜美さんっ！」

クランパイブーンは立ち上がり、右往左往する客を避けて亜美の方に走った。亜美がこちらの姿を見て、わずかに安堵の表情を浮かべる。

「ああ、アピくん。煙を――」

そこまで言って、激しく咳き込んだ。煙を吸ってしまったのだ。自分もまた、急激に目が痛くなった。涙が止まらない。服の袖で目をこすって、細目を開ける。店内は、すでに煙で見通しが利かなくなっていた。

クランパイブーンは亜美の背中に手を当てて、強引にかがみ込ませた。自らも這いつくばる。咄嗟の判断だった。煙は上に上がる。床近くなら、影響を受けにくいはずだ。実際にかがみ込んでみると、煙がまったくないわけではなかったものの、多少は目も呼吸も楽になった。

「アピくん。これは？」

ぜえぜえと荒い息を吐きながら、亜美がようやく言った。

「わかりません。火事だとは思うんですが」

「火事」亜美は周囲を見回す。「火事で、この煙？」

その頃には亜美はポケットからハンカチを取り出し、口元に当てていた。自分も倣う。

「火事にしては、急激に煙が出過ぎてる」

「出過ぎてる？」

意味がわからず問い返す。亜美は、自分もわかっていないんだけどという顔で、タイ人留学生を見返した。

「まるで、発煙筒が焚かれたみたい」

「ハツエントウって？」

知らない単語だ。話が通じなかったのを理解して、亜美が言葉を添えた。

「煙を出す道具。交通事故があったりしたときに周囲に知らせるために、車によく積んである」

車だって？　なんとなくハツエントウの正体はわかったけれど、車に積んであるものがどうして店で使われたのか、理解できない。

「原因はともかく、とにかく煙を出さないと」

「煙を、出す」

くり返した。多少は落ち着いたとはいえ、まだまだ動揺は収まっていない。こんな精神状態で、外国の言葉を聞き取るのは、至難の業だ。自ら口に出すことで、なんとか理解できた。

「確か、窓の上にありましたね」

「そう。ここの窓は開かないから、火事のときには上の方が外に向かって少しだけ開いて、煙を逃がすようになってる。そこを開けないと」

そういえば、アルバイト研修で教わった。窓枠の脇にレバーがあって、そのレバーをぐるぐると回せば、窓の上端が開くようになっているはずだ。クランパイブーンは窓の方を見た。商業ビルのテナントにとって窓の方といえば、奥に当たる。そういえば、店の奥にも煙が立っていた。あらためて奥の方に目を向けると、濁った煙で窓が見えなかった。

「窓まで行ければ、手探りでなんとかなると思う」

「わかりました」クランパイブーンはすぐさま覚悟を決めた。「僕が行きます」

しかし亜美が首を振った。

「いいよ。ここはアルバイトリーダーのわたしが行かなきゃ」

「ダメです」クランパイブーンは亜美の肩を押さえた。「僕が行きます」

外国人が認められるためには、他人がやりたがらない仕事を率先して引き受けなければならない。それが自分のポリシーだし、事実来日してからずっとそうやってきた。火事だかハツエントウだか知らないけれど、危険を伴うことでも問題を解決するのが、自分の役割だ。

クランパイブーンは身を起こした。腰を落として窓に向かって進む。途端に何かがぶつかってきた。不自然な体勢だったから、簡単に転がってしまった。背中を床に打ちつける頃には、何が起こったか理解していた。逃げ惑う客が体当たりしてきたのだ。かといって、わざとではないだろう。煙で前が見えない。方向もわからず逃げようとして、たまたまクランパイブーンにぶつかってしまったに違いない。

また這いつくばる。低い体勢から窓の方角を見極めて、再び歩みを進める。今度は、何かを踏みつけてしまい、体勢を崩しかけた。ぐにっという感触。すぐに見当がついた。誰かを踏みつけてしまったのだ。

「す、すみません！」

とりあえず謝っておく。歩みを再開した。しかし数歩歩いてまた誰かを踏んづけてしまった。

「すみません！」

また謝ったけれど、踏まれた人間から罵声を浴びせられることはなかった。

おかしい。

理性が警鐘を鳴らす。いくら煙と警報のためパニックになっているとはいえ、どうしてみんな床に伏しているのか。自分たちのように、煙から逃れようとしたのか。でもそれなら、自分が踏むのは背中か手足であるはずだ。それなのに足に感じた感触は、腹を踏んだときのものだ。客が、仰向けに寝ている？

わからない。どういうことか。

いや、今考えても仕方がない。まずは、排煙用の窓を開けて、煙を外に逃がさなければ。

クランパイブーンは何度も人を踏みつけながら、窓に向かって進んでいった。

相変わらず視界は利かない。それでも周囲の様子が変わったことは見当がついた。先ほどまでの悲鳴が聞こえなくなったのだ。代わりに聞こえてくるのは、うめき声だ。

「ううう」

「ぐぐぐ」

そんな意味不明の声が、あちこちから発せられている。そこに咳き込む声が混ざる。

怪我をしているのだろうか。入口とカウンターに煙が立ちこめて、客は店の奥へと走った。そこでも煙が上がり、客たちはパニックに陥った。そして互いに身体をぶつけ合っていた。そのため怪我をして、床に伏してしまったのだろうか。それしか考えられない。

とにかく、煙をなくさなければ、何もできない。クランパイブーンはさらに何度か人を踏みつけ、なんとか窓にたどり着いた。タイから直輸入した装飾品が、窓と窓の間に置いてある。排煙窓を開けるレバーは、その裏にあるはずだ。衝立（ついたて）のような装飾品を押してずらし、レバーを探した。

あった！

クランパイブーンは褐色の右腕を伸ばして、壁に埋まる形で収納されているレバーを引き出した。ハンドルを握る。力を込めて回そうとした。

そのとき。何かが自分に向かって突き出されてきた。

なんだ？

思う暇もなく、それが右腕に触れた。濡れたような、くすぐったいような、不快な感触。煙が充満している中とはいえ、自分の腕は見ることができる。触れたものも。触れてしまってから、それが何か認識できた。

刷毛だ。刷毛の毛先が、自分の腕に触れたのだ。刷毛は、濡れていたようだ。濡れた毛先が右腕に触れたから、あのような不快な感触があったのだ。でも、刷毛って？

クランパイブーンは、刷毛を見つめた。刷毛を握った手も。手は、手袋をはめている。手から続く腕は、黒とピンクだった。ラッシュガードパーカーの袖。見覚えがあった。

思い出した。行列を無視して店内に入ってきた女性だ。確か、黒地にピンクのラインが入ったラッシュガードパーカーを着ていた。そういえば、自分は彼女を追って店の奥に行こうとしたのだ。その直後に煙騒ぎが起きたから、彼女のことを忘れてしまっていた。でも、なぜタイ料理店に来た人間が、刷毛なんて——。

考えられたのは、そこまでだった。レバーを握った腕に、猛烈な痛みが走ったからだ。

「いいいいっ！」

自分の喉から、悲鳴が迸った。反射的に左手を右腕に当てる。次の瞬間、左掌にも強烈な痛みが走る。

「ぐぎぎ」

自分の口から発せられた声とは思えなかった。排煙のレバーなど、握っていられるわけもない。それほど激しい痛みだった。視線を落とす。床に、スニーカーが見えた。自分のすぐ傍だ。顔を上げた。煙が立ちこめる中でもはっきりとわかる距離。アポロキャップ。サングラス。花粉症の人がつけるようなマスク。先ほどの女性だ。サングラスとマスクで隠された顔が、クランパイブーンを見て笑ったような気がした。その手が、また動く。刷毛が、顔面を捉えた。鼻から唇にかけて、毛先の感触があった。

やられた！

そう思ったときには、女性はクランパイブーンの脇をすり抜け、入口に向かって進んでいった。

大きくくしゃみをした。慌てて息を吸う。むせた。咳き込む。息をしなければ。しかし、息ができない。続いて顔面にも右腕や左掌と同じ痛みが襲ってきた。

亜美さん。

正体不明の痛みに混乱した頭で、クランパイブーンは先輩アルバイターに話しかけた。

やばいです。なんだかわかりませんが、やばい状況です。

亜美の顔を思い浮かべようとした。しかし現れたのは、派手な女性の姿だった。サングラスにマスク姿。

えっ？

不意に理性が戻ってきた。女性がかけていたサングラス。あれは、ただのサングラスじゃなかった。ヒョウ柄のフレームは分厚くて、レンズと顔面の間をカバーするようなデザインだった。それに加えて、花粉症患者がつけるような、高機能のマスク。あの女性は、煙の中でも行動できたのだ。

待てよ。あの女性は、どう動いた？　入口でメニュー見本を眺めていた。続いて、カウンターの近くで周囲を見回していた。そして、店の奥に向かって歩いていた。一方、煙はどこから発生したのか。入口と、カウンターと、店の奥だ。あの女性が通ったところから、煙は発生している。彼女がハツエントウを焚いたのか？　なぜ、そんなことを？

わかっている。自分はもう答えを得ている。答えは、この痛みだ。あの刷毛。おそらく、刷毛は毒物を含んでいた。その刷毛で自分は毒物を塗りつけられたのだ。煙に紛れて、そこにいる人間に毒物で攻撃する。自分だけではない。すでに床に倒れている客たちに対しても。それが彼女の目的だ。なぜそんなことをしたのかは、わからないけれど。

病院。

そんな言葉が浮かんだ。病院に行って、医者に診てもらわなければ。

いや、その前に亜美だ。彼女は、無事か？

幸いにして、目は無事だった。呼吸はできないが、なんとかして亜美のところまで行かなければならない。クランパイプーンは床を這いながら、亜美がいるはずのところに向かった。着いた。亜美は床にうずくまった場所から動いていなかった。いや、それは正確ではない。彼女もまた、痛みにのたうち回っていた。両手で顔面を押さえている。亜美もまた、刷毛で毒物を顔に塗りつけられたのか。

「亜美さん……」

声をかけたつもりだったけれど、呼吸ができない状態では、音声にはならなかった。もう限界だ。クランパイプーンは、亜美の隣に倒れ伏した。最後に残った力で顔を上げる。入口の方を見た。しかし煙が見えるばかりで、刷毛を持った女性の姿は、影も形もなかった。


／／／／／／／／／／／／／／／／／／／／

百代は、北中央館の三階に上がった。

アルバ汐留は、四つの建物をつないだ、屏風のような構造になっている。北側のふたつ

――北中央館と北館の三階が、レストラン街だ。

「本格的な攻撃は、三階からだ」

百代は池田の言葉を思い起こした。池田たち五人委員会は、閉店後のペーパー・ムーンで計画を練っていた。そのときの発言だ。

「あら、そう？」

冬美が怪訝な顔をした。

「騒ぎが起きたら、みんな出口に向かうでしょう。警察だって、出口に誘導するはず。三階から始めたら、ごく自然に退出の道筋を作ってあげるだけじゃないの？」

「それもそうですね」

テーブルに置かれたフロアガイドを眺めながら、三枝がうなずいた。

「一階の出口付近を攻撃したら、客は上へ向かって逃げるしかありません。逃げ場がない袋小路に追い込めば、その後の攻撃が楽になります」

しかし木下が首を振った。

「いや。そんなには、うまくいかないと思う」

シンクタンクで人間の行動パターンを研究している青年は、フロアガイドを指さした。南中央館と北中央館を跨ぐ、中央玄関付近だ。

「理由は、出入口がひとつじゃないからだ。たとえば、中央玄関を攻撃したとする。そうすると、確かにここからは出られない。じゃあ、客はどうするか。横方向に移動して、別の出入口から出て行くだけだ。出入口は一階だけじゃなくて、地下一階にもあるわけだし。実行犯が大勢いて、すべての出入口を同時に攻撃できるのなら、冬美さんや三枝くんのアイデアが使える。だけど、今回の場合、動くのはモモちゃん一人だ。どっちにしても、客が出て行くのを止めることはできない」

「まだある」池田が言葉を引き取った。「この時点で、すでにこども休憩室で死者が出ている。総合警備室にも、結界が張られている。とっくに通報されているだろう。警察や消防が来るのはどこからだ？　出入口からだ。出入口でことを起こした場合、警察と鉢合わせになる危険性がある。複数の警官を相手に、全員にカビ毒を塗りつけて逃亡するのは、いくら何でも難しいだろう」

三枝が喉の奥で唸った。「そうか……」

道半ばで百代が逮捕されてしまう光景を想像したのだろうか。三枝の身体がわずかに震えた。

「逆に、三階から攻撃すれば、客の動線を固定できる」

藤間がバトンを受け取った。

「冬美さんの言ったとおり、出口に向かう流れができる。一階でやったときには、逃げるための動線は、むしろ拡散する。けれど階上でやったのなら、エスカレーターとエレベーター、階段しかない。さらには、こども休憩室で毒物が使われたことを警察が知れば、少なくともエレベーターは使用禁止にするだろう。狭い密室は、毒物散布の恰好の標的になるからね。だとすると、エスカレーターと階段。そこに罠を仕掛けておけば、出口へと殺到する客を高密度で足止めできる。殺しやすいんだ」

「まあ、最終的には二階の男性ファッション売り場や、一階の宝飾売り場も攻撃する必要があるんだけどね。死者を二千人稼ぐんだから」

木下がまとめた。

「なるほど」

冬美が短く言った。まるで店舗の収支報告を聞いているような口調だ。

「みんなの言いたいことはわかった。この前の打ち合わせで、シネコンは捨てるってことだったよね。だったら、北側のレストラン街になる。北中央館と北館のどっちにする？　端からやるのか、それとも真ん中からやるのかの違いだけど」

同じレストラン街でも、北中央館と北館には棲み分けがある。エスニック、中華、カレー、ニンニク料理など、香りの強いジャンルの店舗は北中央館に集まっている。一方北館にあるのは、和食や洋食だ。和食は淡い味わいを堪能する側面があるから、他店舗から香りが流れてきて、料理を台無しにしないための配慮なのだろう。

「やるなら、北中央館でしょうね」

木下が答えた。「北館の二階は、本屋です。あの本屋は棚と棚のスペースをたっぷり取ってあるから、客の密度が低いです。三階から逃げてきても、密度が高まりません。藤間さんが言うように、客を高密度で足止めすることができないんです」

「俺も北中央館に賛成だ」

池田がフロアガイドを指し示す。北中央館の三階。

「北中央館の店は、エスニックが多い。下見したから、みんなもわかっていると思う。エスニックレストランは、地元の留学生をバイトに雇っている。日本に留学するくらいだから、相当優秀な連中なんだろう。だけど、日本語ネイティブじゃない。突発事態が発生したときの、早口で乱れた日本語を聴き取れるかといえば、かなり不安が残るだろう。つまり、店員に的確な対応を取られる危険が減る。成功の確率が高まるんだ」

ペーパー・ムーンでのやりとりを思い出しながら、百代は歩みを進めた。目的地は、北中央館の中でも、最も北寄りの店舗、タイ料理店のカオヤイだ。カオヤイとは、タイにある国立公園の名前だけれど、別にその地域の郷土料理を出しているわけではない。トムヤムクンとかグリーンカレーとか、日本でも知名度の高い名前がメニューに載っている。外国の日本料理店が寿司と天ぷらを出しているのと同じだ。

店には、すでに行列ができていた。それもそのはず、十二時二十分を過ぎている。最も混む時間帯だ。

準備に、時間をかけ過ぎたか。

心に不安がよぎる。こども休憩室で最初の行動を起こしたのが、十一時四十五分くらいだった。その後総合警備室を封印し、エスカレーターと非常階段に仕込みを行った。最初の攻撃から次の攻撃まで、三十五分もかかったことになる。

こども休憩室の異常は、とっくに当局の知るところとなっているだろう。それなのに、場内アナウンスがない。異常事態が発生したから、至急避難しろとの指示がない。彼らは、一体何をしているのだろうか。

「モモちゃんがこども休憩室を攻撃してから、警備会社が異常に気づくのに、どのくらいかかるだろうか。警備員は、こども休憩室の映像だけをじっと見ているわけじゃない。たくさんあるモニターを、順番に見ていることだろう。どんなにめざとい奴がいたとしても、二分はかかると思う」

池田はそうシミュレートした。

「警備員が現場に急行して、中の様子を確認するまでに、さらに二分。警察と消防に通報するのに一分。これで五分」

「管轄の警察署は愛宕署です」

一万分の一の地図を見ながら、木下が続けた。

「愛宕署は、遠くありません。本来なら、警察はすぐに来るでしょう。せいぜい、三分から五分。でも、今回は特別です。警備会社からの通報を聞いた警察は、テロを疑います。地下鉄サリン事件を経験しているわけですから。先遣隊はすぐに来ても、戦力となる人員は、先遣隊の報告を聞いた上で、対テロ対策の準備をしてから来ることになります。こっちは、道具をロッカーからすぐに取り出せるようなものではないでしょう。対テロ対策のチーム編成なども あるでしょうし、上層部への報告も必要です。どんなに早く見積もっても、十分。とすると、実際に警察が現場で行動を起こすのは、攻撃してから二十分後になります」

「後は、消防の動きでしょうね」

三枝が唇をへの字にして言った。

「警察の先遣隊だけでは、何が起きたかわからないでしょう。内部の状況を把握するのは、消防の仕事です。客はなぜ死んでいるのか。トリコセテン・マイコトキシンが原因だとすぐに同定できなくても、最低限どんな種類の攻撃が行われたかを推定しなければ、その後の対策を取りようがありません。それに、どのくらい時間がかかるのか」

「警備員次第だな」

藤間が自らの顎をつまんだ。

「警備員が中に入るか。あるいは倒れている客を抱き起こしたりするかどうかで、状況は変わる。中に入れば、すぐに具合を悪くしないから、毒ガスじゃないことがわかる。客を抱き起こしたりしたら、客の身体に付着した毒物に触れるから、今度は犠牲になる。警備員が自らを実験台にして、消防へ情報を提供することになるから、判断は速いだろう」

「まるでカナリアね」

冬美が他人事のように論評し、藤間が苦笑を浮かべた。

「そういうことですね。逆に、警備員が警戒して中に入らなければ、消防は慎重に作業を進めなければなりません。正直見当がつきませんが、シミュレーションでは最悪を想定しましょう。警備員が犠牲になることで、時間が短縮できます。消防は警備員がやられた顚末を、他の警備員から聞き取ります。加えて死体の様子を見ることによって、身体に付着した毒物が原因だと見当をつけます。それでも五分くらいはかかるでしょう」

「それなら、プラス五分で二十五分ね」

「そこから、全館避難の決定がなされるのに、どのくらい時間がかかるのか」

池田が小さく笑った。

「ここで、施設のいちばん端で行動を起こした意味が出てくる。反対側の端にあるファストファッションの店は、こども休憩室から数百メートル離れている。しかも、こども休憩室以外の場所では騒ぎは起きていない。運営会社が、すぐにファストファッションの店に、避難指示を出すかどうか」

「判断材料は、総合警備室の結界だな」

先ほど最悪を想定すると言った藤間が、真剣な顔をした。

「風船を使った仕掛けで、総合警備室に出入りする警備員がやられるかどうかはわからない。やられなくても、攻撃を仕掛けられたことはわかる。総合警備室に攻撃を加えられた以上、犯人がこども休憩室だけで満足するとは考えないだろう。すぐさま全館避難を決断する可能性は、低くない。まあ、すぐさまといっても、数分はかかるだろうけどね。なんといっても土日は稼ぎどきだし、ためらいはあるだろう。それに、すぐに避難指示を決断したとしても、実際に指示を出すには、多少の時間がかかる。あれやこれや考えると、モモちゃんがこども休憩室を攻撃してから、三十分くらいは大騒ぎにはならないんじゃないかな」

三十分。五人委員会のシミュレーションでは、最短で三十分後に邪魔が入ることになる。しかし現実には、三十五分経っても施設内は平常のままだ。警察や消防、施設の運営会社が手間取ったのか。それとも、すでに全館に監視の目が張り巡らされていて、自分が動いた途端、捕まえに来るのか。

いや、それはない。警察は、来館者の安全を第一に考えるはずだ。自分を泳がせておいて、一人でも死者が出てしまえば全国的なバッシングが起こることは疑いない。彼らがそんなリスクを負うとは考えられなかった。連中は、想定の最速を究められなかっただけだ。

だったら、自分は行動を起こすまでだ。すでに、こども休憩室で数人の命を奪っている。今さらやめるという選択肢はない。それに、今までの間に警察が化学テロと判断して、来館者が勝手に出て行かないように出入口を封鎖してくれているのなら、計画どおりなのだ。

百代は行列に並ばなかった。行列を避けて、店頭にある台の前に立つ。台の上には三種類のランチが、見本として置かれていた。ラップがかかっているから、現物だろう。

そのまま行列を無視して店内に入る。同行者が席取りして、後になって合流することは、珍しい行動ではない。木下が太鼓判を押してくれた。行列に並ばなかったからといって、他の客や店員が慌てて止めることはない。

店内は、入口から想像するよりも広かった。大きめの窓から光が差し込んでいるから、シックな内装にもかかわらず明るく感じられる。テーブルは、十二卓。満員ですべてのテーブルに四人が着いたとして、客は四十八人入ることになる。そこに、店のスタッフが加わる。

フロア担当は、通常四人。他にも厨房に何人かいるだろう。店内を見回すと、ひとつのテーブルに二人や三人が着いているところもある。全部で四十人といったところか。まあ、最初としては手頃な人数だろう。

百代は手袋をはめた手を、トートバッグに差し入れた。トートバッグには、発煙筒が忍ばせてある。まず入口で発煙筒を焚き、店内の客を逃がさないようにする。店の外で行列を作っている連中には逃げられるけれど、それは仕方がない。

問題は、火災報知器だ。

「火災報知器には、煙感知方式と熱感知方式があります」

三枝がペーパー・ムーンの天井を指さして言った。「問題は、アルバ汐留がどちらを採用しているか、です」

火災報知器について言及したのは、医大生の三枝だった。

「だって、熱感知方式だと、スプリンクラーと連動していて、水が撒かれるんですよ」

「それはまずい」藤間が目を大きくした。「スプリンクラーなんかが作動したら、せっかく皮膚に付いたトリコセテン・マイコトキシンが洗い流されてしまう。それじゃあ、確実に殺せない」

「そうなんです」

三枝が、こちらは鼻の穴を大きくした。

「煙感知方式ならば、警報が鳴って消防署に通報が行くだけです。池田さんが考えた、発煙筒で客の視界を奪う作戦は、火災報知器の種類によって成功するか失敗するかが分かれます」

「ごめん、そこまで調べられなかった」

冬美が片手を顔の前に立てた。

「いえ。社長がそこまで尋ねたら、かえって変でしょう」

池田がフォローする。

「火災報知器の種類までは、店子に知らされていない可能性が高いと思います。冬美さんが店員に問い質したら、店員さんは『じゃあ、今度運営会社に聞いておきます』となって、運営会社は『どうしてサンドキャッスル・トーキョーの社長は、そんなことを知りたがるんだ』となって、かなり強く印象に残ります。冬美さんにそこまで危ない橋を渡らせるわけにはいきません」

「そうですね」

木下が腕組みをしながら同意した。

「想像ですけど、俺は煙感知方式じゃないかと思います」

「どうして？」

冬美の質問に、木下はフロアガイドを睨みながら答えた。

「レストラン街があるからです。レストランには調理場がありますから、大きな熱源があるわけです。フランべしたらスプリンクラーが作動するんじゃ、まずいでしょ。一方煙感知方式なら、よほどもくもくと煙を出さないかぎり、報知器は鳴りません。火を使うときは換気扇を回しているでしょうから、誤作動の心配がないわけです」

「うーん」池田が唸った。「説得力のある仮説だな。後は、実践して確かめるしかないか」

「そうしましょう。仮に熱感知方式だったとして、スプリンクラーが作動するのはカオヤイだけです。そこの失敗は忘れて、次のターゲットで発煙筒を使わなければいいだけのことです」

はたして、木下の想像は当たっているだろうか。

百代は、忙しそうに働いているフロアスタッフに声をかけた。「すみません」

南方系の顔をしたスタッフは、申し訳なさそうな顔で「大変申し訳ありません。少々お待ちいただけますか」と返してきた。発音はネイティブのものではないけれど、正確な日本語だった。

わざと忙しそうにしている人間に声をかけたのだ。自分が、行列を無視して入ってきた傍若無人な客ではなく、何かを求めて入ったことを印象づけられれば、それでいい。正当性があれば、印象に残らない。

よし。決行だ。

百代は、立ち位置を調整してトートバッグを自分の身体で隠した。発煙筒を取り出すと、キャップを外して点火する。そのまま、入口に向かって転がした。勢いよく煙が上がる。すぐに身体を半回転させて、足を踏みだす。

「えっ？」

入口付近で声が上がる。入口近くで行列を作っていた客だ。その客の姿がすぐに見えなくなった。煙が勢いよく噴き出しているからだ。

「煙？」

はい、そのとおり。口に出しては応えなかったけれど、心の中で肯定して、すぐに次の発煙筒に着火する。こちらはカウンターだ。カウンターの脇に、従業員が出入りするための隙間がある。そこからカウンターの中に向かって転がした。すぐに、カウンターの内側から煙が上がる。

「ええっ？」

先ほどのスタッフが声を上げた。

カウンター近くの客が叫ぶ。その頃には、二カ所の煙に店内が騒然となっていた。

「火事だっ！」

「うわっ！」

口々に叫ぶ声を背中で聞きながら、百代は店の奥に向かって移動する。入口とカウンターで煙が上がった以上、店内の人間は奥に向かって逃げるしかない。彼らを待ち受けるためだ。

煙が天井に達し、火災報知器が反応した。けたたましい警報が鳴る。

どうか？　スプリンクラーは作動するか？

百代はサングラス越しに天井を見上げた。しかし警報が鳴るばかりで、水は降ってこなかった。

やった！

木下の予想は正しかった。少なくともレストラン街では、煙感知方式だ。これでやりやすくなった。

客が慌てて店の奥に走ってきた。煙から逃げるためには、そうするしかない。突然のことに足がついてこなかったか、客の一人が転んだ。その客につまずく形で、他の客も転ぶ。あっという間に将棋倒しになった。何人かの客が、転んだ客を踏み越える、あるいは踏みつける形で窓際まで逃げてきた。

ようこそ。

百代は、窓際で発煙筒を焚いた。

「きゃあっ！」

「ひいいっ！」

悲鳴が上がる。煙に挟み撃ちにされただけで、人は簡単に正常な判断力を失う。意味のある行動が取れなくなるのだ。それはつまり、隙だらけになることを意味している。

百代はラッシュガードパーカーの袖と手袋がきちんと肌を隠していることを確認して、トートバッグに両手を突っ込んだ。左手で広口瓶を持ち、右手で蓋を開ける。右手はそのまま刷毛を握った。広口瓶には、トリコセテン・マイコトキシンが混ざった溶液が入っている。

こども休憩室では、スプレーを使った。うるさ型の親を演出するためもあったけれど、静かな場所では、その方が効果的だからだ。しかし今からは違う。標的は激しく動くし、空気も動く。スプレーでは拡散してしまって致死量を付着させられない。それに、自分もカビ毒を吸ってしまう危険が高まる。粘度のある液体を塗りつけた方が、武器としては有効なのだ。

トリコセテン・マイコトキシンを提案し、造り方を教えてくれたのは藤間だったが、彼だけでは武器は完成しない。状況に応じて最適な加工法を考案したのは、医大生の三枝だった。彼がいなければ、これほど効率的で確実な武器は手に入れられなかった。

刷毛を広口瓶の中に入れる。取り出してすぐに、最も近い場所にいた男性客に押しつけた。首から顎にかけて刷毛が撫でていき、カビ毒を塗りつけられた。

煙に気を取られていて百代の存在に気づかなかった客は、突然の感覚に手を首筋に当てた。最初は濡れた感触があるだけだ。そして次の瞬間「ぎええっ！」と声を上げて頽れた。しかし彼の悲鳴は、他の悲鳴に混じってしまい、他人の注意は惹いていない。唯一反応したのは、同行者らしき女性だった。

「マサ？」

頽れた男性客の傍にかがみ込む。百代は、女性のがら空きになったうなじに刷毛を当てた。刷毛はゆったりしたTシャツの内側にまで入り、背中にもカビ毒が伝っていった。

百代は女性客の反応を確認しなかった。煙に紛れて、他の客に向かう。自分はレンズと顔の間をガードするサングラスをかけている。マスクも、防塵性に優れたものだ。つまり、煙が充満した店内で、自分だけが自由に動ける。百代は広口瓶に刷毛を浸し、カビ毒を補充した。

窓際までたどり着いていた十人ばかりの客には、あっという間にカビ毒を塗りつけることができた。続いては、転んで起き上がれない連中だ。自分の身体に飛沫が飛び散らないように注意しながら、客の肌が露出した箇所に、丁寧に刷毛を押しつけていく。

発煙筒たった三本で、人間は理性的な行動が取れなくなる。攻撃を受けたとわかったときには、もう遅い。トリコセテン・マイコトキシンの毒性は激烈だ。しかし実際に効果を発揮するには、付着して数分程度はかかる。だから藤間は、唐辛子エキスを混ぜたのだ。

唐辛子エキス自体は、死に至るほどの濃度はない。しかし付着した途端に、皮膚に強い痛みをもたらす。パニック状態に陥った人間が突然強い痛みを感じたら、もはや理性を取り戻すことはできない。もちろん、反撃もできない。有効な対策を打てないうちに、今度こそカビ毒の効果によって死に至る。

そろそろいいだろうか。数名は生かしておいて、煙の中から店の外に出てもらわなければならない。自分は、その客たちに混じって脱出するのだ。よし、店を出よう。

そこに、声が聞こえた。

「まるで、発煙筒が焚かれたみたい」

――なんだって？

百代は動きを止めた。誰かが、自分の作為を見抜いたのか？

今のは、女性の声だった。しかも若い。どこだ。どこにいる？

「原因はともかく、とにかく煙を出さないと」

同じ声が言った。続いて、たどたどしい日本語。

出したくない。

「確か、窓の上にありましたね」

まずい。こいつらは、スタッフだ。排煙のやり方を知っている。今はまだ、店内から煙を出したくない。

百代は転がったりうずくまったりしている客に刷毛を押しつけながら、声のした方に向かった。

いた。

やはりスタッフだった。店のユニフォームを着た男女が、床に伏せた状態で話をしている。

「ダメです」男の方が強い口調で言った。「僕が行きます」

よく見ると、彼は先ほど自分が声をかけたスタッフだ。動きがてきぱきしていて、無駄がない。有能なフロアスタッフだと感じた。いけない。彼を止めないと。

しかし百代が接近する前に、彼は動きだした。どうする。追うか。いや、その前に女の方だ。パニックに陥った店内で、唯一冷静な判断ができた女性。生かしておくと、後々重要な証言をするかもしれない。自分の姿を憶えている可能性だって、低くはないのだ。

百代は煙に紛れて女性の背後に回り込んだ。女性は外国人らしい同僚が進んだ先を見ている。こちらには気づいていない。よし。

百代はあらためて刷毛を広口瓶に入れると、女性スタッフに覆いかぶさるように襲いかかった。無防備な顔面に刷毛を押しつけた。毛先は、両目を確実に捉えた。

「があっ！」

若い女性とは思えない悲鳴が上がった。両手で顔を押さえるが、なんにもならない。むしろ、カビ毒と唐辛子エキスを手になすりつけるだけだ。これで、彼女の人生は終わった。

百代は女性の背中を踏みつけて——意図的にではなく、先に進むためにそうなってしまっただけなのだが——窓際に向かった。その頃には、男性スタッフが衝立のような装飾品を移動させていた。おそらくその裏に、排煙用のレバーがあるのだろう。急がなければならない。自分がカビ毒を塗りつけた連中を踏み越えながら、百代は窓際に迫った。

男性スタッフが、壁に手を伸ばした。壁に収納されている形のレバーを引き出す。握って、回そうとする。そのとき、ようやく百代は彼の傍にたどり着いていた。刷毛を真っ直ぐに伸ばす。刷毛は、レバーを握った右腕を捉えていた。

「いいいいっ！」

男性スタッフが叫んだ。痛む右腕を、左手で押さえる。顔面ががら空きになった。百代は刷毛を構えた。

そのとき。

男性スタッフが不意に顔を上げた。至近距離だ。目が合った。

突然のことに、百代は戸惑う。驚いたのではなく、恐怖したのでもなく、ただ戸惑ったのだ。単なる標的に過ぎなかった存在が、不意に人間に戻った。そんな気がした。

自分は、目の前の男性を殺害する。いや、すでに殺害している。男性の身体には、すでに致死量のカビ毒が付着している。もう、どうしようもない。

恨みも、憎しみもない相手。それどころか、名前も知らない存在。たまたま今日この日にアルバ汐留にいたばかりに、危難に遭ってしまった不運な被害者。

自分は、彼に対して、どのような感情を抱けばいいのだろうか。憐憫（れんびん）？　謝罪？　それとも単に見下せばいいのだろうか。

そのどれも違う気がした。百代が戸惑っている間に、表情が勝手に選択した。百代は、微笑んだのだ。

マスクにサングラスという出で立ちだ。表情が彼に伝わったかは、わからない。それでも百代は、自分が微笑んだことをはっきりと自覚していた。そして知らないうちに出てきた微笑みは、内部からメッセージを紡ぎ出した。

ありがとう。協力してくれて。

百代は刷毛を一閃させた。

毛先は、男性の顔面を捉えていた。

これで、カオヤイでの用は、もう済んだ。脱出しよう。

百代はよたよたと逃げる客に交じって、出口に向かった。もちろん、煙で視界が遮られているうちは、逃げる客にも攻撃することを忘れなかった。主に後頭部にカビ毒を塗りつけられた客は、店の外に出た途端、床に転がった。刷毛の攻撃から逃れた客は、通路に出て、そこで大きく咳き込んだ。

百代もまた、逃れた客の一人になった。よろめくように通路に出て、隣のシンガポール料理店「パラワン」の前で一旦動きを止めた。

周囲の様子を窺う。

相変わらず火災報知器の警報は鳴り続けている。スプリンクラーは作動していない。来館者たちは、どのような反応を見せているのか。

さすがに、カオヤイの前にできていた行列はなくなっていた。けれど、五人委員会が予想した、エスカレーターに殺到する姿はなかった。

来館者たちは、カオヤイを遠巻きにして、煙を眺めていた。それどころか、携帯電話やスマートフォンで店の様子を写真に撮っている。すぐに操作を始めたから、ソーシャル・ネットワーク・サービスに投稿するのだろう。中で、どのような地獄絵図がくり広げられているかも知らずに。

振り返って、パラワンの中を見た。少なからず驚いた。店内では、警報の音を気にしながらも、多くが席を立つこともなく、食事を続けている！

なんという、危機察知能力のなさ。煙を噴き上げているのは、すぐ隣の店だというのに。

そうか。

百代は思い至った。発煙筒の煙は確かにカオヤイを席巻したけれど、パラワンには入り込んでいない。もちろん店の前の通路には煙が立っている。それでも入口近くの客でなければ、身近な問題とは感じられないのだろう。

百代は、木下の言葉を思い出していた。

「今日び、火災報知器の警報くらいでは、誰も驚かない。目の前に炎が立っていないかぎり、『ああ、誤作動したか、せいぜいどこかでボヤでもあったんだな』で済ませてしまうんだ」

まさしく、そのとおりになった。いいだろう。だったら、自分は最大限利用させてもらうだけだ。

百代は立ち上がり、よろめくようにしてパラワンに入った。南方系の顔をしたスタッフが駆け寄ってくる。

「どうしました？」

百代は意識して苦しそうな声を出した。

「た、す、け、て……」

通路を指さす。スタッフが通路に視線を向けた隙に、百代はトートバッグから発煙筒を取り出した。着火して転がす。

パラワンの入口で、激しく煙が上がった。

「ええっ！」

驚くスタッフにカビ毒を塗りつけ、百代は店の奥に入った。今から、カオヤイと同じことをするのだ。

そして、同じことができた。

間章

「まさか、実地検証するわけにもいかない」

池田が言った。

屋内だというのに、レインコートを着ている。しかも、目には水泳のときに使うゴーグルを着けていた。どう見ても怪しい風体だ。もっとも、木下も三枝も同じ恰好をしている。もちろん自分も。

「かといって、まったくのぶっつけ本番は危険過ぎる。少なくとも、実際の攻撃がどんな感じなのか、体験しておかないとね」

「はい」

百代が答える。こちらはアポロキャップに大きめのサングラス、そして顔を覆うサイズのマスク姿だ。怪しさでは負けていないけれど、こちらは状況によっては、ごく当たり前の恰好になる。たとえばアレルギー性鼻炎の人が、真夏に陽光を避けようとするときとか。

コーヒー専門店「ペーパー・ムーン」の常連客五人とアルバイト店員一人は、箱根の貸別荘に来ていた。かつて同じメンバーで、河口湖畔の貸別荘へ行ったことがある。藤間がトリコセテン・マイコトキシンの威力を実験してみせたときだ。

けれど今回は違う物件を選んだ。理由はふたつある。ひとつは同じところを幾度も利用すると、管理人の記憶に残る可能性があるからだ。管理人は事件の後に、藤間たちの関与を証言するかもしれない。

そして理由はもうひとつある。今回自分たちが借りた建物は、リゾートの貸別荘には珍しく、ダイニングキッチンの床に、防水加工が施されているからだ。よくある無垢材を敷いた床と違って、液体で汚しても拭き取りやすいという利点があった。

八人が同時に食事を摂れる広めのダイニングキッチンは、今はダイニングテーブルが端に寄せられている。できるだけ広い空間を確保したいからだ。そしてテーブルの上には、いくつもの容器が載っていた。

「局面によって、使う武器は変わってくる」

藤間が口を開いた。「来館者の密集度合い。標的との距離。空気が動いているか否か。モモちゃんは、局面に応じて最適な武器を選ばなければならない。そして、安全に使わなければならないんだ」

「中身は、本番で使うものと、粘度を合わせてあります」

三枝が後を引き取った。「ですから、ほぼ実際の使用感に近いはずです」

三枝がテーブルを指し示した。

除菌スプレーのボトル。

広口瓶と刷毛。

醬油差し。

卵。

そして、紙風船。

ひとつひとつを見れば、変なものではない。家庭にあっても不思議はないものばかりだ。逆にいえば、誰にでも手に入るもの。入手経路から持ち主をたどりづらいもの。

「じゃ、始める？」

ただ一人、珍妙な恰好をしていない冬美がダイニングキッチンの隅に移動した。百代がうなずき、テーブルに向かう。除菌スプレーのボトルに手を伸ばした。本物の除菌スプレー商品を流用しているから、ラベルが貼られている。

「スプレーボトルは、相手が静止していて、かつ空気が動いていない空間に有効だ」

木下が言った。「実は、アルバ汐留には、そんな空間は多くない。たぶん、池田さんがスタート地点に設定した、こども休憩室くらいだろう。でも、そこならば最もふさわしい。他の武器と違って、取り出しても理由がつく。理由がつけば、人は警戒しない。最初は、多少は距離が取れて、狙いが雑でも効果を発揮するスプレーの方がいい」

除菌スプレーのボトルを持った百代がうなずく。三枝が一歩前に出た。

「じゃあ、まず僕が標的になります。かけてみてください」

百代がぺこりと頭を下げた。「よろしくお願いします」

百代がぎこちない手つきでスプレーボトルを三枝に向け、レバーを握った。距離は一メートルはあるだろうか。シュッと弱い音がした。三枝は首を振る。

「全然、弱いです。もっと強く握って、二、三回は噴射しないと、致死量には到達しません」

「本番では、唐辛子エキスも入っている」

横から藤間が言い添えた。

「最初の噴射のときに、ほんの少しでも目に入れば、猛烈な痛みを与えられる。回避や反撃能力を奪えるから、後は余裕を持ってとどめを刺せばいい」

三枝がちょっと唇を突き出した。自分が言おうと思っていたのに、という不満が現れている。確かに、彼に花を持たせてあげる局面だった。喋り過ぎは反省しなければ。

「もう一度」

三枝がインストラクターの口調で言った。百代が一歩足を踏み出す。五十センチメートルの距離からレバーを握った。その勢いも、先ほどとは比べものにならない。指先の力はそのまま霧の量とスピードにも表れた。三枝のゴーグルは、あっという間にびしょ濡れになった。さらに三回噴射する。本番ならば、三枝は両目に激痛が走り、そのまま死に至るところだ。もちろん、訓練で死ぬことはない。三枝はゴーグルをつけた顔で笑ってみせた。

「オーケーです。だいたい、こんな感じで」

「じゃあ、次は刷毛だ」池田が言った。「刷毛は、こちらの動きを察知されずに至近距離から攻撃するときに使う。用意した武器の中で、最も確実性が高い。でも、普通ならそんな状況は訪れない。だから、作ってやらなければな」

「発煙筒ですね」

今度は木下が進み出た。池田がうなずく。

「そう。ここで発煙筒を焚くわけにはいかないから、発煙筒に着火する練習は、別の機会にやろう。今は、木下くんが煙にまかれてうろたえているという設定にしよう」

「了解です」

木下は百代に向かって、両手を広げてみせた。「さあ、どうぞ」

「はい」

百代は広口瓶の中に刷毛を入れて、取り出しざまに木下に向けた。振るような動作だ。しかし角度を読み損なったか、刷毛の毛先は木下の顔面を捉えられなかった。首の右側をかすめるように触れただけだった。木下が右首に手を当てる。

「一応、濡れているから、ダメージはあると思う。でも致死量かどうかはわからないな。もっと、べたっと塗ろう。顔面がいい。さっきの、三枝くんと同じように」

「わかりました」

百代が、今度は角度を調整して刷毛を突き出した。目には届かなかったものの、鼻から右頬を捉えた。

「うん。それでいい。次は目を狙って」

「はい」

三度目ともなると、さすがに正確だ。刷毛はゴーグルの横から表面を撫でていった。

藤間が前に出て、木下に並んだ。

「俺は木下くんよりも背が低い。同じように狙えるかい？」

百代は答えず、いきなり刷毛を突き出してきた。身長差を意識し過ぎたか、毛先は藤間の顎をくすぐった。理髪店で髭を剃ってもらうときの感覚を思い出す。

「まあ、いいだろう。目を狙うのがベストだけれど、露出した肌のどこについても殺せるのが、トリコセテン・マイコトキシンのいいところだからね。じゃあ、次は醬油差しだ」

百代は五人委員会を相手に、カビ毒を塗りつける練習を続けた。呑み込みが早い彼女らしく、四十分ばかりの練習で、あらゆる角度の相手に攻撃を仕掛けられるようになった。

「よし」池田が手を打った。「対人攻撃の訓練は、こんなところでいいだろう。ちょっと休んだら最後に、最も危険な攻撃の訓練に移る」

池田は紙風船を手に取った。すでに膨らませてある。

「嵩張るし、弱い力で潰れてしまうから、たくさんは持って行けない。けど、一度に大勢の動きを止めるためには必要な武器だ。もっとも、モモちゃんの身も危険に曝されるがね」

池田が手を伸ばして、百代のアポロキャップを取った。

「紙風船を使うときには、アポロキャップじゃダメだ。麦わら帽子のように、つばの広いものに替えてから使うんだよ。そうじゃないと、真っ先に君が被害を受けてしまう」

百代は表情を変えなかった。「わかりました」

「使うのなら、一階ね」

部屋の隅から冬美が口を挟んだ。「客が逃げ出すときは、一階からだから。それに一階の通路は、天井が高くない。藤間くんと三枝くんが考えた紙風船で、十分効果があるはず」

「一階」木下が一人うなずく。「宝飾や女性ファッションのあるフロアですね。冬美さんの店は、二階でしたっけ」

「そうよ」冬美が平板な声で答えた。「だから、気にしなくて大丈夫」

「そう」池田があらためて言った。「モモちゃんは、自分の心配だけしていればいい。とにかく、この紙風船を使いこなせないと、君一人で二千人は殺せない」

紙風船を百代の掌に載せる。

「それまでは、死ぬなよ」

第六章　後手

『三階で、火災報知器が作動した！』

無線機の向こうで、丸山が叫んだ。

「火災報知器？」

関口が機械的に訊き返す。丸山は北中央館の三階と言った。ここは北館の一階、それも端っこだ。火災報知器のベルは聞こえない。しかし総合警備室では、館内の状況がすべてわかるようになっている。

『326！　カオヤイだっ！　326で火災報知器が、煙を探知した。スプリンクラーは作動していない』

カオヤイとは、北中央館三階のレストラン街にある、タイ料理店だ。アルバ汐留のレストラン街は、三カ所ある。北館の地下一階と三階、それから北中央館の三階だ。北館の地下一階は、居酒屋のような気取らない店が入っている。三階は和食やそば屋のような、香りの強くない料理店が入っている。そして北中央館の三階に入っているのが、エスニック料理やカレーなどの、香りの強い料理を出す店だ。

アルバ汐留のレストラン街の中でも、カオヤイはマスコミに取り上げられることが多い人気店だ。ランチメニューが比較的リーズナブルでおいしいとあって、週末の昼食時ともなれば行列が絶えない。つまり、店内は満席だということだ。

関口は隣に立つ高見を見た。高見の顔が、緊張に強張っていた。

料理店なのだから、何かの弾みで厨房の煙を火災報知器が感知することはあるだろう。アルバ汐留が営業を開始してから、そんなことがまったくなかったわけではない。けれど現在自分たちが置かれている状況下で、素朴にボヤ騒ぎと考えることは不可能だった。

高見が関口から無線機を奪い取った。

「丸山課長ですか？　愛宕署の高見です。現場の様子はどうなんですか？」

『ああ——高見さん』

緊張の中にも、安堵の響きがあった。丸山が置かれている状況下では、警察は間違いなく西部劇の騎兵隊だ。ドア越しに話しかけてきた消防隊員とは、安心感が違う。

『内部に煙が立ち込めていて、防犯カメラでは中の様子が確認できません。それくらい煙の量が多いんです』

鳥肌が、関口の表情を固定した。いくら厨房でトラブルがあったとしても、客席の様子がわからなくなるほどの煙が出るとは考えにくい。

「発煙筒？」

関口が喉に引っかかる声で言った。発煙筒を焚き、大量の煙で防犯カメラに目隠ししてから、行動に移る。容易に想像できるシナリオだった。

思わず振り返る。背後のこども休憩室では、十人もの人間が死亡している。化学機動中隊の隊員が言うには、何らかの毒物が原因だということだった。すると、カオヤイでも毒物が使われているのだろうか。

「そうだな」

高見が短く答えて、傍に立つもう一人の警察官を見た。警備課の、下田。

「確認しなければなりません。しかし、こども休憩室の状況を考えると、レベルAの防護措置を施していない人間を行かせるわけにはいきません」

レベルAとは何だろう。関口は尋ねたかったけれど、警察官たちに余計な時間を取らせるわけにはいかない。必要なら向こうから教えてくれるだろうと考えて、口を閉ざした。

下田が針谷を見た。針谷がうなずく。

「おい、荻村（おぎむら）」

近くにいた隊員に声をかけた。先ほど、こども休憩室に入っていなかった隊員だ。

「聞いただろう。おまえのチームで確認してこい」

「はい」

荻村と呼ばれた消防隊員の返事はシンプルだった。数人のスタッフに声をかけて、他の隊員に手伝ってもらいながら、黄色い防護服を身につけ始めた。こども休憩室に入った隊員が身につけたものと同じタイプ。見るからに重装備だ。防護服というよりも、宇宙服といった方が近い。その様子を見て関口は、レベルAの意味を理解していた。そうか。致死性の毒物が蔓延している中に入っても死なないほどの装備のことを、レベルAというのだな。直井の顔が頭に浮かぶ。制服を着ただけの直井は、こども休憩室に入って死んでしまった。慌ててカオヤイに駆け込んで、警察官や消防隊員が次々と死んでしまう事態は避けなければならないのだ。

下田が携帯電話を取り出した。素早い動きでボタンをプッシュして、耳に当てる。

「俺だ。動きがあった。ホットゾーンだ。急げ」

それだけ言って、電話を切る。高見が下田に近寄って囁いた。

「まずいですね。敵が動きだした。さらに続くかもしれない」

下田も声を潜める。

「やばいです。化学テロでは、行動中の犯人を検挙するのは困難です。相手の行動にもよりますが、防護服を着ていたら、逃げる犯人を追いかけられない。追いかけるという行為自体が、防護服に付いた毒物を拡散させる危険もありますし」

なんだって？

関口の身体が凍りついた。犯人を捕まえられないって？

いや、何かの聞き間違いだ。ここには対テロの専門家もいるし、危険を顧みずに被害者の救助に向かってくれる消防隊員もいる。応援の警察官だって、こちらに向かっているではないか。

「行くぞ」

荻村がスタッフに言った。全員が、宇宙服のような防護服を着ている。

横から針谷が声をかけた。

「いいか。テロリストがまだ中にいるかもしれん。気をつけろ」

「はい」

早口で答えて、隊員たちが非常階段に向かった。その姿を、遠巻きに眺めていた来館者たちが次々と携帯電話のカメラに収めていく。そこに、館内アナウンスを知らせるジングルが鳴った。

『ご来場のお客様に申し上げます。館内で、事故が発生いたしました。お客様におかれましては、速やかに館内からの退出をお願い申し上げます。館内で、事故が発生いたしました。

速やかに館内からの退出をお願い申し上げます』

日本語のアナウンスの後、英語が流れた。関口は英語がわからない。続く韓国語と中国語に至っては、言葉かどうかすらわからない。ただし、日本語と同じ内容を続けるルールであることは知っている。

携帯電話を構えていた来館者たちは、館内アナウンスを聞くためか上を見ていた。アナウンスが終わって顔を戻したが、慌てた様子はなかった。どちらかというと、きょとんとした顔。突然のアナウンスを聴き取れなかったのか。それとも、聴き取ったけれど、意味を理解できていないのか。

またジングルが鳴った。先ほどよりも重々しいメロディ。

『業務連絡。業務連絡。各店舗のスタッフは、お客様の安全な避難にご協力ください。お客様を南館の一階に誘導して、そこから退出していただきます。くり返します。スタッフはお客様を、南館の一階に誘導してください』

こちらは、日本語だけだ。そしてまた来館者用のジングル。

『ご来場のお客様に申し上げます。館内で、事故が発生いたしました。お客様におかれましては、速やかに館内からの退出をお願い申し上げます。館内で、事故が発生いたしました。速やかに館内からの退出をお願い申し上げます』

先ほどと同じアナウンスだ。日本語の後に英語、韓国語、中国語が続く。さらに、同じ業務連絡がくり返された。おかげで、来館者たちはようやく事態の重大さを悟ったようだ。顔が一斉に引きつった。携帯電話をしまう。しかし、すぐには行動を起こさない。不安げに左右を見回すだけだった。今まで経験のない事態に、どう行動していいかわからないのが、よくわかった。

関口は、体温が上昇するのを感じていた。自分は、アルバ汐留の警備が仕事だ。この状況で、何をしなければならない？

「おい、島村」

こども休憩室の出入口で仁王立ちしている後輩に声をかけた。「行くぞ。来館者を避難させるんだ」

島村の行動も早かった。左右を見回し、こども休憩室に近づこうとする人間がいないことを確認してから、すぐに駆け寄ってきた。

「この前、大規模な避難訓練をしたばかりだ。だから店員たちは、ある程度的確に動いてくれるはずだ。俺たちも誘導するぞ」

「了解しました」

関口は高見と下田に向き直った。

「我々は、お客様を安全に避難させます。事件そのものの対応は、お願いします」

「わかりました」下田が即答した。「避難誘導は、応援が到着次第手伝わせます。今のところは、そちらにお願いします」

関口は警察官たちに敬礼した。「では」

関口は無線機を取り、これからの行動を丸山に連絡した。そしてこども休憩室を遠巻きにしていた来館者に向かって、声を張り上げた。

「すみませーんっ！　このとおり、館内で事故が発生しました！　念のため、避難をお願いします！　ただし、そこの出口は危険な可能性があります！　建物の中を通ってください！　このまままっすぐ、向こう側に進んでください！　私たちが誘導いたしますっ！」

これでも体育会系だ。毎朝、警棒を使った訓練も欠かさない。声の通りには自信がある。おかげで、来館者たちはちゃんと話を聞いてくれたようだ。警備員の制服も効いたのか、安堵の表情を浮かべる姿もあった。

「俺が先頭に立って誘導する。島村は、しんがりを頼む」

背後に警察官がいる状況を考えると、最後尾より最前列の方が危険は大きい。だからこそ、立場が上の自分が先頭に立たなければならない。下腹に溜まる不安を押さえつけながら、関口は言ってのけた。島村は表情を変えずに「了解」とだけ答えた。

関口は小走りに、こども休憩室を中心とした半円の、南端に移動した。先ほどまで野次馬だった連中に、もう一度声を張り上げる。

「それでは、移動します！　みなさん、慌てず、落ち着いて行動をお願いしますっ！」

自分のバカ声こそが、落ち着いていないように感じられるかもしれない。けれど大声を出すことで、気合いを入れなければならない。

「行きますよーっ！」

全員がこちらに身体を向けたことを確認してから、歩きだした。通路では、店舗スタッフたちが客たちを店から出している姿があちこちで見られた。よし、訓練が効いている。

関口は移動しながら店を出た客を拾い、北館を南に向かった。歩きながら上を見る。吹き抜けを通して、二階と三階の様子が一部確認できた。まだはっきりとした流れとはいえないまでも、南館に向かって移動を始めた客がいるようだ。そして、煙は発生していない。関口はそっと安堵の息を漏らした。

カオヤイで何が起きたのか、関口はまだ知らない。警察官ですら、事態をまだ把握できていないのだ。ただ、こども休憩室の十人を殺害し、総合警備室に警備員たちを閉じ込めた人間が、同じようなことをカオヤイで起こしたことは、想像ができた。カオヤイで起きたことが、北館で起こらない保証など、どこにもないのだ。

カオヤイのことは、考えるな。

関口は自分に言い聞かせた。カオヤイには、東京消防庁の化学機動中隊が向かっている。状況は彼らが把握するし、被害者がいれば助けてくれるはずだ。今の自分は、目の前の来館者を安全に避難させなければならない。

本音では全員にダッシュさせたいけれど、そんなことをしたらパニックが始まってしまう。転ぶ人間も出てくるだろうし、子供が将棋倒しの下敷きになって、大怪我をする可能性もある。緊急時こそ、ゆっくり動かなければならない。それが避難の鉄則だ。

元々が集まった野次馬だ。最初から大人数が塊になって動いている。警備員が先頭に立っているから、それなりに秩序も保たれている。そのような集団に、人間はついていきたくなるものだ。おかげで北館の一階にいた来館者は、そのほとんどが関口の後をついて歩くようになった。背後の人数が増えれば増えるほど、関口は自分の責任の重さを自覚していた。自分ができることを、正しく行っている。高揚に近い充実を感じながら、関口は北館の端にたどり着いた。

北館と北中央館の間には、扉があるわけではない。建物同士が通路でつながっているため、来館者は建物の違いを気にすることなく行き来できるようになっている。だから北館だの北中央館だのを意識するのは、関係者だけといっていい。しかし関口は関係者だ。建物の違いを、自然と意識してしまう。

待てよ。

足が止まりそうになる。火災報知器が鳴って、大量の煙で中の様子がわからないカオヤイはどこにある？　北中央館だ。この先に進んでいいものだろうか。

関口は無意識のうちに左右を見回した。アドバイス、あるいは指示を出してくれる存在を捜したのだ。しかしそんな人間はいない。高見と下田は、今頃海側の荷物搬入口に対策本部を設置していることだろう。来館者の避難は、自分の仕事だ。

大丈夫だ。カオヤイで何があったにせよ、三階での出来事だ。カオヤイ自体はそれほど大きな店舗ではない。そこにいくら煙が充満したとしても、一階まで降りてくることは考えにくい。それに、カオヤイの窓には排煙システムが備わっている。スタッフが作動させていれば、今頃煙はなくなっているだろう。大丈夫。自分が連れている来館者に、影響はない。関口は意を決して、北中央館に足を踏み入れた。

北中央館の一階は、何も起こってはいなかった。

いや、それは言い過ぎか。北中央館の一階は化粧品と宝飾品が売られているけれど、化粧品の各ブースでは、女性店員が客に対して南側を指さしている。南館に逃げろという意味だ。化粧品も宝飾品も、対面販売に近い。客は従業員から丁寧な説明を聞いて購入する種類の商材だ。そのため店内は比較的静かだといえる。だから館内アナウンスも容易に聴き取れたのかもしれない。客は青い顔をした店員の説明を聞いて、それぞれ南館に向かって歩き始めていた。

「なんなのよ、いったい」

化粧品売り場から追い出されるように通路に出てきた女性客が毒づいた。「これじゃ、佐和の結婚式に間に合わないじゃない」

「まあまあ」同行してきたらしい女性客がなだめた。

「化粧品は、いつでも買えるでしょ」

「そりゃ、依子はいいよ。狙ってたブローチを買えたんだから。こっちは顔を作るのに必要なものなんだよ」

最初の女性客が膨れる。ファッション雑誌から抜け出てきたような、おしゃれな装いの女性だった。二十代半ばくらいだろうか。華やかな印象がある。

「銀座で買えばいいじゃない」依子と呼ばれた女性客が言った。こちらはふわふわした髪が印象的だ。「元々玲は、銀座店の常連でしょ」

「まあ、ね」

玲と呼ばれた女性客が眉間にしわを寄せた。「でも、銀座の店員さんとは、最近ちょっとマンネリでね。汐留の店員さん相手なら、気分を変えたメイクができると思ったんだけど」

「しょうがないでしょ」

依子が玲の肩を叩く。「今から銀座に移動しましょ。なんだかわからないけど、避難しなきゃいけないみたいだから」

「避難って」

玲が眉を上下させた。「そんな大げさな」

「あら」今度は依子が目を大きくする。「この前の地震のとき、どうだったの?」

「うちの会社は、そんなに揺れなかったんだよ」

「そうなんだ」依子が非難めいた視線を友人に向ける。「うちは稲毛だったから、すごかったよ。あれを経験したら、何をおいても避難って思う。今だって、地震じゃないってわかっているけど、つい津波を想像しちゃうからね」

「津波」

玲が周囲を見回した。おそらく、海の方角を確認しているのだろう。

「ここ、大丈夫かな」

「大丈夫でしょ」

依子が安請け合いした。「ここって、防波堤みたいな形をしてるから。建物自体が津波を止めてくれると思うよ。もっとも、窓ガラスが割れて海水が入ってくるだろうから、上に逃げた方がいいと思うけど」

「上？」

玲は実際に上を見た。「じゃあ、エスカレーターかエレベーターで上がった方がいい？」

「大丈夫」依子がまた言った。「さっき、アナウンスは南館の一階に行けって言ってたでしょ。だから少なくとも、津波じゃないよ」

「そっか」

玲は安堵したように息をついた。依子は、そんな友人に向かって、手を横にしてみせた。こちら側を指し示しているのだ。

「ほら、みんな避難してるよ。わたしたちも一緒に行こう」

玲が笑った。「そうだね」

二人が関口の方に向かって歩いてくる。避難の集団に合流した。

よし。動こう。

北中央館の一階、化粧品売り場と宝飾品売り場には、基本的に客は女性しかいない。せいぜい、付き添いの彼氏か旦那だ。関口が従える一団は、あっという間に女性で埋め尽くされていった。

「ご無事ですか」

関口が声をかけると、玲と依子は瞬きした。なぜ心配されるのか、わからないというふうに。自分だってわかっていない。

「建物の北の端で、事故が起きたようです。念のため、お客様には南側からご退出いただきたく存じます」

「あ、はい」

依子が素直な声で言った。関口は満足してうなずく。さあ、行進再開だ。

北中央館に入って最初にやったのは、吹き抜けを通して上を見ることだった。

あれか。

吹き抜けの上部、三階付近の空気が澱んでいた。一階にいてもわかる、空気の汚れ。カオヤイで発生した煙が、吹き抜けの上部に溜まっているようだ。でも大丈夫。一階にいる分には、関係ない。このまま北中央館を突っ切っていこう。

関口はそう考えたけれど、甘かった。吹き抜けを見上げた目が、何かを捉えたのだ。

最初は、黒い点だった。しかし黒い点は、どんどん大きくなる。その正体を理解したときには、黒い点は一階の床に激突していた。関口のいる場所から二メートル近く離れていたにもかかわらず、跳んで避けた。無意識の行動が、それを選んだのだ。

なぜなら、降ってきたのは人間だったからだ。

／／／／／／／／／／／／／／／／／／／

タイ料理店から、煙が噴き出ていた。

非常ベルが鳴り響いている。

北中央館の三階で、呉は身を強張らせていた。一瞬、隣にいる文琴を忘れた。それほど驚いたのだ。

「な、何？」

文琴が喉に引っかかったような声を出した。その声で、我に返る。我に返った途端、思考能力が戻ってきた。

「あ、ああ――」

いかん。今、頭が完全に真っ白になっていた。しっかりしなければ。

「非常ベルと煙だから、火事だね。あのタイ料理屋で、火が出たんだろう」

「火事？」

文琴が声を高くした。ここまで歩いてきて紅潮した頬が白くなる。

「大丈夫」

呉は意識して気楽な口調で答えた。

「店の中から煙が出てるってことは、厨房から火が出たんだと思う。せいぜいが、ボヤ程度じゃないかな。建物全体が燃えるような火事じゃないよ」

「そう?」

文琴の声に、わずかな安堵が混じる。安心させなければならない。呉はさらに言った。

「日本の建物は、防火設備が整ってる。危ないレベルの火だったら、スプリンクラーが作動して、すぐに消してくれるよ。大丈夫。僕たちがずぶ濡れになることもない。火が出たレストランの中だけで作動するはずだ」

「そっか」

文琴の肩から力が抜けた。表情も戻る。

よかった。

呉は文琴とは違う意味でホッとした。目の前のボヤ騒ぎで、彼女が日本旅行に悪い印象を残してしまっては大変だ。

「ともかく」自分自身も肩の力を抜いて続ける。

「日本の消防署は、行動が早いって聞くよ。スプリンクラーが火を消してくれると思うけど、消防隊員もすぐにやってくるだろう。消火活動の邪魔をしちゃいけない。面倒だけど、二階に降りて、そこからそば屋に行こう」

「そうだね」

口では同意しながら、文琴はその場を動こうとはしなかった。「じゃあ、消防署が来る前に」

言いながら、ポーチからデジタルカメラを取り出した。電源を入れて、レンズをタイ料理店に向けた。

「旅行の記念に撮っておこう」

煙を噴き上げるタイ料理店に向けて、シャッターを切った。

やれやれだ。

呉は内心で苦笑していた。自分の身に危険が及ばないとわかったから、頭が観光客モードに戻ったようだ。観光客にとっては、ボヤ騒ぎでさえイベントだ。

いや、観光客だけではないか。呉は周囲を見回した。文琴だけではない。他の多くの買い物客——ほとんどが日本人だと思われる——もまた、携帯電話やスマートフォンを煙に向けていた。非常ベルは相変わらず鳴り響いているというのに、誰も慌てて逃げようとはしていない。

その中には、見覚えのある顔もいた。厚化粧の中年女性。サンドキャッスル・トーキョーで返品詐欺を働いたと思われる女性が、嬉しそうに噴き出す煙を携帯電話のカメラに収めている。

ああいう人には、悩みなんてないんだろうな。

呉はなんとなくそう思った。厚化粧というよりも、厚顔といった方がいいかもしれない。まあ、いいか。先ほどは文琴を安心させるために、あえて問題を小さく解説した。けれど自分で口に出してみたら、それが正しいような気がしてきた。台北の古いデパートならば、ちょっとしたボヤが建物全体に燃え広がって、大勢の死者を出すかもしれない。けれどここは日本だ。しかも、海外のガイドブックにも紹介されるほどのショッピングモール、アルバ汐留ときている。目の前の煙からこの巨大な施設が炎に包まれる事態に発展するとは、とうてい思えなかった。

だったら、消火活動の邪魔にならない程度に記念写真を撮るくらい、問題ないだろう。他の日本人買い物客だってやっているくらいだから、自分たちだけが迷惑な外国人観光客になってしまうわけではない。

文琴が写真を撮っている間にも、煙はどんどんと噴き出してくる。そして、煙の中から人が出てきた。最初の一人は慌ててダッシュしたのか、入口近くのガラスケースに脚をぶつけて、派手に転んだ。続いた人間が、転んだ人間につまずいて転ぶ。次の一人は先行した人たちを踏まずに済んだけれど、煙のない通路に出た途端、その場にうずくまった。激しく咳をする。

煙を吸ったんだろう。それはわかったけれど、呉にはどうしようもない。火災現場から逃げてきた人に対する応急処置など、学んだことがない。そもそも、自分は文琴を護らなければならない立場だ。見ず知らずの買い物客を助ける余裕も必要もない。

——あれっ？

呉は、何かに引っかかった。目の前でくり広げられている光景が、ちょっとおかしい。もちろん非日常的な事態なのは間違いないのだけれど、なんというか、あり得べき展開ではないような気がする。どうしてだろう。

少し考えて、思い至った。違和感はふたつだ。ひとつは、三人しか店を出なかったこと。昼食どきだ。タイ料理が日本でどの程度人気があるのかは知らないけれど、三人しか客が入っていないってことはないだろう。従業員だって、何人もいるはずだ。それなのに、なぜ三人しか店から出てこないのか。

もうひとつは、煙が噴き出し続けていることだ。非常ベルが鳴ってから、たいした時間は経っていない。それなのに、まるで店全体が劫火に包まれてでもいるような量の煙が店から出ているのだ。

まさか、三人以外は全員焼け死んだ？

悪寒が背骨を這い上ってきた。

呉は懸命に首を振った。そんなはずはない。そんな短時間に大勢が焼け死ぬわけがないじゃないか。自分はＩＴ関係のエンジニアであり、防災には詳しくない。それでも、爆発が起きたり、高温の熱風がいきなり吹きつけてでもこないかぎり、人間は簡単に焼死しない。それくらいは、想像がつく。

加えて、今、変な声が聞こえなかったか？　目の前のボヤ騒ぎに、通路の買い物客たちは大騒ぎしている。そんな喧噪の中でも、はっきり聴き取れた、異様な声。怒号？　いや、悲鳴か。しかし、映画に出てくるような「きゃあ」という可愛いものではない。もっと濁った響き。「があっ」とか「ぐぐぐ」といった、声とも思われないような歪みが含まれていた。

どこから？　店の中から。

やばい。

呉の脳内で、危険信号が明滅した。何が起きているのかはわからなくても、やばいことが起きているのは間違いない。文琴を連れて、早くここを離れないと。

どん、と肩に何かがぶつかってきた。心臓が跳ねる。見ると、若い男性が後ずさりしていて自分に衝突したことがわかった。

「あっ、すみません！」

チェックの半袖シャツを着た男性が、日本語で謝った。いえ、と返す。身体をずらせて男性が通る方向を空けた。しかし男性は、その場を動かなかった。タイ料理店に背を向けている。その視線の先には、同世代の男性が携帯電話を構えていた。

「火事だぜ。いぇーい」

半袖シャツの男性はそう言いながら、携帯電話に向けてピースサインを出した。どうやら、同世代の男性が、携帯電話の動画撮影機能で録画しているらしい。彼らにとっても、ボヤ騒ぎはイベントなのだ。

突然、怒りが湧き起こった。こいつら、状況を把握できていないのか？　こんなに危険な状況なのに。

逃げなければ。文琴を連れて、ここから逃げなければ。

振り返る。文琴は、まだデジタルカメラを構えていた。いけない。このままでは、文琴もまた、この間抜けな日本人と同レベルになってしまう。呉は幅跳びするような歩幅で文琴に近づいた。肩を乱暴に叩く。「行こう」

文琴は驚いたようにこちらを見た。呉がそれほど乱暴な態度を取ったのは、はじめてだったからだろう。けれど、自分が調子に乗り過ぎたことに気づいたようだ。ばつが悪そうにデジタルカメラの電源を切った。ポーチにしまう。

「うん」

「よし。火は上に向かうから、下に行けば大丈夫だよ。二階に降りよう。エスカレーターは――」

周囲を見回す。幸い、エスカレーターは煙の向こう側ではなかった。向こう側にエレベーターは見えるけれど、火災の際にはエレベーターは使用しないのが避難の鉄則だ。

避難？

呉は、自分の思考に戸惑った。目の前の火災は、ただのボヤというには危険なものがある。けれど先ほど考えたように、この火が施設全体に広がるとも、また考えにくい。ここから離れた方がいいのは当然としても、アルバ汐留そのものから避難する必要が、本当にあるのか？

いや、必要ない。

呉はそう結論づけた。北中央館のレストラン街を使わなければいいだけだ。元々の目的だった、北館のそば屋にまで煙や炎が届くとは思えなかった。自分が文琴に言ったように、日本の消防署は行動が早い。目の前の火災がどれほどのものであったとしても、消防隊員があっという間に消してくれるだろう。

だったら心配ない。文琴の、アルバ汐留での思い出を中途半端に終わらせてはならない。ボヤ騒ぎは、スパイスだ。秋葉原へ行った仲間たちと別行動を取ってアルバ汐留に来たという選択を、成功だったと思ってもらわなければならないのだ。今回の日本旅行において、自分の印象はアルバ汐留の印象と重なるのだから。

呉は今からの行動を、素早く頭の中で組み立てた。まず、背後のエスカレーターに乗る。二階だと近過ぎるから、一階まで降りた方がいいだろう。一階で、北中央館から北館に移動する。そこからエレベーターで三階に上がって、そば屋に行く。

もし火が燃え広がったら？　そうしたら、一階からそのままアルバ汐留を出る。仮に大火災になったとしたら、そこから安全に脱出できたことで、文琴にとっては逆にいい思い出になる。なんといっても、現場写真を撮っているのだ。日本の巨大ショッピングモールで起きた大火災。その場に自分は居合わせ、しかも生還した。火災の写真は、彼女の自慢話に説得力をもたらしてくれる。

逆に、ただのボヤなのに慌てて逃げたとなれば、かなり恰好悪い。少なくとも文琴は、友人たちからそう嘲笑されるのは耐えられないだろう。

だとしたら、やはり一階に降りて、状況を見極めるべきだ。いいか。正しい判断をすることだ。紙一重で、おまえの評価は百八十度変わるんだからな。

火災の状況がどうなろうと、第一歩は同じだ。一階に降りること。そのためには、エスカレーターに向かわなければ。

「行こう」と言おうとした瞬間、目の前の光景に動きがあった。煙の中から、また人が出てきたのだ。

ただし、先ほどとは動きが違う。最初の三人は、慌てた様子で走り出た。おかげで転んでしまっていた。しかし今出てきた人たちは、みんなよろめいている。一歩を歩くのもやっとという感じだ。しかも、通路に出た途端、みんな一様に頽れている。激しく咳き込む者もいれば、ぐったりとして動かない者もいる。

けれど、それだけならば、火災現場ならば十分に想像できる動きだった。呉の注意を引いたのは、第三の動きをした者たちだった。店から出てきた人間の中で、転げ回っている者がいるのだ。

痛み？

直感的に呉はそう考えた。あの動きは、激しい痛みにのたうち回っているものに似ている。

火災に伴う火傷が原因だろうか。しかし、それにしては反応が分かれ過ぎている。店内の様子はまったくわからないけれど、火傷した人間としていない人間がそれほど分かれるとは思えない。ただ、痛みにのたうち回っているらしい者たちは、身体の一カ所を押さえている。あれは、火傷した部位を押さえているのではないのか。

違う。

全身を包む恐怖と共に、呉は理解していた。あれは、火傷の痛みじゃない。だって、さっきまでのたうち回っていた奴が、動かなくなったじゃないか。それも、ビデオ映像が一時停止したように動かなくなった。人間は、いや、生物は、あんな止まり方をしない。

「――っ！」

悲鳴を上げた。上げたつもりだった。しかし全身が硬直して、声にならなかったことに、呉は気づかなかった。

あれは、死者だ！

よくわからないけれど、タイ料理店の中で、何かが起きた。そして中にいた客は、激しい痛みに襲われた挙げ句に、死んでしまったのだ。それは火災によるものか？　違う。断じて、そうじゃない。火災による火傷や一酸化炭素中毒で、あんな死に方をするもんか。

今や、呉の脳内では外界に負けないくらいの大音量で非常ベルが鳴り響いていた。

逃げなければ。

逃げなければ。

これは、ただの火災じゃない!

すぐに走りださなければならないのに、恐怖に囚われた呉は動けなかった。そのため、ただ目の前の光景を眺めているしかなかった。

また一人、店内から出てきた。

女性だろうか。大きめのサングラスに、これまた大きめのマスク。サングラスも、身につけているラッシュガードパーカーも派手な印象がある。女性は店を出ると、よろよろと通路を歩いた。さまよっているという表現が、最も近い歩き方だった。

彼女――女性ならだが――は、ふらふらと隣のシンガポール料理店の前に移動した。店員が慌てて駆け寄る。

「どうしました?」

その人物は、苦しそうな声を出した。

「た、す、け、て……」

通路を指さす。シンガポール料理店の店員が、通路に視線を向けた。その人物は、よろよろとした足取りのまま、シンガポール料理店に入った。そこが安全地帯だと信じているように。

しかし、どうやら見込み違いだったようだ。まもなく、シンガポール料理店からも煙が噴き上がり始めたからだ。

延焼か？

タイ料理店から出た火が、隣のシンガポール料理店に到達して、そこもまた、燃えだしたのか。

いや、違う。それだったら、シンガポール料理店の客は、もっと早く避難しているはずだ。けれど、今までシンガポール料理店から慌てて出てきた人間はいなかった。タイ料理店から煙が上がってからずっと見ていた自分には、断言できる。

だとすると、どうなる。あの煙は、何の前触れもなく、いきなり噴き出したのだ。

「うわわわっ！」

シンガポール料理店の前で写真を撮っていた男性が、ひっくり返ったような声を出した。煙をまともに浴びて、激しく咳き込んだ。その頃には、通路の異様な光景に、買い物客たちもようやく事態の深刻さを悟ったようだ。口々に悲鳴を上げながら、一斉に逃げ始めた。こちらの方に。

考えてみたら当然だ。階下に降りるエスカレーターは、自分の背後にあるのだから。

まずいっ！

思ったときには、もう遅かった。文琴が、走ってくる買い物客に体当たりされて、体勢を大きく崩した。一瞬、自力で踏ん張ろうとしたようだったが、もう回復不能なまでに身体が泳いでいた。

けれど、その一瞬が呉の身体を動かした。文琴の倒れる方向に、身体を投げ出す。咄嗟に身体を抱えて転ぶのを防ぐなどという、恰好のいいことはできない。半ば偶然ではあったけれど、呉が取った行動は、文琴よりも先に倒れることで、彼女の下敷きになることだった。

最初に、背中に衝撃が走った。続いて、ごんという音と共に加わった、後頭部の激痛。さらに、胸には息が止まるような衝撃。文琴が上に乗っかってきたのだ。

「ぐうっ」

肺に残ったわずかな空気でうめいた。しかし、なんとか成功した。文琴は、床に叩きつけられたりしていない。

文琴が慌てて身を起こした。

「呉くん、大丈夫？」

呉は強く目を閉じた。「だ、大丈夫……」

目を開く。目の前には、文琴の整った顔があった。これほど間近で彼女の顔を見るのは、はじめてだ。後頭部を押さえながら、上半身を起こす。

「陳さんこそ、大丈夫だった？」

「うん、平気」

答えながら、大きく息を吐く。「ああ、よかった。呉くんが無事で……」

不覚にも感動した。文琴が、自分のことを心配してくれている。これだけでも、身を投げ出した甲斐があったというものだ。

まだ頭がしびれている感覚があった。ぼんやりと通路を眺める。倒れることによって、避難の動線から外れたからだろう。自分たちは逃げ惑う人間の動きに巻き込まれることはなかった。

館内放送を告げる音楽が鳴った。無意識のうちに、上を見る。

『ご来場のお客様に申し上げます。館内で、事故が発生いたしました。お客様におかれましては、速やかに館内からの退出をお願い申し上げます。館内で、事故が発生いたしました。速やかに館内からの退出をお願い申し上げます』

なんだって？　よくわからなかった。

丁寧過ぎる日本語は、かえって聞き取りにくい。ジコという単語は聞き取れた。ジコとは事故のことだろう。つまり、目の前の火災。カンナイとタイシュツが思い出せない。えっと。

考える前に、またアナウンスがあった。今度は英語だ。こちらは聞き取りやすい。呉は日本語を学んでいるけれど、実は英語の方が得意だ。英語だとわかった瞬間、頭を英語モードにスイッチして、全部聞き取った。

「何？　何を言ってたの？」

英語も日本語もわからない文琴が、不安そうに訊いてくる。呉は至近距離でうなずいてみせた。自信たっぷりに説明しようとしたら、今度は中国語のアナウンスが流れてきた。これは、文琴にもわかる。

「……まあ、そういうわけだ。どれだけ危険かわからないけど、逃げた方がよさそうだ」

文琴がぶんぶんと首を縦に振る。傍にいる呉が理性を保っているからか、彼女もパニックに陥っていない。よかった。これなら動ける。

「みんな、エスカレーターに向かってる」

呉は立ち上がって言った。「あんなに一遍に押し寄せたら、あそこに行くのは危険だ。来た道を引き返して、映画館のエスカレーターを使おう。その方が安全に降りられる。ちょっと遠回りになるけど、仕方がない」

「うん」

文琴は素直に首肯した。その顔が青ざめている。言葉の通じない異国で、異様な火災が発生した。目の前で、次々と人間が倒れていく。挙げ句の果てにパニックに陥った集団に突き飛ばされた。異常事態に、頼りになるのは目の前の冴えない男しかいないと判断したのだろう。

しかし、喜んでいる場合ではない。走り回る人間たちと距離を置きながら、移動しよう。シンガポール料理店からは、タイ料理店に負けないほどの煙が噴き出している。呉は、サングラスをかけた女性が助けを求めるようにシンガポール料理店に入ったことを思い出した。タイ料理店で弱った上に、シンガポール料理店でも同じ目に遭った。あの女性は、もうダメかもしれない。通路で動かなくなった人間を思い出して、暗澹たる気持ちになった。

やや集中力を欠く視線を通路に向けていた呉は、見覚えのある人物がまだいることに気づいた。厚化粧の中年女性。腰が抜けてしまったのか、通路の端に座り込んでいる。吹き抜けの手すり近くだ。

「あ、あ……」

死体を間近に見て、パニックに陥っているのだろうか。口を半開きにして、ただ倒れている人間を見つめていた。倒れている人間は、特徴のある服を着ている。背中に、文字が書いてある。カタカナだ。よく見ると「カオヤイ」と書かれてあった。この店の名前だ。ということは、従業員だろうか。

突然、倒れていた人間が動いた。弱々しい、這うような動きをした。少し長めの黒髪。若い女性だと思われる。思われるとしかいえないのは、顔が妙に黒ずんでいて、人相がわからないからだ。しかも、目が開いていない。

通路を這うように移動していた従業員は、懸命に手を伸ばした。

「た、す、け、て……」

呟き込みながら言う。周囲の喧噪の中で、その声だけはなぜか聞き取れた。

従業員は何かを探すように手を虚空に伸ばした。その手が、何かを捉えた。厚化粧の女性の足だ。従業員が厚化粧の女性の左足首をつかんだ。

「た、す、け、て……」

厚化粧の女性の顔が引きつった。

「ひいいいいいいっ！」

甲高い悲鳴を上げたが、腰が抜けた状態では立てない。懸命に足を振って払おうとするけれど、従業員の手は離れなかった。

「ひいっ！　ひいっ！」

厚化粧の女性が、右足で従業員を蹴りつける。靴底が従業員の頭部を捉える。しかし反応がない。従業員は、足首を握ったまま意識を失っているのだろうか。

「きいっ！」

何回目かわからない攻撃で、ようやく従業員の手が離れた。厚化粧の女性は涙で顔をぐしやぐしゃにしながら、立ち上がった。吹き抜けの手すりにもたれかかる。

しかし、それで終わりではなかった。今まで頭を何回蹴られても無反応だった従業員が、また動き始めたからだ。立ち上がった厚化粧の女性の方に、手を伸ばす。

「いやっ！　いやあっ！」

厚化粧の女性が、従業員から逃れようとする。しかし背中には手すりがあるから、それ以上距離を取れない。手すり沿いに走れば簡単なのだけれど、パニックに陥っているから思いつかないようだ。

「た、す、け、て……」

従業員が、また言った。続いて、笛のような音。厚化粧の女性が、大きく息を吸い込んだ音だ。そして、非常ベルさえも切り裂く悲鳴が響き渡った。

「いやあああああっ！」

厚化粧の女性は、手すりに上って従業員から逃れようとした。確かに、その高さなら届かないだろう。しかし。

呉は、自分の背筋が凍りつくのを感じた。これから起こる光景が、まるで予知能力者のように浮かんだからだ。

現実が、コンマ数秒遅れて呉の予知を実践した。

厚化粧の女性は手すりの上で大きくバランスを崩し、吹き抜けを真っ逆さまに落ちていった。

／／／／／／／／／／／／／／／

降ってきたのは、人間だった。

服装から、女性とわかる。しかし年恰好や容姿まで確認する余裕はなかった。

関口の頭は真っ白になっていた。あまりにも想像外の出来事に、思考がついていっていない。二メートル離れた場所から、ただ落ちてきた人間を眺めていた。

何かが動いた。吹き抜けを落ちた人間ではない。人間の下だ。這い出てくるように、黒っぽい液体が出現したのだ。黒っぽい液体は、どんどん増えていく。

あれは何だ？

混乱した頭が問う。

バカ。決まっているだろう。

頭の中で答える声が聞こえる。吹き抜けを、人間が落ちてきたんだ。そして床に激突した。だったら、流れてくるものといえば決まっているだろう。血だよ。

血！

関口は、問う声と答える声がひとつになるのを感じた。どちらも、自分の声だ。ひとつになったとき、関口は理性を取り戻していた。先ほど跳んで避けたのと同じ動きを、逆方向に行った。駆け寄ったのだ。傍でかがみ込む。声をかけた。

「大丈夫ですか？」

間抜けな問いかけとも思ったけれど、他に言いようがない。顔を見る。すぐには人相を確認できなかった。それほど引きつっていたからだ。顔だけでは、男か女かすらわからない。わかるのは、顔の下についている首が、異様な角度に曲がっていることだけだ。関口は墜落死体を見たことがない。けれど、目の前の身体に生命が宿っていないことは、自信を持って断言できた。

これでは、介抱も応急処置もあったものではない。関口は立ち上がった。床についた掌が濡れている気がしたから、無意識のうちに制服にこすりつけて拭いた。

少し移動して、吹き抜けの中から上を見上げる。先ほど、この女性は吹き抜けの上の方から落ちてきた。とすると、三階からだ。アルバ汐留の警備を担当する者として、施設の構造は熟知している。自分のいる場所の真上には、コマ番号３２６、カオヤイがある。丸山は、カオヤイの火災報知器が反応したと言っていた。吹き抜けの上部に溜まった煙がその原因だろう。この女性は、煙から逃れようとして、手すりを飛び越えてしまったのだろうか。

関口は目を凝らして三階を見た。そしてぞくりとした。三階では、多くの来館者が右往左往しているのが見えたからだ。明らかに冷静さを欠いた、逃げ惑う動き。そして多くの来館者が、エスカレーターに向かっている。

まずい！

警備担当者としての知識が、関口の身体を凍らせた。あれは、パニックの動きだ。火災報知器を作動させた煙から逃れようと、エスカレーターに殺到している。まずい。あれでは、エスカレーターで将棋倒しになるぞ。

関口の予想は的中した。エスカレーターを駆け下りようとした来館者の一人が、つまずいて転倒した。エスカレーターは、つまり階段だ。そこで転倒したら、転がり落ちるしかない。しかしその人物の前には、人がいた。転倒した人物は、まるでボウリングのボールのように下にいる人間をなぎ倒しながら転がっていった。もちろん転倒する人間が一人だけであるはずもなく、次々と来館者たちがエスカレーターを転がり落ちていき、二階の降り口には、人間がまるでラグビーのラックのように溜まっていた。

助けに行かなければ。

身体が反応しかかったけれど、すぐに自分の考えを打ち消した。今の自分の仕事は、一階の来館者たちを南館に無事に送り届けることだ。関口は回れ右して、今まで自分が連れて歩いた来館者たちに向き直った。

「事故があったようです。でも、みなさんの安全に影響はありません。さあ、南館に向かいましょう」

警備員として、聞くものを安心させる発言をしたつもりだった。けれど、関口を見る目は、一様に見開かれていた。恐怖に。

えっ？　どうして？

関口は戸惑った。なぜ来館者たちは、自分を恐怖の目で見るのか。今までは、頼りにしてくれていたじゃないか。

顔を下に向けて、自分自身を見る。すると、今までになかった光景が目に飛び込んできた。制服が汚れている。何かをなすりつけたような、黒っぽい汚れ。思い当たることはある。先ほど、吹き抜けから墜落した女性の傍に駆け寄ったとき。掌が濡れた気がしたから、無造作に制服で拭いた。

あれは、女性から流れ出た血液だ。かがみ込んだときに、掌に血が付いてしまったのだ。自分は、血を制服で拭ってしまったのだ。だから来館者たちが見ているのは、血まみれの自分だ。

「あ……、あ……」

玲と呼ばれた女性が、震える指先をこちらに向けた。目がまん丸になっている。

「いやあああああああっ！」

叫んだ。この状況では、決して発してはならない種類の叫び。玲のパニックは、瞬く間に周囲の人間に伝染した。

「うわっ！」

「ひいっ！」

皆口々に叫んで、走りだした。

しまった。苦い悔恨が関口の胸に充満していく。来館者を安全に避難させるのが自分の仕事なのに、逆にパニックを演出してしまった。

自分が引率していた来館者たちは、進行方向に向かって走っていった。その先は南館だ。だから目的地に正しく向かっているといえなくはない。けれど、安心することはできなかった。彼らが走って行ったその先には、やはり南館に向かって避難している人たちがいるからだ。

嫌な想像が当たってしまった。パニックに陥ってダッシュした人たちは、次々と先行する来館者にぶつかって転倒した。いや、転倒するだけならばいい。若い男性がやはり若い男性に衝突したところでは、それだけでは済まなかった。

「なんだよっ！」

「どけよっ！」

言い合いが殴り合いに発展するのに、時間はかからなかった。すぐに、通路のあちこちで似たような小競り合いが始まっていた。

しんがりにいた島村が、小競り合いのひとつに駆け寄った。仲裁しようとする。しかし頭に血が上った状態では、落ち着いて話を聞いてくれない。

それに、ひとつだけ解決しても意味がないのだ。すでに北中央館一階通路は、制御不能なパニック状態になっている。そしてそれを演出したのは、自分なのだ。

どうする。この場を切り抜けるには、どうすればいい。

必死になって考えようとするけれど、思考は空転するばかりで、何も浮かばない。パニックのきっかけとなった玲は、自らは逃げるでもなく、その場に座り込んで震えていた。同行者の依子がその手を握っている。

まいったな。北中央館は、三階から一階までパニック状態だ。

関口は顔を上げた。先ほど見た、三階から二階へ降りるエスカレーター。その後の状況を確認しようと思ったからだ。

二階の、エスカレーターの降り口。転がり落ちた人間が溜まっている。先ほどよりも人数が増えている気がする。でも、それだけか？

背骨がぶるりと震えた。

いや、違う。それだけではない。見ろ、スタックした人間の塊を。その周辺の空気が、濁っていないか？

関口は、総合警備室での出来事を思い出していた。自分が総合警備室を出たときに、いつの間にか貼り付けられていた風船が割れて、白い煙が上がらなかったか。この距離では色までは判別できないけれど、やはり同じように空気が濁っている。

毒。

こども休憩室では、毒物が使われたという。なんとかいう、猛毒が。まさか、エスカレーターでも？

身を凍らせる関口の目が、別の動きを捉えた。エスカレーターを使って、階下に逃げようとする、来館者たちの動き。それらとは一線を画す動きを示す人間がいたのだ。

エスカレーターは、上りと下りが並んでいる。それらの間は、金属製のスロープのようになっている。そのスロープを、まっすぐ降りていく人間がいた。

エスカレーターそのものが、転倒した人間たちで使えなくなった。だから、脇のスロープを降りているのか？

それはかえって危険だ。転倒の危険性は、エスカレーターよりもさらに高い。次の事故を招くだけだ。すぐにやめてほしいけれど、一階にいる関口にはどうしようもない。

ただ、わかったことがある。

滑り降りている人間は、サングラスをしていた。

間章

「何人くらい、殺せばいいのかな」

冬美が宙を睨んで言った。「たくさん、としか浮かばないんだけど」

木下が指先で頬を掻いた。

「多ければ多いほどいい、というのは間違いありません。でも、確かに何人殺せば目標達成の条件を満たすのかと訊かれると、なんともいえませんね。なんていうか、相場がつかめません」

藤間は、思わず頬を緩めてしまった。日本の犯罪史上、最大級の事件を起こそうというのに、相場などというビジネスライクな言葉が出てきたからだ。

さいたま市大宮区にあるコーヒー専門店「ペーパー・ムーン」。閉店後の店内では、今夜も常連客たちが意見を戦わせていた。

店主の紙谷邦男と梓夫妻は、カウンターの内側でこちらの話を聞いている。アルバイト店員の百代は、テーブルのビール瓶が空になったら近づいてきて、新しいビールを置いていく。そしてまた、カウンター傍でこちらをじっと見つめていた。

「相場はわからない」

池田も苦笑混じりで言った。「先例を参考にするしかないだろう」

「先例って」三枝が強張った声で続ける。「地下鉄サリン事件ですか?」

喉を湿らすようにビールを飲む。しかし池田は素っ気なく首を振った。

「いや。あの事件の死者は、十三名だ。規模のわりに少ない。参考にならないよ」

「なるほど」藤間は、池田の言いたいことがわかった。「9・11か……」

池田がうなずく。

「そう。二〇〇一年のアメリカ同時多発テロ事件では、一説によれば二千九百七十三人が死亡している。そのうち、世界貿易センタービルでの死者は二千六百二人だ。テロ行為が引き起こしたもので、ひとつ——あのビルの場合、ふたつといった方がいいかもしれないけど——の建物で生まれた死者としては、最大級だろう。これを指標にしよう。別にギネス記録の更新を狙っているわけじゃないから、おおよそ二千人も殺せれば、目的は達成できるんじゃないかな」

「二千人」

冬美が腕組みした。「なんだか、多いのか少ないのか、わからない人数ね」

「多いでしょう」

三枝が唇を尖らせた。二千人の死を「少ない」と表現するのは、いくらなんでも不謹慎だと思ったのだろうか。

しかし冬美は、年下の仲間を冷たい目で睨んだ。

「だって、アルバ汐留は週末ともなると、日中八万人から十万人がやってくるんだよ。もちろん十万人が一度に押し寄せるんじゃなくて、延べ人数だけど。それに比べれば、二千人は多いとはいえないでしょ」

さすが、アルバ汐留に出店しているだけのことはある。来館者の数は把握できているようだ。

「多いか少ないかはともかく」池田が割って入った。「難しいのは間違いないでしょう」

「そんなの、わかってるわよ」

すかさず冬美が返したが、池田は小さく頭を振って話を続けた。

「俺が難しいと言ったのは、確実に殺さなければならないからです。さっきも言いましたが、地下鉄サリン事件は、あれだけ派手な事件を起こしたくせに、実際には十三人しか死んでいない。アメリカ同時多発テロ事件だって、ビルを丸ごと粉々にしたわりには、二千六百二人しか死んでいないんです。アルバ汐留にいるのが八万人だろうが十万人だろうが、そのうち二千人を確実に殺すのがどれだけ難しいかは、過去の事例が証明しています」

池田は、あえて「しか」を強調した。自分たちは、世界を震撼させたふたつのテロ事件を超えるほどの大罪を犯そうとしている。その自覚が言わせたのだと、藤間は理解していた。自分たちが直接手を下すわけではなくても、間違いなく実現への道を整えているのだ。

池田の覚悟は、三枝にも伝わったのだろう。人の生死に関わろうとしている医大生は、深いため息をついた。

「毒ガスを撒いても、飛行機で突っ込んでも、確実に殺せる保証はない。そういうことですね」

「えっ」木下が戸惑った声を上げた。「俺たちの武器は、藤間さんが提案したカビ毒だぜ。あれで、確実に殺せるんじゃないの？」

「運用次第だ」藤間が答えた。そしてすぐに言い直す。「いや、運用というよりは、意識の違いかもしれない」

「意識？」

「そう」藤間はビールを飲みながら、頭の中で説明の手順をまとめた。

「テロの本質は、騒ぎを起こすことそのものだ。今引き合いに出したテロ事件は、騒ぎを起こすことによって国家にダメージを与えようとした。ダメージは、ダメージであればいい。死者の数は多いに越したことはないけど、死なずに重軽傷に留まっても、成果には違いない。

でも俺たちは違う。死者の人数を重視しなければならない計画を立ててしまった。だから武器の使い方が、自ずと違ってくる」

「そうだな」池田がうなずく。「毒ガスは、ばら撒くだけだ。ばら撒いた当人が逃げても、あるいは自爆テロ的に死んでも、毒ガスによって何人死ぬかは予想できない。飛行機でビルに突っ込むのに至っては、ビルの中に何人いるかさえわからない。目的はビルを壊して国家に衝撃を与えることであり、死者の数を稼ぐためじゃない」

「そういうこと」

藤間が仲間たちを等分に見た。

「毒ガスや爆弾なんてものは、広範囲にダメージを与えて多くの人間に被害をもたらすことはできるけれど、確実に殺すには不向きとさえいえるんだ。では、俺たちのトリコセテン・マイコトキシンはどうだろう。皮膚に触れさせれば、微量でも死に至る。でも、単にばら撒いて逃げるだけなら、結局何人死ぬかわからない。俺たちのテーマが確実に殺すことなら、大勢を一度にじゃなくて、一人一人を狙うべきなんだ」

「えっ」冬美の声は、喉に引っかかったようにかすれた。「藤間くん。それって……」

藤間はうなずいてみせた。冬美に対してではなく、離れたところからこちらを見ている百代に対して。

「そう。モモちゃんが起こそうとしているのは、テロ事件じゃない。殺人事件なんだ。ターゲットは常に一人だ。一度に二千人を殺すんじゃなくて、一人の殺人を二千回くり返す。モモちゃん。君は、二千人を、一人ずつ確実に殺していく必要があるんだ」

第七章　憧憬

藤間たちは、ただ成り行きを見ていた。

非常ベルが鳴り響いたとき、藤間たちは北館の三階にいた。そば屋など、比較的香りの穏やかな料理を出す店が入っているのが、北館の三階だ。一方、隣接する北中央館の三階では、エスニック料理やカレーなど、香りの強い料理が供されている。

非常ベルが鳴ったとき、それがどこから鳴っているかは、咄嗟には判断できない。けれど藤間にはわかっていた。いや、あらかじめ知っていたというべきかもしれない。池田が立案し、五人委員会のメンバーが吟味した計画では、最初に非常ベルが鳴るのは北中央館の三階、タイ料理店「カオヤイ」なのだから。

帰るべきなのだ。

百代が引き返せない道に踏み出してしまった以上、自分たち五人委員会は、事態に関わるべきではない。元々そういう取り決めだったし、こども休憩室の前に警備員が貼りついている光景を目にしたときにも話をした。帰ろうと。

そうでなくても、自分たちは木下の死という厄介な問題を抱えている。五人委員会のメンバーとして、百代に協力した木下。彼が自殺とも他殺とも取れる状況で死んでいる。彼の死とアルバ汐留の事件との関連性を疑われないためにも、自分たちがアルバ汐留にいたという事実を消して、さいたま市内のアパートから一一九番通報しなければならないのだ。

にもかかわらず、藤間たちの足は自然と北中央館に向かっていた。誰も言葉を発しないけれど、考えていることは、あるいは無意識のうちに考えていることはよくわかる。

「実践だ」

かつて池田はそう言っていた。自分たちが知恵を絞った、百代の大量殺人計画。それは、本当に実践されているのか。実践されているのなら、どのように？

この感覚を表現するのなら、大好きな小説が実写映画化されるというのが最も近い。あのシーンは、どのような映像になるのか。そういった野次馬的な感覚だ。誰も言葉を交わすことなく、自然と足が北中央館に向かった。

そして目にしてしまった。カオヤイから煙がもくもくと噴き出している光景を。

ただの火事ではない。非常ベルが鳴ったばかりにしては、煙の量が多過ぎる。煙の色も不自然だ。発煙筒によるものだということは明らかだ。

まず、数人が逃げ出した。数人で止まったのは、入口で煙が発生したから、他の客は煙のない奥に移動したのだろう。外に出たのは、入口付近にいた人間だけだ。

少し離れたこの場所にも、中の騒ぎが聞こえてきた。意味をなさない悲鳴。立ち込める煙で、店内は視界が利いていない。そんな中、百代は淡々と来店客にカビ毒を塗りつけているのだろう。

また幾人かの客が通路に出てきた。よろめいたり、咳き込んだり、のたうち回ったりしている。そんな中、ラッシュガードパーカーにサングラス、マスクという出で立ちの人影が交じっていた。

「あ……」

声を出しかけて、冬美が自らの口を押さえた。言ってはならない。名を呼んではならない。あれは、百代だ。間違いない。彼女は決行したのだ。

こども休憩室では、入口に警備員が立っていたという状況証拠でしか、計画のスタートを類推できなかった。けれどカオヤイは違う。決定的な証拠を目にしてしまった。店内では、すでに数十人が死体となって、あるいはもうすぐ死体になることが決定している状態になって、転がっている。

現実になっている。

自分たち五人委員会が嬉々(きき)として練りあげた、一人で二千人を殺す計画。喫茶店のテーブル上にあったものが、今現実となって目の前でくり広げられている。

藤間の全身が総毛立った。

恐怖？

興奮？

悔恨？

歓喜？

そのどれでもなく、そのすべてが一体となったものが、藤間を襲っていた。最も正しい表現を選ぶとするならば、物理的衝撃だ。目の前の光景が、質量を持った物体として藤間にぶつかってきた。それが故の鳥肌だった。

股間がむず痒い。恐怖のあまり縮こまるべきなのか、それとも歓喜のあまり勃起すべきなのか。股間が選択に迷っているようだ。要するに、藤間を襲っているのは、そのような混沌だった。藤間は動けず、ただ目の前にくり広げられる光景を見つめていた。コーヒー専門店のアルバイト女性が引き起こした光景を。

よろめく百代は、隣のパラワンの前に出た。店員らしい男性が声をかける。東南アジア系と思われる顔だち。おそらく百代は「助けて」と答えているだろう。そして、さりげなく店内の様子を確認する。

「カオヤイの後どうするかは、現場の状況次第だ」

ペーパー・ムーンで、池田はそう言った。

「カオヤイの惨状は、すぐには他の店に伝わらないかもしれない。だったら、もう一軒くらいは同じことができる。時間的にみて、さらに一軒は難しいかもしれないけど」

「まあ、せいぜいプラス一軒でしょうね」

木下が腕組みをする。「でも、その一軒は問題ないと思います。今どき、非常ベルくらいで慌てたりしません。目の前で炎が上がっていないかぎり、『ああ、どこかで鳴ってるな』くらいにしか思わないでしょう。通路に煙は流れますけど、店の奥にいれば気づかない可能性が高いですし。心配なのは、カオヤイの中では悲鳴が飛び交うでしょうから、その声が隣に響くことですね。さすがに悲鳴が連発して聞こえたら、客も動揺するでしょうから」

「あそこは、けっこう壁が厚いよ」

冬美がコメントした。「うちみたいに出入口を広く取ってある店だと、音が外に流れやすい。だけど、レストランは出入口を狭くしてあるでしょ。そして奥行きが広い。隣の店の、しかも奥にいたら聞こえないと思う」

「まあ、事前に実験することはできませんから、状況次第ですね」

池田がまとめた。テーブルの上のフロアガイドを指し示す。

「カオヤイの隣には、パラワンがある。次に狙うのなら、ここだ。ここも留学生のアルバイトをたくさん雇っている。カオヤイと同じだ。パニック状態の日本語を聞き取るのは難しいだろう。迅速で的確な行動を取れない。邪魔されずに犠牲者を稼ぐことができる」

木下と冬美の予想は当たったようだ。店員がカオヤイに注意を向けた隙に、百代はパラワンに入り込んだ。すぐに煙が上がる。中では、カオヤイの悲劇が再現されるだろう。

自分たちは、見てしまった。自分たちが協力して練り上げた計画。それによって人間がばたばたと死んでいく光景を。

藤間はそっと仲間の様子を窺った。彼らは、どのような反応をみせているのだろうか。

池田は無表情だった。ただ、少しだけ顔が赤くなっている。興奮、あるいは高揚が彼の精神を支配している。実践と言い、自分の考えを形にしたいと言っていた池田が、まさしく自分が望んだものを目にしている。けれど、ホンモノの迫力に怖じ気づいた様子はない。死体をすぐ傍で見ていないからかもしれないけれど、少なくとも現在の池田に、動揺は見られなかった。

冬美もまた、無表情だった。日焼け止めを厚く塗った顔は、顔色がわかりづらい。それでも、普段とは目つきが違った。やはり動揺や恐怖の色は浮かんでいない。むしろ、興奮していた。瞳が濡れているのは、泣いているためではない。あえていえば、感動だ。冬美は、机上の計画が現実のものになったことに、単純に感動している。藤間にはそう見えた。

藤間はさらに眼球を動かして、三枝を視界に捉えた。三枝はどうか。殺人に対して最も葛藤していた医大生は。

三枝の顔は、はっきりと引きつっていた。館内は空調が効いていて、とても涼しい。けれど彼が青ざめているのは、寒さからではない。三枝は恐怖していた。池田や冬美と違って、彼は自分が手を貸した計画が実行されてしまったことに衝撃を受けている。後悔しているかどうかまではわからない。いや、まだ彼の精神はそこまで行き着いていないだろう。まだ、単純に衝撃を受けて恐怖している段階だ。今からさらに被害は広がる。その際に三枝がどのように反応するかは、予想できない。

「藤間くん」

突然、冬美に呼びかけられた。顔を年上の女性に向ける。「なんです？」

冬美は濡れた瞳を藤間に向けてきた。「ひどい顔してるよ」

「えっ？」

藤間は自分の顔を撫でた。ひどい顔って？

池田が笑みを作った。「現物を見て、怖じ気づいたか？」

怖じ気づいた？　自分が、恐怖しているというのか？

藤間は、自らの精神を探った。自分は今、恐怖しているのか。

いや、そんなことはない。先ほど自分の精神状態は確認している。明確な恐怖を感じているわけではない。この場所にいるかぎり、自分の身に危険が降りかかってくることもない。では、なぜ自分はひどい顔をしているのか。

理由はわかっている。危機に瀕しているのは、自分ではなく別の人物であることを知っているからだ。

広田依子。将来的には結婚も考えている、藤間の恋人。彼女がアルバ汐留にいるからだ。依子は、先ほど北中央館一階の宝飾店、ターコイズ・アイにいた。つまり、この真下に。

百代はまだ、毒物を一階に撒き散らしてはいない。藤間が抽出させ、三枝が製剤化させた毒物を。それでも、依子が災禍に遭う危険性は高いとみなさなければならない。

「そうだな」藤間は小さな声で言った。「怖い。ちゃんとした理由があるから」

藤間の答えに、仲間たちが怪訝な顔をした。意味がわからないと。藤間は説明しなかった。

「動こう」

百代が攻撃範囲を広げる前に、依子を避難させなければならない。

藤間たちは北中央館の北端、エレベーターホールの入口にいる。

さすがに並んだ二軒から煙が噴き出せば、来館者は異常に気づく。いや、それどころではない。店から逃げ出してきた客が、ぐったりしているのだ。すでに動かなくなった人間もいる。それまでは煙が噴き出す光景を携帯電話のカメラで撮影していた連中も、慌てて逃げ出すだろう。土曜日の昼どきだ。レストラン街の人口密度は高い。彼らが一斉に逃げたらどうなるか。木下でなくても、パニック状態になることは想像がつく。

ということは、ここも危ない。煙が噴き出ているのは、カオヤイとパラワン。どちらも、北中央館の中では北館に近い。その周辺から逃げようとしたら、より近い北館に向かって走るだろう。ここは、避難の動線に当たる。

全員が瞬時に状況を呑み込んだ。ここにいては、巻き添えを食う。

「行こう」

池田が早口で言った。北館を指し示す。元々は、北中央館から一階に降りるつもりだった。けれど百代が行動を開始してしまった以上、向かう先にはカビ毒が散乱している。足を踏み入れるわけにはいかない。

エレベーターホールから北館に抜けよう。目の前のエレベーターは使えない。万が一、服にカビ毒を付着させた人間が乗り込んだら、逃げられないからだ。

北館の奥にもエレベーターはある。自分たちが乗って三階まで上がってきたエレベーターだ。しかしあのエレベーターは、すぐ傍にこども休憩室がある。ここに至って、使用可能な状態にあるとは思えなかった。

北館の階段を使うべきだ。来館者たちが殺到したときに、将棋倒しになる危険性が高いのはエスカレーターだからだ。エスカレーターは横幅が狭い。上で誰かが転んだら、逃げようがない。階段の方が、まだ横幅がある。何があっても対処しやすい。もっとも、百代が北館にまで罠を仕掛けているか、確認できていない。罠が仕掛けられていれば、エスカレーターはアウトだ。というか、アウトにするために罠を仕掛けたのだから。一方、階段には罠を仕掛けないことにしていた。百代自身が使う必要があるからだ。

「来たっ！」

池田が鋭い声で言った。自分たちのいる場所と二軒のレストランの間にいた来館者が、慌てて走りだしたのだ。こちらに向かって。

「きゃっ！」

冬美が悲鳴を上げた。走ってきた若者が、冬美に衝突したのだ。冬美はもんどり打って転倒した。若者はさらに数歩たたらを踏んでから、前方に転んだ。

「すっ、すすすみませんっ！」

謝る程度の余裕はあったようだけれど、謝罪で余裕は使い果たしてしまったようだ。自分が怪我をさせたかもしれない中年女性の様子を確認することもなく、そのまま進行方向に向かって疾走を再開した。

さらに数名の来館者が駆けてくる。そういえば、スペインかどこかに、突進してくる牛から逃げる祭があった気がするな。そんなことを考えながら、藤間は壁際に下がって、逃げる来館者たちをやり過ごした。池田も同様だ。

「大丈夫ですかっ！」

三枝が冬美に駆け寄った。幸い、後続の走者に踏みつけられはしなかったようだ。尻を押さえながら立ち上がる。「大丈夫」

どうやら尻餅で済んだようだ。安堵したところで、館内放送を知らせるジングルが鳴った。

『ご来場のお客様に申し上げます。館内で、事故が発生いたしました。お客様におかれましては、速やかに館内からの退出をお願い申し上げます。館内で、事故が発生いたしました。速やかに館内からの退出をお願い申し上げます』

まず日本語のメッセージが流れ、続けて英語で同じ内容が告げられた。韓国語と中国語はわからないけれど、同じだろう。少しの間を置いて、またジングル。先ほどとは違うメロディだ。

『業務連絡。業務連絡。各店舗のスタッフは、お客様の安全な避難にご協力ください。お客様を南館の一階に誘導して、そこから退出していただきます。くり返します。スタッフはお客様を、南館の一階に誘導してください』

藤間は池田と顔を見合わせた。

予想どおりだ。まず、北館の一階で事件が起きた。続いて発生したのは、北中央館の三階だ。こども休憩室の惨劇が毒物によるものだと、すでに警察は見当をつけているだろう。毒ガスである可能性も考えると、風上に当たる南側に誘導するのは当然のことだ。つまり、延べ数万人の来館者たちは、南館の一階へ向かうことになる。

もちろん南館の出入口付近には、多数の警察官がいる。避難者たちがそこに到達するまでの密集した状態こそが、自分たち五人委員会の狙いだった。

しかし。

「まずいな」

池田が藤間にだけ聞こえる声で言った。「業務連絡とはいえ、客たちを南側に逃がせという指示を聞いてしまった。俺たちは今から北側に逃げようとしている。不自然に映らないかな」

「うーん」

藤間はカオヤイ付近を眺めながら答えた。

「大丈夫だとは思うけど。ここいら辺りは、すでにパニックになっている。見ろよ、南側に逃げた連中だって、指示を聞いた結果じゃない。たまたま向こうにエスカレーターが見えたから、そっちに向かって走っただけだ。木下くんならもうちょっと自信を持っていえると思うけど、慌てた俺たちが南北の区別が付かずに北に向かっても不自然じゃないと思う——あっ」

最後に声が裏返ってしまった。たった今指摘したエスカレーター。そこで来館者の一人が転倒したのだ。エスカレーターの横幅は狭い。転倒した人間が前の客に追突し、その後は玉突き状態になった。ドミノ倒しというよりも玉突き事故といった方が、見た目には近い。いや、表現はどうでもいい。問題は、自分たちが予想し、恐れた事態がまさに実現してしまったことだ。予想とはこれからの展開を決めるものであり、恐れたというのは自分たちが巻き込まれる危険性を示したものだ。自分たちは巻き込まれていない。だから考えるべきは、これからの展開の方だ。つまり、百代の動き。

パラワンから、人影が現れた。ピンクのラッシュガードパーカー。大きめのサングラスに、大きめのマスク。アポロキャップ。百代だ。

百代はカオヤイから出たときとは、動きがまるで違っていた。よろめいた演技はしていない。俊敏なアスリートの動きだ。通路に出た百代は、周囲がすでにパニック状態に陥っていることを、瞬時に把握したようだ。エスカレーターに目を向ける。そこで起こっていることを確認して、すぐにダッシュした。次の攻撃対象は、北中央館のエスカレーターだ。そのための武器も、用意してある。

「行こう」

池田がまた言った。アナウンスうんぬんとは関係なく、南方向であんな事故が起きたのだ。北館の方に逃げるのは、むしろ自然なことだといえた。腕時計で時刻を確認する。十二時四十三分。どうだろう。警察はもうすべての出入口をシャットアウトしているだろうか。早く動かなければ。

しかし、異様な唸り声が藤間の動きを止めていた。

なんだ？

一瞬、その正体がわからなかった。それほど、異様な声だったからだ。

唸り声を上げたのは、三枝だった。蒼白な顔を引きつらせた医大生は、伸びきったゴムが解き放たれるように走りだした。

百代の後を追って。

／／／／／／／／／／／／／／／／／／

菊田真樹子は、目にしている光景が信じられなかった。

買い物を済ませ、こども休憩室にいるはずの孝雄と友里亜を迎えに移動している最中だった。真樹子が買い物をしていた「クレイドル・ツリー」は南館の二階にあり、こども休憩室は北館の一階にある。だから迎えに行くためには、ほとんど施設を縦断しなければならない。その途中、北中央館に入ったところで、非常ベルが鳴り響いたのだ。

いったい何があったのか。

訝しみはしたものの、慌てて走りだしたりはしなかった。非常ベルが鳴ったところで、急に我が身に危険が迫るわけではないだろう。吹き抜けから首を突き出してぐるりと周囲を見回したら、非常ベルの原因はすぐにわかった。三階から煙が出ているのが見えたからだ。自分の立っている位置からは、少し北寄りの場所。北中央館の三階はレストラン街だ。どこかの店でボヤでも発生したのだろうか。

「どうしようかな」

つい独り言が口をついて出た。今いる場所は二階。目的地は北館の一階だ。三階でボヤが起きたのなら、このまま北中央館の二階を素通りするか、安全をみて一階に降りて水平移動した方がいい。でも、ボヤならばちょっと覗いてみたい気もする。持ち前の野次馬根性が頭をもたげてきた。真樹子はスマートフォンを取り出した。もう一度孝雄を呼び出す。けれど、やはり電話はつながらなかった。

まだ寝ているのなら、もう少し時間がかかってもいいよね。

平日の疲れがたまっているのだから、できるだけ長い時間眠らせてあげよう——そんな理屈をつけて、真樹子は火事場見物に行ってみることにした。幸い、目の前にエスカレーターがある。ちょっとくらいなら、いいだろう。そう考えて、上りエスカレーターに乗った。

三階に上がってみると、煙の発生源は、やはりレストランだった。東南アジア風——真樹子にはそれがインドネシア風なのかタイ風なのか区別がつかない——にデザインされた店の中から、もうもうと煙が噴き出している。そして何人もの来館者が、レストランを遠巻きにして携帯電話を向けていた。電話をかけているわけではない。みんな、レストランに向けて携帯電話を突き出すようにしている。内蔵されたカメラで撮影しているのだ。レストランの中では店員が大慌てで火を消そうとしているだろうに、なんて呑気な連中だ——そう考えかけて、自分も似たようなものだと気づく。いや、わざわざ二階から三階まで上がってきたのだから、彼らよりもさらに傍迷惑度合いは上かもしれない。かといって恥じ入るほど繊細でもない。現物を見て満足したら、消火活動が始まるまでにさっさと退散すればいい。

とはいえ、これまたひどい感想だけれど、煙は思っていた以上の迫力があった。見応えがあるとでもいおうか。炎は見えない。それなのに煙はどんどん噴き出してくるのだ。もくもくと、という古典的な表現がぴったりな光景。これならば、非常ベルも鳴るはずだ。

そう思った瞬間、恐怖が背筋をわしづかみにした。火災に巻き込まれる恐怖ではない。火事で非常ベルが鳴ったのなら、次の展開はスプリンクラーが作動して、辺り一面に水を撒くことだと思い至ったからだ。自分は今、友人の出産祝いを手に持っている。苦労して手に入れたのだ。これが水浸しになってしまうことだけは避けたかった。

来るんじゃなかった。火災のときにスプリンクラーがどのように作動するのか、自分は知らない。ボヤを出した店内だけに水を撒くのかもしれないし、周辺の店や通路まですべて濡らしてしまうのかもしれない。ここにいれば、被害を被る危険性は、決して低くない。真下の二階も万全ではない。水がしたたってくるかもしれないからだ。

しかし、いくら何でも一階にまで危害が及ぶことはないだろう。吹き抜けの真下にでも行かなければ、大丈夫だ。スプリンクラーが作動する前に、一階に避難しなければ。

真樹子が立っていたのは、エスカレーターの降り口から少し現場に近づいたところだった。下りエスカレーターに乗るには、反対側に回り込まなければならない。きびすを返す直前に、視界に人影が映った。煙をかき分けるように、店内から人が出てきたのだ。

それだけならば、不思議なことは何もない。火事が起きたら店から逃げだす。当たり前のことだ。にもかかわらず真樹子が足を止めたのは、逃げてきた人の動きが、あまりにも異様だったからだ。

煙に巻かれたのだから、顔に手を当てているのはいい。視界が利かなかっただろうから、ふらふらするのも仕方がないだろう。煙を吸ってしまったのなら、咳き込むのも納得がいく。けれど、店を出た途端に倒れるというのは、いったいどういうことだ？

しかも、倒れた後の動きも異常だった。身体の一部を押さえてのたうち回っている人間がいれば、倒れたまま動かない人間もいる。食事をしていたら店が火事になって、慌てて出てきた人間の動きではなかった。

なんだ、これは。

得体の知れない恐怖が、真樹子の身体を硬直させていた。頭の中では危険信号が明滅しているというのに、足が動かない。ただ、店から噴き出す煙と人間を見つめるだけだ。そうこうしているうちに、その隣の店からも煙が噴き出し始めた。

逃げろっ！

新たな煙の出現という映像が、真樹子を覚醒させた。いや、より鮮烈な恐怖が頰を張り飛ばしたのだ。真樹子は煙に背を向けると、小走りに下りエスカレーターに向かった。

ところが。

背後に妙な気配を感じて振り返ると、何人もの来館者たちがこちらに向かって走ってくるのが見えた。そのうちの一人が、通路に立っていた若い女性にぶつかった。女性ははじき飛ばされるような恰好で転倒して、傍にいた男性を下敷きにした。走ってきた来館者が、それほどの勢いだったということだ。

「えっ？　えっ？」

なんだ。どうして自分が追いかけられなくちゃいけないんだ。

まったく状況が理解できない。けれど大勢が向かってくる姿には、ほとんど物理的な圧力があった。その圧力に押されるように、真樹子は駆けだした。自分の進行方向と追っ手の進行方向が同じだったのが幸いして、追いつかれる前に下りエスカレーターに到達した。

「ふうっ」

無意識のうちに左側に寄って、足を止めた。関東地方では、エスカレーター上を歩かない場合は、左側に立つことが暗黙のルールになっている。友里亜を産んでから、明らかに運動不足だ。たったこれだけの疾走で、息が切れてしまった。

エスカレーターで二階へ下りながら、振り返って三階を見上げる。煙はまだ噴き出し続けているし、周囲にいた来館者たちはまるでパニックに陥ったかのように大騒ぎしている。

あの煙は、いったい何なんだろう。

真樹子は、火事場に遭遇した経験はない。だから火災の際にどのような煙が出るのかは、テレビニュースでしか見たことはなかった。だから曖昧な記憶しかないわけだが、あんなに白かっただろうか。映像では、もっと黒く濁っていた気がする。そして店を出るなり倒れた来店客たち。はっきりとはわからないけれど、何かがおかしかった。

真樹子は首を振った。わからない。でも、もう安心だ。煙の正体など、わからなくてもいい。自分が逃げることができたことが重要なのだ。どうせなら、孝雄に見せるために写真の一枚も撮っておくべきだったか。いや、それを実践していた連中は、自分の目にも見苦しかった。あの一人にならなかっただけ、マシというものだろう。

三階に上がったのは間違いだった。それでもこうしてちゃんとリカバーしたのだから、もう過去のことだ。真樹子はそう考えたけれど、実は終わりではなかった。背後からだんだんという音が響いてきたのだ。反射的に振り返る。すると、自分を追ってきた来館者たちが猛烈な勢いでエスカレーターを駆け下りてきたのだ。

「ひっ！」

思わず身を硬くする。けれど駆け下りてきた連中は、エスカレーターの右側を通っていた。エスカレーターを歩くときには、右側を。それが関東地方のルールだ。いくら慌てていても、馴染んだルールに身体が従ったようだ。手に持ったクレイドル・ツリーの手提げ袋を、急いで身体の正面に寄せて、ぶつかられるのを防ぐ。ここで出産祝いを台無しにしたくはない。

数人の若者が、ものすごい勢いで真樹子の横をすり抜けて、二階へ降りていった。

すでに数人の若者が二階に到達していた。そのまま止まらずに走り去る。なんとまあ、慌てていることか。確かに、三階のレストランは異常だった。それでも、ここまで慌てる必要があるのだろうか。そこまで考えて、真樹子は思い至った。彼らは、自分よりももっと近くで煙を見ていた。携帯電話で撮影していたら、さらにじっくり見つめたはずだ。店から出た途端に倒れた人間も、はっきりと見たことだろう。もし店内の様子がひどいものだったら。そして倒れた人間が悲惨な状態だったら。気楽に撮影などしている場合ではない。自分だってパニックに陥って駆けだしているかもしれない。真樹子はもう一度振り返った。あそこでは、大惨事が起きている？

振り返ったため、エスカレーターの後続も見えた。真樹子の後ろは、通勤時間帯の駅のような混雑だった。自分のように立ち止まってエスカレーターに運ばれている人間もいるし、慌てた様子で駆け下りていく連中もいる。パニックとはまともな理性が働かない状態のはずだけれど、それでも整然と二列になっているのは、やはり日本人だなと妙な感想を抱いた。

しかし。

呑気に構えていられない状態が発生した。エスカレーターを駆け下りていた一人が、脚をもつれさせたのだ。小太りの青年だ。色白の顔を紅潮させている。額が汗で濡れているところまで、真樹子の場所からもはっきりと見て取れた。日頃運動していない人間がいきなり走ったから、脚がついてこられなくなった。そんなストーリーが容易に想像できる。青年の上体が前方に投げ出された。そのまま前を駆けている人間に激突した。青年が重かったためか、そうでなくても前の人間――こちらは金髪の痩せた青年だ――も限界に近かったためか、金髪の青年も前につんのめった。その頃には、小太りの青年はエスカレーターの上で転がり始めていた。

まずいっ！

身を強張らせたときには、すでに遅かった。エスカレーターの上流では、立ち止まっていた人間も駆け下りていた人間も一緒になって前方に倒れていった。真樹子は、リアルな将棋倒しをはじめて見た。そしてそれに自分が巻き込まれる光景も。

背後に意識を向けていたため、自分が後どのくらいで二階に到着するかわからなかった。わかっていたら、飛び降りるという選択肢もあっただろう。けれど現実の真樹子は、二階まで三段を残したところで将棋の駒になってしまった。パニックが始まったとき、真樹子は先頭を切って逃げていた。だから三階の惨事からいち早く距離を取れた。しかしエスカレーターでは、悪く働いた。勢いも重量も最大の状態で、土砂崩れのような将棋倒しに、真樹子はなすすべもなく巻き込まれた。

「きゃっ！」

手から手提げ袋が飛び、両手が床に叩きつけられた。そのおかげで、なんとか顔面は護ることができた。しかし、護れたのは顔面だけだった。次の瞬間には、脚に激痛が走った。背後にいた来館者が、真樹子の脚に乗っかってきたのだ。そのため真樹子の脚はエスカレーターの最下段に押しつけられる形になった。エスカレーターの最下段とは、収納される部分だ。スニーカーが引っ張られる感覚があった。

巻き込まれる？

ぞくりとした。たたまれるエスカレーターに足が巻き込まれて、潰されてしまう？

そうはならなかった。巻き込みを検知したのか、エスカレーターは自動的に停止した。

助かったか。安心したのもつかの間、次の災難が襲ってきた。両手を床について脚にのしかかられている状態で振り返った真樹子が見たものは、急にエスカレーターが停止してしまったために慣性がついて落ちてくる、大勢の来館者たちだった。

逃げなければ。懸命に脚を抜こうとする。抜けた。両手で這うようにして前に進む。エスカレーターから距離を取った。といっても一メートル程度だったけれど、それで十分だった。先ほど真樹子の脚にのしかかっていた、額がかなり後退した中年男性が、降ってきた来館者たちの下敷きになった。

「があっ！」

叫び声が聞こえた。それなりに大声だったはずなのだが、真樹子の耳にはそうとは感じられなかった。なぜなら、周囲は同じような叫びに満ち溢れていたからだ。

真樹子はじんじんとしびれる両手を護るように、身を起こした。エスカレーターの方を向いて床に座り込む。

ひどい目に遭った。もっとも、自分の野次馬根性が生み出した結果だ。他人を責めない程度の分別は、まだ残っている。どうやら、大怪我はしていないようだ。エスカレーターでの将棋倒しという、テレビニュースでもあまり見られない事件に遭遇しながらなんとか無事だったのだから、幸運だったといっていいだろう。事実、停まってしまったエスカレーターに残っている連中は、折り重なるようにしてうめいている。あの一員にならなかっただけ、よしとしなければ。

助かったとわかって、真樹子の心にゆとりが生まれた。えっと、クレイドル・ツリーの手提げ袋はどこだ？　せっかく友人の出産祝いに買ったのだ。探し出さなければ。

真樹子が周囲を見回すと、見覚えのある手提げ袋がエスカレーターの傍に落ちていた。あれだ。取りに行かなければ。

立ち上がって、手提げ袋を取りに向かう。エスカレーターの脇には金属製のゴミ箱があり、手提げ袋はそのすぐ傍まで飛んでいた。せっかく買ったのに放り投げてしまった。でも考え方を変えれば、手に持ったままだったら、自らの手で床に叩きつけていたか、他の来館者に潰されていたかもしれない。遠くに投げて出産祝いを護ったというい い方もできる。結果オーライとはいえ、これでよかったのだ。

あれ？

真樹子がかがんで手提げ袋を拾おうとしたとき、その傍らに注意が向いた。茶色い紙袋が落ちていたからだ。手提げ袋を拾い上げる。角が当たって茶色い紙袋が倒れた。

見覚えがある。自分はこの紙袋を知っている。思い出そうと努力するまでもなかった。大手ファストフードチェーンのロゴが見える。菊田家でもときおり利用する、見慣れた紙袋だ。ここ、アルバ汐留に入っているかどうかは知らないけれど、都心で目にすることは珍しくない。

そう。紙袋があること自体は問題ではないのだ。ゴミ箱に入りきらなかった、あるいは捨てたつもりがゴミ箱の脇に落ちてしまったのであっても、茶色い紙袋が落ちていること自体は。問題は、倒れてしまった紙袋から転がり出てきたものだった。

風船？

少なくとも、真樹子の目にはそう見えた。商いを行っている場所では当たり前に見られる、風船。色は赤だ。ファストフードの紙袋から出てきただけあって大きくはないけれど、丸く膨らんでいる。それが、数回転して、割れた。

風船が割れる瞬間を、人間が目で追うことはできない。だから真樹子が認識したのは、ぱんという軽い音と、瞬時にして風船がなくなってしまったことだけだ。行動を起こせる時間はない。ただ見ていただけだ。逆にいえば、一連の流れをずっと見ていた。風船が割れた後に、白っぽい煙が広がったのも。

ぞくりとした。

「ごおっ！」

すぐ傍に倒れていた女性が声を上げた。両手で顔を押さえる。目の辺りだ。まさか、白っぽい煙を浴びてしまったからか？

女性だけではなかった。エスカレーターの降り口近くに倒れたり座り込んだりしている人間が、次々と苦しみ始めたのだ。

なんだ、これは？

いきなり身近で生じた変化に、真樹子は反応できなかった。それでも、このような光景をついさっき見たのを思い出した。そう。三階のレストランから逃げだした客が、ちょうどこのように苦しんでいた。まさか、ここでも？

突然、左手に衝撃が走った。

最初は、殴られたのかと思った。反射的に左手を見ると、近くには誰もいない。それでも焼けるような痛みが左手を襲ってきた。手提げ袋を持っていられなくなって、取り落とす。左手を目の前にかざす。変化は何もない。ただ、痛いだけだ。無意識のうちに右手を左手に当てる。途端に、右掌も同様に痛みだした。

「ぐうっ！」

あまりの痛みに声が出た。床に膝を突く。体勢が低くなったら、今度は半袖の腕にも激痛が走った。

痛い。

痛い。

なんだ、これは。

とにかく痛い。水で洗いたい。洗面所に行こう。どこだ。案内板を探して左右を見回すけれど、こんなときにかぎって見つからない。

助けを求めるように、顔を上げた。目の前には、自分が乗ってきたエスカレーター。停止してしまったエスカレーターは、上三分の一くらいを残して、人間で埋まっていた。三階を走る連中はエスカレーターに乗ろうとするけれど、状況を把握すると、そのまま南中央館の方に走り去っていった。

いや、全員じゃない。

同じように通路を走っていた一人が、エスカレーターの乗り口で方向を変えて、エスカレーターを下り始めた。ただし、階段状の場所ではない。手すりのさらに外、金属製のスロープを下り始めたのだ。

ええっ？

真樹子は一瞬痛みを忘れて見入っていた。確かに、階段部分は人が折り重なるように倒れているから、通れない。だから脇のスロープを降りることにしたのだろうか。見るからに危ない。あれでは、二階にたどり着くまでに足を滑らせて、転落してしまいそうだ。

降りているのは、女性に見えた。黒地にピンクのラインが入ったラッシュガードパーカーを着ている。アポロキャップも同じ色使いだ。肩にかけたトートバッグもピンクだった。大きめのサングラスにマスクをしているから、顔はわからない。でも、そのような色使いの服装をしていて、身体全体も華奢（きゃしゃ）な印象を受ける。間違いない。女性だ。

スロープを下りながら、女性が手袋をした右手を、トートバッグに突っ込んだ。抜き出された手には、ボトルが握られていた。白、いや、半透明か。ボトルの先には、管のようなものが付いている。スポーツ時にアイソトニック飲料を飲むときに使うボトル、あるいはお好み焼き屋でソースやマヨネーズが入っているボトルに似ていた。

女性が握ったボトルを階段部分に向けた。ボトルの先に付いた管から、液体が飛び出した。その先には、倒れている来館者たち。

「があっ！」

来館者の一人が叫び声を上げた。女性は滑り降りながら、エスカレーターの上で倒れている人間に向かって、次々に液体をかけていった。まるで、焼けたお好み焼きにソースをまんべんなくかけるように、小刻みに手を動かしながら。

「いやああっ！」

「げえっ！」

液体をかけられた人間は、次々と叫び声を上げた。かかった部分を手で押さえる。次の瞬間には慌てて手をどけ、手を振った。掌にも液体が付いたからだ。あの反応は、今の自分と同じだ。

自覚した途端、先ほどよりも遥かに強い痛みが真樹子を襲ってきた。それでも顔を上げる。あいつか？　あいつがレストランに火事を起こし、風船におかしな煙を仕込み、エスカレーターの人間を苦しめているのか。女性は、すでに二階まで降りていた。降り口近くで苦しんでいる人間たちに、あらためて液体をかける。その顔が、こちらを向いた。

真樹子の身体が硬直した。まるで蛇に睨まれた蛙のように動けない。大きめのサングラスとマスクのおかげで、顔はわからない。表情もだ。それなのに、真樹子には女性が微笑んだように見えた。ボトルを握った右手を、真っ直ぐにこちらに向けてくる。

液体が、顔にかかった。

／／／／／／／／／／／／／／／／

三枝は駆けだしていた。

明確な意思があったわけじゃない。それどころか、走り始めてから自分がそうしていたことに気づいたくらいだ。

しまった。

走りながら、三枝は自分が地雷原に入り込んでしまったことを自覚していた。カオヤイの前には、すでに何人もの客たちが倒れている。身体にトリコセテン・マイコトキシンを塗りつけられた状態でのたうち回っていたから、床のそこら中にカビ毒が落ちている。靴底で踏んでいる間は問題ない。しかし何かの弾みで半袖でむき出しになった腕や顔に付着してしまったら、強烈な痛みが襲ってくる。

止まるな。このまま駆け抜けろ。その方がかえって安全だ。

自分に言い聞かせながら、三枝はカオヤイと、隣接するパラワンの前を抜けた。幸い、床に倒れている誰も踏みつけず、素肌がどこかに触れることもなかった。

彼らを助けようとは考えなかった。トリコセテン・マイコトキシンは、一度身体に付着してしまったら、治す方法はない。大量の水を浴びせて取り去り、後は対症療法で持ちこたえさせるしかないのだ。この場で全員に対して採れる方法ではなかった。スプリンクラーも、作動のさせ方がわからない。医学生として申し訳ない気持ちはあったけれど、彼らはもう助からない。

三枝は通路を駆け抜け、下りエスカレーターに向かった。

目の前でくり広げられる地獄絵図。すべて計画どおりだ。五人委員会の立てた計画では、書店が入っている北館は捨てることになっていた。南中央館と南館の三階、シネマコンプレックスも標的にはしない。来館者たちを南館一階に向かわせるためには、北中央館の三階から事件を起こした方がいいと結論を出したのだ。

最初の標的は、タイ料理店「カオヤイ」。隣のシンガポール料理店「パラワン」も狙えるかもしれない。でも、店内で発煙筒を焚いて中の客を殺害する方法は、何軒も使えない。一軒一軒を悠長に潰していったら、その間に他の来館者は逃げてしまう。それでは二千人は殺せない。せいぜいが百人といった程度だ。

今からは、逃げ惑う来館者たちを狭い空間に集めて、一斉に殺す方法に切り替えなければならない。

「レストランの次に狙うべきは、エスカレーターだな」

作戦会議を行っていたペーパー・ムーンで、池田が言った。

「カオヤイで事件が起きると、みんな慌ててその場を離れようとする。北館に逃げる奴。南中央館のシネコンに逃げる奴。でも、目の前にあって、しかも下のフロアに行けるエスカレーターに、最も多くの奴らが飛びつくだろう」

池田の意見に、木下が同意した。

「煙は上に向かっていきます。逃げるために下へ降りようとするのは、自然な感情ですしね」

「そう」池田はテーブルに置かれたフロアガイドを指し示した。北中央館のエスカレーターが描かれた箇所だ。

「パニックに陥った客が、エスカレーターを転がり落ちてくれれば楽だ。将棋倒しになって、何十人もの人間が動けなくなる。でも、そうならなくても、エスカレーターの脇には非常停止ボタンがある。大勢がエスカレーターに乗ったところでモモちゃんが非常停止ボタンを押せば、下りのことだ。慣性がついて同じ結果が得られる」

百代は非常停止ボタンを押す必要がなかった。下りエスカレーターでは、すでに多くの来館者が将棋倒しになっていた。さらには、誰かの身体か服が巻き込まれたのか、エスカレーターは緊急停止した。池田の狙いどおり、咄嗟に手すりをつかみ損ねた客は、慣性がついてエスカレーターを落ちていった。なんとか手すりをつかんで持ちこたえた者も、上から降ってくる人間に押されて、結局は落下した。

いけない。あれでは、百代の恰好の標的だ。

すでに百代はパラワンを出て、エスカレーターに向かっている。

止めなければ。

今の三枝を動かしているのは、百代を止めようとする意思だけだった。

五人委員会に参加したのは、軽い気持ちからだった。どうせ実現するはずがないと思っていたし、一人で二千人を殺害するという荒唐無稽な計画を机上で弄ぶ（もてあそぶ）のなら、医学の知識がある自分がいた方が、より精密な計画を練ることができる。遊びならば、よりリアルな方が楽しいではないか。何よりも、計画を立てているときには、百代の傍にいられるのだ。他の多くの客と違って、特別な五人の一人として。

あの頃、自分は百代の覚悟を見誤っていた。日本のどこかにあるフザリウム属のカビを見つけてこいという、藤間が出した無茶な課題。なんと百代は、驚くべき執念でクリアしてしまったのだ。

それだけではない。自家製ビール醸造キットや寸胴鍋を上手に使って、大量培養することに成功した。挙げ句の果てに、培養したカビから、猛毒であるトリコセテン・マイコトキシンを抽出してしまった。いくら藤間の的確な指導があったとはいえ、科学者でもない彼女がやり遂げてしまったことに、三枝は驚いていた。けれどそれは、三枝に覚悟を迫ることでもあった。

「できました」

ペーパー・ムーンで百代がそう宣言したとき、三枝は自分が抜けられない道に足を踏み入れてしまったことに気づいていた。ただの思考実験ではない。本当にカビ毒を造ってしまった。その威力は、河口湖畔での実験で確かめられている。

武器が手に入った以上、百代は実行するだろう。計画の細部まで熟知している自分が、今さら抜けられるわけはなかった。

池田は、驚きながらも百代に最大限の賛辞を送った。彼は、本気で計画の実現を喜んでいた。

藤間は淡々としていた。池田のように積極的に喜ぶことはなくても、実行するのなら協力は惜しまないという姿勢がみて取れた。

木下は池田の反応に近かった。今すぐにでも実行しようと言いだしかねないくらい、百代を焚きつけていた。

冬美は興奮していた。自らが出店している施設で大事件を起こそうとしているのに、気にする様子はまるでなかった。

要は、他の四人は覚悟ができているということだ。自分が関わった計画により、本当に多くの人間が死んでしまうことに対する、覚悟が。できていないのは、自分だけだ。

三枝はそっと顔を上げて、百代を見た。

思わず瞬きをしていた。

百代を美しいと感じたからだ。

もちろん今までだって、可愛いと思っていた。ほとんど一目惚れしたくらいなのだ。顔だちは整っているし、よく動く表情も愛らしかった。彼女に婚約者がいるとわかってからも、可愛いという絶対評価は変わらなかった。

そんな百代を、はじめて美しいと感じた。単に美人という問題ではない。これから両手を血で染めようというのに、三枝が感じたのは高貴な美しさだった。

三枝は百代から目が離せなかった。そして理解していた。自分は、百代に協力し続けるしかないと。

しかしアルバ汐留での三枝は、ペーパー・ムーンでの覚悟が、まったく徹底していなかったことを思い知らされていた。目の前で人が死にゆく光景を目にしてしまったら、覚悟は霧散していた。これ以上、殺させてはいけない。悲劇はもう十分だ。百代を止めなければ。

百代がエスカレーターにたどり着いた。素早く手すりに手をかけて、スロープに乗った。そのまま滑り降りていく。

「あそこのスロープは、幅が広いんだよ」

ペーパー・ムーンで冬美が言っていた。「だから落ちることはない。転ばないよう注意しさえすれば、素早く倒れている連中にカビ毒を塗りつけられる」

「いえ」そう言って首を振ったのは、他ならぬ自分だった。「エスカレーターのスロープから内側にいる人間を狙うのなら、刷毛はダメです。届きません」

「じゃあ、こども休憩室のときみたいにスプレーか？」

木下のコメントにも、三枝は首を振った。

「カビ毒が霧状になるスプレーは、周りの空気が動いていないときにだけ有効です。エスカレーターでは、標的もモモちゃんも動いています。霧状にしたら、自分にもかかってしまう危険性が高いです」

「じゃあ、どうすれば——」

「洗瓶（せんびん）を使いましょう」

三枝は言い切った。「洗瓶っていうのは、柔らかい素材でできたプラスチックボトルに、細い管が付いているものです。ボトルの胴体を握れば、細い管の先から中に入った液体が出てきます。研究室では、水やエタノール、あるいは洗剤なんかを入れて使っています」

「なるほど」品川化学工業の研究所で、日常的に洗瓶を使っている藤間がうなずいた。「確かに、あれが使えそうだな。数十センチから一メートル程度の距離なら、トリコセテン・マイコトキシンを飛ばすことができる。しかも、自分にかかる危険性はほとんどない」

「でも」宙を睨んで洗瓶の形を想像していたらしい冬美が口を開いた。「その洗瓶とやらは、簡単に手に入るの？　専門の業者から買わなくちゃいけないとか？」

冬美の質問に答えたのは、池田だった。

「似たようなものなら、百円ショップにあります」

「百円ショップ？」

「ええ。醬油差しですよ。確か、三枝くんの言ったような、柔らかい素材でできた品もあったと思います。あるいは、お好み焼き屋でソースをかけるやつが」

三枝が指を鳴らした。

「ああ。それ、いいですね。あれなら管の先に蓋が付いているから、使いやすいですよ」

今、百代がトートバッグから取り出したのが、百円ショップで購入した醤油差しだった。中には、刷毛で塗りつけたときよりも粘度を落とした液体が入っている。彼女はスロープを降りながら、順々にカビ毒を来館者にかけていくのだ。

まずい。早く行かないと。ようやく三枝はエスカレーターにたどり着いた。階段部分は来館者が将棋倒しになっているから使えない。百代と同じように、スロープに上った。百代の後を追って駆け降りる。

「――っ！」

駆け降りながら、三枝は決して見たくなかった光景を目にすることになった。百代が醤油差しを握って、将棋倒しになっている来館者にカビ毒をかけている光景を。

ぷつん。

三枝の頭の中で、何かが切れた音がした。

最初にペーパー・ムーンに行った日から、憧れ続けた篠崎百代。彼女が人を殺す姿を目にしてしまったのだ。

ダメだっ！　そんなの、モモちゃんじゃないっ！

三枝は駄々をこねる子供のように、自分が見たものを否定しようとした。百代は、可愛くてちゃきちゃきした、魅力的な女の子なのだ。決して罪もない人たちを冷酷に殺害するような人間じゃない。

だったら、目の前にいる女は誰だ？

知らないよ。とにかく、百代を助けるんだ。二階に降りたら、彼女の腕をつかんで走る。非常階段を降りて、安全な場所まで行ったら、ラッシュガードパーカーを脱がせる。アポロキャップとサングラスもだ。そして喫茶店のアルバイトに戻った百代を、ペーパー・ムーンに連れて帰る。そうしたら、何もなかったことになるのだ。

百代はすでに二階に降り立っていた。エスカレーターの降り口に倒れている来館者たちにカビ毒をかけていく。最後に、膝立ちになっていた二十代から三十代くらいの女性に向けて、醤油差しを握った。おそらくは、このエスカレーターだけで三十人は殺せただろう。三枝が考案した武器は、有効だったのだ。

スロープを滑り降りていた三枝も、二階に近づいていた。あと一メートルばかりで、スロープの傾きが小さくなり、床と水平になる。そうしたらカビ毒を避けるためにジャンプする必要がある。よし、そろそろだ。

ジャンプしようと膝を大きく曲げたとき、百代が振り返った。サングラスが、自分を捉える。

目が合った。サングラスとマスクで隠されていてもわかる、驚愕。なぜ三枝がここにいるのかと。

モモちゃん。もう安心だ。僕が迎えに来たよ。さあ、一緒に逃げよう。

三枝は本気でそう話しかけるところだった。しかしできなかった。突然バランスを崩したからだ。向こうずねにかかる衝撃。百代がトートバッグをこちらに投げつけてきて、それが三枝の足に当たったのだ。刷毛がトートバッグから飛び出て、ジーンズを汚した。しかし気にしている余裕はなかった。大きくバランスを崩した三枝は、そのまま床に転落してしまった。身体を横にして倒れる。二の腕が床に接触し、次の瞬間、猛烈な痛みが襲ってきた。

しまった！

痛みが三枝を覚醒させた。なんてことだ。カビ毒に触れてしまった。

いや、慌てるな。まだ大丈夫だ。刷毛で塗りつけるものと違って、醬油差しに入れたものは粘度を低くしている。紙袋の風船に入れてあったのも、同様だ。そのため、カビ毒の濃度も低くなっている。ちょっと触れただけでは、致死量にならない。すぐに洗えば、皮膚がただれるだけで済む。トイレかどこかで洗おう。周囲を見回して、案内表示を探した。

なかった。いや、正確には見つけられなかった。なぜなら、両目に液体をかけられたからだ。

モモちゃん？

名状しがたい痛みにのたうち回りながら、三枝は憧れの女性に心の中で話しかけた。どうして？　僕だよ。三枝慎司だ。気づかなかったのかな。

でも、もう大丈夫だよ。僕は医学生だ。もし君がカビ毒を浴びてしまったとしても、僕が治してあげる。完治したら、今度こそ僕は君に好きだって言うよ。そりゃあ、五人委員会のみんなとは約束したよ。君を口説かないってね。でも、みんなには悪いけど、そうさせてもらうよ。

意識が混濁してきた。そんな中、医学生としての理性が不意に戻ってきた。

これで、完全に致死量だ。彼女は本番中だったのだ。突然現れた五人委員会など、すでに邪魔な存在にしかならない。さっさと死んで、二千人の一人になってくれ。そう考えるのが当然だ。いや、もっと積極的に殺す理由がある。五人委員会は、このテロ事件の犯人が百代だと知っている。生かしておくわけにはいかない。

意識が薄れてきた。暗闇の中に、百代の高貴な顔が浮かんできた。

モモちゃん。

僕は、役に立てた？

間章

閉店後のペーパー・ムーンで、藤間は話し始めた。

「ゲリラ豪雨」

「都市型豪雨のことを、そんなふうに呼ぶのは知っているだろう？　ごく狭いエリアで、ごく短い時間帯だけ起こる豪雨。ただの雨じゃない。一時間に五十ミリとか百ミリとかのレベルで降るんだ」

冬美が困った顔をする。「五十ミリとか百ミリとか言われても、ぴんとこないな」

「まあ、そうでしょうね」藤間は意図的に苦笑を作った。

「気象庁のホームページに、雨の降り方が載っています。一時間に三十ミリ以上降ると、『バケツをひっくり返したように』と表現されます。道路が川のようになるのも、このくらいからです。五十ミリでマンホールから水が噴き出し始めます。八十ミリになると、息苦しさや恐怖を感じます。辺りが白っぽく見えて視界が悪くなりますから、車の運転は危険を伴います」

「えっと」木下が口を挟んだ。「須佐さんのときは、どのくらいでしたっけ」

「百四十ミリだ」

ううむ、と唸る声が聞こえた。東京都武蔵野市吉祥寺周辺を襲った豪雨は「武蔵野豪雨」と呼ばれ、観測史上に残る災害となった。死亡者二名、負傷者二十七名。浸水被害に遭った家屋や水没した自動車は、共に二百を超えた。そして死亡した二名のうち一名が、須佐達樹だったのだ。

「あの日須佐くんは、地下一階の店舗で開店準備をしていた。歩道から細い階段が降りていて、その突き当たりにドアがあるような店だった」

「『ミシシッピー・リバー』だったかな」池田が宙を睨んだ。「ご機嫌なジャズがかかっている、いい店だった」

「そうだったな」藤間も思い出す。須佐と仲良くなってから、何度か顔を出したことがある。コーヒー専門店であるペーパー・ムーンとはまったく違う雰囲気だったけれど、あれはあれで居心地のいい空間だった。

「ともかく、マンホールから水が噴き出す量の三倍近い雨が、一気に降ったんだ。須佐くんはドアを閉めていたから、店に続く階段は、あっという間に池になった。そしてドアが水の重みに耐えきれずに勢いよく開いて、須佐くんを沈めた」

横目で百代を見る。百代は無表情だった。いや、意識して無表情を作っているのか。婚約者の死を再現しているのだから、その心痛は察してあまりある。けれど、必要な手順だ。

三枝がゆるゆると首を振った。

「ゲリラ豪雨が怖いものだということは、よくわかりました。でも、どうしてそんなことが起こるんですか？」

三枝は医大生だ。理科系ではあるが、気象学は勉強したことがないようだ。おそらく受験科目ではなかったからだろう。もっとも藤間の専門も生化学だから、分野としては天気よりは医学に近い。つまり、自分も気象学については門外漢だ。聞き齧りの知識しかない。

「すごく簡単にいうと、暑いからだ」

「えっ？」

藤間はジャワ・ロブスタのカップを取った。少しぬるくなったコーヒーを半分飲む。

「太陽光が地面に降り注いで、空気を暖める。暖まった空気は軽くなって上昇する。いわゆる上昇気流だな。上昇すると、今度は空気中の水分が冷やされて雲になる。積雲とか積乱雲とかいうやつだ。そいつが雨を降らせる」

おおざっぱな説明ではあるが、それで用は足りる。

「なんとなくは、わかる」文系の池田が小さくうなずく。「でも、ゲリラ豪雨なんて言われるようになったのは、わりと最近のような気がするけど」

「そうだね」藤間もうなずいた。「ヒートアイランド現象が影響しているといわれている」

「ヒートアイランド現象っていうと」三枝が宙を睨んだ。「都会がアスファルトとコンクリートで囲まれていて、しかもエアコンの室外機なんかが熱を発生させるから、気温が上昇するってやつですか」

「そのとおり」見事な説明をほめておいて、先を続ける。「暑ければ暑いほど、大気の状態は不安定になりやすい。積乱雲は発達するし、その結果、雨の量も多くなる」

「ああ、それで」

池田が腑に落ちたような声で言った。「おまえ、この前『ゲリラ豪雨は人災だ』って言ってたな。道路の舗装も、ビルの乱立も、エアコンの濫用も、みんな人間がやったことだ。だから人災だってことか」

察しのいい友人がいると、話が早い。

「うん。ほとんどは、そうだ」

「ほとんど?」

池田が怪訝な顔をする。藤間は通勤鞄を手元に引き寄せた。ファスナーを開けて、中に手を突っ込む。

「それだけが原因じゃないっていう説があるんだよ」

通勤鞄から紙の束を取り出した。テーブルに置く。

「東京環境大学の研究チームが出した論文だ」

「何が書いてあるの？」

冬美が即座に訊いてきた。英語の論文を読もうとは、みじんも思っていないようだ。会社では海外の衣料品を輸入販売しているから、英語は達者のはずなのに。

藤間は苦笑した。今度は自然に出た笑みだ。

「ゲリラ豪雨はヒートアイランド現象が原因なんですが、それに手を貸しているやつがいるって内容です」

「手を貸している？」

「ええ」言いながら、藤間は論文をうちわ代わりにして冬美を煽いだ。

「いくら太陽が空気を暖めても、上昇する前に、こうやって吹き飛ばしてしまえばいいでしょう？　本来なら、海風がその役割を担うはずなんです。でも、それがなくなったから、都内でゲリラ豪雨が頻繁に起こるようになった。それが、この論文が主張していることです」

「なくなったって」話が見えていない冬美が尋ねる。「どうして？」

「本来あるべき空気の流れを、止めているものがあるからです。海風を止めるのは、湾岸にあるビル群。たとえば――」

藤間は論文を指でなぞった。蛍光ペンでラインを引いてあるところで指を止める。そこには「Ｓｈｉｏｄｏｍｅ」という文字がタイプされていた。

藤間は一度大きく息を吸って、一気に最後まで話した。

「汐留にあるビル群。そいつらが海風を遮ったために、都心の気温が上がって、ゲリラ豪雨を引き起こした。この論文の大意は、そんなところです」

「えっ、そうなの？」

素朴な冬美の質問に、藤間は軽く手を振ってみせた。

「そんなふうに考えてる人がいるってことです。この論文は、名のある雑誌の査読を通っていますから、別にトンデモ仮説というわけではありません。でも、絶対の真実ともいえないんです。事実、この論文に反対する意見も出ています。ビル群程度の高さでは、大気の動きにさほど影響を与えないとか。まあ、都市計画とか建設産業に影響を与えかねないから、真実かどうかに関係なく、抑え込もうという意思も働くだろうけど」

「要するに」池田が遮った。「おまえは、論文に賛成なんだな」

「まあね」藤間は頭を掻く。「俺は門外漢だから、それっぽい仮説を信じやすいってことだよ」

「整理すると」三枝が口を挟む。「藤間さんが人災だって言ったのは、汐留にでかいビルを建てて空気の流れを止めたから、吉祥寺でゲリラ豪雨が起こったという意味ですね。つまり、汐留のビル群が、須佐さんを殺した」

「須佐さんだけじゃないな」木下が後を引き取った。「ゲリラ豪雨は、今後も起こるだろう。須佐さんと同じ目に遭う奴も出てくる。現状を変えないかぎりは」

テーブルに載せた手が、振動を感じた。テーブルに視線を落とす。原因はすぐにわかった。テーブルについた、百代の手が震えているのだ。彼女は表情のない目をじっと論文に向けていた。

「汐留……」

第八章　反撃

早く、早く。

総合警備室で、丸山はモニターの前でじりじりしていた。

アルバ汐留の警備は、自分たち新橋警備保障に任されている。自分は、その責任者だ。にもかかわらず、この緊急事態に動けずにいる。部下の関口が総合警備室を出たときに、ドアの外に仕掛けられた罠が作動した。ドアの外側が、正体不明の白い粉に汚染されてしまったのだ。

ドアの外から声をかけてきた東京消防庁の職員は、白い粉の正体がわかるまでは総合警備室から出るなと言った。ここは地下一階だから、空気はあまり動かない。だから白い粉はドア付近に留まったままだ。ドアを開けたときに起こる風で粉が舞い、自分たちも汚染されてしまう危険性があるからだ。

安全を考えたら、正しい判断だ。けれど、モニターに映し出されている光景を目にしてしまえば、そんな指示は無視して飛び出してしまいたい。現在、アルバ汐留で発生しているのは、それほど異常な事態なのだ。

こども休憩室で、ぴくりとも動かない幼児。

煙で視界が利かなくなっているレストラン。

次々と通路に倒れ伏す来館者。

すでに民間警備会社が対応できるレベルの事態ではない。それはわかっている。しかし持ち前の職業意識が、身体を動かそうとするのだ。

ダメだ。自制しろ。

丸山は懸命に自分に言い聞かせた。こども休憩室での異常を発見したとき、他ならぬ丸山自身が、直井に指示したのだ。行動を起こす前に報告しろと。こども休憩室で何が起きているのか把握する前に飛び込んでしまえば、巻き添えになってしまう危険がある。マニュアルどおりの指示だった。そして指示を守らなかった直井は、死亡してしまった。こども休憩室の来館者と同じように。今、激情に駆られて飛び出してしまえば、自分もまた直井と同じようになってしまう危険性がある。動くわけにはいかなかった。

落ち着け。自分はこうして動けなくても、すでに警察は到着している。東京消防庁も。アルバ汐留で大規模かつ悪質な犯罪が行われているのは、すでに明白だ。そのために何人もの被害者が出ている。犯人検挙と被害者救助のスペシャリストが対応しているのだ。悪い結果になるはずがない。自分たち新橋警備保障だって、次席の関口と経験豊富な島村が、的確な対応を取っている。事件そのものの対処は警察に任せ、彼らは被害に遭っていない来館者たちを誘導して避難させているのだ。これ以上被害が拡大しないよう、動ける人間たちが対処してくれている。今の自分にできることは、モニターから得られた情報を彼らに伝えることだけだ。

北中央館三階のカオヤイで火災報知器が作動したとき、愛宕署の高見はこども休憩室前にいたはずだ。先ほど総合警備室のドアの向こうから声をかけてきた消防隊員も、戻って一緒にいた可能性が高い。丸山の連絡を受けて、愛宕署か東京消防庁のどちらかが、カオヤイまで人員を派遣しているだろう。しかしこども休憩室は、北館一階の北端にある。そこから北中央館の三階に移動するには、多少の時間がかかる。

いや、それだけじゃない。こども休憩室でも、総合警備室のドアでも、毒物が使用された疑いが濃い。カオヤイ前の通路に倒れた来館者たちもまた毒物にやられたのだとしたら、警察でも消防でも、当然防護服を着用して現場に向かうだろう。なにしろ日本は、都心で化学兵器によるテロを起こされたことがある。その経験が活きているはずだ。

しかし、この局面では不利に働くのではないか。防護服の着心地がどのようなものか、丸山は知らない。それでも、素早く動けるような代物でないことだけは、想像がついた。加えて、まだ事を大げさにしたくないと警察や消防が考えたとしたら、彼らは関係者だけが使う業務用エレベーターや階段を使っている可能性がある。一般客用の階段を使うよりも遠回りになるから、さらに到着が遅くなる。

どうやら、丸山の心配は当たっているようだ。その証拠に、カオヤイ近くの防犯カメラは、まだ防護服の人影を捉えていない。警察官や消防隊員の命を軽んじているわけではなくても、つい彼らが軽装ならばとっくに到着しているのにと考えてしまう。彼らもまた、直井と同じ立場だというのに。

「ああっ！」

隣で同じようにモニターに食いついていた部下が、大声を出した。

「どうしたっ！」

怒鳴り声で応える。部下はモニターのひとつを指さした。

「隣っ！　327からも煙がっ！」

慌てて丸山は視線を隣のモニターに移す。部下の指摘どおりだった。コマ番号327、カオヤイの隣にあるシンガポール料理店「パラワン」。そこからも、煙が噴き出していた。まったく同じ光景だ。客がよろめきながら出てきて、そのまま通路に倒れ伏す光景も。

時刻を確認する。十二時三十四分。カオヤイで煙が発生してから十分あまりで、隣のパラワンからも煙が出てきた。作為の匂いがする。何者かの意思が働いているのだ。

「くそっ」

丸山はモニターに向かって毒づいた。自分が現場にいれば。つい、そんなことを考えてしまう。答えはわかっているのに。自分もまた犠牲になるのが関の山だという答えは。

「ああっ！」

部下がまた叫んだ。今度は何だと問う前に、自らモニターで確認していた。カオヤイ前の通路から、来館者が吹き抜けの手すりを乗り越えたのだ。

総合警備室のモニターは、館内のあらゆる場所の映像を映し出している。そのため丸山は、その来館者が落下していく様を、色々な角度から見ることができた。一階の床に叩きつけられ、身体の下から血液らしい黒っぽい液体が這い出るところまで。

バカな。

丸山は、我知らず拳を握りしめた。自分は警備責任者だ。だから自らが現場に出向いて事態——たいてい万引きや酔っぱらい同士のいざこざだ——の収拾に当たることは、ほとんどない。その意味では、今回も状況は同じはずだ。

それなのに、丸山が感じているのは、強烈な疎外感だった。モニターの中でくり広げられる、あり得ない光景。責任者として事態を把握しておかなければならない立場にあるにもかかわらず、地下の狭い部屋に押し込められている。まるで、事態そのものから拒絶されているかのようだ。君は、今回の件には必要ないからと。

否！　そんなはずはない！

激情に駆られて総合警備室を出ようとする丸山を、自身の理性が懸命に制止した。おまえはわかっているはずだ。犯人は、あれだけのことがやりたかったからこそ、総合警備室のドアに仕掛けをしたんだと。

現実を見てみろ。おまえを含めて八人いるスタッフのうち、五人が総合警備室に閉じ込められているじゃないか。残る三人のうち、直井は死亡している。自由に動けるのは関口と島村の二人だけという状態だ。これこそ、犯人が望んだ状況だ。

ほら、見ろよ。

理性が丸山にモニターを指し示した。三階から一階まで転落した来館者の映像。ちょうど、一階で避難誘導していた関口の目の前に落ちたらしい。彼が誘導していた来館者たちがパニックに陥ったのか、堰を切ったように南側に向けて走りだした。そして、ぶつかった者たちが、小競り合いを始めていた。慌てた様子で関口と島村が止めに入る。

あの連中を抑える役割なんか、まさしく警備員の仕事だろう。けれど、いくら関口と島村が奮闘したところで、二人では人手が足りな過ぎる。館内はますます収拾がつかなくなり、犯人はやりたい放題だ。

だから、ここから動くな。犯人が警備員の動きを抑えることによって目的を達成しようとしているのなら、総合警備室に仕掛けられた罠は、本物だ。激情に駆られて飛び出したら、その時点でおまえは直井の後を追うことになる。

かなりの精神力が必要だったけれど、最後は理性が勝った。丸山は総合警備室に踏み留まり、腕組みしてモニターを見つめた。労働力として力になれないのなら、せめてモニターから得られる情報を事態打開に役立ててもらうしかない。

「あっ！」

今度は、丸山自身が声を上げた。小さなモニターの中に、防護服を着た一団が映し出されたからだ。北館の三階。関係者用の出入口から通路に出てきて、北中央館に向けて歩み始めた。その数、五名。少ないような気もするけれど、先遣隊なのだろうか。総合警備室の小さなモニターで見てすら、猛ダッシュとはいえない動き。防護服を着ての訓練は十分でも、やはり動きにくそうだ。

防護服は、それだけ見ると不吉な印象を与える。特に日本人にとっては、テロ事件の象徴といっていい。けれど今の丸山には、コスチュームに身を包んだ戦隊もののヒーローと映った。残念ながら北館側から姿を現した彼らは、見得を切ることもなく、淡々と進んでいた。早く。自らは無力な丸山は、モニターに向かって祈るしかなかった。

——と。

防護服の一団を映していたモニターの、ふたつ隣のモニターに、影がよぎった。視界をほんの少しかすめただけの影を、丸山は見逃さなかった。防犯カメラの配置とモニターの関係は完全に把握している。影の進行方向を捉えられるモニターに、すぐさま視線を移した。走る人影が映っている。

なんだ？

走る人影なら、たくさんある。カオヤイとパラワンから相次いで煙が噴き上がり、館内放送では避難勧告が出た。大慌てでその場から逃げだす来館者は、何人もいた。けれど丸山がそのうちの一人に注目したのは、その人影が、パラワンの中から飛びだしたように見えたからだ。煙が噴き出してすぐには、駆けだした客はいた。けれど少ししてからは、皆よろめきながら出てきた。そしてその多くは、通路に出た途端に倒れ伏した。そしてそのまま動かないか、床の上でのたうち回っていた。

けれどあの人影は違う。パラワンの中から駆けだし、そのまま通路を駆けたのだ。他の客とは、まったく違う動き。異質なものは、目に留まりやすい。丸山はモニターを凝視した。

細いシルエットだ。動きとしては、女性を想像させる。アポロキャップにサングラス、そして大振りのマスクで顔を隠している。長袖のラッシュガードパーカー。両手には手袋。左肩にトートバッグをかけている。煙に巻かれたとは思えない走り方だった。

断定するには、あまりに根拠薄弱だ。けれど丸山は結論に飛びついた。モニターを指さす。

「――あいつだ」

／／／／／／／／／／／／／／／

東京消防庁化学機動中隊の荻村は、焦っていた。

防護服を着用しての訓練なら、何度もやった。けれど実戦は、今日がはじめてだ。

地下鉄サリン事件が起こったときは、まだ中学生だった。都民といっても昭島市に住んでいたから、地下鉄を利用したことなど数えるほどしかなかった。だからテロ事件と聞かされても、今ひとつぴんとこなかったというのが、当時の偽らざる感想だ。それが今、新たなテロ事件で先頭に立っている。不安になるのも当然だ。

不安は、ためらいを生じさせる。しかし同時に、一刻も早く現場に到着しなければという職業意識も顔を出している。ふたつの相反する意識がぶつかり合って、荻村は少し混乱していた。肚が据わっていない。だから焦っているのだ。

指揮官の針谷は、火災報知器が鳴ったという報告を受けて、荻村のチームにレベルAの装備で様子を見てくるよう指示した。レベルA。つまり、防護服内部を与圧（よあつ）して外気を一切入れない、最も防護性の高い装備だ。与圧機能がついているから重いし、動きにくい。活動時間も二十分とか三十分くらいだ。とはいえ、こども休憩室では、中に入った警備員が死亡している。有毒成分の正体がわからない以上、万が一に備えた装備をさせる判断は正しいといえた。

　ただし、防護服はそれを見る者に強烈な印象を与えてしまう。こども休憩室の前では一秒を争う事態だったから、仕方がなかった。それでも姿を曝したのは、こども休憩室の前だけだった。もし黄色い防護服の一団が館内を走っていたら、起こさなくていいパニックが起きてしまうかもしれない。針谷が関係者用の階段を使うよう指示したのは、そのためだ。

　もっともな意見ではあるが、時間がかかってしまったのも間違いない。自分たちはようやく三階に上がって、今から北中央館に向かって水平移動を始めようというところなのだ。

　ただのボヤならばよい。防護服は簡単に脱げるものではないから、その場ですぐに消火活動に入れるわけではない。それでも、テロではなくボヤだと報告しさえすれば、針谷が次の手を打ってくれる。問題は、そうでなかったときなのだ。テロ事件だった場合、リアルタイムで進行中ということになる。世界中のどこの消防隊に、リアルタイムで進行する化学テロ事件に対応した経験があるというのか。

「いいか」

荻村は進みながら背後のメンバーに声をかけた。

「俺たちの任務は、状況の把握だ。針谷隊長からの情報では、カオヤイというレストランから煙が噴き出ているそうだ。中で何が起きているのかを確認するのが、俺たちの仕事になる。いいか。余計なことをしようとするな。警備員がすでに一人死んでいるのを忘れるな」

はい、という返事が背中に届く。彼らに、正確なニュアンスが伝わっただろうか。危なくなったら逃げろというニュアンスが。

もし、これがテロ事件だったら。誰かがカオヤイに毒物を撒き散らしていたのなら。そいつらは、銃か何かの武器も持っている可能性は高い。無理に止めようとすると、攻撃を加えられる危険性がある。もちろん、防護服を着ているだけで標的になってしまうことは、十分に考えられる。けれど、いたずらに危険を増大させる必要はないのだ。

無線機が鳴った。

「はい」

『二軒目からも煙が上がった』

前置きなしに、いきなり本題に入った。針谷だ。

「どこですか？」

『隣のパラワンという店だ。おまけに、カオヤイから出てきた客が、通路で倒れている。どう見ても、普通の火災じゃない』

普通の火災じゃない。つまり、事件だということだ。荻村はからからになった口で、唾を無理やり飲み込んだ。

「わかりました。一緒に見ます」

『頼んだぞ。無理するな』

「了解しました」

無線が切られた。やはり、テロか。

「荻村さん？」

背後から、栗田（くりた）が声をかけてきた。今の無線の内容を知りたいのだろう。荻村は針谷からの情報をかいつまんで伝えた。メンバーに緊張が走る。いや、緊張ならばさっきからしている。彼らは、恐怖したのだ。

恐怖を消すことなどできない。だったら、恐怖したままで事に当たるしかない。たとえ逃げ腰だろうと、安全に対処できるのなら、むしろその方がいい。荻村は、無理やりいい方に考えた。

北館から北中央館に入った。

眼前に、異常な光景が広がっていた。

中から煙を噴き出すレストランが二軒。通路に倒れている何人もの来館者。まともに立っている人間はいない。通路の向こうに走り去る姿が見えるから、逃げてしまったのだろう。ただの火災どころではない。ひと目で大事件とわかる。しかし、荻村がわかったのは、それだけではなかった。

この煙は、発煙筒によるものだ。

レストランの中で起きたのは、火災じゃなかった。誰かが、発煙筒を焚いたのだ。なぜ？従業員や客の視界を奪って、攻撃を加えるため。つまり、テロだ。

「栗田っ！　曽我部っ！」荻村は大声でメンバーに声をかけた。「おまえらは、手前の店に入れ。茅野と仁木は、向こうの店だ。中を確認しろ。発煙筒を焚いた奴がまだ残っているかもしれないから、気をつけろ」

消防隊員ならば、目の前の煙が火事ではなく発煙筒によるものだと、瞬時に見抜く。だから荻村は、いちいち説明しなかった。四人はすぐさま荻村の指示に従って、店内に入っていった。自分は、通路に倒れている人間を見るつもりだった。こども休憩室のように、すでに死亡しているのか。それとも、まだ命があるのか。

最も近い場所に倒れている女性に近寄った。服にカオヤイと書いてある。ということは従業員だろうか。うつぶせに倒れたまま、ぴくりとも動かない。ただ、吹き抜けに向かって何かを探し求めるように右手を伸ばしていた。

荻村は声をかけなかった。かがんで様子を窺おうとした。ところが、荻村の注意が逸れた。妙な動きを視界の隅に捉えたのだ。

通路の先に、エスカレーターがある。手すりがあるから中の様子は見えないけれど、誰も乗っているように見えないのが不思議だった。少なくとも、立って乗っている人間は見えない。こんな事件が起こっているとはいえ、いや、こんな事件が起こっているからこそ、昼間のショッピングモールでエスカレーターに乗っている人間がいないなんてあり得ない。

それだけではない。一人の人間が、その手すりの上を走って降りているのだ。正確には、手すりと手すりの間のスロープか。ともかく、日常にはない動きだ。だから荻村の目に留まった。荻村は視線をそちらに向けた。視力には自信がある。だから見ることができた。その人物が、エスカレーターの中に向けて、何かをかけているところを。

あいつか？

その人物は、長袖のラッシュガードパーカーを着ている。そしてアポロキャップにサングラス、マスクまでしている。防護服には及びもつかないが、ある程度は身体をガードできている。そして今、明らかに変な行いをしている。ただの来館者じゃない。

いや、一人じゃない。もう一人、後を追うようにスロープを降りる影があった。

荻村は、自分でも知らないうちに走りだしていた。自分は警察官じゃない。被害者の救助や、現場の危険を取り除くのが任務だ。しかし見てしまった。目の前で事件を起こされる光景を。止めなければ。

防護服でできる限界まで荻村は走った。エスカレーターにたどり着く。エスカレーターは止まっていた。そしてその上では将棋倒しになった来館者たちが折り重なっている。煙から慌てて逃げようとして、転んでしまったのだろうか。これではエスカレーターは使えない。

荻村はためらわなかった。ラッシュガードパーカーの人物に倣ったのだ。重たい防護服で巧みにスロープに上がり、駆け降りた。幸い靴底は滑りにくい構造をしている。日頃から身体を鍛えていることもあり、荻村は転ぶことなくスロープを降りていった。降りながら、エスカレーターに倒れている人間たちを見る。上の方の人間は、ただ転んだだけのようだ。「痛たたたた」とか「くそっ」とか言っているだけだ。しかし下に降りるに従って、様子が変わってきた。うめいたり、自分の身体を押さえて身をよじったりしている。中には、ぴくりとも動かなくなった者もいた。彼らの様子は、カオヤイの前で倒れていた来館者たちと同じだった。ということは、彼らもまた、やられたのか？　ラッシュガードパーカーの人物に何かをかけられたのか。

二階が近づいてくる。至近距離に迫った荻村の目に飛び込んできたのは、ラッシュガードパーカーの人物が、若い男性に向けて何かをかけている光景だった。手に持っているのは、半透明のボトル。見覚えがある。そうだ、醬油差しだ。百円ショップで簡単に買えるような、生活感溢れるもの。その先端から放たれた液体が若い男性の顔面を直撃した。途端に男性が顔面を両手で押さえて、悲鳴を上げた。床に転がり、のたうち回る。相当な苦痛が襲っていることは、容易に想像がついた。服装からして、男性は後を追っていた人物だ。若者は、ラッシュガードパーカーの人物を捕えようとして、返り討ちに遭ったのだろうか。

荻村の脳が沸騰した。こいつ、許さない！

エスカレーターの下端まで到達した。荻村はジャンプして、二階の床に着地した。ラッシュガードパーカーの人物からは、二メートルほどの距離がある。醬油差しでは届かない距離だ。

「貴様っ！」

叫んだ。ラッシュガードパーカーの人物がこちらを向く。

――女性？

荻村は一瞬混乱した。服装と身体つきから、若い男性を攻撃したこの人物は、女性にしか見えなかった。荻村はまったく根拠もなく、これだけの事件を起こしたのだから、犯人は屈強な男性だと思い込んでいたのだ。

混乱は、動きを止める。その隙に女性は醤油差しを床に捨てた。右手をトートバッグに入れる。出したときには、何かを握っていた。こちらに向けて投げてきた。普通ならば、楽々と避けられるスピードだ。しかし荻村は混乱していた。動きにくい防護服も着ている。避けることができず、下腹部にぶつかった。へその少し下辺りだ。

くしゃりとした、軽い感覚。防護服越しだと、衝撃すらほとんど感じなかった。見づらいマスクを下に向けて、確認する。なんと、卵だ。けれど、割れて防護服に付着したのは卵の中身ではなかった。妙な、どろどろとした白い液体。ひょっとして、自分も毒物の攻撃を受けてしまったのか？

でも大丈夫。レベルAの防護服が、卵の殻ごときで破損することはない。表面に付着したのが毒物だとしても、自分が影響を受けることはない。今度はこちらの番だ。動こうとした荻村に向かって、女性が声をかけてきた。

「キャッチ・ミー、イフ・ユー・キャン」

大きなサングラスと顔の下半分を隠すマスクだ。表情は読み取れない。それでも荻村は、彼女が笑ったように思えた。

キャッチ・ミー、イフ・ユー・キャン。

できるものなら、捕まえてみろという意味だ。あからさまな挑発。女性は身を翻すと、南中央館の方に向かって駆けだした。

ふざけるな。とっ捕まえてやる。女性に飛びかかろうとした荻村を止めたのは、積み重ねてきた訓練だった。自分は今、毒物を身体に付着させている。そんな自分が激しく動けば、毒物は飛散するだろう。荻村は、女性の狙いを理解していた。安い挑発によって荻村に移動させることで、汚染区域を拡大することなのだ。

荻村は動けなかった。立ち尽くしたまま、女性が走り去るのを見ているしかなかった。

／／／／／／／／／／／／／／／／／／／／

なるほど。あれが防護服か。

北中央館から南中央館に向かって走りながら、百代は一人感心していた。

「こども休憩室の惨状から、警察も消防も毒物を疑うだろう」

閉店後のペーパー・ムーンで、池田はそう言った。

「毒物の正体がわからない以上、対応は慎重にならざるを得ない。マニュアルでは、毒物の暴露の危険性が高い地域は、ホットゾーンに指定される。ホットゾーンはレベルAの防護服を着て対応しなければならない」

「レベルAって」冬美がビールを飲みながら尋ねた。「どんなの？」

「少なくとも、冬美さんの店では売っていないでしょう」

池田が軽口で答える。「簡単にいえば、宇宙服みたいなものですよ。陽圧といって、服の内側の気圧を高くして、外から空気が入らないように工夫しています。そうやって外気を完全に遮断して、ボンベの空気を吸って活動します。大きくて重くて、動きづらいですが、あらゆる生物化学兵器を完全にシャットアウトできます」

「よく知ってますね」

三枝が目を丸くした。「池田さんの大学では、そんなことまで教えてるんですか？」

これまた軽口だ。池田が笑う。

「本で読んだんだよ。ちょっと大きな書店に行けば、普通に売っている」

「ともかく」藤間が後を引き取った。「こども休憩室で使われたのがトリコセテン・マイコトキシンと判明しないうちは、何がどこを汚染しているかわからない。池田が言うようにホットゾーンになる。レベルAの防護服を着ていては、軽装のモモちゃんを追うことはできないってことだよ」

五人委員会の指摘は、半分は間違っていて、半分は正しかった。間違いとは、レベルAの防護服――確かに宇宙服のようだった――を着た消防隊員は自分を追ってきたことだ。そして正解は、自分を捕えられるほどの素早さを持っていなかったことだ。

「防護服を着てホットゾーンに入るということは、その身に毒物を付着させるということだ」

池田が話を再開した。「だから連中は、迂闊に動くことはできない。非汚染地域に自分が入ったら、すぐさまそこが汚染地域になるんだからね。逆にいえば、彼らを動かすことができたら、労せずして汚染地域を増やすことができる。モモちゃんが何もしなくても、カビ毒で死ぬ奴が出てくるかもしれない」

「もちろん、そんなことは百も承知の連中です」

木下が言った。「そう簡単に迂闊な行動は取りません。連中から正しい判断力を奪うのなら、方法はふたつあります」

「ふたつ？」

「はい」木下が右手の親指を折った。「ひとつは、死体を見せることです。カビ毒にやられた凄惨な死体を。激しい怒りに理性が吹っ飛ぶ可能性はあります」

「もうひとつは？」

「挑発することですよ」木下は百代に視線を向けてきた。「それも、小バカにしたような安い挑発がいい。どう見ても犯人のモモちゃんが挑発して逃げれば、相手の性格にもよりますが、無分別に追ってくることが期待できます」

「安い挑発って」冬美が薄く笑った。「お尻ペンペンとか？」

「それもいい方法ですね」木下も笑う。

「そうだ」三枝がぽんと手を打った。「生卵なんてどうです？　レベルAの防護服は動きにくいんでしょう？　生卵を投げつけたら、バカにした感満載ですよ。もちろん中身を抜いて、代わりにカビ毒を入れることもできます」

「確かに、怒りそうだな」藤間が苦笑した。やられた方の立場になってみたら、本当にキレそうだ。

「こんなのはどう？」冬美も乗ってきた。「『キャッチ・ミー、イフ・ユー・キャン』って言うの。追いかけてこいっていう意味だから、本当に追ってくるかも」

「ひどい人だ」池田も笑ったが、すぐに表情を戻した。「それ、使えますね」

「えっ？」

目をぱちくりさせる冬美に、池田は身を乗り出した。

「冬美さんは、出張先で英語を使うでしょう？」

「うん。そうだけど」

「だったら、そこの英語の発音を憶えていますか？」

「憶えてるけど……」

「それをモモちゃんに教えてください。ネイティブでもなく、日本人の英語でもない発音で言ったら、警察は犯人を外国人と思ってくれるかもしれません。少なくとも、煙幕のひとつになります」

「…………」

冬美が口を半開きにした。すぐに閉じて、切れ味鋭い笑みを浮かべる。

「池田くんって、本当にいやらしい人ね。池田くんと結婚しなくてよかったよ」

「結婚も何も」池田が困ったように頬を掻く。「冬美さんがこの店に来るようになったときには、とっくに結婚してたでしょう」

「まあ、そうなんだけどね。ともかく、そのアイデア、いただくわ」

そして自分は、冬美から知らない国の訛りを教わった。うまく言えただろうか。たぶん、うまくいった。三枝が考案したカビ毒入り卵との合わせ技のおかげで、防護服は、一度は追いかけようとしたのだから。それでも、木下が想像したほど単純な人間ではなかったようで、すぐに足を止めたけれど。そのおかげで、自分は今逃げられている。

準備は役に立った。けれどあの消防隊員が何もしなかったかといえば、そうでもない。たまたまではあるけれど、北方向に向かおうとした自分を通せんぼしたのだ。おかげで自分は、南に向かっている。当初の計画では、北中央館の二階を攻撃して、北中央館の北端から一階に下りることになっていた。そして北中央館の一階を攻撃するのだ。木下が、そう主張していた。

けれど、絶対にそうしなければならないわけではない。流れに任せて、攻撃しやすいところを攻撃すればいいのだ。最終的に南中央館の一階にたどり着けばいいのだから。実際、南中央館にも武器の仕込みはしてある。

店舗内の時計を見る。十二時五十分になっていた。カオヤイでの攻撃から、もう三十分近くも経ったのか。時間の感覚が失せている。しかし問題ない。自分はすでに、時刻ではなく相対的な時間が重要になっているのだ。つまり、警察より早く動けるかどうかという、相対的な時間が。

北中央館を抜けて、南中央館に入った。二階は、ミセス向けのアパレル店が入っているエリアだ。二十代後半で独身の自分には、縁のない売り場だ。

しかし自分は、このエリアにある店を、一軒だけ知っている。五人委員会が、一人を除いて、できるだけそこは襲わないでおこうと言っていた店。自分は今から、そこに向かおうとしている。

まあ、いいか。

／／／／／／／／／／／／／／／

「バカ野郎っ！」

針谷は無線機に向かって怒鳴っていた。「どうして考えなしに追いかけたんだっ！」

海側の荷物搬入口。急遽設置された対策本部で、針谷は荻村の報告を受けていた。

『すみません』

無線機の向こうで、荻村が謝ってきた。電波を媒介しても、悔恨の念が伝わってくる声だった。

怒鳴りつけはしたものの、針谷も内心では部下が無事だったことに安堵している。自分たちは消防隊員であって、警察官ではない。危険を冒して被害者を救助することはあっても、自らが犠牲になる覚悟で犯人を逮捕する義務はない。いや、戦力ダウンになって救助できる人数が減ってしまうリスクを考慮すると、安易な正義感に走って犠牲になることは許されないのだ。

「まあ、いいい」

針谷は声を戻した。「それで、おまえはそいつが客に何かを振りかけて、それで客が苦しみ始めたのを見たんだな？」

『はい』荻村が即答した。『醤油差しみたいなもので液体を噴射させていました。それを顔面に浴びた客が、苦しみ始めたんです』

間違いなく毒物だ。今回の事件がＢＣテロ事件ということは確定した。

『あの』スピーカーから、荻村の緊張した声が流れてきた。『私は、犯行現場を目撃しました。これは間違いなくテロ事件です。このことは、自衛隊には？』

「もちろんだ」針谷は即答した。「上にはすべて報告してある。自衛隊への連絡はとっくに済んでいる」

テロ事件の再来に備えて、東京消防庁と警視庁、そして陸上自衛隊は万全の情報共有体制を敷いている。現時点で連絡が入っていないなど、あり得ない。

しかし問題は、事件がリアルタイムで進行中だということだ。陸上自衛隊は、確かに頼りになる組織だ。けれど人員を集め、命令系統を調え、物資を調達して出陣式をやっているうちに、さらに多くの来館者が犠牲になるだろう。陸上自衛隊が活躍できるのは、あくまで事後なのだ。

では、リアルタイムで進行中の事件に対応するのはどこか。わざわざ口に出すまでもない。

警視庁だ。先遣隊としてやってきた高見と下田が、本庁に応援を頼んでいる。事件の特殊性を考えるとそれなりの装備が必要だから、通常の一一〇番通報への対応よりも時間がかかるだろう。それでも、そろそろ応援が到着するはずだ。自分たちは、彼らが活躍できるように、情報を整理しなければならない。

「それで、女だったんだな？」

針谷はあらためて荻村に訊いた。

『はい。サングラスとマスクで顔を覆っていましたが、シルエットと動きを見たところ、女に間違いありません。声も、ちょっと話し方が変でしたが、女のものでした』

おそらくは正しい見立てだろう。けれど針谷には引っかかるものがあった。

「話し方が変？」

『はい。犯人はキャッチ・ミー、イフ・ユー・キャンと英語を喋りましたが、聞き慣れないアクセントだったんです。ネイティブの英語とは違いますし、日本人が話すいわゆるカタカナ英語とも違って聞こえました』

針谷は唾を飲み込んだ。日本のテロ対策は、海外の治安組織からも深い関心を持たれている。視察団が来訪することも珍しくない。だから針谷も荻村も、英語を耳にする機会が年に何回かある。彼らと会話する日本人の英語も。そんな荻村の受けた印象は、信用できる。

犯人は外国人なのか。それも、英語を母国語としない国の出身。針谷の脳裏に、日本に好意を抱いていない国の名前がいくつか湧き上がった。

しかし次の瞬間、あわてて打ち消した。今は余計なことを考えているときではない。被害者救助の任務には、あまり役に立たない情報だ。

「わかった。警察には伝えておく。おまえは、エスカレーターで被害に遭った客の状態を確認しろ。確証はないが、たぶんおまえがぶつけられたのと同じ毒物にやられている。防護服についた異物を拡散させないよう気をつけろ」

『了解しました』

「ちょっと待ってください」

無線を切ろうとすると、横から下田が口を挟んだ。針谷は無線機の音声をスピーカーにつないでいたから、傍にいた下田と刑事課の高見も、針谷と荻村の会話を聞いている。針谷が下田を見た。「何か?」

「実行犯についての情報を、もうちょっと知りたいんです」

下田が針谷に向かって手を差し出した。針谷がその手に無線機のマイクを載せる。

「荻村さんですか? 愛宕署の下田と申します。実行犯の服装について、もう少し詳しく聞かせてください」

脇から針谷が「荻村、お答えしろ」と言い添えた。下田が視線で礼を言い、呼びかけを続ける。

「まず、頭です。帽子はかぶっていましたか？」

『はい、アポロキャップをかぶっていました』

「そうですか。顔は？　今、サングラスとマスクと言っていましたが、それだけですか？」

『え、えっと……』

思い出そうとする声。『はい。それだけです。どちらも大きめで、顔のほとんどを隠していました』

「サングラスは、普通のものでしたか？　それとも、ゴーグルみたいに目をぴったりと覆うものでしたか？」

『は、はい。太いヒョウ柄のフレームでしたが……そう、ゴーグルみたいなものではありませんでした』

「髪は？　女とわかったくらいですから、長かったんですか？」

『いいえ。長い感じではありませんでした。ショートカットなのか、それともまとめて留めていたのかまでは、すみません、わかりません』

「耳は？　露出していましたか？」

『耳？』

「耳たぶです。髪で隠れていましたか？　それとも、耳たぶは見えていましたか？」

『えっと……そう、見えてはいませんでした。髪に隠れていたのかは憶えていませんが、少なくとも耳たぶを見た記憶はありません』

「首は？　首筋は見えましたか？」

『首は、ええと、見えませんでした。直射日光を遮るパーカーみたいなのを着ていたんです。ファスナーがいちばん上まで上げられていて、襟が立った状態でした。ですから首筋は見えませんでした』

「日光を遮る？　ラッシュガードパーカーですか。ということは、長袖ですね？」

『はい。そうです』

「手袋は？」

『はい。これははっきり憶えています。醤油差しを持った手をじっくり見ましたから。はめていました。薄手でしたが、布という感じではなかったです。しなやかな革のようでした』

「脚は？　長ズボンだったんですよね」

『そうです。ジーンズよりは柔らかそうな素材に見えました。トレッキングパンツが最も近い印象です。靴は――すみません。どんな靴を履いていたかは憶えていません』

「──ああ、そうか」

　思わず針谷はつぶやいていた。くり返される質問の意味がわかったのだ。マイクを持ったまま下田がうなずく。

「はい、わかりました。ありがとうございます。すぐに増援を向かわせますから、気をつけて活動を続けてください」

　そうしめくくって無線を切った。マイクを針谷に返す。針谷はぎらぎらと光る目を警察官に向けた。

「そうか。犯人は極力肌を隠すような服装をしているけれど、防護服のような完璧さはない。あちこち隙間が空いている……」

「そういうことです」下田がもう一度うなずいた。「逆にいえば、その程度の隙間が空いていても大きな危険はないと、犯人側が考えているということです。そういった種類の毒物ですね。少なくとも、気化の心配はない。ガスだったら、その程度の防御ではどうしようもないんだから」

「だったら、こちらも同じ装備でいいということか」

　高見が横からコメントした。「それなら動きやすい。犯人を検挙できる」

　興奮する高見に、しかし針谷が首を振ってみせた。

「そう思います。ただ――」

「ただ？」

高見が目を剝いた。針谷は無線機を指し示した。

「我々と犯人側との間には、大きな違いがあります。犯人が使った毒物は、服に付いても染み込まなければ心配ないものだと思われます。ラッシュガードパーカーは水を弾きますし、トレッキングパンツも靴も撥水性のものがあります。だから実行犯は、自らの毒物にあまり頓着せずに動いています。けれど、警察官や消防隊員は違います。毒物が付着したら、拡散を防ぐために非汚染地域には行けなくなります。私が部下に指示したように」

「あ……」

高見が自らの口を押さえた。下田がうなずく。

「針谷さんのおっしゃるとおりですね。そうでなくても、床には毒物が散乱しているはずです。そこに踏み込めば、少なくとも靴底は汚染されます。汚染された靴で、非汚染地域には入れません」

高見が顔を赤くした。「じゃあ、どうすれば――」

「先回りしかないでしょう」下田が即答した。天井を見上げる。視線の先には、防犯カメラ。

「ここには防犯カメラが多数設置されています。実行犯の動きを防犯カメラで追って、奴の進行方向に先に行くんです。それならば、汚染されずに検挙できます」

「そうか」高見の顔が明るくなる。「防犯カメラのモニターを監視すれば――あっ！」

「そうですね」下田が冷淡ともいえる口調で返した。「モニターがあるのは総合警備室です。そのドアには、毒物らしきものが付着しています」

「くそっ！」高見が右拳を左掌に打ちつけた。「入れないのかっ！」

針谷は、自らの苦々しい表情を自覚していた。

「そうなんです、除染しなければ入れません。けれど、毒物の正体がわからないうちは単純に水で流していいものか判断できないんです。迂闊に水洗して毒物が下水に流れ込んだ場合、どんな影響があるかわからないですし」

いつもは表情の変化に乏しい下田も、顔を強張らせている。

「最初は、警備員たちを外に出さないための工夫かと思いました。でも、ひょっとしたら、こっちの方が真の目的なのかもしれません。モニターを見られる人間と事件の対応をする人間を分断して、情報を行き来させない。あるいは、情報の伝達を遅れさせる。犯人側は、自分の姿がモニターされることを予想していた。それでも逃げ回れるよう、最初に手を打ったのか」

三人は顔を見合わせた。ほんのわずかの沈黙。

「くそっ!」高見がまた言った。「なんて小ずるい奴なんだ」

「奴じゃない。おそらくは奴らです」

すぐさま下田が返し、高見の動きが止まる。下田がぐるりと周囲を見回した。アルバ汐留全体を見回すような仕草。

「犯人側がどんな人間かはわかりませんが、これほどのことを仕掛けたんですから、一人ということはないでしょう。アポロキャップの女の背後には、何らかの組織がいるはずです。実行犯についても、複数が同時に攻撃を仕掛けていると考えた方がいい」

針谷は別の無線機を取った。周波数を新橋警備保障に合わせてあるものだ。

「丸山課長ですか? 他の場所はいかがですか? 攻撃を受けたところはありませんか」

答えはすぐさま返ってきた。

『いえ。ありません。少なくとも、モニター上には捉えられていません。防犯カメラが施設内のすべての場所を映しているわけではありませんから、百パーセントないとは言い切れませんが』

「そうですか」針谷はほんの少し安堵する。少なくとも、最悪の展開にはなっていない。

「丸山課長、いいですか。実行犯を特定しました。北中央館の二階から、南中央館に向かって走って行きました。今からそいつの特徴を言いますから、モニターで探してください」

驚きの声が返ってくると思っていた。ところが返ってきた言葉は、意外なものだった。

『アポロキャップの女ですか？』

「えっ？」

『パラワンから駆けだした女がいたんです。他の客と動きが違ったので、判別できました』

「そうでしたか。おそらく、その女です。それで、その女は今は？」

丸山が一瞬黙った。無線でもわかる、ためらい。

『ロストしました』

「ロスト？」

『モニターから消えたんです』

「えっ？」

意味がよくわからない。丸山はきちんと説明してくれるつもりのようだ。待っていたら向こうから口を開いた。

『女は北中央館の三階から二階に降りました。そこから女は、おっしゃるとおり南中央館に向かって走って行きました。そこまでは追えたんです。でも、まっすぐ南中央館へは行かず、階段の方に向かいました。階段ならば防犯カメラがあります。けど、女はその脇に駆け込んだんです。トイレとコインロッカーがあるエリアです。トイレに、防犯カメラはありません』

当然だ。仮に女子トイレの個室にカメラが設置されていたら、大問題になる。ということは、アポロキャップの女は、女子トイレに入ったのか。

「この局面でトイレに入ったのなら、可能性は三つです」

下田が横から言った。

「まず、カメラがないことを知っていて逃げ込んだのか。次に、トイレに入っている客を相手にテロを起こそうとしたのか。最後に——」

高見が後を引き取った。

「こちらがわからなくなるよう、トイレで着替えるつもりなのか」

下田が首肯した。

「近くにコインロッカーもある。事前に着替えを隠しておけば、まったく違った恰好になれる」

「じゃあ、そうなる前に部下を急行させて、女を確保しましょう——いや」

高見が言いながら首を振っていた。「女が通ったところは、すべてホットゾーンになります。レベルAでなければ行けません。今から準備させていたら、その間に女は逃げてしまう」

おそらく、犯人はすべて承知の上で動いている。高見の言うとおり、現段階でアポロキャップの女を確保することはできない。しかし。

「大丈夫です」

針谷は力強く言った。「いくら違う服に着替えようと、最低限身を護る必要はあるでしょう。サングラスとマスクも必須のはずです。だったら服装に惑わされずに、皮膚の露出が少ない奴を追えばいいいんです――丸山課長」

『はい』

「総合警備室には、あなたを含めて五人がいるんですよね。その五人で、モニターを目を皿のようにして見ていてください。さっきの女だけじゃない。他にも何人かいる可能性があります。同じようにマスクとサングラスで顔面を保護した奴を探し出して、連絡をください」

もっともこの季節、日焼け防止のために同じような恰好をした奴は、何人もいる。モニターの映像だけでは、それが一般客なのか、それともテロリストなのか判別できないだろう。それでも、少しでも気になった人間は、すべてチェックしなければならない。

丸山も針谷のアドバイスの意味がわかったのだろう。苦しげな、けれど覚悟を決めた声で答えた。『わかりました』

無線を切ったところで、背後から大きな足音が聞こえた。対策本部のある海側の荷物搬入口には、関係者しか近づけないようになっている。近づいてくるとしたら、応援の消防隊員か警察官だ。振り返ると、予想どおり機動隊の装備を身につけた一団がこちらに向かってきていた。

先頭を走ってきた初老に近い中年男性が、下田の近くに寄ってきた。下田が背筋を伸ばす。針谷はこの人物を知っている。本庁の機動隊、それもNBC対応専門部隊の上河内警部だ。

「報告は聞いた。化学テロだって？」

上河内は前置きなしで口を開いた。目つきと同じく、鋭い口調。

「はい」

下田が最新の状況を報告した。上河内はまったく表情を変えることなく報告を聞いた。

「わかった。現状で被害が出ているのは、こども休憩室とレストラン二軒、それから三階から二階へ降りるエスカレーターだな。こども休憩室はともかくとして、後は女の動線がそのまま被害場所になっている」

「はい」

「ふむ」上河内が自らの顎をつまんだ。「その程度の服装で防げるのなら、大助かりだな」

振り向いて、引き連れてきた機動隊員たちに顔を向けた。

「聞いたな。防護服は必要ない。メットとバイザーだけで、頭は護れる。後は、首を護るものだけ用意しとけ」

「はいっ！」

屈強な警察官たちが一斉に返事をする。

「この施設は、四つの建物からできている。一隊はここを押さえろ。二隊、三隊、四隊と順に南方面に行け。客は南に向かって避難している。三隊と四隊の持ち場に客が集中するから苦労すると思うが、顔と肌を隠した人間全員に対して職質しろ。年齢性別に関わりなくだ。いいか。サングラスだけじゃない。普通の眼鏡をかけていてもだ。油断するな。犯人グループの一人は女だが、そいつ一人で、もう百人近く攻撃している。筋金入りのテロリストを相手にしていると思え。他にも何人いるか、わからん」

「はいっ！」

野太い声が響く。

「犯人グループが使っているのは、毒物だ。単純に追いかけると、毒物を踏んで建物全体が汚染される。おまえたち自身は無事でも、客がやられる可能性がある。下田が言ったように、先回りしろ。そのための情報は、警備会社がくれる。無線の情報に注意しとけ。最後に」

上河内がちらりと針谷を見た。しかしすぐに部下たちに視線を戻す。

「相手がどんな武器を持っているかわからん。そいつらが誰かを攻撃していたら、撃て。射殺をためらうな」

　どきりとする。針谷は消防隊員であり、助けるのが任務だ。しかし警察官は違う。相手によっては助けないことも、任務のひとつなのだ。上河内とは、何度も共同訓練を実施した。自分のやるべきことを、しっかりと肚に落としている男だということは、よくわかっている。だからこそ、射殺命令を下せるのだろう。

「よしっ！　では、首を護る準備をしろ。でき次第、行動開始！」

「はっ！」

　隊員が一斉に動き始めた。見ていると、タオルを首に巻いて、その上から襟を立てている隊員が多い。針谷の目には頼りなく映るけれど、ラッシュガードパーカーも同じようなものだ。つまり、その程度で安全は確保できる可能性が高い。

「進行中の化学テロとは、な」

　上河内が小さな声でつぶやいた。針谷を見る。

「だったら我々よりもＳＩＴの方がよかったかもしれません。いや、ＢＣ兵器は目に見えない。どんな状態かわからない汚染区域に飛び込んでいくのは、やはり我々の任務です」

「蛮勇は困ります」針谷はそう答えた。「ＢＣ兵器のことがわかっている、あなた方に行ってもらわなければなりません。被害者の救助は、私どもが行います。警部には、実行犯の検挙をお願いします」

機動隊員の一人が駆け寄ってきた。「準備、完了しました！」

上河内が隊員の装備をじろりと睨んだ。

「よし、行──」

上河内が号令をかけようとした瞬間、無線機が鳴った。新橋警備保障につながる方だ。針谷が無線機を取った。

「見つかりましたか」

トイレに逃げ込んだと思われる女が出てきたのか。そんな情報を期待しての呼びかけだ。けれど丸山は針谷の声が聞こえなかったかのように叫んだ。

『大変です！　エスカレーターがっ！　エスカレーターがっ！』

尋常ではない響きに、針谷は硬直してしまった。今まで丸山とは、無線を通じてしか話していない。けれどそれだけで、彼が簡単には慌てたりしない人間であることは理解できた。そんな丸山が、まるでパニックに陥ったかのように叫んでいる。

「丸山課長！　どうしましたか？」

丸山の恐慌を煽らないよう、それでも強い口調で呼びかけた。確固たる意志を持った声を聞いたからか、無線機の向こうで少し落ち着く気配があった。

「丸山課長、エスカレーターがどうしましたか？」

『は、はい』

応える声はまだうわずっている。それでも筋道立てて話すことはできそうだった。

『先ほど、実行犯の女が襲撃したエスカレーターがありましたよね。北中央館の、三階から二階へ降りるエスカレーターです。あそこでは来館者が将棋倒しになり、多くの人たちが女に何かをかけられて動かなくなっています。同じ状況が、他のエスカレーターでも起きているんです』

「なんですって？」

針谷は声を高くした。

『そうなんです。最初は、南館の二階でした。下りエスカレーターを降りたところで、来館者が突然倒れたんです。エスカレーターを降りた人間がその人につまずいて倒れ、降り口をふさがれた形になった人たちが玉突き状態になったんです。みんな、苦しんでいます』

ぞくりとした。荻村の報告にあったとおりのことが、南端の南館でも起きている？

『それから少しして、今度は南中央館の一階降り口で、同じことが起きました。次に北館の地下一階、南館の一階。すべて、エスカレーターの降り口です』

「仲間かっ！」

思わず針谷は叫んでいた。やはり複数犯だったか。

「丸山課長、モニターは？　倒れた客に毒物をかけている人間は映っていましたか？」

『それが、映っていないんです。本当に突然、降り口で倒れたんです』

ぐぬう。針谷の喉が鳴った。では、いったいどうやって？

答えをくれたのは、下田だった。

「罠か」

下田が独り言のように言った。「降り口の傍に、衝撃を与えると破裂して毒物を撒き散らす罠を仕掛けておく。通常状態では何も起きない。でもパニックに近い状態では、誰かが罠を蹴飛ばしてしまう。降り口に毒物を撒き散らせば、動けなくなった人間につまずいて、さらに人間が溜まる。宙を毒物が舞っていたら、その場の全員が被害に遭う」

「くそっ」高見が吐き出すように言った。

「しかも罠なら、犯人は近くにいなくていい。あの程度の防御策でも、宙を舞う毒物に触れなくて済む」

「罠だろうが何だろうが」上河内が遮った。「やることは変わらん」

上河内はあらためて部下に向き直った。

「聞いただろう。エスカレーターはすべて汚染されている。階段を使え」

「階段は、海側を使ってください」

それまで黙っていた東京湾岸不動産の泰間詠子が、唐突に口を開いた。警察官と消防隊員の視線が女性課長に集まる。

「アルバ汐留は吹き抜けを挟んで、海側と陸側が並んでいる造りになっています。326のカオヤイと327のパラワンは、どちらも陸側です。こちらはすでに汚染されていると考えていいでしょう。まだ汚染されていない皆さんは、海側を利用してください。一方――」

泰間は針谷に視線を向けた。

「現場に入った消防隊員の皆さんは、陸側の階段を使って戻るよう、指示してください。レベルAの防護服は、ボンベの容量からしても二、三十分で戻る必要があるでしょう。汚染前提の動線を確保します」

言いながら、テーブルの図面を指で指し示した。北中央館の三階から階段を通って正面広場に通じるルートだ。

「お客様の安全を考えると従業員専用の階段をお使いいただきたいところですが、密閉性が高いですから、毒物が滞留してかえって危険だと思われます。一般の階段を使用してください」

「あ、はい」

つい、間抜けな返答をしてしまった。泰間の発言が、かなり専門的なものだったからだ。不動産業者の域を超えている。

「了解しました。ご協力、感謝します」

上河内が女性課長に向かって一礼した。そして部下たちに視線を戻す。

「指示どおり、海側の階段を使え。ただし、階段にも同じ罠が仕掛けられている可能性がある。十分に注意しろ。よし、行けっ！」

いかつい制服姿が一斉に駆けだした。針谷はまた無線機のマイクを握った。

「丸山課長。機動隊が現場に向かいました。犯人検挙と、これ以上被害者を出さないよう、対処してくれます。もう安心です」

自分でもまったく信じていないことを口にした。丸山はアルバ汐留の警備責任者であるが、自分たちから見たら、いち民間人に過ぎない。安心させてやることも必要なのだ。

ただし、空疎な安心であることも間違いない。機動隊員たちが毒物にやられて、ばたばたと倒れていくシーンは、想像しづらい。しかし彼らが多くの来館者に交じっている犯人たちを、これ以上の被害者を出さずに全員逮捕――あるいは射殺――できるかと問われれば、困難だと答えざるを得ない。

機動隊のＮＢＣ対応専門部隊は、ひとつの分隊が五名で、三つの分隊をまとめてひとつの小隊を形成している。だからひとつの小隊は十五名だ。その小隊がさらに四つ集まって大隊となる。大隊指揮官は警視で、今、この場にはいない。おそらく本庁で他の部署との折衝をしているのだろう。現場には、副官である上河内が来て、陣頭指揮に当たっているというわけだ。

彼ら以上にテロリスト対策に長けた部隊は、日本には存在しない。しかしながら、アルバ汐留は大き過ぎる。地上三階、地下一階の建物が四つあるのだ。それぞれをひとつの小隊十五名が受け持つことになる。人手が足りているとは、お世辞にも言えないのが現状だ。実行犯が何人いるかはわからないけれど、少なくとも、あと数人、いや、数十人レベルで被害が拡大することは、覚悟しなければならない。それでも、それをやるのが上河内たちの任務なのだ。

「刑事課の応援も到着しました」

高見が携帯電話を片手に言った。「刑事課は来館者の避難誘導と、出入口のチェックを担当します」

訓練どおりの役割分担だ。行動に迷いがあるはずがない。にもかかわらず、高見の表情は冴えなかった。その理由は、針谷にもよくわかっている。自分たちがくり返し行ってきた訓練は、「すでに発生してしまったテロ事件」に対するものだ。針谷たち東京消防庁、高見たち警視庁刑事課。そして下田や上河内の警視庁警備課が連携して、いわば事後処理に当たる。訓練では、日本の治安組織がその知力を結集して想定した、最悪の事態に向き合ってきた。だから、どのような事件が起きても対応する自信はあった。

けれど目の前で起こっているのは、想定されていない事態なのだ。犯人が現場を走り回って、テロを継続している。通常のNBCテロではあり得ない。当たり前の話だ。その場にいる人間は犠牲になってしまうのが、NBC兵器の特性だ。だから犯人が事件を起こしたのなら、厳重な防護服を着ていない以上、犯人自身も犠牲になる。つまり自爆テロだ。そして犯人自身が死んでしまえば、それ以上の事件は起こせない。かといって犯人が防護服を着ていれば、動きが鈍くなってしまい、あっさり逮捕されるか射殺されてしまう。だから、リアルタイムで継続中の化学テロ事件など、想定されていないのだ。

しかし、現実だ。

実行犯の服装から、自分たちは防護服は必要ないと考えた。本来ならば、そんな甘い判断はするべきではない。ましてや、まだ毒物の種類がわかっていないのだ。最低でもレベルCの防護服を装着しなければならない。ただし、それでは犯人は検挙できない。想定外の事態に慌てた挙げ句に判断ミスを犯し、被害を拡大させた――そんな非難が、のちのち湧き起こるかもしれない。それでも自分たちは、こうすることに決めた。責任を持って。

針谷は無線機を取った。部下に呼びかける。

「茅野、客の様子はどうだ」

やや間があって、茅野が答える。

『今、カオヤイという店にいます。発煙筒はもう燃え尽きていますが、排煙設備は動かしていません』

「それでいい。毒物を外に排出するわけにはいかないからな。それで、客は？」

『はい。店内には従業員と客が合わせて二十三名いました。全員が心停止しています。店の外にも相当数の被害者がいますが、そちらは仁木が確認しています』

全員が心停止。

こども休憩室と同じだ。下腹に不吉なものがうごめくのを感じた。

「様子は？」

『皮膚がただれて、黒化しています。嘔吐もかなり見られます』

皮膚がただれている。針谷は頭の中の知識をひっくり返して、考えられる原因物質を探した。真っ先に考えられるのが、イペリットガスのようなびらん性の毒ガスだ。しかしガスを使っていては、実行犯のような軽装では防げない。液体に溶かし込んで、あるいは均一に混ぜ込んで、相手に接触させる。事実、実行犯は醬油差しで攻撃していた。

臆断は禁物だが、最も近いのはフザリウム属のカビ毒だろうか。代表的なのがT―2。もし毒物の正体がそれならば、治療法はない。石鹼と水でよく洗い、後は対症療法で持ちこたえてもらうしかないのだ。

不吉なものが、また跳ねた。最悪レベルの化学兵器が使用されたのか。

「警部」マイクを握りしめたまま、針谷は上河内に話しかけた。

「分析結果はまだですが、毒物は相当にやばいものです。部下の人たちには、被害者には近づかないように指示してください。それから、毒物が肌に触れないように。被害者の救護は、防護服を着た自分たちが行います」

「わかった」

上河内は自らの無線機を取り、部下に指示を出した。現場では何が起こるか、わからない。現場要員が指示どおりに動けるかは、指示した方にも自信はないだろう。それでも自分は立場上進言しなければならないし、上河内も指示を出さざるを得ない。

後は、彼らがうまくやってくれることを期待するだけだ。

また無線機が鳴った。丸山だ。茅野と話していたマイクを離し、新橋警備保障とつながっている方に向かう。

「はい」

『丸山です』興奮した声が聞こえた。
『奴が、出てきました！』

間章

「論文が正しいとしても」

冬美が眉間にしわを寄せた。

「だからといって問題の解決につながるとは思えないな。汐留にあるビルを全部なくすなんて、現実的にはできないわけでしょ？　どんなに立派な研究でも、『都心のゲリラ豪雨を防ぐことはできません』って白旗を掲げているのと同じじゃないの」

実業家らしい、現実的な科白だった。民間のシンクタンクに勤務している木下が大きくうなずく。一方、大学で講師の立場にある池田は嫌な顔をした。自分の研究もまた、現実の役に立たないと言われたような気がしたのかもしれない。

「そうでもないですよ」

藤間は苦笑した。グラスのウィスキーを飲む。

ペーパー・ムーンはコーヒー専門店であり、メニューにアルコール類はない。けれど閉店後はそのかぎりではない。いつもはビールだけれど、今日は冬美が持ってきたウィスキーだ。海外出張の多い冬美は、帰国するときに空港の免税店で酒を買ってきてくれることがある。

今回は、スコットランドはアイラ島のシングルモルトだった。消毒液のような香りに最初は戸惑うけれど、慣れるとこれなしではいられないくらい、クセになる味だ。

「再開発なんかのときには、いくつもの建設会社のコンペになります。その際、他社との差別化を図るために、環境に気を遣って設計したとアピールをする会社が出てきます。といっても、太陽電池や断熱性の高い壁材を使うのは、どこの会社もやっています。そうなってくると、こういった論文にも注目が集まって『我が社の工法ですと、海風を通しますから、ゲリラ豪雨を防げます』とアピールする企業も現れるでしょう。現実に役に立たないわけじゃないんですよ」

「再開発って」百代が訊いてきた。「いつ頃の話ですか?」

わずかな沈黙。常連客たちがお互いに目配せする。

「汐留は、開発が始まったばかりのエリアだ」

この話題を持ち込んだ藤間が、責任を取って答えた。「向こう数十年は、現在のままだろう。個々の建物は省エネ性能に優れているだろうけれど、海風を遮るという状態は続く」

「数十年……」

ぎりっ、という音が深夜の店内に響いた。百代が強く歯を嚙みしめ過ぎたため、音が鳴ったのだ。

無理もない。数十年という時間スケールは、一個人にとっては一生と同じ意味がある。百代の感覚からすると、婚約者を殺したゲリラ豪雨は、自分が生きている間はなくならないと宣言されたに等しい。

百代が顔を上げた。店の常連客たちを、一人一人見つめる。「もし」どきりとした。

藤間のペーパー・ムーン歴は長い。百代がアルバイト店員として入ってきた、その初日も知っている。その愛らしい顔だちと人なつっこさで、すぐに店の看板娘になったときも。須佐が死亡して、抜け殻のようになったときも。慟哭（どうこく）から立ち直って、再び店に出るようになったときも、すべて知っている。

それでも、今百代が発した「もし」は聞き覚えがなかった。それほど不吉な響きだったのだ。

「もし汐留のビルがなくなったら、東京のゲリラ豪雨はなくなりますか？」

「それは、わからないよ」

不吉な影をかき消すように、藤間は即答した。

「汐留のビル群は、ゲリラ豪雨の一因だとは思う。でも、それがなくなったらすぐに解決というほど、気象は単純じゃない。他の原因でゲリラ豪雨が起こる可能性は、十分にある」

「でも」百代もすぐに返してきた。「なくなったら、少なくとも問題のひとつは解決するわけですよね。達樹のような人間が、一人でも減ることになります」

「わからない」藤間は同じことを言った。「検証できるのは、実際にビルがなくなって、何年も経ってからだ。それ以降ゲリラ豪雨が減ったりなくなったりしても、汐留のビルが原因だったかどうか断言できない。どこの自治体も、実験してみようとは思わないだろう」

百代は視線を藤間に固定した。ぎらぎらと光る目を。

「藤間さんは、さっき再開発の話をされましたよね。たとえば、今この瞬間にビルがなくなったとしたら、次に建つビルは風通しのことを考えてくれるでしょうか」

「可能性は、あるだろうね。ただ——」

目を逸らさずに、藤間は答えた。

「そんな凝った工法は、費用がかかるだろう。割高な予算と環境へのアピール。自治体と事業会社がどちらを採るかは、わからない」

「いや、ちょっと待て」

突然、池田が口を挟んだ。百代と藤間は、同時に大学講師の方を向く。池田はどちらの方も見ずに、自らの思考をまとめるように宙を睨んでいた。

「ひょっとして……いや、待てよ……でも……」

池田は宙を睨んだまま、ぶつぶつと独り言を言っていた。百代は黙って、池田が話を再開するのを待っている。

そのときはすぐに訪れた。宙を睨んでいた視線が、ペーパー・ムーンのアルバイト女性に向けられた。

「仮に、汐留のビルがなくなったとして」池田はそう言った。「藤間の言うように、コンペでどの会社が勝つのかを、やきもきしながら待つ必要はないかもしれない」

「えっ？」

反応したのは百代ではなく藤間だった。「っていうと？」

「簡単にいえば、その場所を使えなくすればいいんだよ」

説明する池田の顔は青ざめていた。まるで、自らの思いつきに戦慄したかのように。

「汐留には色々な建物が林立している。オフィスビルもあれば、ホテルも劇場も商業施設もある。単純にビルを爆破しても、同じようなビルが建つだけだ。だって、需要があるんだからね。海風を通してくれるかどうかなんて、期待できない。だったら、誰もそんな用途に使おうと思わない場所にしてしまえばいい。オフィスなら、誰もそこで働きたがらない場所に。ホテルなら、誰もそこに泊まろうとは思わない場所に。劇場なら、誰も観劇しようとは思わない場所に。商業施設なら、誰も買い物なんかしようとは思わない場所に」

「使おうと思わせないって……」

三枝が喉に引っかかった声で言った。「どうやってですか?」

池田は医大生の友人を見た。悲しそうな、申し訳なさそうな光が、その瞳に宿っている。

「思いついたのは二案だ。ひとつは、汐留を何かで汚染して、人が立ち入れなくすること。日本人なら、放射能汚染がわかりやすいだろう」

「バカな」

藤間は吐き捨てた。

「そんなことをしたら、たとえビルがなくなったとしても、汚染物質が海風に乗って都心に撒き散らされてしまう。ゲリラ豪雨が来る前に壊滅だ」

「そう」池田はあっさりと肯定した。「だから、こっちの案は早々と捨てた。残るのは、もうひとつの案だ」

百代が低い声で尋ねた。「……何です?」

池田は答える前に、ひと呼吸した。目を閉じる。そして覚悟を決めたように目を開いた。

「建物の中で、大量に人が死ねばいい。それも、搬送された病院で死亡が確認されたというのではなく、その場で死んでしまうこと」

ひゅっ、と高い音が鳴った。三枝が急に息を吸ったため、喉が音を立てたのだ。「池田さん、それって……」

「わかっているだろう？」

池田の声は、段々低くなっていく。

「戦争でも天災でもない理由で人が大量に死んだら、そこは復興の象徴にはならない。よくいえば弔う場所に、悪くいえば忌まわしい場所になる。つまり、商売には使えない場所になるわけだ」

「――なるほど」藤間はようやく池田の考えが読めた。

「使わなければ、建物はあっという間に荒れる。治安の面でも衛生の面でも問題があるから、取り壊さざるを得ない。取り壊した後も商売に使えるわけじゃないから、記念公園みたいなものにするしかない。つまり、風通しのいい場所になるわけだ」

池田が右頰を吊り上げた。「そういうこと」

「ちょ、ちょっと待ってよ」

冬美が口を挟んだ。「二人とも、何を言ってるの？　大勢が死んだらゲリラ豪雨がなくなるって、そんなの、本末転倒じゃない。ゲリラ豪雨で人死にが出るのを防ぐために、もっと大勢が死んだら、意味がない――」

「意味なら、あります」

百代が強い口調で言った。彼女が客の発言を途中で遮るなんて、かつてなかったことだ。

「わたしが行動を起こしてゲリラ豪雨がなくなるのであれば、達樹の死が無駄でなかったことになりますから」

冬美が顔を引きつらせた。「…………」

言葉が出てこない。

これは、テロリストの論理だ。

藤間は思った。百代は、自分が大切にしているもののために、そうでないものを犠牲にしようとしている。そしてそれを自覚していながら、なんの矛盾も感じていない。しかも、正しいかどうかではなく、自分が正しいと信じているかが大切だという価値観。純粋で、シンプルで、独善的。それがテロリストの特徴だ。最愛の恋人を失った百代は、すでに常識人であることをやめている。須佐のいない世界で、自分が生きていくためにすがったもの。それがテロリズムだというのか。

藤間はあらためて百代を見た。百代はうつむいていなかった。背筋を伸ばして、冬美の顔を見つめていた。悩みや迷いを断ち切った顔。

「おいおい、本気か？」

池田が驚いたような顔で言った。明らかに作られた口調。作られた表情。

「ことは、殺人だぜ？　しかも、大量殺人。それを、虫も殺せないモモちゃんが実行するって？」

「はい」

百代の回答は、短くてシンプルだった。大学講師と喫茶店のアルバイト店員は、しばらくの間、見つめ合った。

先に目を逸らしたのは池田の方だった。余計な入れ知恵をした大学講師は、大きく息を吐いた。

「俺は、犯罪に手を貸す気はないよ。だから、君のやることにも協力はしない。ただし君が勝手に計画を立てる分には、雑談レベルで茶々を入れるかもしれないけど」

藤間は池田の顔を見た。雑談レベルで茶々を入れる——つまり、計画立案のアドバイスをするという宣言だ。自らの思いつきとはいえ、池田は凶悪犯罪に荷担しようとしている。

「それでけっこうです」

百代が答え、池田がふうっと息をついた。

「わかった」そして他の常連客を見る。

「モモちゃんは、一人で計画を立てて、一人で準備をして、一人で実行するそうだ。汐留での大量殺人を。みんなはどうする？」

「面白そうですね」

即答したのは木下だった。「実行の際には、いかに怪しまれないかが大切です。でもモモちゃんが何かやろうとしても、いかにも怪しげな行動を取ってしまうでしょう。行動学の専門家として、モモちゃんの計画をこき下ろさせてもらいます」

「ちょっと待ってください」

三枝が両手を前に突き出した。

「みなさん、殺人を簡単に考え過ぎです。人間というものは、ちょっとしたことで死に至る反面、相当なことをしても死ななかったりします。どうやれば人が死ぬのか、みんなに吹聴できるのは、医学部にいる僕ですよ」

「まったく、あんたたちは……」

冬美が沈痛な面持ちで頭を振った。

「汐留なら、多少の知識はあるよ。あそこに店を出しているからね。他のお客さんのいないところでうんちくを垂れるのを、みんなが許してくれればいいんだけど」

池田の顔がカウンターの内側に向けられた。店主の紙谷邦男が飄々（ひょうひょう）とした顔をこちらに向けてきた。

「モモちゃんがきちんと後片付けしてくれるのなら、閉店後に常連さんたちと語らう時間を設けるのに、文句はないよ」

隣で妻の梓が、うんうんとうなずいている。

藤間はきゅっと唇を閉じた。

みんな、わかっていないのか？

おそらくは、池田のアイデアが突飛過ぎるから、誰も本気にしていない。常連客たちで新たに始めるゲーム。その程度にしか感じていない。

みんな、何を見ている？　百代が本気なのは、その顔を見ればすぐにわかる。なぜ、大切に思っていて、心配もしてきた女性を真っ正面から見ようとしない？

百代を見ろ。今、彼女はこれほど美しい——。

「藤間はどうする？」

池田が訊いてきた。

どうする。百代は本気だ。本気で大量殺人を犯そうとしている。

できるわけがない。藤間の常識は池田のアイデアを粉砕した。たとえば汐留のビルを破壊するためには、強力な爆発物が必要だ。そんなものを、彼女一人でどうやって調達する？

どうやって仕掛ける？　できるわけがない。

かといって、包丁を持ってビルにいる人間に襲いかかったらどうなる？　数人は殺せるかもしれない。けれど、すぐに取り押さえられる。池田が主張するような、ビルそのものが鎮魂の場所になるような人数は殺せない。よくある通り魔事件で終わってしまう。目的を達成するためには、少なくとも数百人、いや、ひょっとしたら数千人がその場で死ななければならないのだ。

女の細腕でそれほどの大量殺人を犯そうと思ったら、NBC兵器しかない。けれど、これらの製造には専門知識と特殊な設備が必要だ。喫茶店のアルバイト女性にできるはずがない

——本当に？

藤間は、脳内に反論する勢力があることを自覚していた。本当に、専門知識と特殊な設備が必要なのか？

藤間は品川化学工業の研究所で生化学の研究をしている。自分には、核はともかく、生物と化学の兵器を製造する知識がある。あるいは、調べられる。自分の知識を伝授しなくても、調べる方法は教えることができる。設備もそうだ。勘所さえわかっていれば、台所でだって製造することは可能だ。BC兵器であれば、百代は一人で製造できるし、上手に使えば一人で大量殺人を実行できるのだ。

さっ、と肌が粟立った。池田が発案し、百代が本気にした、たった一人でのテロ計画。自分なら、現実にすることができる。

「藤間？」

名前を呼ばれて我に返った。すぐに返事をしない自分に、池田が怪訝な顔をしていた。藤間は深呼吸をひとつした。息を吐ききったときには、肚は決まっていた。

「モモちゃんには、ちょっと勉強してもらう必要があると思う」

第九章　応報

「すみませんっ！　通してくださいっ！」

背後から、こもった大声が聞こえた。反射的に振り返る。見ると、黄色い防護服に身を包んだ一団が、こちらに向かって走ってくるところだった。

来た。東京消防庁だ。おそらくは、テロ事件に対応する化学機動中隊。防護服は五人いた。まずは分隊ひとつが現場の様子を見に来たのだろう。

藤間たちは元々、逃げだした来館者を避けるために、壁際に下がっていた。だから防護服の一団を通すために、わざわざ身を躱したりする必要はない。防護服を着た消防隊員たちは、動きにくそうにしながらも、早足で藤間たちの横を通り抜けていった。

彼らの背中を目で追いながら、池田が小さな声で言った。

「三枝くんは、どうなった？」

「わからん」

藤間は短く答えた。「エスカレーター脇のスロープで、バランスを崩したところまでは見えた。でも二階の床は、ここからじゃ手すりが邪魔になって見えない」

我ながら控えめな回答だった。エスカレーターの降り口では、醬油差しを持った百代が待ち受けているのだ。加えて降り口には、風船の罠が仕掛けられている。三枝自身が罠にかからなくても、風船が破裂していれば、床にはトリコセテン・マイコトキシンが撒き散らされているのだ。大きくバランスを崩した三枝は、床に転倒したことだろう。彼は半袖だ。腕が床に触れた時点で、カビ毒に触れてしまう。激痛に動けなくなってしまったら、百代がとどめを刺すだけだ。

バカが。

藤間は心の中で舌打ちした。

どうして無分別な行動を取った？　我々五人委員会の役割は、百代の準備を助けることだ。実践を補助することでも、逆に邪魔することでもない。そもそも、彼女が行動を開始したら、近寄ってはいけないのだ。

にもかかわらず、三枝は駆けだした。理由は想像がつく。机上の空論に過ぎなかった二千人殺害計画。それが目の前でくり広げられた。元々は人間を助けるために医学部に入った男だ。自分の価値観と正反対の光景を目の当たりにして、精神が耐えられなくなったのだろう。不気味な唸り声が証明している。三枝はなんの考えもなく、ただ百代に向かって走っただけだ。そしておそらくは、百代の手にかかった。ずっと憧れていた女性の手に。

「名前を呼んだりしてなきゃいいけどな」

「そうだな」

百代の襲撃に遭った人間が、全員死亡するわけではない。生き残る人間も、かなりの数に上るはずだ。そんな連中が「モモちゃん」という呼びかけを聞いてしまえば、後始末がかなり厄介になってしまう。

「とにかく、帰ろう」

二階へ降りるエスカレーターを見たまま、藤間は言った。三枝の末路を確認する必要はない。確認しようとしてはいけない。三枝のいる場所は、すでに汚染地帯だ。迂闊に踏み込んだら、なんの弾みでカビ毒に触れてしまうかわからない。軽はずみな行動を取るべきではなかった。

いや、迂闊な行動ならば、すでに取っている。自分たちは、本来ここに来てはいけない人間だ。アルバ汐留で何が起きているのかなんてまったく知らずに、さいたま市でのんびり週末を過ごしていなければならない。それが本来の取り決めだった。それがスタート時点で狂ってしまった。木下の死体を発見したことによって。

予想外の事態を目の当たりにした自分たちは、百代に計画の延期を告げようと、アルバ汐留にやってきた。けれど、無駄だった。百代は、もう動き始めていた。

単に無駄というだけではない。もっと積極的に悪手を打ったといってよかった。アルバ汐留では、数多くの防犯カメラが稼働しているのだ。当然自分たちの姿も捉えられている。事件の後、警察は目を皿のようにして防犯カメラの記録を検証するに違いない。この商業施設には、週末ならば一日八万人から十万人が訪れる。そのすべての身元確認を行うだろう。自分たちも、事件の最中ここにいたことは割り出されてしまうのだ。少なくとも、そう考えた方がいい。事件とまったく無関係というわけにもいかなくなった。だったら、防犯カメラの映像から不審に思われるような行動を取ってはならない。

今から考えられる、最も自然な動きは何だ。自分たちは、週末を利用して、アルバ汐留に食事とショッピングを楽しみにやってきた。池田も三枝も冬美も同じ喫茶店の常連客として仲良くしている。週末に一緒に出掛けたことは何度もある。ここまでは不自然じゃない。

では、事件が起きてからはどうか。自分たちはこの場所で何が起きたのか理解できない。入ろうと思ったタイ料理店から煙が噴き出して、何人もの来館者が倒れた。当然、恐怖する。そこに避難を呼びかける館内アナウンスがかかる。だったら帰るだけだ。

ただし、アナウンスの指示どおり、南館の一階には行かない。反対側の北館から地下一階に降りて、地下から新橋駅へと向かう。そこに不自然さはないはずだ。恐怖した人間が、館内アナウンスの無機質な声を百パーセント理解するはずがないからだ。

そして自分たちは電車に乗ってさいたま市に戻る。戻ったら、アルバ汐留で起きた事件について、友人の木下に告げようと思いつく。彼のアパートを訪ねたら、死体を発見して、警察に通報する。そんなストーリーがいいだろう。

「問題は、三枝くんが木下くんの死体に触れてしまってることだな。今のところ、俺たちは木下くんを発見していないことになっている」

まるで藤間の考えを読んだように、池田が言った。どきりとするけれど、彼もまた同じことを考えていただけだ。

「仕方がない」藤間は答える。「木下くんを『発見』したときに、俺たちもパニックに陥って、彼の身体を触りまくればいい。身体を揺すってみたり、頰をはたいてみたり、心臓マッサージをしてみたり。そうすれば、三枝くんの痕跡は消える」

池田が顔を歪めた。笑ったのではない。不快そうな表情になったのだ。「それしかないかな」

彼の気持ちはわかる。木下の死体を発見したときの衝撃を思い出したのだ。大量の血を流した凄惨な死体に触りまくれと言われて喜ぶ人間は、そうはいない。

「心配するな」藤間はさらに声を潜めた。「俺がやるよ。手を汚した回数は、こう言っちゃなんだけど、モモちゃんよりもずっと多いからな」

もちろん自分が殺したのは実験動物であり、人間じゃない。それでも、死体や血に対する耐性は、池田よりもあるはずだった。

「ただし、ドアノブだけは握ってくれ。おまえの指紋がついてるし、上から強く握って指紋を消せば、かなり不自然になる」

池田が肩をすくめた。「オーケー。じゃあ、帰ろうか」

そして通路の反対側に立っている冬美に顔を向けた。「行きましょう」

「う、うん」

硬い声だった。百代の凶行を目の当たりにしたとき、冬美の瞳は興奮に濡れていた。しかし仲間である三枝が我を忘れて飛びだし、そしておそらくは死亡したことに、さすがに衝撃を受けたようだ。ぎこちない動きで足を一歩踏み出した。

「北館から降りましょう。この先にエスカレーターが――おっと」

池田が口を閉じた。エスカレーターには、百代が罠を仕掛けている。少なくとも、北館の一階にはあった。だったら、二階にもファストフードの紙袋に入った風船が置かれているはずだ。慌ててエスカレーターを降りた来館者が作動させてしまった可能性は低くない。だとしたら、エスカレーターの利用は自らの首を絞めることになる。階段を使わなければ。

北館の三階は、レストラン街になっている。北中央館のレストラン街が香りの強い料理を集めているならば、北館のそれは、香りの薄い料理を集めている。そば屋や寿司屋がそうだ。

香りの強い方を端っこに集めなかったのは、おそらくは静かな雰囲気で食事をしたいという客が、香りの薄い料理を好むだろうという配慮からだ。逆にエスニック料理など異国情緒漂うレストランは、賑やかな方が、恰好がつく。

藤間たちは、寿司屋の脇を通り抜けた。銀座の高級寿司店が、ショッピングモールに初出店したと話題になった店だ。ちらりと中を見る。驚いたことに、まだ何人かの客が中にいた。避難を呼びかける館内アナウンスは、北館にも流れたはずなのに。ここまでは煙は届いていない。通路を走って逃げた客はこの前を通っただろうけれど、トリコセテン・マイコトキシンの餌食になった人間はここまでたどり着けない。だから切迫感がないのだろうか。従業員も避難を勧めはしても、出した料理を食べ終えるまでは残るという客を追い出しもできないだろう。たった数十メートル離れただけで、平和な日常が展開している。不思議な違和感に囚われながら、藤間は先を急ぐ。そこに、声がかかった。

「あれ？　社長？」

思わず身を固くした。しかし次の瞬間、自分が「社長」と呼ばれるはずがないことに気づく。社長と呼ばれる資格を持った人間は一人しかいない。その人物は、足を止めていた。

「安蒜（あんびる）くん」

冬美はそう答えた。視線の先には、針金のように細い男性が立っている。まだ若い。二十代前半だろう。胸のネームカードには『サンドキャッスル・トーキョー　安蒜』とあった。どうやら、冬美の店の従業員らしい。

「社長は、どうしてここに？」

安蒜は不思議そうに冬美を見ていた。冬美は慌てることなく藤間と池田を指し示した。

「お友だちと食事に来たのよ。君こそ、どうしてここに？」

なぜ店にいないのかという意味だろう。安蒜は慌てたように両手を振った。

「今日は、僕が早弁だったんですよ」

察するに、店では従業員が交代で昼食を摂ることになっていて、安蒜は早い順番だったということなのだろう。

「そうなんだ。それで、この騒ぎは何なの？」

冬美は頭上の空間を指さした。「さっき館内放送が、お客様に避難するよう言ってたわよ。何があったの？」

安蒜が首をぶんぶんと振った。

「ぼ、僕にもわかりません。さっきまでそばを食ってましたし」

冬美は沈痛な面持ちで頭を振った。

「何やってんの。あんなアナウンスがあったんだから、すぐに店に戻りなさい」

「す、すみません！」

安蒜はぶんと音がしそうな勢いで頭を下げ、北中央館へダッシュしようとした。しかしすぐに冬美が止める。

「待って。カオヤイでボヤが出てるみたいよ。煙が噴き出してたから」

安蒜が足を止めた。「カオヤイで？」

「そう。ボヤひとつで全館避難は大げさだと思うけど、三階を通って店に戻らない方がいい。いったん二階に降りて」

冬美が経営するサンドキャッスル・トーキョーアルバ汐留店は、南中央館の二階中央付近にある。真相を知らず、北中央館の三階だけ見た人間ならば、的確な指示だ。自分がかかわったテロ事件を目の当たりにしたばかりなのに、平然と従業員に指示ができる。藤間は冬美の度胸、あるいは鉄面皮ぶりに感心した。

「は、はい」

安蒜は答えながら、じっと冬美の顔を見た。捨てられた子犬のような目だ。何が言いたいのかはすぐにわかる。心細いから、一緒に来てほしい。

「え、えっと……」

冬美にもわかったのだろう。戸惑った声を上げた。これから、アルバ汐留全体がひっくり返ったような騒ぎになる。そんなものに巻き込まれたくないというのが本音だ。ましてや、百代がどう動いているかで、汚染区域が変わってくる。店舗のある南中央館の二階は、必ず襲わなければならない区域ではない。それでも、状況によっては汚染されることは、十分にあり得るのだ。

冬美は社長だ。単に仕事抜きで遊びにきて、怖くなって逃げたということであれば、店を見捨てて逃げた腰抜けで済ませられる。けれど従業員に姿を見られてしまった。しかも冬美は、避難勧告が出たのだからすぐに店に戻れと指示している。指示だけ出して自分が店に行かないというのは、あまりにも不自然だ。安蒜が生き延びた場合、決定的に不利な証言をしてしまう。

「仕方ないわね」

冬美はわざとらしくため息をついた。「行きましょう。お客様に安全にお帰りいただくよう、お手伝いをしなきゃね」

そして藤間と池田に向かって小さく会釈した。「じゃあ、わたしはここで」

池田が明るい笑顔を向けた。

「お休み中のご出勤、おつかれさまです」

冬美が苦笑を向けてくる。「食事は、また今度ね」

言いながら、泣きそうな顔をした。しかし怪しまれないためにも、彼女は行かなければならない。藤間も池田も止められなかった。社長と従業員は、二人を残して北へ向かって歩いていった。

「まずいな」

冬美を見送りながら、池田がつぶやいた。藤間もうなずく。「ああ、まずい」

安蒜はアルバ汐留で何が起きているのかを知らない。エスカレーターに罠が仕掛けられていることも。そんな彼が、社長をわざわざ階段に連れて行くわけがない。エスカレーターかエレベーターを使おうとするだろう。エレベーターよりもエスカレーターの方が手前にあるから、おそらく安蒜はエスカレーターに乗る。カビ毒が待つエスカレーターに。

「いっそのこと、すでに罠が作動してくれていればいいんだが……」

そうしたら、エスカレーターは大変な騒ぎになっている。彼らは別の手段で二階に降りざるを得ないから、冬美が災禍に遭うことはない。前方から悲鳴が聞こえてこないのを承知で、藤間は祈った。

池田が藤間の肩を叩いた。

「行こう。俺たちは、階段でな」

「ああ」

冬美たちと十分に距離を取ってから、藤間たちは歩みを再開した。距離を取ったのは、自分たちの行動を安蒜に不審がられないためだ。

おそらく自分たちは、無事にアルバ汐留を脱出できるだろう。百代の邪魔をすることなく。五人委員会のメンバーとしては、満足すべき結果となる。しかし、自分には未解決の課題がある。

広田依子を捜し出して、連れて帰る。

そのための方策を、藤間は考えつけないでいるのだ。

／／／／／／／／／／／／／／／／

どうしよう。

どうしよう。

表向きは堂々と歩きながら、冬美は不安でいっぱいだった。

安蒜は、エスカレーターに向かっている。それも当然のことで、冬美が二階に降りるよう指示を出したからだ。

仕方がなかった。放っておいたら安蒜は北館から北中央館へまっすぐ移動していたことだろう。北中央館の三階は、すでにカビ毒に汚染されている。店員に犠牲が出ることは覚悟の上だ。けれど、わざわざ死なせる必要もない。エスカレーターの罠を失念して、つい言ってしまったのだ。

エスカレーターに近づいていく。どうだ。罠は作動しているのか、いないのか。悲鳴は聞こえてこない。慌てふためきながら逃げてくる人影もない。ということは、まだ作動していない。作動していないということは、これから作動する可能性があるということだ。なんとかエスカレーターを避ける方法はないか。思いつかないうちに、エスカレーターに着いてしまった。

安蒜が当たり前のようにエスカレーターに乗る。ここに至っては、覚悟を決めるしかない。従業員を前にして、不自然な態度を取るわけにはいかないのだ。百代が目的を達成した後も、自分は生き続ける。ただ生きるだけではない。成功者として生きなければならない。警察にマークされることだけは避けたかった。

覚悟を決めて、エスカレーターに足を乗せる。怖々（こわごわ）下を見た。何も起きていない。この高さからでは、ゴミ箱脇に置かれているはずの紙袋は見えない。倒れている人影もない。お願い。このまま何も起きないで。

背後からカンカンという音が響き、冬美は飛び上がりそうになった。振り返るまでもなく、傍を若い男性がエスカレーターを駆け下りていくのがわかった。彼も北中央館の惨状から逃げてきたのだろうか。気持ちはわかる。でも、そんなに慌てないで。降り口で変な動きをすると、罠が作動してしまう。もちろん冬美の願いが届くはずもない。若い男性は猛スピードでエスカレーターを駆け下りていき、最後の三段ばかりのところでジャンプした。

バカッ！

冬美は思わず目を閉じた。着地の衝撃で風船が転がってきたら、犠牲になるのはわたしなんだよ！

そっと目を開ける。若い男性は、もうエスカレーターの降り口にはいなかった。そのまま回り込んで、一階に向かうエスカレーターを駆け下りるところだった。

安蒜に気づかれないよう、そっとため息をついた。ひとまずは、助かった。とにかく、無事に二階までたどり着かなければ。降り口が近づいてくる。まだ罠は作動していない。ゴミ箱が見えてきた。その脇には、ファストフードの紙袋。倒れてはいない。降り口に到着した。紙袋を見ないようにして、エスカレーターから離れる。

ふうっ。

肺の中の空気を、全部吐き出した。早くここを離れよう。何も知らない安蒜は、すたすたと北中央館に向かう。百代の動線には、北館は入っていない。エスカレーターさえ乗りきれば、ここは安全だ。ここは。

どきりとする。確かに、北館は安全だ。けれど自分たちが向かっているのは南中央館だ。途中には、北中央館がある。冬美はこの目で見た。北中央館のエスカレーターで、百代が何をしたのかを。

胃がねじれるような感覚があった。自分たちの進行方向には、死体が転がっている。

「うわっ」

突然の声に、飛び上がりそうになった。前を歩く安蒜が声を上げたのだ。気がつくと、北館から北中央館に入ったところだった。安蒜は足を止めて、上を向いた。吹き抜けの上方。煙が溜まっている。

「社長がおっしゃったのは、あれですか」

あれとは、カオヤイで起きたボヤのことだ。

「そう」声が震えないよう注意しながら答える。「この辺はどうにもなっていないようだけど」

「そうですね」

いいながら安蒜が左右を見回す。来館者の姿はない。

「みんな、逃げたんですかね」

「そうならいいけどね」

「うちのお客さんも逃げたのかなあ」

のんびりした口調だ。不意に怒りが湧いてくる。事情を知っている者が抱く、知らない者に対する、じれったさを含んだ怒り。しかし表に出すわけにはいかない。耐えているうちに、安蒜は歩みを再開した。しかし数歩でまた止まる。

「あれは？」

口調が先ほどと全然違う。緊張に声がかすれていた。正面を指さしていた。三階から降りる、エスカレーターの降り口。何人もの人が床に倒れている。その中に、黄色い防護服が立ち尽くしていた。自分たちが北館の三階にいたときに、カオヤイに向かっていた消防隊員だ。

そういえば、一人がエスカレーターに向かって駆けていったのを憶えている。

「さあ、何でしょうね」素知らぬ顔で答える。「なんか、ヤな感じね」

「そうですね」

恐る恐るといった体で歩きだす。数歩進んだところで、黄色い防護服がこちらに気づいたようだ。ゴーグルをこちらに向ける。

「来ないでっ！」

両手をこちらに向けた。「こちらに来ないでくださいっ！」

「え？　え？」

安蒜が戸惑った声を上げる。その背後から、冬美は見てしまった。黄色い防護服の足元に倒れ伏す人影。男性だ。その服装には見覚えがあった。

三枝だ。

三枝は、ぴくりとも動かなかった。

冬美は我知らず目を閉じていた。

わかっていた。死角になっていたとはいえ、百代と三枝の動きを追っていたら、こうなることは明らかだった。いくら準備段階で情が通い合っていたとしても、本番の最中に現れたら、殺すしかない。

しかし、いくら予想していたことだとはいえ、実際に見た友人の死体は、冬美に大きな衝撃を与えた。しかも、ただの友人ではない。秘密を共有し、危険な計画を一緒になって考えた同志なのだ。加えて、そんな三枝を殺害したのが「モモちゃん」と呼んで可愛がっていた女性とあっては。

冬美は今朝の百代を思い浮かべた。落ち着いた、いつもの表情。それはつまり、日常の延長線上に今日の決行があることを示していた。彼女には、覚悟ができていたのだ。ためらわない覚悟が。今の百代であれば、目の前に実の両親が現れたとしても、無造作にカビ毒を塗りつけるだろう。

実の両親ですらそうなのだから、五人委員会などどれほどのものでもない。全員殺したとしても、せいぜい五人プラスされるだけなのだ。二千人殺害という目標を掲げた百代にとっては、役に立ったうちにも入らない。

準備が終わってしまえば、五人委員会に存在価値はない。わざわざ助ける必要はないし、わざわざ殺す必要もない。目の前にいれば殺すし、いなければ殺さない。その程度のものだ。事実、三枝は百代の目の前に姿を現したから、殺された。

ぞくりとした。

では、自分はどうなのか。少なくとも、百代はこの場にいない。三枝を殺害した後、どこに移動したのか。彼女の最終目的地は南中央館の一階だ。しかしそこに至るまでにどう動くかは、状況次第だ。

「こちらに来ないでくださいっ！」

防護服――声からして男性だ――がまた言った。口調から必死さが伝わってくる。当然だ。倒れているのは三枝だけではない。北中央館の三階から二階へ降りるエスカレーターには、折り重なるようにして来館者たちが伏している。誰も動かない。

「トリコセテン・マイコトキシンは、飲んだり吸ったりするよりも、肌に触れさせた方がより微量で殺せるんですよ」

かつて、藤間が教えてくれた。品川化学工業という、高い技術力を持った会社の研究員が。彼は、正しく百代を導いた。その甲斐あって、エスカレーターで二階に降りようとした来館者たちは、目的地にたどり着くことなくその命を奪われた。

しかし、その事実を目の前の防護服は知らない。もちろん、自分も公的には知りはしない。だから驚いたように目を精一杯見開いてみせた。

「どうしたんですか？」

安蒜を押しのけるようにして前に出る。「わたしは、この先にある店の者です。先ほど、お客様に退出するようアナウンスがありました。そして、そこに人が倒れています。いったい、何があったんですか？」

防護服の男がのけぞった。「いや、あの……」

冬美はさらにたたみかける。

「業務連絡では、南館から退出していただくようにと言っていました。もしわたしの店にお客様が残っていたら、速やかに避難していただかなければなりません。ここを通していただけませんか？」

本音をいえば、三枝を殺したカビ毒がそこら中にばら撒かれている場所など通りたくはない。それでもあえてそう言ったのは、安蒜がいるからだ。従業員の前で、社長がぶれた発言をするわけにはいかない。ちらりと安蒜を見る。尊敬とまではいえなくても、頼りにしているという目の輝きがあった。よし。自分の演技はうまくいっている。

「と、とにかく！」

防護服が態勢を立て直した。「ここは危険なんです。向こうへは、他のフロアを通っていってください！」

「他のフロア？」

三階は、カオヤイのある陸側は百代が発煙筒とカビ毒で阿鼻叫喚の地獄絵図にしている。しかし、吹き抜けを挟んだ海側は問題ないはずだ。百代が刷毛を振り回したとしても、カビ毒が吹き抜けのスペースを越えて向こう側に飛び散ったとは思えない。カビ毒を塗りつけられた客が、ぐるりと回って向こう側に移動することは、もっと考えにくい。

一階はどうだ。先ほど女性客が吹き抜けから落下している。避難客がパニックに陥っていることは、容易に想像できる。カビ毒はなくても、右往左往する人波に揉まれて移動できないかもしれない。

よし、階段で三階に上がろう。海側を通って南中央館に移動する。南中央館の三階はシネコンがあり、今回は無視することになっている。安全だ。そこからまた階段で二階に降りれば、店にたどり着けるだろう。南中央館の二階に、百代がカビ毒をばら撒いていなければ。

冬美はふうっと息を吐いた。防護服に聞こえるように。

「わかりました。上りエスカレーターも使わない方がいいんですよね？」

上りエスカレーターは三枝が死んでいる場所の反対側だ。罠も、上りの方には仕掛けていない。けれど上りと下りは交差している。百代が醤油差しでカビ毒を振り撒いたとき、上りエスカレーターの方にかかっていない保証はない。いや、かかっていると考えるべきだ。冬美は、上りエスカレーターを使わないという結論を出した。けれど結論に至るまでの思考過程は、安蒜にはわからない。だから防護服の口から、エスカレーターを使うなという言葉を引き出さなければならない。

「は、はい。そうです。すみませんが、階段を使ってください」

よし。思惑どおりだ。冬美はまず大げさに眉をひそめてみせてから「わかりました」と答えた。細身の部下に顔を向ける。

「聞いたでしょ。階段を使いましょう」

「は、はい」

防護服に一礼して、エスカレーター、つまり三枝から離れた。階段に向かう。北中央館のこの場所からなら、従業員専用の階段よりも一般用の方が近い。

「あれ？」

上り階段に足をかけた途端、安蒜が変な声を出した。「一階に降りないんですか？　上は、煙が出てましたよ」

「――ああ、それ」

答えはもう用意しておいた。

「さっきちらりと聞いたんだけど、カオヤイの前から人が落ちたらしいよ。たぶん、火事に慌てて逃げようとしたんでしょうね。三階から一階まで真っ逆さまに落ちたら、助からないと思う。安蒜くんは、墜落死体を見たい？」

「い、いえっ」

ぶんぶんと首を振る。冬美はうなずく。

「三階の、カオヤイとは逆側を通りましょう。カレーとか刀削麺（とうしょうめん）のある側を通れば、多少煙くても、たいしたことないよ」

「はいっ、わかりました」

冬美は階段を上り始めた。後ろから安蒜が従者のようについてくる。アルバ汐留は、ワンフロアの天井があまり高くない。だから階段もそれほど長くはない。すぐに三階に上がることができた。

さすがに来館者は逃げてしまったようだ。人通りのない通路を歩いて南中央館に向かう。渡り廊下を抜けてシネコンのエリアに入った。

「うわっ！」

思わず声を出してしまった。映画館を出る客で、南中央館の三階はごった返していたのだ。

「慌てないでください！　落ち着いて！　エスカレーターで一階まで降りてください！」

係員が声を張り上げているが、映画の途中で無理やり追い出された入場者は不満たらたらだ。文句がノイズとなって係員の声をかき消している。それでもさすがは日本人。ぶつぶつ言いながらも、下りエスカレーターに向けて行列を作っていた。

おやおや。ご愁傷様。

冬美は心の中で入場者たちに合掌した。今は、下りエスカレーターは動いているかもしれない。けれど、百代の罠がいつ作動するかわからない。百代がその場にいなくても、罠が作動してしまえば何人かは死ぬし、周囲はパニックに陥るだろう。怪我人もかなりの人数に上るはずだ。もっとも、百代が求めているのは死亡者であり、負傷者ではない。パニック状態になった来館者たちを南館の一階に殺到させることが目的なのだ。

冬美は軽く息をついた。

「ひどい状況ね。これじゃエスカレーターは使えないし、階段もぎゅうぎゅう。従業員用の階段を使いましょう」

「はい」

二人は人波を避けながら「STAFF　ONLY」と書かれたドアを抜けて、従業員専用のエリアに入った。関係者しか使えない階段で二階に降りる。

サンドキャッスル・トーキョーは、南中央館二階の中央付近にある。吹き抜けの、陸側だ。冬美たちは同じ側にある従業員専用階段を使ったから、それほど歩かずに店に到達できる。

しかし。

従業員専用のドアから通路に出ようとして、冬美は一瞬ためらう。百代は、どんなふうに移動したのか。

北中央館の二階で三枝を殺した後、黄色い防護服と対峙した。あの場に百代がいなかった以上、逃げたのだ。そして防護服がその場に突っ立っていたということは、おそらくは百代にカビ毒をかけられたのだろう。

百代はあの言葉を使ったのだろうか。

「キャッチ・ミー、イフ・ユー・キャン」

安い挑発によって相手を怒らせ、追いかけさせる。それによって汚染区域を拡大することで、来館者にダメージを与える。少しでも犯人像をごまかすために、冬美は百代に変なイントネーションを教えた。取引のある国の人間が使う英語に近いものだ。日本人が話す英語とは、明らかに違う発音。百代の言葉を聞いた当局の人間が、犯人が日本人でないと思ってくれないか、期待を込めた準備だった。

しかし防護服は挑発に乗らなかったようだ。それはつまり、防護服が百代を追えなかったことを意味している。では、百代はどこに行った？

最も可能性が高いのは、そのまままっすぐ南中央館へ移動することだ。南中央館は逆側の北館と違って、北中央館から逃げてきた来館者が多数通っている。そのただならぬ様子に館内放送が重なれば、自分たちも逃げようとするだろう。ターゲットの密度が小さくなれば、百代は無理をして店舗を襲わないはずだ。南中央館の通路は、汚染されていない可能性が高い。

冬美はそう結論づけた。しかし安心すると同時に、少しの不満も感じていた。南中央館の二階に、冬美のサンドキャッスル・トーキョーはある。百代の動線が店に重なれば、攻撃する可能性は、十分だと考えていた。

けれど、決して実現しない可能性だったかもしれない。防護服を着た東京消防庁化学機動中隊が来た以上、警視庁機動隊のNBC対応専門部隊もすでに到着しているだろう。彼らも防護服を着用していれば、軽装の百代を逮捕することはできない。それでも、敵の人数が増えれば、多勢に無勢だ。加えて百代の軽装を見た機動隊が、同じような軽装で追ってきたら、簡単に身柄を確保されてしまう。囲まれる前に一階に降りてしまおうと考えるのは、自然なことだ。

「目的を考えると、できるだけすべての建物で死者を出しておきたい」

池田はかつてそう言った。

「まんべんなく死者が出た方が、アルバ汐留を取り壊すことに説得力が出る。今の計画では——」

池田はペーパー・ムーンのテーブルに置いたフロアガイドを指し示した。

「まず北館では、一階のこども休憩室を襲う。混み具合にもよるけれど、無抵抗の乳幼児だから、十人前後は稼げると思う。二階と三階は攻撃の対象外だけど、乳幼児が二桁死ねば、重大事件と認識してくれるだろう」

「北中央館は、三階ですね」

木下が後を引き取る。

「カオヤイと、もう一店ほどを襲う。さらに、二階へ降りるエスカレーターでも二十人から三十人を攻撃できます。カオヤイと加えて、うまくすれば百人単位で死者を稼げます」

「問題は、南館だな」

藤間が腕組みした。

「来館者を逃がす出口だから、南館の一階は警察官が特に多いだろう。警察が待ち構えている場所に乗り込むのは自殺行為だ。この建物では、エスカレーターの罠しか攻撃の手立てがなくなる。罠は不発に終わる可能性もあるから、結果的に南館は死者ゼロということもあり得る」

「南中央館を攻撃できたら、南館は捨ててもいいと思います。他の三つの建物で大量の死者が出たら、端っこの南館だけ残そうという話にはならないでしょうから。でも――」

三枝がフロアガイドを指さした。

「その南中央館が問題ですね。三階のシネコンは攻撃の対象外ですし、二階には冬美さんの店があるんですよ。さすがに、まずいでしょう」

「ふむ」池田が鼻を鳴らした。「確かにそうだな」

「一階を集中攻撃すればいい」藤間が言った。「南中央館の一階は、北側から避難しようとする客で溢れかえっているはずだ。行動の自由が利くレベルの混み合い方だったら、南中央館の一階を草刈り場にできる」

「それだったら」木下がすかさず言った。「北中央館を重点的に襲いましょう。カオヤイの後、二階を北館に向かいながら攻撃し、一階に降りてさらに攻撃する。そこから南中央館へ移動すれば、藤間さんが言うように南中央館の一階も草刈り場にできます」

「うーん」池田が眉間にしわを寄せる。「北中央館に集中しすぎな気もする。警察に動きを読まれないかな」

「そんな時間的余裕はありませんよ。それに死者を増やすという観点からもいい方法でしょ？」

木下が食い下がる。池田はうなずいた。

「それもそうかな。木下くんの意見に賛成しよう」

木下がにんまりと笑った。「そうこなくちゃ」

議論の最中、冬美はずっと黙っていた。自分が所有する店舗が標的になるか否かという問題だから、黙っていても不自然ではない。今回の計画の始めに「自分の店はどうなっても構わない」と宣言してもいる。

それでもやはり気を遣うのか、南中央館の二階は攻撃しない雰囲気が広がっていた。木下が北中央館を集中的に攻撃する案を提唱して、決定的になった。サンドキャッスル・トーキョーは、無事だ。

それでも、状況次第で何が起こるかわからない。机上の計算と、実際に煙が出たり死者が出たりした場合のパニックは違う。冬美は実業家として、現実を甘く見てはいなかった。来館者の流れ、警察や消防といった敵対勢力の動きによっては、百代が南中央館の二階を移動しなければならないことは、十分考えられる。エスカレーターは吹き抜けの陸側に設置されているから、南側へ行けば、サンドキャッスル・トーキョーの方へ向かうことになる。可能性は、ゼロではないのだ。

「社長？」

安蒜の声で我に返った。通路に出る従業員専用ドアの前で冬美は固まっていた。

「ああ、ごめん」わざと硬い笑顔を作った。「さっきの防護服の人がいたところ、人が大勢倒れていたでしょ？　ドアの外もそうなっていたら、どうしようかと思ったのよ」

「えっ」

安蒜の顔が引きつる。純朴な社員に向かって、冬美はもう一度笑顔を作った。

「大丈夫よ。さっきのが何なのかわからないけど、ここはずいぶん距離が離れているし」

「そ、そうですよね」

一転して安心した表情になる。ちょっとは自分の頭で考えろ。叱りつけたくなったけれど、そんなことをしている場合ではない。不安と期待を胸に、冬美はドアを開けた。ドアの前の通路は、何も起きていない。通路に出た。陸側に移動し、サンドキャッスル・トーキョーの方を向く。

——えっ？

固まってしまった。通路の二十メートルほど先に、人が倒れているのだ。女性だ。丈の短いスカートなのに脚を開いているから、下着が丸見えだ。しかし女性は気にしている様子はない。

もちろん、冬美はその理由を知っている。カビ毒を肌に触れさせてしまったら、スカートどころではない。反射的に振り返った。北中央館に続く通路にも、来館者が倒れている。

百代は、ここに来たのだ。

来ただけではない。避難している来館者たちを攻撃していった。五人委員会の提案どおり一階に降りずに、二階を攻撃している。

黄色い防護服が現れたからか。彼から見えるようまっすぐ逃げたから、自然とそうなったのか。顔を戻す。通路の床に倒れている女性客の先を見る。

「うああっ！」

先に安蒜の悲鳴が状況を教えてくれた。通路の先で、煙が上がっていたのだ。

／／／／／／／／／／／／／／／／／／／／／／

「誠に申し訳ございません」

辻野博信は、店を出る客に割引クーポン券を渡して、深々と頭を下げた。客はぶつぶつ文句を言いながらもクーポン券を受け取り、店を出た。

辻野は息をついた。十二時五十五分。これで、店内の客は全員いなくなった。

先ほど流れた館内放送。自分がこの店を任されるようになってから、はじめて聞く内容だった。

近いものとしては、昨年台風が接近したときの館内放送があった。しかしあのときは、来館者たちに対して、交通機関が動いているうちに帰宅した方がいいという内容だった。それから地震のとき。あのときは避難指示というよりも、むしろ下手に動くなという内容だった。

しかし今日の放送は、それらのどれとも違っている。はっきりと、退出しろと言った。しかも業務放送では、南館の一階に誘導しろと、場所まで指定して。

アルバ汐留の運営会社である東京湾岸不動産からは、事情を伝える連絡はまだ入っていない。だから状況に応じた最適な手は打てない。できることは、業務連絡に従って来館者を南館の一階に誘導することだけだ。

社長である妻から店長を任されて以来、サンドキャッスル・トーキョーアルバ汐留店は利益を出し続けている。新宿本店や六本木店と比べると見劣りするが、少なくとも妻の足を引っ張ってはいない。それが辻野のささやかな誇りだった。

サンドキャッスル・トーキョーというブランドに傷をつけるわけにはいかない。来てくれたお客さんに万が一のことがあってはならないのだ。だから一時的な不興を買おうとも、買い物を中断して避難してもらわなければならない。辻野の判断は速かった。館内放送があってからすぐに店員を集め、客に店を出て南館の一階に移動してもらうよう指示を出したのだ。

アルバ汐留店には、正社員は自分と副店長の二人しかいない。残りはアルバイト店員だ。アルバイト店員は、客に付き添って南館の一階に移動させることにして、店舗は正社員二名が残ればいい。たった今最後の客を店から出し、残っていたアルバイト店員――先ほど中年女性からクレームを受けた女性だ――に付き添わせた。何が起こったのかはともかくとして、これで少なくとも店内で客がダメージを受けることはなくなった。アルバイト店員も、残るは先に昼食に出た安蒜だけだ。彼とはまだ連絡が取れていない。館内放送を聴いて、自主的に避難してくれているといいのだが。

「何なんでしょうね」

残った副店長が小さな声で言った。「さっき、遠くの方で火災報知器のベルが鳴りましたし。お客さんたちが慌てて走っていきましたし」

辻野は首を振る。

「わからないね。普通なら、あんな館内放送をしたら、すぐに東京湾岸から連絡が入るんだけど」

答えながら、辻野は下腹に嫌な感じが溜まっていくのを感じていた。普通ならすぐに入る連絡がない。ということは、可能性がふたつあるのではないか。ひとつはアルバ汐留を重大事件が襲い、運営会社がその対応にかかりきりになっているため、各店舗に連絡が追いつかない可能性。そしてもうひとつは、東京湾岸不動産そのものが深刻なダメージを受けたため、連絡したくてもできない可能性。どちらにしても、アルバ汐留にただならぬ事態が訪れていることは間違いなさそうだ。

冬美に連絡しておこうか。

辻野はそんなことを考えた。妻で社長の冬美は、基本的に土日が休みだ。確か今日は、喫茶店の常連仲間と遊びに行くようなことを言っていた。状況がわかっていないのに不安がらせる連絡だけしても仕方ない気もするけれど、第一報だけは入れておいた方がいい。

店内で接客中は、携帯電話など持っていない。私物は奥のスタッフ控え室に置いてある。もう接客する相手もいないことだし、控え室に行って電話をかけよう。次席社員にそう話しかけようとしたとき、辻野は異変に気がついた。

「ぐげえっ！」

通路に、絶叫が響いたのだ。

なんだ？

声のした方を見る。北中央館の方向だ。通路には、まだまだ避難する来館者が大勢いた。その奥の方。来館者がうずくまる姿が見えた。絶叫は、あの人物が放ったものなのか。

異様な声に、避難する来館者たちは足を止めて振り返っていた。いや、一人だけまっすぐに進んでいる人物がいる。つばの広い帽子。大きなサングラス。マスク。長袖の上着。トレッキングパンツ。肩に大きなトートバッグを提げている。女性だろうか。彼女だけは、絶叫に耳を貸すことなく、一目散に逃げている——本当に？

サングラスの女性が、振り向いたまま立ち止まっている女性客を追い越そうとした瞬間、右手がトートバッグに突っ込まれた。すぐに引き出される。右手に何か握っている。その右手が一閃した途端、同じ絶叫が響いた。

サングラスの女性は、またしても絶叫を無視して進んでいく。来館者たちは動かない。何が起きているのか、理解できていないのだろうか。そして同じような絶叫を上げて、床に転がっていく。

いや、それをいうならば自分も理解できていない。自分が目にしている光景が信じられない。サングラスの女性が追い越す度に、来館者たちは絶叫して倒れた。そして転げ回っている。強烈な痛みにのたうち回っているかのように。

サングラスの女性が、また来館者に追いついた。いや、来館者だけではない。店のスタッフも一緒にいる。三軒先の傘専門店のアルバイト店員だ。傘だけで店舗を成立させてしまう企画力に、冬美が感嘆していた。だから辻野も憶えていたのだ。

傘専門店のアルバイト店員は、客を四人連れていた。店長は辻野と同じ考えで、アルバイト店員に客の誘導を託したのだろう。それはつまり、正社員でないアルバイト店員を逃がすことでもある。立ち止まっている客に対して、アルバイト店員が「行きましょう」と声をかけている。そんな彼女もまた、顔は背後に向けたままだ。

サングラスの女性は同じ行動を取った。近づくまでは、右手には何も持っていない。いよいよ追い越そうかというときになって、トートバッグに手を突っ込んで何かを取り出す。そして追い越しざまに一閃させる。

「ぎいっ！」

「げえっ！」

絶叫が相次いだ。四人の客が次々と床に転がる。そして、アルバイト店員も。

そのときになって、辻野はようやくサングラスの女性が持っているものを認識した。刷毛だ。女性はトートバッグから刷毛を取り出し、まるで壁にペンキを塗るように、来館者たちに刷毛を押しつけたのだ。そして来館者たちは絶叫して床に転がった。

これかっ?

辻野は理屈によらず理解していた。アルバ汐留を襲っている深刻な事態とは、この人物のことなのか。サングラスの女性が、刷毛で来館者を片端から襲っていることか。

女性が近づいてくる。サングラスをかけているから、視線はわからない。ただし、こちらを認識したことは間違いないようだった。それでもまるで関心がなさそうに通路をまっすぐ進んでいく。

来る!

そう思った瞬間、辻野の脳裏に浮かんだことがあった。

店を、護らなければ。

妻が自分に託した店だ。どんな事態であれ、ダメージを受けるわけにはいかない。

背後から息を吞む音が聞こえた。副店長だ。そうだ。彼女も護らなければならない。店長として、社員を護るのは当然のことだ。

辻野は腰を落として身構えた。サングラスの女性はまっすぐにこちらに向かってくる。あの刷毛に何を含ませているのかはわからない。ただし、毒物であることは間違いなさそうだ。しかも、猛毒。あの刷毛に触れずに女性を取り押さえられるか? やるしかない。辻野は反復横跳びの要領で店に入り、手近にあったハンガーをつかんだ。通路に戻る。

さあ、来い。

辻野は全身の筋肉をたわめた。自分の方が背が高いし、腕も長い。刷毛とハンガーなら、ハンガーの方が遠くまで届く。こちらの方が有利だ。向こうが刷毛を振る前に、ハンガーで右手を攻撃してやる。

しかし。サングラスの女性が足を止めた。五メートルほど手前だ。近くに、避難する来館者はいない。トートバッグに右手を突っ込んだ。

どうした？

この距離では、いくらなんでも刷毛の攻撃は届かないはずだ。

訝しむ前に答えは出ていた。トートバッグから引き出された右手に、刷毛はなかった。代わりに、赤い棒のようなものが握られていた。見覚えがある。自分はあれを知っている。そう。車に積んである発煙筒だ。

辻野は正しかった。サングラスの女性は発煙筒に着火し、放り投げた。自分と辻野の間に。たちまち通路に白い煙が立ち込めていく。煙に女性の姿が隠された。

しまった！

ここにいては、視界が利かない。店に入らなければ。店内なら、煙が入ってきていない。

しかし辻野は動けなかった。背後から「ひっ」という声が聞こえたからだ。副店長が動けずにいる。自分が逃げたら、部下が刷毛の犠牲になってしまう。

責任感の強さが、辻野の運命を決めた。白い煙の中から、手が突き出された。通路から動けずにいた辻野の顔面を、刷毛が捉えた。

しまった！

あの刷毛に触れたらどうなるのか、自分は知っている。おそらくは激痛が襲ってきて、床をのたうち回ることになるのだ。

半分は正しく、半分は間違っていた。辻野が感じたのは、今まで経験したことのない激痛だった。顔面に直接ガスバーナーの炎が当てられているような痛み。目が開けられない。息を吸うと、口の中と喉にも激痛が走った。刷毛が含んでいたものを吸い込んでしまったのだ。息ができない。

それでも辻野は倒れなかった。ここでのたうち回っていては、店を護れない。その一心が、辻野を立たせていた。

「ぎいいっ！」

背後から絶叫が聞こえた。普段とはあまりにも違う声だったが、辻野にはすぐにわかった。副店長だ。彼女もまた、刷毛の攻撃を受けてしまったのだ。店長である自分は、社員を護れなかった。

悔恨はなかった。いや、悔恨している精神的余裕はなかった。ただ立っているだけで精神力のすべてを使っていたのだ。

すると。

前方から声が聞こえた。

すっかり耳に馴染んだ声が。

辻野は声を出せない。それでも唇は動いた。

「冬美……」

／／／／／／／／／／／／／／／／／

本当に、いい旦那さんですね。

結婚してから、幾度も聞いた科白だ。

実際、そのとおりだった。夫の博信は、誠実な人柄で知られている。他ならぬ冬美も、博信の人柄に惚れて交際を始め、結婚にこぎ着けたのだ。積極的だったのは、冬美の方だった。

結婚して数年は、幸せな時間だった。夫は結婚してから豹変（ひょうへん）することもなく、独立して起業したいという妻の夢にも理解を示してくれた。そして念願叶って冬美が会社を興したときには、心底喜んでくれた。事業が大きくなり、人手が足りなくなったときには、それまで勤めていた会社を辞めて、手伝ってくれた。

夫婦の歯車が狂いだしたのは、その頃だ。一緒に仕事をしてみて、はじめてわかった。博信は人間としては素晴らしくても、ビジネスパーソンとしては、たいしたことがなかったのだ。もっと優秀な人材は他にもいる。会社が大きくなると、その優秀な人材が集まってきた。自然と冬美は彼らを登用するようになり、博信は閑職に追いやられた。

元々、冬美はアルバ汐留に出店する気はなかった。汐留というエリアの成長力は、冬美を満足させるレベルではないと判断していたからだ。それでも出店したのは、本命である虎ノ門エリアの再開発に、東京湾岸不動産が絡んでいたからだ。その頃、東京湾岸不動産は、アルバ汐留のテナント確保に苦心していた。虎ノ門に出店する交換条件として、アルバ汐留にも出店する。冬美は東京湾岸不動産と、そのような契約を交わした。

そんなわけで、冬美にとってアルバ汐留店はそれほど期待していない店となった。店長を誰にしようかと考えたときに、たいして有能ではないけれど人望だけはある博信を思いついた。

あんなにいい人なのに、どうして冬美は冷や飯を食わせるのか。そんな批判が社内でも囁かれていた。社長の身内だからこそ、人事の公平性を高めるために、あえて地位を与えないのだ。秘書を通じてそのような噂を流させたものの、博信の人柄に心酔している社員たちの不満は収まらなかった。社内のガス抜きのためにも、博信を登用する必要があったのだ。

　まさか、アルバ汐留店には期待していないし、そのため無能な社員を店長にしたなどとは、口が裂けても言えない。だからマスコミの取材では汐留エリアの可能性を過剰にアピールし、社内には重要な店だからこそ人望のある博信を抜擢したと信じさせる必要があった。

　冬美の狙いは当たり、無事に虎ノ門店もオープンできた。虎ノ門には将来有望な店長を据えて、順調な滑りだしを見せた。逆に、アルバ汐留店で博信が少ないながらも利益を出したことは、想定外の驚きだった。それでも、アルバ汐留店と博信に対する冬美の評価は変わらなかった。

　そんなときに聞いたのだ。百代の計画を。
池田をはじめとする五人委員会が、丁寧な検証の結果、ターゲットをアルバ汐留と定めた。
チャンスだった。百代の計画を利用して、アルバ汐留店に甚大な被害を受けさせれば、保険金が入る。博信も同様だ。百代が博信を殺害してくれれば、夫の生命保険金も手に入る。会社の財務基盤は、決して盤石なものではない。ふたつの保険金が入ってくれれば、サンドキャッスル・トーキョーの経営はかなり楽になるのだ。

　その可能性に気づいて以来、冬美はことあるごとに主張した。自分の店が攻撃されることに問題はない。百代の目標達成の方が大切だからだと。そうやって百代の意識に、店への攻撃を刷り込んでいった。五人委員会の他のメンバーが、店のある南中央館の二階を避ける計画を立てようとも、刷り込みを続けた。

　それが成功したのだろうか。計画実行の今日、自分は通路に立ち込める煙を見ている。煙の発生場所は考えるまでもない。サンドキャッスル・トーキョーアルバ汐留店の前だ。そして、通路に倒れている来館者たち。こんなことをやるのは、百代以外にはいない。

「あ、あ、ああ……」

　安蒜が茫然自失の体で立ち尽くしている。冬美は彼を放っておいて、足を前に踏み出した。倒れている来館者の周囲には、カビ毒が撒き散らされていると考えた方がいい。幸い通路は、彼ら彼女らを避けて移動することができる広さだ。冬美は被害者たちを避けながら、機械人形のように進んでいった。

　店はどうなった。百代は店内で客を殺したのか。店長は、博信はどうなった。

　ついに、煙の前に立った。まだ煙は濃いままだ。排煙しなければ。現場にいない社長でも、排煙の仕方くらいはわかる。店内に入って、レバーを回すのだ。

　視界が利かなくても、見当はつく。冬美は煙の中に入っていこうとした。しかし、それより先に煙から出てきたものがあった。

人間だ。胸にネームプレートをつけている。『辻野』とあった。

けれど冬美には、それが博信とは思えなかった。顔がどす黒く変色しているのだ。目は閉じられているし、激しく咳き込んでいる。なぜ夫がそんな姿になってしまったのか、冬美はその理由を知っている。百代がカビ毒を塗りつけたからだ。つまり、夫は確実に死亡する。

達成感はなかった。ただ、目の前の夫の姿に釘づけになっていた。肺に残ったわずかな空気でつぶやいた。「あなた……」

小さな声だったけれど、夫は反応した。見えない目をこちらに向けた。唇が動く。声は出なくても、自分の名前を呼んだことはわかった。夫が近づいてくる。冬美は動けなかった。

夫が自分を抱きしめた。顔を近づけてくる。頬ずりされた。カビ毒が塗りつけられた頬を。

冬美は、絶叫した。

間章

午後十時。

ペーパー・ムーンの店内には、八人の男女がいた。

ペーパー・ムーンの営業時間は、午前十時から午後九時までだ。つまり今は、閉店後の店内ということになる。店主の紙谷邦男と梓夫妻、アルバイト店員の篠崎百代は当たり前だとしても、他に五人もの人間が残っていられるのは、彼らが特別な客であることを示していた。

品川化学工業埼玉研究所研究員、藤間護。

東京産業大学経営学部講師、池田祐也。

サンドキャッスル・トーキョー社長、辻野冬美。

氷川総研所員、木下隆昌。

大宮医科大学生、三枝慎司。

彼ら五人と百代が、テーブルを囲んで立っている。紙谷夫妻は、彼らをカウンターの内側から眺めている。テーブルの上には、地図が載っていた。

池田がビールをひと口飲んだ。

「どこが、いいかな」

つぶやいて、視線を落とす。テーブルの地図は、東京都心のものだった。北西に日比谷公園、北東に銀座、南東に浜離宮恩賜庭園、南西に増上寺が記載されている。池田の視線は、その中心部に注がれていた。最近開発が進んでいる、汐留と呼ばれているエリアだ。テレビ局や大手企業のオフィス、ホテル、劇場、ショッピングモールなどが建ち並んでいる。

「まあ、テレビ局は無理でしょうね」

冬美が言った。細い指先が、在京キー局の名前が書かれた建物を指し示す。

「有名人が出入りするところだから、警備は厳重だよ。一般人が簡単に忍び込めるわけがない」

「アルバイトスタッフになってもですか？」

木下が反論した。

「全員が芸能人とテレビ局の社員というわけじゃありません。実際の制作は下請け会社がやっていて、連中が大勢出たり入ったりしているはずです。学生バイトも多いでしょう。連中が入れるんだから、モモちゃんが紛れ込んでも、全然不自然ではないと思いますが」

「有名人が犠牲になれば、ニュース性も抜群ですしね」

三枝も同調した。

藤間は腕組みして考える。木下と三枝の意見は、正しいようにも思える。しかし、実際に行動を起こそうとすれば、どうだろうか。

「難しいな」

藤間はそう結論づけた。「決行のためには、多くの資材を現場に持ち込む必要がある。木下くんの言うとおり、何度も出入りして持ち込めるかもしれない。でも、それらを隠しておく場所がない」

「それだけじゃない」池田が後を引き取った。「テレビ局じゃ、ロケハンできないだろう。スタッフに化けて入っても、行けるところは限られている。建物の構造を把握する前に、怪しまれてつまみ出されるのがオチだ」

「あっ、そうか」

木下が口を開けた。「一般人でも簡単に入れるところじゃなきゃダメか」

「そう思う」

池田がサインペンで、テレビ局に×印をつけた。

「だとすると、オフィスビルもダメですね。最近のオフィスビルはセキュリティがしっかりしていて、IDカードがないと玄関さえくぐれないって聞いたことがあります」

「そのとおりだよ」

自分自身が企業の研究所に勤務していて、毎日IDカードをかざして敷地内に入っている藤間が肯定した。

「海外でも名の知れた大企業の社員を皆殺しにできたら、インパクトがあるんだけどな」

ぶつぶつ言いながら、池田がいくつかのオフィスビルに×印をつける。

「一般人が気軽に入れる場所ですと」三枝が地図を凝視した。「ホテル、劇場、ショッピングモールですか」

「ホテルは難しいんじゃないかな」

木下がビールを飲みながら言った。

「ホテルは、客室の集合体だ。フロントの目を盗んで客室階に上がれたとしても、一部屋ずつノックして殺して回るわけにもいかない」

「部屋に客がいるかどうかもわからないしね。効率が悪過ぎる」

冬美が木下に味方した。

「じゃあ、劇場は？　あそこは大人数が集まる密室だから、攻撃のやり方によっては、全員を一度に殺せるよ」

あの劇場を運営している劇団は有名だから、満席になることは期待できるしね——冬美はそう続けた。

「そうですね」

池田がいったんうなずいて、すぐに首を振った。

「いや、ダメです。あの劇場は、確か座席数が千ちょっとでした」

「十分じゃない」

「千人を全滅させられるという点では、冬美さんの言うとおりです。でも逆にいえば、千人しか入らない程度の建物なんです。俺たちの目的を達成するには、小さ過ぎます」

「……そうね」

冬美も認めた。自分たちの最終目的。それは、単に殺すことではないことを思い出したのだ。異論が出ないことを確認してから、池田が劇場に×印をつけた。

「だとすると、残るはひとつ。ここですか」

木下が地図の一点を指さした。大型商業施設。

「ここなら、毎日数万人の客が訪れます。標的としても十分な人数ですし、俺たちも客として入れば、ロケハンし放題です」

三枝がうなずく。「資材を持ち込むにも、コインロッカーがありますしね」

「そうだね」池田も賛同した。「何より、この施設は横に長い。まるで、海を背にした屏風だ。俺たちの標的としては、ぴったりだな」

藤間も賛成しかけた。池田たちの言うとおり、標的としてふさわしいように思える。しかし藤間は何かが引っかかった。記憶からそれを探したら、すぐに見つかった。

「でも、ここには、冬美さんの店が入ってるでしょう。いくら何でも、まずいんじゃないですか？」

全員の視線が、冬美に集まった。

そうなのだ。「サンドキャッスル・トーキョー」というアパレル店を展開している冬美は、以前「汐留に店を出すことにしたんだ」と言っていた。出店した施設の名前も、そのときに聞いた。

冬美は無表情だった。口紅のせいで本来の色がわからない唇を開く。

「そんなの、いいわよ。モモちゃんの目的が、何より大切なんだから。それに、わたしは社長として、店の警備状況について報告を聞いているからね。ある程度は、相手の手の内を知ることができる」

池田が、冬美の目を覗き込む。

「本当に、いいんですか？」

返事は、簡単だった。「いいよ」

池田がため息をついた。

「わかりました。じゃあ、決定ですね」

サインペンを握り直すと、南北に細長い建物に○印をつけた。

「モモちゃん。君のターゲットは、ここだ」

それまで黙っていた百代が、ゆっくりと口を開いた。

「アルバ汐留……」

第十章　完成

「何なの？」

文琴の問いかけに、呉は首を振った。

「わからない」

何が起こったのかは、見た。アルバ汐留の三階、レストラン街で火事が発生した。そして建物から退避するよう、アナウンスがあった。半ばパニックに陥って逃げる来館者に突き飛ばされる形で、自分たちは通路の隅にいた。そこで見たのだ。北中央館の三階から二階に降りるエスカレーターで起こったことを。

同じように逃げていたと思われた女性客が、エスカレーターではなく横のスロープを滑り降りながら、何かの液体を来館者に振りかけたのだ。そうしたら、かけられた来館者は途端に苦しみだし、その場にうずくまった。まるでタイ料理店の前のように。誰かが非常停止のボタンを押したのか、それとも誰かがエスカレーターに挟まったのか、エスカレーターは非常停止した。その結果、エスカレーター上の来館者たちは慣性の法則に従って落下し、降り口に固まる恰好になった。今は、誰も動いていない。

それは、わかる。起きたことはわかる。けれど、それが何を意味しているのかは、さっぱりわからない。わかっていることはひとつ。ここからすぐに逃げだすことだ。

もし、あのとき文琴が突き飛ばされていなかったら。自分は最初、エスカレーターで一階まで降りようとしていた。二人で転ぶというアクシデントがなければ、予定どおりにエスカレーターに乗っていただろう。そして、被害に遭うことになる。怪我の功名といっていいのかはわからないけれど、痛い思いをした甲斐はあった。だったら、この幸運を活かさなければ。

呉は文琴の腕をつかんだ。「行こう」

「行こうって」

戸惑いながら文琴は答える。腕をつかまれたことを嫌がっている素振りはない。「どこに？」

呉は南中央館の方を指さした。「南だ」

「南？」

「うん。さっきの館内放送では、南館から退出するように言っていた。南に逃げろということは、北から危険が迫っているということだろう。このまままっすぐ南に向かって、突き当たりで一階に降りればいい」

呉はフロアガイドを広げた。自分たちが今いるのは、北中央館の三階だ。その南側、南中央館と南館の三階はシネマコンプレックスになっている。突き当たりまで進んでいくと、南館の二階と一階はファストファッションの店舗になっている。建物の端っこにはエレベーターがあるから、そこから一階に降りる。新橋駅までの道はわからないけれど、日本人に尋ねればいいだろう。

「うん」

文琴は素直にうなずいた。異国の地で巻き込まれた異常事態に、彼女は自分を頼りにする存在と認めてくれたようだ。だったら、自分は彼女の期待に応えなければならない。彼女を無事に脱出させ、故郷の友だちに自慢させるのだ。そうでなければ、自分に存在価値はない。

呉は今までの買い物で数の多くなった手提げ袋を左手に持ち、右手は文琴と手をつないで歩きだした。北中央館から南中央館に移動する。

「うわっ！」

思わず声を上げてしまった。南中央館の三階、シネマコンプレックス。そこは大勢の来館者ですし詰めになっていたからだ。

「なんだよー、いったい」

若い日本人がぶつぶつ言っている。うるさいし早口だしスラングだしで聞き取りにくいけれど、なんとか聞き取った会話を総合すると、こうだ。映画を観ていたら突然上映が止まり、館内の灯りがついた。そして南館の一階から退出しろというアナウンスが聞こえてきた。そのために、上映館から出てきたのだということだ。

「半券を持っていたら、また入れるって言ってたけどさ」

来館者の若者は、不満げに唇を尖らせた。

「わかってねーなー。次にいつ来られるかなんて、わかりっこないっつーの」

乱れた日本語は、丁寧過ぎる日本語と同じくらい聞き取りづらい。彼らの会話も全部理解することはできないけれど、一目散に逃げなければならない局面だということは理解できた。

呉は目の前の人ごみを見てげんなりした。これでは、突っ切って南館に行くのも、ここでエスカレーターに乗って二階に降りるのも、かなり時間がかかってしまう。

困ったな。

これでは、迅速な避難ができない。どうしようと思ったときに、視界の隅に動く人影を見つけた。中年女性が若い男性を従えて隅を歩いていき、ドアから消えたのだ。他の来館者は誰もそのドアを使っていない。

ひょっとして。

呉は文琴の手を握ったまま歩みを再開した。混雑を避けながら、壁際を歩く。先ほどの男女が通ったルートだ。ドアにたどり着く。予想どおり、ドアには「ＳＴＡＦＦ　ＯＮＬＹ」と書かれてあった。つまり、従業員専用のドアということだ。この中に入れば、大勢の来館者に邪魔されずに移動できるのではないか。

呉は文琴にドアを指し示した。「ここから入ろう」

「えっ」文琴が戸惑った声を上げる。「でも、ここ『スタッフ・オンリー』って……」

「大丈夫だよ」呉は根拠なく請け負った。「日本に慣れていない外国人観光客が、間違って入り込んでしまった。そう説明すれば、怒られることはないさ」

そしてドアノブを握る。スタッフだけが持っている鍵が必要かと思ったら、あっさり開いた。そうか。アルバイト店員なども使うから、いちいち鍵などかけていられないのか。ますます好都合だ。文琴と二人、狭く開けたドアの隙間から身体を滑り込ませた。すぐさまドアを閉める。

中に入った瞬間、呉は失望した。蒸れたような空気の中には、階段しかなかったのだ。隣の南館へ続くような通路は見当たらない。

しまった。ここは、ただの従業員専用階段だったのか。

あまり意味がなかったかなと思いながら、フロアガイドを取り出す。ここは南中央館の三階だ。ここから階段を降りたとして、二階は先ほど行った辺りだ。サンドキャッスル・トーキョーという店で買い物をした。その店の手提げ袋なら、今左手に持っている。

　さらにその下、一階はどうだ。こちらも二階と同様、女性ファッションのフロアらしい。一階は若い女性向けのブランドが多く、二階はミセス向けのブランドが多いと、文琴が教えてくれた。とはいえそれほど厳密に分けられているわけでもないそうで、事実若い文琴は、二階の店で買い物をしていた。

　とにかく、降りないという選択肢はない。三階でエスカレーターが空くのを待っていたら、日が暮れてしまう。

「行こう」

　フロアガイドをしまい、あらためて文琴の手を握る。慌てて手を引っ張ってしまわないように、意識してゆっくりと階段を降りた。殺風景な階段は、足音が響く。施設のスタッフに見咎められないかひやひやしたけれど、他の人影を見ることなく二階に降りた。いったん足を止める。

　さて、どちらから移動するべきか。呉は考える。一階に降りてしまってから移動した方が、動線としては単純だ。しかし、一階は混雑している可能性がある。建物から退去しろと言われた場合、人間はまず一階に降りるだろう。わざわざ二階でエスカレーターを降りて、水平移動しない気がする。ということは、むしろ二階の通路を通った方が、より素早く動けるのではないか。

よし、いったん二階の通路に出て、そこから南館に移動しよう。

結論を出した呉は、さらに階段を降りずに二階のドアノブを握った。回そうとする。

そのとき。

ドアの向こうから、異様な音が聞こえた。音？　いや、声だ。それも、絶叫。

思わず文琴と顔を見合わせた。彼女にも聞こえたのだろう。ただでさえ緊張している顔が恐怖に強張った。

絶叫――間違いなく、悲鳴だった。

自分たちは、そんな声を聴いたことがある。それも、ついさっき。タイ料理店の前で。三階から二階に降りるエスカレーターで。

呉の脳裏に、床でのたうち回る来館者の姿が浮かんだ。このドアの向こうでも、同じことが起きている？

北中央館のエスカレーターを思い出す。ラッシュガードパーカーを着た女性は、エスカレーター脇のスロープを降りながら来館者たちに何かをかけていた。そして二階に降りた。もし彼女がそのまままっすぐ南に向いて走ったとしたら、このドアの向こうで同じことをやっているかもしれない。

　呉はドアノブから手を離した。

「一階まで降りよう」

　文琴が、がくがくと首を縦に振る。二人並んで、もう一度階段を降りる。一階に着いた。耳を澄ます。いや、澄まさなくてもわかる騒がしさ。大勢ががやがやと喋っている音。しかし悲鳴も絶叫も聞こえなかった。感じとしては、三階のシネマコンプレックスで聞いた声に近い。ということは、一階ではまだ何も起きていない。

　それでもドアを開けるのをためらってしまう。とはいえ、このままずっとここにいるわけにもいかない。意を決してドアを開ける。いきなり騒音がぶつかってきた。

「どうなってるんだよ！」

「健太っ！　健太はどこっ！」

「みなさん、慌てずに前に進んでくださーい！」

　様々な日本語が渾然一体となって響いてくる。一階の通路は大混雑だった。日本の通勤電車ほどぎゅうぎゅうではないけれど、人波を避けながら走れるほどのゆとりはない。近いものを記憶から探したら、あった。日本に関するテレビニュース。日本では、一月一日に宗教施設にお参りに行く習慣があるという。メジャーな施設には、一日に百万人以上が押し寄せると、ニュースでは説明していた。そのときの映像が、今の感じに最も近かった。

ただ、表情は違う。ここにいる人たちは、皆不満や不安を抱えた表情をしている。それでもカオス状態に見えないのは、ほぼ全員が同じ方向を向いているからだ。彼らが向いている先に、南館があることは見当がつく。

「みなさん、落ち着いて行動してください！　警察官の誘導に従って、この先、南館の出口から退出してください！」

ひと際大きな声が指示を出している。声のする方を見ると、警察官らしい制服を着た男性が、拡声器で来館者たちに呼びかけていた。少し早口ではあるけれど、丁寧過ぎないから呉でも聞き取ることができた。最初の館内放送から変わっていない。このまま南館に移動して、そこから退出しろと。

——あれ？

呉は引っかかった。かつて経験したことのない異常事態だ。しかしそのような状況でも、一度ならず文琴を護ってきた。成功体験が、呉に理性と思考能力をもたらしていた。

南の端まで行って脱出しろという指示。先ほども考えたように、北の方から危険が迫ってきているから、反対方向に逃げろということだろう。最初はそう思った。

でも、おかしくないか？　危険が迫ってきているのなら、どうして最も近い出口から逃げないのか。脅威の進行方向と同じ方向に逃げてしまっては、追いつかれる危険は常につきまとう。横からひょいと逃げてしまった方が、はるかに安全だ。津波のように幅広く押し寄せてくる相手であれば、どうしようもない。けれど警察官の口調からしても、猛ダッシュで逃げなければならないような状態でもなさそうなのに。

文琴の手を離し、ポケットからフロアガイドを取り出す。四つの建物の、一階見取り図を確認した。やはり、それぞれの建物に玄関がある。警察官は、なぜここにいる来館者を、南中央館の玄関から出さない？

左右を見回す。呉は平均的な日本人と比較して、身長が高い方ではない。だから苦労したけれど、なんとか二十メートルばかり先に玄関があることが確認できた。南中央館の来館者たちは、多少の秩序を持って南に向かって進んでいく。呉たちも流れに乗って移動する。玄関が見えてきた。

どういうことだ？

呉は自分の目を疑った。南中央館の玄関は閉ざされ、厳重装備の警察官が警戒に立っていたのだ。来館者たちを護っているといえなくもないけれど、一瞥した印象はまるで違っていた。むしろ逆だ。警察官たちは、来館者たちを建物から出さないように監視しているように見えた。それを裏付けるように、警戒に立っている警察官は、建物の中を向いている。外部の危険から来館者たちを護るのであれば、彼らは自分たちに背を向けていなければならないのに。

立ち止まってはいけない局面にもかかわらず、呉は足がすくんだ。

自分たちが最初に目撃したのは、レストラン街での火事騒ぎだった。煙に巻かれた人たちが、次々と店から出てきて、そして通路に倒れた。あのときも、いいしれぬ不気味さを感じた。彼らが苦しんでいるのは、火事が原因ではないのではないかと。

より決定的になったのは、下りエスカレーターの光景だ。ラッシュガードパーカーの女性が液体のようなものをかけた途端、エスカレーター上の人たちは苦しみ始めた。火事のときよりも、ずっとはっきりとした因果関係。あの液体は、人体に有害なものだ。毒物なのか、何かの薬物なのかはわからない。少なくとも、相当強力なものであることは間違いないだろう。そうでなければ、かけられた途端にあれほど苦しみだし、そして短時間で動かなくなることなんてあり得ない。

まさか。

呉は舌の根元がしびれるような恐怖を味わっていた。まさか、化学兵器か細菌兵器なのか？　自分たちが巻き込まれているのは、テロ事件なのか？

思わず自分の身体に触れる。接触はしていないものの、自分たちは苦しんでいた人たちの近くにいた。ひょっとしたら、自分たちの身体にも付着しているのか。

自分は痛みも苦しみも感じていない。文琴も同様のようだ。被害者の様子からすると、潜伏期間を気にするような症状ではなかった。だとすると、少なくとも症状の出ていない自分たちは、今のところ無事だと考えていい。

しかし、日本警察の見解は違うかもしれない。台湾の理工系トップである国立台北科技大学を卒業し、ＴＰＭＳという台湾屈指のＩＴ企業に勤める呉の頭脳は、恐怖に縮こまりながらも思考を進める。

自分たちが巻き込まれているのが、化学兵器か細菌兵器によるテロ事件だとする。治安当局は、館内にいた全員が兵器に触れていると考えるだろう。いわば、汚染されている。だとしたら、来館者たちが勝手に移動して汚染を拡大させることは、当局としては絶対に避けなければならない。来館者たちを一カ所に集め、検査を実施する必要がある。

冗談じゃない。

それは好都合だ。

相反するふたつの考えが、一度に脳を駆け巡った。

自分たちは日本に楽しみに来たのだ。自由を制限されて、わけのわからない検査をされるなんて、まっぴらごめんだ。

いや、何よりも大切なのは、文琴と自分の健康だ。このまま普通にアルバ汐留を出て、のちのち「ひょっとしたら、自分は危険な薬物に触れているかもしれない」と怯えながら暮らすよりもずっといい。自分で検査費用を払わなくていいわけだし。

数瞬のせめぎ合いの結果、後者が勝った。といっても、現実的に他の選択肢はない。文琴の安全を考えたら、一時的に自由を奪われたとしても、日本の当局の指示に従った方がいい。このまま大勢の流れに乗って進むのだ。

結論が出たら、恐怖が少しだけ和らいだ。あらためて文琴の手を握り直し、前に進む。

「ほら、もう大丈夫だから」

呉たちのすぐ前を歩いている若い女性が、並んで歩く女性に声をかけていた。「警察の人が来てるんだから、救急車も来てるでしょ。落ちた人も、もう運ばれてるよ」

意図的に明るくした、といった口調だった。隣を歩く女性がハンカチで鼻を押さえながらうなずく。「そうだよね、そうだよね」

「とにかく、早くここを出ましょう。そしたら、玲の行きたいところに行っていいから。お昼は銀座にする？」

「うん」肯定というより、機械的な反応。「ごめんね。わたしが汐留がいいって言ったばっかりに、依子に迷惑かけちゃった」

「そんなことないって」依子と呼ばれた女性が、玲と呼んだ女性の肩を叩いた。「いいものを買えたんだから、こっちは感謝してるんだよ」

女同士の友情って、いいな。

こんな状況でありながら、呉はほのぼのとした感想を抱いた。同格だからこそ得られる、心の交流。

でも、自分と文琴は違う。自分は護る立場であり、文琴は護られる立場だ。もちろん人間としては同格だけれど、この緊急事態では、自分が騎士であり文琴がお姫様であるという役割分担に間違いはない。呉はあらためて下腹に力を入れた。どんなことがあっても、文琴を護る。

ただし、現実にやっていることといえば、その他大勢の一人となって、牛歩のスピードで少しずつ南に進んでいるだけだ。呉は周囲の状況を確認した。通路は見渡すかぎりの人波ではあるけれど、人口密度は先ほどとあまり変わっていない。下りエスカレーターでの光景を思い出す。ラッシュガードパーカーの女性が犯人——あるいは犯人グループの一員——だとして、あのような攻撃がこの場所で可能だろうか。

不可能だ。呉はそう結論づけた。周囲の人間に液体を振りかけることは可能だろう。しかし、その後逃げようがない。この密集状態だ。無理やりかき分けて進むことはできるだろうが、素早く離脱することはできない。おまけに、警察官が近くにいる。おそらく、あっという間に逮捕されてしまうだろう。犯人にその程度の算盤が弾けないとは思えない。

いや、そうでもないか——呉は思い直す。自分が助かるつもりがなければ、ここでも同じことができる。いわゆる自爆テロだ。可能性はもうひとつ。実行犯は何も知らされず、何も考えず、主犯のいいなりになっているだけという可能性。これならば、どれほど逮捕のリスクが高くても実行するだろう。

また足がすくむ。まずいな。人ごみに紛れれば安心というわけでもなさそうだ。だったら、何が起きても対応できる準備をしなければならない。でも、どうやって？

左右を見回す。玄関から逃げようにも、警察官が封鎖している。吹き抜けはどうか。一階は人工池と噴水が設置され、ところどころにベンチがある。憩いのスペースといったところか。しかしそこにも多くの来館者がいて、南館の出口に向かっている。逃げ場にはならない。どうすればいいのか。

半ば途方に暮れながら進んでいると、見慣れたものが目に入った。正確にいうとはじめて見るものだが、同種のものをついさっき見た。見ただけではない。利用した。

呉が視線をやったのは、十メートルほど先の壁だった。そこにはドアがあり、「STAFF ONLY」と書かれてあった。

／／／／／／／／／／／／／／／／／／

「まずいな」

小さな声で池田が言った。藤間が小さくうなずく。

「ああ。時間をかけ過ぎた」

二人は北館の三階から階段で降りている最中だった。

五人委員会のメンバーのうち、アパートの自室で死んでいた木下を除く四人が、アルバ汐留に来た。そのうち三枝が無分別な行動を取り、百代に殺された。そして今、冬美も店員に見つかり、店舗に戻る羽目になった。おかげで残っているのは、藤間と池田の二人だ。

「作戦の大枠では、南中央館の二階は攻撃対象から外れている。だから冬美さんの店は大丈夫だと思うんだけど……」

「でも、状況次第で、モモちゃんはどこでも攻撃する。死者の数を増やさなければならないからな。幸運を祈るだけだ」

どちらにせよ、自分たちではどうしようもない。二人になってしまったけれど、自分たちだけでも木下のアパートに戻って、彼の死体を「発見」しなければならないのだ。

しかし、自分たちの行動の妨げになる要因があることに気がついた。

「警察は、どこまで気づいているかな」

独り言のように池田が続ける。藤間は小さく首を振った。

「さっき、東京消防庁が来ていた。装備からして、化学機動中隊だ。現時点で奴らは、生物化学兵器が使われたと疑っている。警察も同じ疑いを持っているとすれば、汚染の拡大を防ぐために、一カ所を残してすべての出口を閉ざすだろう。その一カ所は、南館の端だ。風上になるから、感染者拡大のリスクが下がる」

風上か。藤間は自分の言葉を皮肉な思いで聞いていた。その風を都心に通すために、百代は今回の計画を実行したのだし、自分たちは支援したのだ。その風向きのために、自分たちは行動を制限されようとしている。

「館内放送どおり、素直に南館に行くわけにはいかないな」

「当然だ。そのまま留められる。解放されるのは、毒物の正体がわかって、汚染の有無を確認してからになる。そんなに時間はかけられない」

「でも、他の出口は閉められている。無理に抜けようとしたら、警察が止めに入って、大騒ぎになる」

やはり、こども休憩室の前に警備員が立っているのを見つけた時点で、すぐに帰るべきだったのだ。あのときであれば、邪魔する者はいなかった。しかしもう遅い。百代が葬った来館者は、もう百名を優に超している。どんなに警察がぼんくらだったとしても、対応している。

しかも、日本の警察は決してぼんくらではない。世界でもあまり例のない、都心での化学兵器テロを経験しているのだ。対テロ対策においては、世界屈指といっていい。そんな彼らが、この段階で呑気に出入口を開けているはずがなかった。

「仕方がない」池田が嘆息した。「奥の手を使うか。リスクはあるけど」

藤間も眉間にしわを寄せた。「トイレか」

百代と五人委員会は、今日の決行に備えて、何度もロケハンを行った。最悪の事態を想定して、百代の逃走経路も考えた。すべての出入口を警察に封鎖された場合、百代はアルバ汐留から脱出できるのか。

解決方法は、意外に簡単に見つかった。トイレの窓だ。回転式の窓で、全開にすれば、スリムな人間であればくぐり抜けることができる。トイレには、防犯カメラはない。トイレの外壁周辺にも、防犯カメラの存在は確認できなかった。トイレの窓から出て行くところを誰かに目撃されなければ、有力な脱出経路になり得た。百代は体型的に合格だし、藤間も池田も、窮屈な思いを我慢すれば、通り抜けられそうだった。

「仮に見つかったにしろ」池田は自分で補足した。「南館への通路は人が多過ぎるし、あんな館内放送をされたから怖くなって、逃げられるところから逃げたと言い訳できる。なんといっても、俺たちは犯人じゃない」

「そうだな」藤間は宙に向かってうなずいた。「それしかない——いや、ダメだ」

「ダメ？」

「ああ。もっと早い時間帯ならともかく、すでに警察が建物を囲んでいるとみるべきだ。外に出られても、他の客と明らかに違う動きをしていたら、警官に呼び止められる可能性が高い。怖くなってただ逃げたんだと説明したら、南館に連れて行かれるだけだ。つまり、どんな行動を取っても同じ結果になる」

「…………」

珍しく、池田がすぐに返事をしなかった。この男にして、警察の動きを見くびっていたか。百代ならばよい。呼び止めた警官を殺せばいいだけのことだ。しかし、自分たちは違う。

藤間はふうっと息をついた。

「こんなとき、木下くんがいてくれたらな」ふと、そんなことを考えた。「あいつなら、今俺たちが取るべき、最も自然で効率的な行動を考えてくれただろうに」

「でも、あいつはいない」機械的に池田が答える。「一人だけ別行動を取っている」

婉曲的な表現だ。木下は自分のアパートで死んでいるのだ。ここに来られるわけがない。そうだろう？　と同意を求めようとした。しかし藤間の唇は、言葉を発する前に止まっていた。池田の目が見開かれていたからだ。

「ちょっと待てよ……」

池田がつぶやいた。遠くを見ていた視線が戻ってきた。

「当初の計画から、木下くんは今日ここに来る予定はなかった。俺たちと同じだ。モモちゃんが行動を起こしているときには、無関係な場所にいなければならない。それが、そもそもの取り決めだ。そしてモモちゃんが目的を達成したら、もうここに来る機会はない。ショッピングには使えない場所に成り果てているからだ。だったら――」

池田はチノパンのポケットに手を突っ込んだ。すぐに抜き出す。手には、紙片が握られていた。アルバ汐留の、フロアガイド。

「見てくれ」

フロアガイドを指さした。木下のアパートで発見したものだ。あちこちの店舗を、赤ペンでチェックしてある。

「木下くんは、もうここに来る機会はないんだ。それなのに、どうしてあいつは店をチェックしている？」

全身に鳥肌が立った。あらためてフロアガイドに視線を落とす。あちこちの店舗――本当にそうか？　違う。藤間は、チェックされた店舗のひとつに目を留めた。北中央館の一階、「ターコイズ・アイ」。恋人である広田依子が、友人の亀山玲と共にいた店。ターコイズ・アイは、アクセサリーなどを売る宝飾店だ。

木下は、北中央館の一階の店舗だけをチェックしていた。その中でも――。

池田がひとつずつチェックを指し示していく。藤間も目で追った。間違いない。

「ここもだ」池田が別のチェックを指さす。「ここも」

「宝飾店ばかりだ……」

藤間と池田は顔を見合わせた。バカな。いや、まさか。

藤間の理性は否定しようとしたけれど、若白髪の大学講師は素直だった。

「そうか」硬い声だった。「北中央館の一階は、南に向かって避難する客でごった返す。モモちゃんは連中を皆殺しにするつもりだ。そうだ。そういえば、あいつはやたらと北中央館一階への攻撃を主張していた。あいつの進言に従ってモモちゃんが攻撃すると、どうなる？　北中央館の一階は死屍累々だ。客も、店員も無傷な者はいない。化粧品店と、宝飾店ばかりが集まるフロアには」

「木下くんは、モモちゃんが襲って廃墟になった宝飾店から、金品を盗むつもりだったのか……」

そうとしか考えられない。そうでなければ、フロアガイドの赤ペンは説明がつかない。

藤間は、ようやく木下が百代に協力した理由を理解していた。奴は、百代を利用して富を得ようとしたのだ。だとしたら、なぜ木下は死んだ？

「木下がモモちゃんに協力した動機は、邪なものだった」

池田が思考を音声にした。「それを知って、最も怒るのは誰だろうな」

言葉を切って、藤間を見る。どちらが答えを口にするのか、駆け引きをしているようだった。

いや、ここでの駆け引きは意味がない。藤間はふうっと息をついた。

「モモちゃん、だな」

答えを口にすると、池田が非難するような顔をした。ひどい奴だ。

「モモちゃんは、須佐くんの死を無駄にしたくなくて、行動を起こした。死んでしまった恋人に対する、最大限の愛の行為として。それなのに、それを卑しい窃盗行為に利用しようとした奴がいたとしたら。あの子が許すはずがない」

信じられない。信じたくない。百代が、五人委員会のメンバーを殺したなんて。無差別大量殺人の前に、木下個人を標的とした殺人を行うなんて。

否定したかった藤間は、しかし池田の言葉を引き継いでいた。

「モモちゃんが以前から木下の思惑に気づいていたのなら、話は簡単だ」

藤間自身の意図を無視して、藤間の口は先を続けた。

「昨晩、モモちゃんは木下くんのアパートを訪ねた。理由はどうとでもつく。明日の決行を前にして、世話になった人に礼を言いたいとかいって。木下くんは喜んで部屋に入れるだろう。三枝くんほど入れ込んでいなくても、モモちゃんは可愛いから。うまくいけば、ひと晩を一緒に過ごせるんじゃないかと期待する。そこでモモちゃんがベッドに誘ったりしたら、もう警戒心はゼロだ。自らベッドに仰向けになって、首筋を曝す。後は、隠し持っていたナイフで頸動脈を切るだけだ」

木下を殺したのは、百代。そんな「絵」が、鮮明に見えた。他の誰でもない、五人委員会のメンバーだからこそ、描けた「絵」。

池田は先を続ける。

「昨日、モモちゃんは緊張していた」

池田の視線は、フロアガイドに落ちたままだ。

「表情は硬く、顔は青白かった。それなのに、今朝になったら、吹っ切れたように落ち着いていた。穏やかな笑みを浮かべられるほどに。たったひと晩の間に、なぜそれほど変われたのか。さっきはその理由がわからなかった。でも、今ならわかる。モモちゃんは、予行演習をしたんだ。人殺しの予行演習を。裏切り者を処分したモモちゃんに、もう怖いものは何もない。彼女は、木下くんを殺すことによって、完成したんだ。二千人を殺せる人間になった。後は、ためらわずに突っ走るだけだ」

北館は指定された避難場所の正反対だ。しかも階段とあっては、周囲には誰もいない。他人には絶対に聞かせられない話をしていても、心配なかった。話し終える頃には、二人は一階に着いていた。通路に出る。途端に、悲鳴が聞こえてきた。今始まった悲鳴ではない。複数の声が錯綜して、複雑なノイズになっている。

北館の一階には、まだ来館者が残っていた。それだけではない。完全防備の化学機動中隊に、機動隊の制服もいる。騒ぎの中心がどこかは、すぐにわかった。

「エスカレーターの罠が、作動したのか……」

池田が小さな声でつぶやいた。百代は下りエスカレーターの降り口に、衝撃で作動する罠を仕掛けている。ファストフード店の紙袋の中に、カビ毒を仕込んだ風船を入れているのだ。誰かが紙袋を蹴飛ばしたりして倒すと、風船が転がり出る。そして数回転がると割れて、中のカビ毒を拡散させる。エスカレーターで降りてきた来館者は、後から後からカビ毒の雲の中に、自ら入っていくことになる。

北館一階の玄関を見る。ここからだと距離があるけれど、警察官が立っているのが見て取れた。やはり、南館一階を除いて、すべての出口はふさがれている。これでは、北に向かって歩いても意味がない。ただ行き止まりになるだけだ。

「仕方がない。南に向かおう」

池田にしては珍しく、展望のない科白だった。藤間も反対しようがない。二人並んで歩きだした。進んでいくと、どうしてもエスカレーターの横を通ることになる。できるだけ距離を取るために壁沿いを歩いた。注意して見ていると、一階のエスカレーター降り口には誰も倒れていないことがわかった。消防隊員がエスカレーターを駆け下りているところを見ると、罠が作動したのは、地下一階だ。

「へえ」

池田が唇をわずかに曲げた。その視線の先には、機動隊員が立っている。彼は防護服を着ていない。ヘルメットのバイザーを下ろしているだけだ。いや、首回りもタオルで覆っている。「やるな」

池田の言いたいことが、藤間にもわかった。警察は防犯カメラの映像から、犯人が軽装であることを見抜いた。つまり、その程度の防護で危険は回避できると判断したのだ。確かに、防護服を着ていては、身軽な犯人を追うことはできない。リスクはあっても、犯人逮捕を優先したのだろう。

　機動隊員がこちらを向いた。目が合う。思わずどきりとする。

「避難してくださいっ！」

　いきなりの大声に、心臓をつかまれたような感覚があった。けれどすぐに、別に変なことを言われたわけではないことに気づく。

「避難って」池田がわかっていない顔をした。「どこへ？」

　わざとエスカレーターの方に一歩踏み出す。機動隊員が慌てて掌をこちらに向けた。

「こちらに来ないでっ！」

　そして南の方を指さす。

「このまま通路をまっすぐ進んでください。南の端から出られます！」

「わかりました！」

　喧噪に負けないよう、大声で返事する。やれやれ。やはり自分たちも南館に向かわなければならない。

　二人並んで通路を進む。元々北館は、一階端のこども休憩室以外は攻撃対象になっていない。下りエスカレーター以外は、危険な箇所はなかった。だから安心して歩くことができる。

「どうする？」

小さな声で池田が訊いてきた。「北中央館の一階は、攻撃対象だ」

「当然避けるよな」藤間は答える。「北中央館の状況次第だけど、今さら北館の階段は使えない。機動隊員に見られているからな。北中央館に入ったら、すぐに近くの階段から三階に上がろう。そこなら誰かに見られても、一階は混雑しているだろうから、それを避けたと言えばいいだけのことだ」

「そして南館を出たところで留め置かれる。どのくらいで解放されるかな」

それまでに木下の死体が発見されなければいいけど――続く言葉は音声にはならなかった。

「運任せだな」藤間は小声で返した。「玄関ドアに、新聞はささっていなかった。だから明朝まで解放されなかったとしても、新聞配達員が怪しむことはない。宅配便が来たとしても、呼び鈴を押して返事がなければ、不在と思って持ち帰るだけだ。そこから発見されることはない」

「うん」池田が正面を向いたままうなずいた。「可能性があるとしたら、友人が訪ねてきたときだ。しかし、社会人である木下くんの友人は、やっぱり社会人だろう。社会人が、事前に携帯か何かに連絡を入れずに、いきなり訪れるとは考えにくい。ましてや、今日は運命の決行日だ。あいつがこっそりここに来るつもりだったとしたら、人と会う約束を入れるはずがない」

ということは当分の間、木下の死体は発見されない可能性が高い。藤間たちはそう結論づけた。だとすれば、このまま素直に南館に向かった方が安全だということになる。百代の攻撃さえ避けられるのなら。

藤間は話を戻した。「北中央館は二軒やられてるけど、吹き抜けの反対側を通ればいい。南中央館と南館はシネコンだ。はじめから捨てている。南館の三階から階段を降りればいい」

「三階なら、安全だ」

北館と北中央館の接続口を通り抜けて、北中央館に入った。藤間は全身を緊張させた。さあ、どうだ。すでに攻撃は始まっているのか。

目の前に広がっていたのは、人の壁だった。あちこちから怒声や金切り声は聞こえてくるけれど、悲鳴やうめき声はない。しかも、見えるかぎりでは全員立っている。ここはまだ襲われていないのだ。

緊張がわずかにほどける。百代は、木下の思惑を見抜いていた。だから、あえて木下が勧めた北中央館の一階を襲わなかったのだろうか。いや、今の彼女は、そんな小さなことは考えない。必要であれば、すぐにでも攻撃を仕掛けてくるだろう。人口密集地に特化した武器を使って。やはり、三階に逃げるに越したことはない。

階段が見えてきた。誰も使おうとはしない。それはそうだ。建物から出ようとする人間が、わざわざ一階から上には上がらない。だからこそ、安全なのだ。

「行こうか」

池田が親指で階段を指し示した。うなずこうとして、動きを止める。心の中から声が聞こえる。本当に、それでいいのか？　おまえには、やるべきことがあるんじゃないのか？

そうだな。

決断は早かった。池田を見る。

「悪いけど、一人で行ってくれないか」

池田が目を見開いた。「――えっ？」

藤間は、今度はしっかりとうなずいた。

「俺は、このまま一階を行くよ」

池田が、藤間の顔をじっと見つめる。

「どうして？」

藤間は南側を指し示した。

「さっき、依子を見かけたんだ。たぶん、買い物に来たんだと思う」

「…………」

「俺は、依子を連れて帰る。おまえ一人で木下くんのところに行ってくれ」

池田はすぐには返事をしなかった。目を閉じる。たっぷり二秒はそのままだった。再び目を開いたときには、表情が違っていた。覚悟を決めた表情だ。友人を失う覚悟を。

「わかった。こっちは、なんとかするよ。おまえはおまえで、がんばれ」

「そうするよ」

池田が左側に向かって踏み出した。

「じゃあな」

「ああ。後で」

我ながら、守れる自信のまったくない約束だ。池田の姿は、すぐに階段の上部に消えた。

藤間は顔を正面に向ける。まるで初詣のような混雑だ。これが、南館の玄関まで続いているだろう。その中から、依子を見つけださなければならない。

百代の攻撃に怯えながら。


／／／／／／／／／／／／／／／／／／／／

「奴は南中央館だ！」

総合警備室で、丸山が叫んだ。「二階を、南に向かって走っている！」

すぐ近くにいたスタッフが、身体を反対側に倒す。丸山の大声が質量を持って襲ってきたかのような反応だった。

『丸山課長』

下田が無線機で話しかけてきた。

『奴の現在の外観を教えてください。着替えたんですよね？』

「あ、はい」丸山はモニターを見直した。

「つばの広い帽子をかぶっています。大きなサングラスとマスクは変わりません。長袖の上着にロングパンツを穿いています。肩に大きなトートバッグをかけています。色は、どれも黒っぽいものです」

『わかりました』

丸山は、右上段のモニターを見つめた。多くの警察官、消防隊員が館の内外をかけずり回っている。先ほどは、機動隊員が一斉に駆けだしていくのが見えた。彼らは今、四つの建物に散っている。しかし南中央館の二階には、まだ到着していない。

サングラスの女は、南館へ逃げようとする来館者を追い越す形で進んでいた。そして追い越す際に、トートバッグに右手を入れる。抜き出した右手を一閃させると、来館者が苦しみだすのだ。あの女――たぶん同一人物だ――がエスカレーター脇を駆け下りたときと同じだ。女が醤油差しのようなものを構えて駆け下りたら、エスカレーター上の来館者たちは次々と苦しみ始めた。あの女は、毒物のようなものを持っている。おそらくは、それを近づいた人間に塗りつけているのだ。

女が傘専門店の前で来館者を襲ったとき、その三軒先に人影が見えた。あの店は、コマ番号262、サンドキャッスル・トーキョーだ。店から、細身の男性が通路に出てきたのだ。手に何か持っている。よく見ると、なんとハンガーだった。男性は、サングラスの女の正面に立っていた。

丸山は戦慄した。まさか、あの男性は、ハンガー一本で対抗するつもりなのか？

バカな。かないっこない。すぐに逃げろ！

しかし丸山の声は届かない。サングラスの女は進んでいく。途中でいったん止まり、トートバッグに手を突っ込んだ。何かを取り出す。男性めがけて投げつけた。いや、男性の手前に落とすようにした。途端に煙が湧き上がった。

発煙筒だ！

カオヤイで起きたことが、サンドキャッスル・トーキョーの前でもくり広げられようとしている。サングラスの女とハンガーの男性の間には、煙の壁ができた。女が、壁に入っていく。これでは、男性は女の姿が見えない。

恐れていたことが起こった。煙の隙間から、ハンガーの男性と、その背後にいる女性が苦しみ始めるのが見えた。女性はすぐに通路を転がり回ったが、男性は驚異的な精神力で立ち続けていた。

女はさらに先に進み、煙や叫び声に驚いて振り返った来館者たちを次々と攻撃している。丸山の視線はそちらに移動し、もうサンドキャッスル・トーキョーを映したモニターを見てはいなかった。だから、その後現れた女性にハンガーの男性が抱きつき、女性が絶叫したのにも気づかなかった。

なんてことだ。

半ば呆然として、丸山は立ち尽くしていた。自分はアルバ汐留の警備責任者だ。その自分が、施設を好き勝手に蹂躙(じゅうりん)されていくのを、ただ見つめることしかできないのか。

「ぬううっ！」

身体が勝手に動いた。ドアを開けて、外に出るのだ。階段を駆け上がったら、そこは南中央館の二階だ。あいつは、俺がぶっ殺してやる。

丸山の動きに、部下が反応した。丸山の身体にしがみつく。

「いけませんっ！」

「放せっ！　バカっ！」

暴れる。しかしその頃には他の部下も丸山に取りついていた。

「やめてくださいっ！」部下は懸命に叫んだ。「あなたが死んだら、指揮をする人間がいなくなりますっ！」

丸山が動きを止めた。「指揮？」

「そうです！」

部下はまだ丸山の身体を離さない。

「関口さんは現場で避難誘導をしています。ここで指揮を執れるのは、課長しかいないんです。無茶しないでください！」

──そうか。丸山の身体から力が抜けた。ここには、自分しかいないのか。

「すまん」

丸山は椅子に座り直した。部下たちはまだ疑っていたようだったが、大人しく座る丸山に、ようやく押さえつける手を離した。

そうか。自分はこの屈辱に耐えるしかないのか。

総合警備室に備えつけられた、数多くのモニターを見つめる。来館者たちは、そのほとんどが一階に降りて、南館に向かって歩いている。しかし南中央館も南館も、下りエスカレーターで惨劇が起きているのだ。それは、当然退出しようとする来館者にも影響を与える。すでに一階のあちこちでトラブルが起きている。北中央館で来館者が三階から転落してきたときのパニックは、関口と島村がなんとか抑えたようだけれど、これからますます増えていくだろう。

やはり、あの女をなんとかするしかない。

丸山は、サングラスの女一人に神経を集中させた。これだけの犯罪だ。犯人は複数に違いない。それはわかっている。しかし防犯カメラの映像から考えると、あの女さえ倒せば、惨劇は終わる気がしてならない。丸山は警備担当者であるにもかかわらず、「倒す」という表現を使った。そう。あの女は、敵なのだ。

「あっ！」

部下が声を上げた。丸山には、その理由がわかっていた。サングラスの女の動きに、変化が生じたのだ。女が、急に立ち止まった。サンドキャッスル・トーキョーの手前で止まったときは、発煙筒に着火するためだった。しかし今回は違う。急ブレーキをかけたといった感じだった。その理由も、把握できた。

女の前に、機動隊員が二人立っていたのだ。

わあっ、と総合警備室に歓声が上がった。

これで解決する。機動隊員が、女を取り押さえてくれる。

／／／／／／／／／／／／／／／／／／

警視庁機動隊ＮＢＣ対応専門部隊。

日本警察の中でも、核・生物・化学テロ対策に特化した部隊だ。長谷は、その第三小隊に所属していた。長谷たちは、アルバ汐留の南中央館に派遣されている。

第三小隊は、十五名からなっている。十五名で地下一階から三階までの四フロアを担当するわけだし、建物は横に長い。バラバラに散らざるを得ない。長谷は後輩の松野と組んで、二階をチェックすることになっていた。

「先回りしろ」

上司である上河内警部はそう言った。来館者たちは、南に向かって逃げている。もし犯人の目的が大量殺人ならば、来館者を追って南に向かうだろう。後を追っていたら、女が使った毒物が靴底に付く。汚染された靴で歩き回ることが、そのままテロリストを利することになってしまうのだ。

だから、先回りだ。

階段を使って三階まで上がる。そして猛ダッシュして二階に降りれば、総合警備室が教えてくれたように女の前に立てる。

できるだけ南館に近いところと考えて、従業員専用ではなく一般の階段を使った。それが功を奏したようだ。今、自分たちは女の前に立っている。

つば広の帽子。

サングラスとマスク。

肩にかけたトートバッグ。

間違いない。こいつだ。

長谷と松野は同時に拳銃を構えた。「動くなっ！」

銃口をまっすぐ女に向けた。長谷は、まだ犯人を射殺した経験がない。松野も同様だ。けれど、上河内警部からは「射殺をためらうな」と指示されている。いくら経験がなくても、必要があれば撃つ覚悟はできていた。

長谷はあらためて女を見た。皮膚がほとんど露出していない服装だから、顔も年齢もわからない。表情も読み取れなかった。

「動くなっ！　バッグを下に置けっ！」

長谷はなおも言った。しかし女は動かない。

「バッグを下に置けっ！」

女が動いた。肩にかけたトートバッグを下ろす動きではない。顔をこちらに向けたまま、後ずさりしたのだ。

振り返って逃げる？

長谷は拳銃を握った手に力を込めた。奴が後ろを向いた瞬間に、撃つ。

しかし女は後ろを向かなかった。ダッシュもしなかった。こちらを向いたまま数歩下がると、通路に倒れていた来館者にかがみ込んだ。女がたった今毒物を塗りつけた、若い女性だ。女は女性の耳をつかんで、その身体を引き起こしたのだ。

しまった！

長谷はすぐさま撃たなかったことを後悔していた。攻撃されたばかりの女性は、まだ意識があるようだった。しかし苦悶するばかりで、意味のある行動を取れない。女は立たせた来館者を自分の前に置き、盾にした。

盾にされた来館者は、顔が黒ずんでいた。涙を流し、嘔吐もしていた。見るも無惨な顔。若い女性をそのような姿にしておいて、今また盾に使っている。なんて非道な奴だ。長谷の心に、職務を超えた怒りが湧いた。

来館者を盾にした女は、その体勢のまま今度はこちらに向かって進み始めた。

「止まれっ！」

長谷は叫んだが、女は止まらない。撃とうにも、来館者を避けて女に当てる自信はなかった。

盾にされた女性は、もうダメだ。ためらわずに撃て。

理性が長谷にアドバイスする。しかし現実問題として、できるものではなかった。無惨な状態ではあっても、間違いなく生きているからだ。

女がエスカレーターの横を通り、さらにこっちに向かってくる。まだ距離はある。それでも長谷は後ずさりしそうになった。そのとき。

女が来館者を突き飛ばした。おそらくは目が見えていない来館者の女性は、よろめくように数歩前に進んだ。その背後で、女が動いた。横に。女はエスカレーターに向かっていた。

エスカレーターで別のフロアに逃げる？

長谷は銃口を動かして、女を捉えようとした。女は下りエスカレーターの降り口にいた。逃がすわけにはいかない。今度こそ撃つ。

しかし、女が次に取った行動は、予想していなかったものだった。女はエスカレーターで逃げようとしたのではなかった。エスカレーター脇の、ゴミ箱に駆け寄った。そしてゴミ箱の傍に捨ててあった紙袋を取ったのだ。紙袋を、こちらに向かって投げつける。

銃声が轟いた。

長谷は、反射的に紙袋を撃っていた。松野もだ。当たらない。もう一発。当たらない。三発目に、銃弾はようやく紙袋を捉えていた。その頃には、紙袋は至近距離に来ていた。

紙袋は、口が閉じられていなかった。投げられた影響で口が開き、中から何かが出てきた。丸いもの。それが風船だとわかる前に、長谷が放った銃弾が、風船を割っていた。風船は瞬時にその存在をなくした。白い霧を残して。

しまった！

目の前に広がった白い霧に、長谷は戦慄していた。毒物を扱う相手が投げつけてきた以上、これは毒霧なのだ。

自分は今、ヘルメットにバイザーを下ろしている。だから、霧が降ってきても、皮膚に付着することはない。あくまで、皮膚には。

「がはっ！」

すぐ隣で息を吐く声が聞こえた。松野だ。激しく咳き込んでいる。松野は、霧を吸ってしまったのだ。まずいと思ったときには、長谷も息を吸ってしまっていた。

喉の奥に、不意に剣山が現れたような感覚があった。強烈な違和感、そして痛み。

「ごおっ！」

長谷は塊のような息を吐き出した。周囲に無限にあるはずの空気を吸えない。咳き込む。しかし咳き込むことすらできないほどの痛みが長谷を襲っていた。膝から頽れた。拳銃を取り落とす。両手で喉を押さえて身悶えした。

なんてことだ。あれほど訓練したのに。はじめての実戦で、犯人を逮捕するどころか、指一本触れないうちにやられるなんて。

認めたくなかった。いや、認められるほど頭が働かない。喉に襲いかかる痛み、そして呼吸できない苦しみに耐えるのが精一杯だった。

だから、周囲に気を配るゆとりはなかった。ヘルメットのバイザーが上げられたことにも気づけなかった。

何かの液体が、顔面を捉えたことも。

間章

「それでは、失礼します」

百代が店のドアを開けた。

「お疲れさま」

「明日、またよろしくね」

「おやすみ」

店に残った紙谷邦男と梓、そして藤間が声をかける。百代は一礼して、店を出て行った。

夜十一時。コーヒー専門店「ペーパー・ムーン」では、今夜も閉店後に講義が行われた。何の専門知識もなく、組織のバックアップもない女性が、一人で二千人を殺害するためにはどうすればいいか。彼女にその能力を身につけさせるための講義。

ふうっと紙谷がため息をついた。

「あの子に、できるのかねえ」

「できるんじゃやない？」妻の梓が素っ気なく答える。「カビ毒を見つけられたんだから。まず無理だと思ってたのに」

そうなのだ。かつて藤間は百代に対して、猛毒を産生するフザリウム属のカビについて講義した。どのような植物に発生するのか。感染した植物はどのような外見になるのか。専門書——図書館で閲覧できるものばかりだ——を示しながら、詳しく教えた。実際に、小麦畑に連れて行ったりもした。そして言ったのだ。自分で見つけろと。

梓の言葉どおり、まず無理だと思っていた。理屈の上では可能だ。日本のどこかに、フザリウム属のカビが生えた小麦がある可能性は、十分にある。けれど実際に見つけだし、しかもそれが猛毒を産生する種類のものだったなどという都合のいい展開なんて、期待する方がおかしい。イメージとしては、鳥取砂丘に投げたダイヤモンド一粒を見つけだすようなものだ。できるわけがない。

しかし百代は持ち帰った。日本の主要な小麦産地を歩き回って、他人に見られないように夜中に葉を一枚一枚確認して。

手に入れたからには、先に進まなければならない。藤間は百代が取ってきたわずかな量のカビを増やす方法を教えることにした。特別な器具は必要ない。勘所さえ押さえれば、家庭の台所で、調理器具を使って培養できる。自家製ビール製造キットがあれば、なおよい。今夜は、藤間が百代にカビの培養法を講義したのだ。だから、五人委員会の他のメンバーはいない。

梓が、夫とそっくりなため息をついた。

「本当は、藤間さんが傍について指導してあげられればいいんだろうけど」

「それはダメだよ」

すかさず紙谷が口を挟む。「行動するのは、モモちゃん一人。藤間さんたちは、そう決めている」

「ええ」

藤間は短く答えた。紙谷の指摘したとおりだ。藤間たち五人委員会は、百代に助言するだけ。実際に身体を動かすのは百代。そうでないと、共犯になってしまう。すべてを一人でやり遂げる。百代はそう決めている。だったら自分たちは手伝えない。手伝うべきではないのだ。

「少なくとも、モモちゃんはこの店でカビを増やしたりはしません。その点では安心していいですよ」

藤間の冗談に、梓がころころと笑った。すぐに表情を戻す。

「カビを大量に増やしたら、その次はそこから毒を抽出する方法を教えるんですね」

「ええ。そういう流れですから」

フザリウム属のカビから取れるトリコセテン・マイコトキシンは、細菌兵器になり得るほどの猛毒だ。ほんの微量が肌に触れただけで死に至る。だから、その抽出は慎重の上にも慎重を期さなければならない。本来は、厳重に管理された実験室で行う必要がある。それでも危険を伴う作業だ。

しかし、やりようによっては、家庭の台所で抽出することは可能なのだ。藤間がその方法を教える。もちろん、失敗して百代が死んでしまうことは覚悟の上だ。いや、正確には、藤間は覚悟していない。覚悟しているのは、百代自身だ。

紙谷がカウンターの中で動いた。冷蔵庫の扉を開け、中から瓶ビールを取り出す。梓がグラスを三つ並べた。ビールの栓を抜き、グラスに均等に注いだ。ひとつを藤間に差し出す。藤間は礼を言って受け取った。乾杯はしない。三人が同時にひと口飲んだ。

「モモちゃんは、カビを増やす。カビから毒を取り出す。そして、実際に使う」

紙谷が、独り言のように言った。

「できるかもしれない。藤間さんたち五人のアドバイスを適切に実行できるのなら。でも――」

紙谷はカウンター越しに藤間を見つめた。

「その後は、どうなるんでしょう。アルバ汐留がどうなるという話じゃありません。二千人を殺したモモちゃんは、事件の後、どうするつもりなんでしょうか。その後の一生を、ずっと警察に怯え続けて生きるのか。何の迷いもなくうちでバイトを続けていくのか。それとも……」

紙谷はその先を続けなかった。ただ、藤間を見つめていた。

藤間は答えなかった。計画を統括している池田は、地獄と化したアルバ汐留から逃げだす手段を考えている。実際に、いくつかのアイデアを百代に提示している。しかしそれは、どこか空々しいものだった。

わかっているのだ。池田も、藤間も、そして紙谷夫妻も。百代が何を考えているのかなど、わかっている。だって、彼女はこうも美しい。大望を成し遂げた百代が、その美しさを維持したまま以降の人生を過ごすなんて、想像できない。

梓がビールを飲み干した。今度は梓が冷蔵庫から瓶ビールを出した。自ら注ぐ。

「本当なら、言うべきなんでしょうね」

ビールを飲んだ。

「須佐さんのことを忘れて、計画のことも忘れて、新しい人生を生きなさいと。うちでバイトしながら、いい人が現れるのを待てばいい。池田さんでも、木下さんでもいい。三枝さんが立派なお医者さんになったら、玉の輿(こし)に乗れるかもしれない」

言った端から、梓は自分の発言を嗤(わら)ってみせた。

「でも、言えない。そんな無責任なことを言うには、わたしたちは距離が近過ぎる。だから、協力するしかない。協力といっても、計画を進める場所を提供するくらいだけどね——藤間さん」

「はい」

梓の顔は真剣だった。

「藤間さんは、いいんですか？　あの子が、自分の決めた道を進むことを、認めるんですか？」

詰問口調だった。商売人が常連客に対して発するものではない。

どちらにせよ、不毛な議論だ。自分たちは、もう結論を出している。池田だって、最善の幕引きがどのようなものなのかは、理解している。百代は早晩それを求め、池田は伝授することだろう。

藤間はビールを飲み干した。スツールから立ち上がる。

「俺も帰ります。おやすみなさい」

第十一章　贄の巣

機動隊員は、先回りできていた。

総合警備室で館内を監視している丸山たちがモニターで犯人の動きを追い、逐次警察に報告していた。それが功を奏して、南中央館の二階で機動隊員二名が回り込み、犯人の前に立ちふさがったのだ。機動隊員たちは拳銃を構え、犯人は立ち止まった。奴はこのまま逮捕される。丸山たち新橋警備保障の人間は、そう信じて疑わなかった。

しかしその後の展開は、予想だにしないものだった。犯人は後ずさりすると、倒れている来館者を強引に引き起こして盾にしたのだ。そうやって機動隊員の攻撃を防いでおいて、エスカレーター脇にあった何かをつかんで投げつけた。機動隊員がそれを撃つと、途端に機動隊員が苦しみ始めた。そして、犯人は悠々と機動隊員を攻撃した。他の多くの来館者と同じように。

「バカな……」

丸山は呆然とモニターを見つめていた。

しかし丸山はアルバ汐留の警備責任者だ。いつまでも呆然とはしていない。先ほど一度キレたおかげで、思考力はむしろ戻ってきている。モニターの中で起こったことを、冷静に分析していた。

まず、機動隊員は問答無用で撃たなかった。当たり前だ。猛毒を持っているかもしれないけれど、銃器を構えていない人間を、日本警察は撃てない。

次に、機動隊員は盾となった来館者ごと撃たなかった。これも当然の話だ。来館者は虫の息だったのかもしれない。それでも、医師が死亡と判定していない無実の人間を撃つことなど、できないのだ。それどころか、盾が確実に死んでいたとしても、死体損壊の罪に問われかねない行動は取れない。

そして、犯人はエスカレーターの脇にあったものを投げつけた。これは想像できる。他のエリアでは、下りエスカレーターの降り口で多くの来館者が苦しんでいるのだ。愛宕署警備課の刑事は、猛毒の罠が仕掛けられた可能性を示唆していた。犯人が罠を仕掛けた張本人ならば、手近にある毒物を投げつけるのは当然のことだ。機動隊員は反射的に撃ってしまい、おそらくは毒物を飛散させた。

では、どうすればよかったのか。

傍目八目（おかめはちもく）を強いられている丸山は、簡単に答えを思いついた。機動隊員は二人組なのだから、挟み撃ちにすればいい。人質を取った時点で射殺の正当性が生まれる。一人が背後に回り込み、背中を撃てばいい。

しかし丸山は、それができないことも、同時に理解していた。

犯人は、毒物――BC兵器だろう――を撒き散らしながら進んでいる。機動隊員が背後に回るということは、毒物を身体にまとわりつかせることにつながる。万が一犯人を取り逃がしたら、そこから動けなくなるのだ。なぜなら、自ら毒物を拡散させてしまうから。だから機動隊員は、犯人の背後に回ることができない。それがわかっているからこそ、警察は先回りしなければならなかったのだ。

背後に回れなくても、方法はある。モニターで確認できるかぎり、ひとつの建物を十人から十五人くらいの機動隊員が受け持っている。全員で犯人を半円形に取り囲めば、いくら犯人が盾を使おうが、汚染拡大の心配をすることなく犯人を撃てる。

しかし、これも現実的ではない。なぜなら、犯人が一人とは限らないからだ。現在確認できているのが、一人だけといった方が正しい。犯人が一人だけだと決めつけて戦力を集中させて、その隙に他のフロアを狙われたら、目も当てられない。警察の立場からすると、他のフロアもチェックする必要があるのだ。だから、戦力が分散してしまう。分散せざるを得ないともいえる。

結果的に、犯人は少人数の機動隊員を正面にして、悠々と攻撃ができるのだ。

「なんて奴だ……」

悔しいが、丸山は認めざるを得ない。犯人が、警察をよく知っているということを。内部事情に詳しいというのではなく、日本の警察がどのような性質のものかを理解している。奴は、警察が事件解決のために最適な行動を取れないよう、上手に立ち回っているのだ。

「おまえら」視線を動かなくなった機動隊員に固定したまま、丸山は部下に話しかけた。「他のモニターはどうだ。他に攻撃している奴はいるか」

「確認できません」

部下が口々に答える。丸山は唾を飲み込んだ。やはりそうか。犯人にどのようなバックがついているのかは知らないが、今のところ、実行犯はあいつ一人だ。

あいつさえ、なんとかできれば。

そうすれば、事件は解決する。複数の実行犯説を無視できないと考えた傍から、丸山は犯人が映像に映った一人だけだと決めつけていた。館内の映像を追っていくと、どうしてもそういう結論になってしまうのだ。他のフロアは無視していい。あいつさえ射殺すればいいのだ。

丸山は無線機を取った。愛宕署刑事課の高見を呼びだす。相手が出ると、短く言った。

「やられました」

「長谷っ！　松野っ！」

　上河内が無線機に向かって叫んでいた。しかし返事はない。南中央館に派遣した彼らと連絡が取れなくなり、総合警備室からは「機動隊員がやられた」と報告があった。犯人の投げつけた毒物にやられ、とどめを刺されたと。

　だから、射殺をためらうなと言ったんだ。

　やりきれない気持ちを嚙みしめながら、上河内は無線機を握りしめた。犯人は、すでに百人以上を殺害している。見つけた瞬間に撃ったとしても、世間の非難はかわせるだろう。とはいえ、話はそう簡単でないことも、上河内にはわかっていた。実行犯が、特定されている一人とは限らないからだ。自分はその人物の服装から、機動隊員の装備を決定した。逆にいえば、同じような風体をしている人間は、すべて犯人の一味だという可能性がある。だから長袖を着て、帽子に眼鏡、そしてマスクという出で立ちの来館者は、すべて確認しなければならない。

　そしてそんな来館者は、何人もいた。日焼けを防ぐために夏にも長袖を着る習慣は、すでに定着している。まだまだ日差しは強いから、アルバ汐留に来るまでに長袖を着ている来館者は、女性を中心としてかなりの数がいるのだ。館内は冷房が効いているため、建物に入っても、彼女たちは上着を脱がない。マスクも、花粉症のシーズンでなくても、空気が汚い都心では普通に見られる光景だ。帽子と眼鏡まで条件に加えるとさすがに数が少なくなるけれど、一人一人丁寧に事情聴取していけば、どうしても時間がかかってしまう。

無辜の来館者たちにとっては、いい迷惑だ。館内放送では退避しろと言っているのに、警察が引き留めて職務質問してくるのだから。しかも、いかつい機動隊員だ。加えて、軽機関銃を肩から提げている。威圧感を与えてしまうのは仕方がない。

機動隊員だって必死だ。目の前の来館者が、突然猛毒を持って襲いかかってくるかもしれない。身体に付着してしまえば、ほぼ確実に死亡する猛毒を。いくら言葉遣いが丁寧でも、物腰に殺気が漂ってしまうのは避けられない。相手は怯え、結果的に確認が遅れることになる。

全館で同じようなやりとりがなされ、機動隊員はその作業にかかりきりだ。その中でも長谷たちは、確実に犯人だという女の確保に向かった。そして返り討ちに遭った。

上河内は高見の無線機を奪った。

「そいつは、どっちに向かいましたか？」

『Uターンしました』

アルバ汐留の警備責任者だという男が答えた。『そのまままっすぐ南館に行かずに、北中央館の方に引き返しています。ただし、来た道をそのまま戻ったのではなく、吹き抜けを回り込んで反対側の通路を通っています』

「戻った」

納得できる動きだった。来た道を戻っても、すでに攻撃した後だ。吹き抜けの反対側を通ることで、残った来館者を攻撃するつもりだろう。いや、標的は来館者だけではない。

「針谷さん」

上河内は消防隊員に声をかけた。「救助はどんな感じですか。人数は?」

「応援は、すでに現場に到着しています」

針谷はそう答えた。

「特に被害者の多い北中央館の三階と、二階のエスカレーター降り口で救助活動を始めました。正面広場に運んで応急処置を行っています。あそこなら建物自体が海風を遮りますから、風に乗って毒物が飛散しません」

正面広場が風の吹かない場所であることは、東京湾岸不動産の泰間課長から聞いた。BC兵器の被害者を屋外に連れ出すのは、二次災害の危険を伴う。しかし空気が止まっている場所であれば、そのリスクは低くなる。出会ったばかりではあるが、針谷は泰間を信頼するようになっていた。

「そうですか」上河内は厳しい表情を崩さずに続けた。「館内にいる消防隊員たちに、犯人の襲撃に気をつけながら作業するように伝えてください」

針谷もうなずく。

「わかりました。現場が何カ所もあって被害者の数も多いので、現在防護服はレベルCに落としてやっています。それでも、外部から毒をかけられたぐらいでは、なんともありません。銃で撃たれた場合には、どうしようもありませんが」

犯人は、今のところ銃器は使っていない。銃どころか刃物すら確認できていない。犯人が使用しているのは、BC兵器だけだ。消防隊員たちは、全力で被害者の救助に当たっている。周囲に気を配るゆとりはない。本当なら警護をつけたいくらいだ。

消防隊員が針谷の下に駆け寄ってきた。小さな声で報告している。みるみるうちに、針谷の表情が強張っていく。

「上河内警部」針谷が身体をこちらに向けた。「毒物の正体がわかりました」

上河内が目を見開く。「何でした？」

「やはり、トリコセテン・マイコトキシンでした。こども休憩室からも、総合警備室前からも検出されています」

「くっ」

　下田が歯がみする。

　トリコセテン・マイコトキシン。その名前は上河内も知っていた。ある種のカビから抽出される、最悪レベルの猛毒。この毒の厄介なところは、服用するよりも皮膚に触れた方が、より微量で死に至ることだ。しかも、解毒剤はない。大量の水で毒を洗い流し、対症療法で延命させて、自然回復を待つしかないのだ。まさに、テロにうってつけの素材だ。

　しかし針谷はまだ口を閉ざしていなかった。

「それだけではありません。トリコセテン・マイコトキシンの他にも、カプサイシンが検出されたそうです」

「カプサイシン？」下田がくり返した。「あの、唐辛子の？」

「そうです」針谷が眉間にしわを寄せた。「唐辛子の辛み成分の、カプサイシンです」

「最近、健康素材としてマスコミがよく取り上げているやつだな。どうして毒に薬を混ぜたんだ？」

　訝しむ上河内に、針谷は首を振ってみせた。

「この場合は、薬じゃありません。トリコセテン・マイコトキシンは、皮膚に触れてから症状が出るまでに、タイムラグがあります。けれどカプサイシンは、肌に触れた途端に痛みが走ります。犯人は、まずカプサイシンの痛みで被害者の動きを止めておいて、そのままカビ毒で死に至るように兵器を設計しているんです。あるいは、カプサイシンで反撃能力を奪っておいて、その後ゆっくりと致死量のカビ毒を塗りつけられるようにしているんですよ」

「…………」

上河内はすぐに返事ができなかった。犯人は、そこまで準備してから行動を起こしたのか。すぐさま、いくつかの反政府勢力の名前が頭に浮かぶ。しかし次の瞬間、それらの名前を頭から追い出した。根拠のない想像を元に行動すると、ろくな結果にならない。

「とにかく、犯人は北方向に戻ってるんだな。兵隊を先回りさせる。今度は、始末する」

上河内は無線機を握り直した。

「熱田（あつた）。取手（とりで）。今、どこだ？」

ややあって返信が来た。『南中央館の三階です』

「すぐ二階に降りろ。北中央館に近いところだ。そこら辺に、あいつは戻ってくる」

『わかりました。急行します』

「見つけたら、すぐに撃て。ためらうな。長谷と松野がやられてるんだ」

『了解』

無線を切ると、下田が話しかけてきた。

「陸自が市ヶ谷を出発したそうです。こちらまでの道路には交通規制を敷いていますから、すぐに到着します」

上河内は獰猛な目を下田に向けた。

「そうか。でも、連中には、被害者の救護に当たってもらおう」

そして、ぎりっと音を立てて歯を噛みしめた。

「決着をつけるのは、俺たちだ」

／／／／／／／／／／／／／／／／／／／

百代は汗をかいていた。

ずっと走りっぱなしだ。今日という日に備えて身体を鍛えてきたから、走り続けることに問題はない。問題は、汗に混じっている冷や汗だろう。

やばかった。

思い出しただけで足がすくみそうになる。本物の銃を向けられるということが、どれほどの恐怖をもたらすか、百代ははじめて知った。これで終わりかと、半ば諦めかけた。

けれど、自分の中の何かが、身体を動かした。諦めるな、まだ大丈夫だと。

根拠は、五人委員会との事前準備だろうか。それもあるだろう。

「警察とかち合ってしまったら、警察と自分との間に、人間を置くんだ」

木下は、かつて百代にそう教えてくれた。

「できれば、カビ毒を塗りつけたけど、まだ生きている奴がいい。生きているから、耳を引っ張れば無理やり立たせられるし、カビ毒が効いていては抵抗できない。そいつを盾にすれば、警察は撃てない。人質ごと射殺するという選択肢を、日本警察は持っていない」

そして箱根の貸別荘で練習した。池田、藤間、三枝、木下が順番に人質の役をやり――つまり耳を引っ張られて強引に引き起こされ――、百代の前に立たされた。その甲斐あって、三巡するくらいには、ほとんど視線を前から動かさずに人質を取れるようになった。その訓練が役に立った。

でも、それだけではない気がした。いや、その答えはもう持っている。しがない喫茶店のアルバイト店員である自分が、どうして次々と人を殺せるのか。百代にはわかっていた。昨晩、実際に人を殺しているからだと。人質を取ることを自分に提案した、木下を。

今の百代には、木下に対して感謝の気持ちしかない。他人に不審を抱かれない仕草とは、どのようなものか。最短距離で目的を達するには、どのような行動を取ればいいのか。それらを考えて、自分に教えてくれたのは木下だ。彼なくして、今日の決行はなかった。

かといって、木下が計画を汚していい理由にはならない。

「ここいら辺は、いい標的になるんじゃないかな？」

いつだったか、木下はフロアガイドを指さして言った。北中央館の一階。何気ない口調。気楽な表情。でも、百代は引っかかった。本人はふと思いついたふうを装っていたけれど、わざとらしさを感じたのだ。言おう言おうと前から考えていて、最高のタイミングを見計らって、さりげなく口にした。そんな感じ。

おそらく、ほとんど成功したのだと思う。あれほど鋭い池田や藤間が、木下の発言を怪しむことなく、真剣に検討を始めたのだから。

それでも、一度不審を抱いた百代は騙されなかった。準備を進めていきながら、木下の様子を気にするようにした。発言、行動、表情。やがて百代は結論を出した。木下は、自分の攻撃に乗じてアルバ汐留から金品を奪うつもりだと。はじめからそのつもりで、計画に荷担したのだと。

一瞬視力を奪われるほどの憎悪が、百代を襲った。なんということだ。自分は、火事場泥棒に、人生を賭した計画の手伝いをしてもらっていたのだ。

しかし百代は、いきなり木下を拒否しなかった。今までと変わらず、彼のアドバイスを受け続けた。なぜなら、その方が目的を達成するのに都合がいいから。やがて決行の日が近づき、いよいよ前日となったとき、百代は木下を訪ねた。最後のお礼がしたいからと。鼻の下を伸ばした木下は、まったく疑うことなく百代を迎え入れた。

証拠を見つけるのは簡単だった。折りたたみ机の上に、無造作に置かれていたフロアガイド。あろうことか木下は、フロアガイドに印をつけていたのだ。北中央館の一階、宝飾店の箇所に。

ここに至っては、ためらう理由は何もなかった。百代がベッドに誘うと、木下はほいほいと従った。その首筋を、隠し持っていたナイフで切った。

ぶつり。

そんな手応えと共に、木下の頸動脈は切断された。棒のような血液は横に向かって噴き出し、百代の身体を汚さなかった。

あの瞬間、百代は変わった。いや、変わったという表現は正確ではない。変わったのではなく、ずれたのだ。精神が、ほんの少しだけ別の次元に。今まで自分が生きていた世界。それらは今の百代にとって、ジオラマのようなものになった。ジオラマであれば、そこに置かれているのはただの人形だ。首をねじ切るのに、何の抵抗もない。もちろん、カビ毒を塗りつけるのにも。

もちろん、三枝にも感謝している。藤間の指導で造り上げたカビ毒。それを、人を殺せる兵器に仕立てたのは三枝の功績だ。現役の医大生である三枝は、人間がどうやれば死ぬのかを熟知している。局面ごとに最適な攻撃兵器を考案し、実際に造ってみせた。藤間が感心するほど、完成度高く。おかげで、自分は効率よく死体を稼がせてもらっている。そのうちの一人が三枝自身であっても、それは仕方のないことだ。

そして今、自分はまたひとつ経験を積んだ。銃口をこちらに向けた機動隊員と対峙したという経験を。過信は禁物だけれど、次に同じような状況に遭遇しても、より落ち着いて対応できるだろう。肩から提げたトートバッグに視線を向ける。一階を攻撃するための武器は、まだ残っている。走りながら、吹き抜けから下を見下ろす。一階は、押すな押すなの大混雑だ。頃合いだ。彼らが南館から脱出する前に、処理してしまわなければ。

――と。

百代は、前方から走ってくる人影を視界に捉えた。人影は、ふたつ。考えるまでもない。機動隊員だった。

百代は全身を緊張させた。次は、問答無用で撃ってくる。左右を見回す。店舗の切れ目に、無機質なドアがあった。「STAFF　ONLY」と書かれてある。冬美から教わった、従業員専用の階段だ。よし。

トートバッグに右手を突っ込む。手探りで発煙筒をつかむ。取り出して着火した。

機動隊員もこちらに気づいた。立ち止まって拳銃を構えた。銃口は、まっすぐこちらに向いている。二人同時に叫んだ。「止まれっ！」

やった！

機動隊員たちは、問答無用で引き金を引かなかった。彼らは、この期に及んでも日本警察だった。犯人を武装解除させ、生かしたまま逮捕しようとする。こちらが銃器はおろか、刃物さえ持っていないことも影響している。頭では猛毒を所持しているとわかっていても、見た目に丸腰の人間を撃つことは、どうしても躊躇してしまうのだ。百代は通路を斜めに横切りながら、発煙筒を投げつけた。機動隊員の足元に。

機動隊員の表情が変わった。引きつったのだ。「うわっ！」

飛び退る。狙いどおりだ。自分が投げつけたのは、ただの発煙筒だ。けれど、投げつけられた方は、そうは考えない。これだけ猛毒を使った殺人がくり返されている状況では、ただの発煙筒だから大丈夫だと決めつけられないのだ。発煙筒が噴き出す煙にも、猛毒が含まれていると考えるだろう。機動隊員たちの装備は、軽装だ。自分と同じくらい。液状の兵器は防げても、煙になった毒物は防げない。もし彼らが仲間が二人やられたことを知っていたら、より慎重になる。つまり機動隊員たちは、発煙筒の煙を飛び越えて、こちらに来ることができない。彼らは『潮騒』のヒーローになることはできないのだ。

狙いは当たった。足元でもうもうと噴き上がる煙に、機動隊員たちは動くことができない。銃声が轟いた。身をすくませたが、弾丸は当たらなかった。煙で視界を遮られ、狙いをつけられないのだ。よし、今のうちに。百代は従業員専用のドアを開けて、中に入った。従業員たちが頻繁に出入りするから鍵をかけない習慣なのだと、冬美から聞いている。それが役に立った。内側から鍵を閉めて、機動隊員たちが入ってこられないようにする。自分が三階に上がったか、それとも一階に降りたかは、彼らには判断できない。戦力を二手に分ける必要が生じる。それだけでもメリットがある。

階段を駆け下りた。ここは南中央館の中でも、北寄りに位置する階段だ。ここから南中央館の南側まで、どのくらいの人間がいるかで、勝負は決まる。

一階のドアを開いた。目に飛び込んできたのは、人だった。要は、ドアのすぐ前まで人が溢れているということだ。身体と身体が触れ合うほど、ぎゅうぎゅうではなさそうだ。でも、満員のエレベーターの中くらいには混んでいる。インターチェンジから高速道路に乗るように、スピードを合わせて合流した。

トートバッグに他人が触れて、潰されてはたまらない。百代はトートバッグを身体の前面で抱え、潰されないようにした。そして中に手を突っ込む。手探りで、プラスチックのケースを開ける。中に入っている膨らんだ紙風船を、そっと取り出した。空気の吹き込み口には、細い棒のようなものが刺さっている。その先端から、短い紐が伸びていた。その先に紙を折ったつまみが付いている。そのつまみを引っ張った。短い紐——導火線に火が点いた。

何度も練習した。百代は導火線に火のついた爆竹がささった紙風船を、前方上空に投げ上げた。つばの広い帽子をかぶり直す。

紙風船は高々と上がり、爆竹によって破裂した。中に入った霧状のものを撒き散らしながら。白い粉は、霧のように広がった。

紙風船の中には、カプサイシンが入っている。しかし猛毒であるトリコセテン・マイコトキシンは入っていない。上空に投げつけたことで空気とほどよく混ざり合い、そこに爆竹が破裂した。触れると焼けるような痛みを感じる唐辛子成分が、辺り一面に広がり、落ちてくる。

百代は、紙風船を前方上空に投げつけた。前方であることが大切なのだ。後方の来館者たちには、立っていてもらわなければならない。後ろからやってくる警察官を防ぐ、盾として使うために。

百代の前方を進んでいた者たちは不運だった。突然、頭上で爆発音がしたのだ。誰もが驚いて見上げた。そのため、降ってくるカプサイシンを、顔面で受け止めてしまった。

「うわっ！」

「ぎゃっ！」

「何っ？」

一斉に悲鳴が上がる。一度に十数人が足を止めた。顔を押さえてうずくまる。後に続くカプサイシンを浴びなかったか、浴びてもほんのごく微量だった来館者が、彼らにつまずいて転んだ。紙風船の役割は、人口密集地帯で破裂させることで、一度に大人数の動きを止めることなのだ。

今からが勝負だ。トートバッグに手を突っ込む。発煙筒を焚くか。いや、この局面ではまだ早い。今は、防犯カメラを生かしておいていい。目をふさぐのは、最終局面になってからだ。

代わりに取り出したのは、刷毛だ。今からは、密着戦になる。こども休憩室で使ったスプレーは、自分も移動しながら使う武器ではない。粘度の低い醤油差しでの攻撃は、近過ぎる相手に使用すると、こちらにもかかってしまう危険性がある。百代は自分の足元を見た。撥水性のトレッキングパンツと、スニーカー。どちらも多少の液体ならば、中にまで浸み通らない。しかし、あまりべったりとかかってしまうと、防ぎきれない危険がある。攻撃は慎重にやらなければ、自分が真っ先に死んでしまう。

よし、行くぞ。

百代は刷毛を握りしめた。

「一人の殺人を二千回くり返すんだ」

藤間の言葉が甦る。前方を見据えた。初詣を思わせる、人の壁。自分は今から、彼らを一人一人殺していく。

最初は正面の腕だ。自分よりも背の高い男性だったが、半袖のポロシャツはいかにも無防備だった。刷毛を突き出す。毛先がむき出しの二の腕を捉えた。

「痛っ！」

男性が驚いたように振り返る。その顔面に刷毛を押しつけた。両手で顔面を押さえる。左手で胸を押すと、男性はあっけなく転がった。

男性を踏みつけ、刷毛を一閃させた。さらに数人が致死量のカビ毒を浴びた。

周囲から高い悲鳴が上がった。真っ先にうずくまった左前方の女性を踏みつける。相手は抵抗できない。踏み越えた。

右眉の脇にちりっとした感覚があった。熱が発生し、続いて痛みがやってくる。カプサイシンの粉末が触れたのだ。しかし動きを止めるような痛みではない。

紙風船にカビ毒を入れなかったのは、このためだ。上空から降ってくるものは、つば広の帽子でほとんど防げる。空気中にたゆたう微粒子は、サングラスとマスクがガードする。しかし完全ではない。顔面のわずかに空いた隙間から、カプサイシンは容赦なく入り込んでくる。百代が感じた熱と痛みは、それが原因だ。

これがトリコセテン・マイコトキシンであれば、百代もまた猛烈な痛みのため動けなくなっていただろう。しかし百代は、痛みの原因を知っている。痛いだけで済むことも知っている。だから、無視して動けるのだ。一方、他の来館者たちは、自分の身に何が起きたのか理解できない。予兆もない。微粒子だから、見ることもできない。しかも顔を上げていたから、多くが目をやられている。カプサイシンだけでも、動きを奪うには十分なのだ。

「紙風船？　風船じゃなくて？」

ペーパー・ムーンで、冬美が目を丸くしていたことを思い出す。三枝もきょとんとした顔をした。

「エスカレーターの罠は、普通の風船だったでしょう？　針が仕掛けてあって、転がると割れるようになっています。どうして、上に投げつけるのが紙風船なんですか？」

二人の疑問に、池田が笑顔で答えた。「風船だと、割れるからだよ」

「えっ？」

二人が同時に訊き返した。わかっていない顔。池田の隣で、藤間が説明した。

「普通のゴム風船は、中の空気を完全に閉じ込めてしまう。投げたところで、上手に飛んでくれない。ふわふわ浮いて、スピードが遅くなる。それに、風船は針でつつかれたら瞬時に割れる。取り扱いが難しいんだ。罠を仕掛ける段階で慎重に運ぶ余裕があるときには、それでもいい。でも、攻撃の最中に、トートバッグに入れたまま運ぶのは危険だ」

「だから、紙風船」池田が後を引き取った。「紙風船なら、錘(おもり)をつければ遠くまで投げられるし、コントロールも利く。外から力をかけてもくしゃっとへこむだけだから、ダメにならない。それでいて、爆竹一本で完全に破壊できる。人ごみの上空に投げて破裂させるには、ちょうどいいんだよ」

まさしく、池田と藤間の言ったとおりだった。何度も練習した成果が出た。百代は紙風船が破裂した際、カプサイシンがどの程度広がるかを計算して、最も効果的な場所に投げることができている。

犠牲者を踏み越えた百代は、さらにその前の人間を攻撃した。目の前の男性は、なかなか強靭な肉体の持ち主らしい。すぐにはうずくまらず、顔を両手で覆ってよろめいただけで、なんとか踏み留まろうとしていた。その膝の裏を蹴りつける。男性は大きく体勢を崩し、仰向けに転がった。おそらくはカビ毒が付着している靴底で顔面を踏みつけ、百代は前に進んだ。また次の相手を踏みつける。百代は、来館者たちを踏みつけながら進んでいった。通った後は、死屍累々だ。

そろそろ、カプサイシンの効果が及んでいない場所になる。再び紙風船を取り出し、斜め上方で破裂させた。先ほどと違うのは、後方の異常に足を止めて振り返った人間が多かったことだ。しかしここは、満員のエレベーター並みの人口密度だ。素早くは動けない。飛び退（すさ）って避けることはできないのだ。彼らもまた、カプサイシンを頭部や顔面に浴びることとなった。

目の前に後頭部が見えている。空いている左掌で後頭部を突くと、相手は大きくたたらを踏んで前方の来館者にぶつかった。そいつもまた、顔面をやられて視力を奪われている。簡単にバランスを崩した。もう彼らは、カビ毒の餌食になるしかない。

百代は、刷毛を持った右手を、前方に突き出した。ところが、手首に衝撃が走った。横に立っている男性客が、百代の右手首を握ったのだ。どうやら、顔面にカプサイシンを浴びなかったようだ。しかし降ってきた微粒子が首筋を襲ったのか、左手で首筋を押さえている。大きな目で百代を睨みつけていた。

――おやおや。

百代は男性に憐れみを覚えた。自分の真横に立っていたのなら、カビ毒の攻撃を浴びることなく助かったかもしれないのに。

右腕を強く引かれた。しかしその頃には、刷毛は左手に移っている。むき出しの太い腕が目の前に曝されていた。百代は、男性の腕に刷毛を押しつけた。

「ぐあっ！」

男性が百代の手首を放した。とどめに、顔面にカビ毒を塗りつけてやろうかとも思ったけれど、すぐに思い直す。この男性には、すでに致死量のカビ毒が付着している。これ以上の攻撃は武器の無駄遣いだ。それに、自分は新たな餌食を求めて前進しなければならない。

百代は下を向いた。カプサイシンを吸い込まないよう、慎重に息を吸う。そして、前を向いた。

「こ、ろ、さ、れ、るーっ！」

一階は、相当にうるさかった。前方のざわめき、後方の悲鳴やうめき声が交錯し、大きなノイズになっている。しかし百代の叫びは、それらすべてを圧していた。すぐさま紙風船を投げつける。破裂した。

「えっ、何？」

「ひいっ！」

「うおっ！」

ただのざわめきでない、混乱を含んだ声。そして来館者たちは一気に前方に向かって走り始めた。あちこちで人同士がぶつかり、転ぶ。踏まれる。怒号。悲鳴。

「殺される」の声に爆発音が続き、周囲は一気にパニックに陥った。百代は振り返った。自分の周りに対しては攻撃したとはいえ、全員に有効だったとは限らない。そして、元々自分の後方にいた人間は無傷だ。慌てて走ってきて、自分にぶつかられると困る。

しかし背後は背後で団子状態になっていた。よし、今のうちだ。

百代はトートバッグの中のボトルに刷毛を突っ込んだ。カビ毒を補充するためだ。しかし引き出した刷毛は軽かった。ボトルのカビ毒がなくなったのだ。空になったボトルは前方に投げた。背後からいきなり何かがぶつかってきたら動揺するし、投げることでわずかに残った液体が誰かに触れるかもしれないからだ。そうしているうちに、トートバッグに手を突っ込んで、新しいボトルを開栓した。トートバッグは防水仕様だ。激しく動いてボトルの中身がこぼれたところで、染み出したカビ毒が自分を汚染することはない。粘度が高いから、そう簡単に飛び散ることもない。新たなカビ毒を刷毛に含ませ、さらに前方を攻撃する。うずくまった人間を踏みつけて、また前進する。

「一階は、押すな押すなの大混雑になる」

かつて木下は、百代にそう言った。

「三百六十度標的だらけだから、一気に死体を稼げる環境だ。でも、モモちゃん自身の動きも制約されてしまう。もがき苦しんでいる奴が両手をめちゃくちゃに振り回し、それがモモちゃんの帽子やマスクに当たって外れてしまう危険もある。だから、踏みつけるのがいちばんいい。それだけじゃない。たとえどこからか狙撃兵が狙っていたとしても、足元にも人間がいたら、外れたときのことを考えると撃てなくなる。君は、憐れな犠牲者たちをさらに足蹴にすることで、目的を達成するんだ」

木下のアドバイスどおり、百代はカビ毒を浴びた来館者たちの上を渡るように進んでいる。まるで因幡(いなば)の白ウサギだな。百代はそんな場違いな感想を抱いた。

ワニは、前方にいくらでもいる。

／／／／／／／／／／／／／／／／

「ふうっ」

関口は、ついそんな息をついてしまった。

浜離宮恩賜庭園。災害時の避難場所だ。関口と島村は警察の指示に従って、来館者たちをこの場所に連れてきた。

吹き抜けから女性が転落したときには、引率していた来館者がパニックに陥った。けれど小競り合いをしていた客の仲裁をしてからは、スムーズに誘導することができた。こういったところは、さすが日本人だと思う。

土曜日の人気商業施設だ。昼どきともなれば、大混雑することは容易に想像できる。北館の来館者を南館まで誘導した頃には、関口が引率した来館者は体育館を埋め尽くすほどの人数に膨れあがっていた。彼らは文句を言っているものの、こども休憩室のような目には遭っていない。自分は、彼らを無事に避難させることができたのだ。

浜離宮恩賜庭園には、すでに数多くの消防隊員と警察官が待ち構えていた。彼らに群がるマスコミを無視して、関口は島村に声をかけた。

「よし、戻るぞ。館内には、まだまだ客が残っているはずだ。彼らを安全に退避させるぞ」

島村はすべて了解しているという顔でうなずいた。

制服警察官が先導する来館者たちを避けながら、二人で南館入口に向かった。警察には、こども休憩室やカオヤイをあんなふうにした奴を逮捕してもらわなければならない。館内にはまだまだ多くの客が残っていることだろう。来館者たちの安全を確保するのは、自分たちの仕事だ。

そんな意気込みで南館に戻ったら、玄関で警察官に掌を向けられた。

「入らないでっ！」

「えっ？」

警察官の顔を覗き込んだ。この男、何を言っているのか？

「中は危険です！　入らないで！」

「ちょっと待ってください」

頭が熱くなったことを意識しながら、関口が言い返した。「私たちは、ここの警備を任されています。お客様が中にいるかぎり、安全に退去していただかなければならないんです。通してください！」

正当な要求だ。しかし警察官は首を振るばかりだった。

「中は危険です。お客さんの避難は、我々警察が責任を持ちます。ですから、中に入らないでください！」

マシンガンのように文句を言おうとした口が止まった。なぜ警察官はそこまで言う？

「……中は、それほど危険な状態なのですか？」

自分の代わりに、島村が言った。警察官は答えない。

「とにかく、あなた方を中に入れるわけにはいきません。避難場所で待機してください」

「…………」

関口は、警察官が言わなかったことを理解していた。犯人が、一階で攻撃を始めたのだ。

南館や、南中央館が襲われているのか。だとしたら、放っておくわけにはいかない。無線機を取って、丸山を呼び出す。

「課長！　第一陣の避難誘導は完了しました。しかし、警官が中に入れてくれないんです。高見さんに、入れるよう進言していただけませんか」

しかし返事はすぐに返ってこなかった。数秒の間を置いて、丸山の声が聞こえてきた。

『警官の言うことを聞け』

「えっ？」

『いいから、外にいろ。中に入ってくるな』

「どういうことですか？」

棘が混じっていることを承知の上で、関口は尋ねた。丸山は泣きだす一歩手前のような声で答えた。

『南中央館は、地獄のような有様だ。南館にも飛び火する可能性が高い。中に入るのは、自殺行為だ』

「…………」

関口は答えられなかった。何を言われたのか、理解できない。こども休憩室の中は、確かに死屍累々だった。ボヤがあったらしいカオヤイはわからないが、大事が起きていてもおかしくない。けれど、なぜ南中央館が？　乳幼児を殺害し、警備員を総合警備室に閉じ込めた奴が、大規模攻撃を始めたのか？

「地獄って」関口はやっと声を出すことができた。「何が起きているんですか？」

丸山は答えなかった。まるで機械のように「入ってくるな」とくり返すばかりだった。

／／／／／／／／／／／／／／／

人ごみは、遅いながらも進んでいた。

呉は、元々せっかちな質(たち)だ。一人のときは、かなりせかせかと歩く。その感覚からすれば、牛歩の歩みといっていい。内心ではイライラしながらも、顔は平静を保っていた。文琴が傍にいるからだ。

一連の騒動に対する対応で、今のところ文琴は自分を信頼してくれているようだ。だったら自分は、信頼を裏切るような行動を取ってはならない。人間は、せかせかしたりイライラしたりする人間を信頼しない。泰然自若としている人間を頼りにするのだ。

「まだかな」

文琴が不安そうな声を出した。ここは、安心させてあげなければ。

「もう少しだよ」

　呉は右手に持ったフロアガイドを文琴に示した。左手には、この期に及んで、いくつもの紙袋を持っている。だからフロアガイドは右手を軽く振って広げなければならない。幸いなことに、その程度の空間的ゆとりはある。

　呉は親指でフロアガイドの一点を指し示した。

「今はこの辺りだ。南中央館の南端に近いところ。もうちょっと進めば南館に入る。さっき警察官か警備員が、南館から出てくれって言ってたから、もうすぐ出口だってことだね」

　だから、もう出たも同然――そう言おうとして、思い留まる。不確定要素が残っているのに断言するのは好きではない。根拠のない楽観論の持ち主と思われても困る。これまでの説明で、十分な安心材料を与えたはずだ。読みどおり、文琴の強張った表情が、少しだけ緩んだ。

　呉は、今度は左手を胸の高さまで上げた。

「もうちょっと店の方に移動しよう。せっかくの買い物が、ぐしゃぐしゃにならないように」

　文琴の顔がさらに明るくなる。この危機的状況の中、そこまで気を配ってくれるのか。そんな感激がみて取れた。

本当の理由は紙袋の保護ではない。それでも自分に感謝してくれているのに、わざわざ本当のことを言って失望させる必要はない。呉はフロアガイドをポケットに入れ、文琴の手を握った。自動車が車線変更するように、うまく隙間を見つけて右の店舗側に移動した。文琴に端を歩かせ、自分は彼女を護るように左側を歩く。危機管理上、これがベターな配置だ。

「これでよし」小さくつぶやいて、今度はまっすぐ歩き始める。

文琴には言わなかったけれど、不安要素はある。次々と来館者を襲っているらしいラッシュガードパーカーの女性が、逮捕されたかどうかわからないことだ。さっき、遠くから銃声が聞こえた。アメリカに留学していたときに、射撃場で聞いた音と同じだったから、間違いない。

警察官があの女性を射殺したのなら、それでいい。しかし起きているのがテロ事件ならば、犯人が一人とは考えにくい。人数も動機も背景もわからない中では、対処しようがない。しかも、自分たちは身動きもままならない状態にある。

ぞくりとした。

犯人の正体はわからない。しかしテロ行為が犯人の目的ならば、よりたくさんの人間を殺害しようとするのではないか。だとすると、人が密集しているところは、絶好の狩り場となる。

周りを見回した。もし犯人グループが銃を持っていたら、乱射するだけでいくらでも殺すことができる。いや、銃でなくてもいい。犯人が使用したと思われる生物化学兵器がここでばらまかれたら、どうしようもない。

突然、破裂音がした。

心臓が止まりそうになる。銃声？

しかし呉は、すぐに自分の想像を否定した。音の質が違う。あれは爆竹の音だ。台湾では旧正月などで何十本も続けざまに鳴らすけれど、今のは一本だけだ。なぜ、爆竹が？

文琴の顔が引きつる。本当に心臓が止まりそうになったように胸に手を当てた。大丈夫、と声をかけてから振り向いた。破裂音は、背後から聞こえてきた。しかし人の壁で先が見通せない。ただし、人の壁もまた、振り返っていた。

次の瞬間、やはり後方から悲鳴が聞こえてきた。一人や二人じゃない。大勢が一斉に声を上げたから、耳障りな不協和音になって通路に響いた。アルバ汐留に来てから、何度も悲鳴を聞いている。その主のほとんどが、顔面を押さえて倒れ込んでいた。背後でも、同じことが起きている？

睾丸をつかまれたような恐怖が襲ってきた。あれは、犯人による攻撃だ。後方にいる人間に攻撃を加えたということは、そのままこちらに向かってくるのではないか。理屈ではなく、ごく自然な連想だった。逃げなければ。

　このまま走りだしてしまいたい衝動に、呉は必死に耐えた。これだけ混み合っているときにダッシュなんかしたら、前にいる人に激突するだけだ。転んでしまって、後ろから来る人間に踏まれてしまうかもしれない。では、どうする？

　背後の悲鳴は、ますます大きくなってきた。通路が異様な雰囲気に包まれる。何が起きているのかは、わからない。わからないからこそ、恐怖が増殖していく。もはや、パニック寸前だ。

　まずい。これだけの人数がパニックに陥ったら、収拾がつかなくなる。誰もが我先に逃げようとして、将棋倒しになる。今の通路は、ぱんぱんに膨れあがった風船だ。針のひと突きで簡単に破裂する。

　呉は右前方を見た。若い女性向けのアパレルショップの先に、ドアがある。先ほど見つけておいたドアだ。「STAFF　ONLY」と書かれてある。なんとか、パニックが始まる前にあそこまでたどり着かなければ。

　そこに。

「こ、ろ、さ、れ、るーっ！」

　甲高い声が響いた。雑多な悲鳴を圧する大声。続いて、爆竹の破裂音が聞こえた。

ぶん、と空気が鳴った気がした。風船に、針が刺さった！

うわっ、と空気がうねる。満員のエレベーター並みの人ごみが、一斉に走りだした。パニックが始まったのだ。

まずいっ！

呉は文琴の手を握って、無人のショップにサイドステップした。次の瞬間、先ほどまで自分たちがいた空間に後方の人物が倒れ込んだ。つまずいたのだ。倒れた人物にさらに後方から人間がつまずいて倒れる。典型的な将棋倒しだ。間一髪で難を逃れた。

さらに店の奥に移動する。来館者たちは、通路をまっすぐに逃げようとしているから、店の中にまでは入ってこない。ここにいるのは、自分たちだけだ。しかし、それだからこそ目立ってしまう。目立つということは、攻撃対象になるということでもある。早く、安全な場所に避難しなければ。

もう一度、自分たちが歩いてきた通路を確認する。走る人間、転ぶ人間、床に倒れ伏す人間。もう、統制が取れなくなっている。その先に、やはり走る人影。その人物は、転んだ人間を踏みつけながら進んでいた。左肩に、トートバッグ。着ているのは、ラッシュガードパーカーだ。

来たっ！

もう一秒も待てない。呉は文琴の手を強引に引っ張って通路に戻った。倒れている人間は、すぐには起き上がって進めない。通路の端であれば、かえって進みやすいはずだ。人と人の間、わずかに見える床に足をついて歩く。ときどき手足を踏んでしまうけれど、謝っているゆとりはなかった。文琴などは、ほとんど人間の上を歩いていたが、仕方がない。先ほど前方を歩いていた女性二人組を追い越して、ドアに向かう。たどり着いた。ドアノブを握る。頼む。鍵がかかっていませんように。ドアノブをひねった。

開いた！

歓喜にくらくらしながらも、ドアをさらに開こうとする。倒れている人間が邪魔だったけれど、強引に開いた。人が一人分入れる隙間ができた。

「ここだっ！」

文琴の身体を押し込む。自分もわずかな隙間をくぐり抜けた。すぐにドアを閉める。内側から鍵をかけた。直後に、ドアが乱打される音が聞こえた。犯人がここまで到達したのか？なんとか、間に合った。

全身に汗をかいていた。安堵のため、一気に汗が噴き出したようだ。文琴は、元々大きな目をさらに見開いて、呉を見つめていた。驚いたような顔。自分が助かったことが、信じられないのだろうか。

「上に上がろう。さっき、人が大勢いたシネコン」

文琴が人形のようにうなずく。呉は彼女の手を取って階段を上り始めた。ドアの向こうからは、悲鳴のオーケストラが聞こえてくる。自分たちは、助かったのだ。

安全をさらに確実なものにするためには、三階に上がるのがいい。自分たちが下りてから、シネマコンプレックスがどのような状態になっているのかはわからない。しかし全員が出口に向かっているのなら、攻撃されていなければ、無人の部屋が並んでいることになる。警察の助けが来るまで、そこでじっとしておくのがいいだろう。

逃げ切った。最後まで、文琴を護り通した。

安心するのはまだ早いと理性は訴えるけれど、呉は心地よい高揚感と共に階段を上った。

／／／／／／／／／／／／／／／／

携帯電話が鳴った。

依子はバッグから携帯電話を取り出し、液晶画面を確認する。恋人の藤間からだった。南館へと向かう人の流れを邪魔しないよう、歩きながら通話ボタンを押す。「どうしたの？」

今日の藤間は、行きつけにしている喫茶店の常連客と一緒に遊びに行く予定になっていたはずだ。こちらも玲と一緒に、ブローチを買う用事があった。だからこの週末は、会わない予定になっていた。そんなとき、彼は電話してこない。いくら恋人とはいえ、携帯電話で無理やり相手の時間を奪うことを好まないのだ。ちょっと寂しい気持ちもあるけれど、そんな気遣いをしてくれることが嬉しかった。

そんな藤間が、電話をかけてきた。何か、急用でもあったのだろうか。

『今、どこ?』

いきなり訊いてきた。いったい、どうしたんだろう。

「汐留。ほら、佐和の結婚披露宴に着けていくブローチを買うって話をしたでしょ?」

『汐留って』藤間の声は硬かった。『ひょっとして、アルバ汐留?』

依子は前方に向かってうなずいた。「そう。よくわかったね」

『そうか』驚いたような、安心したような口調。『俺も、アルバ汐留にいる』

「えっ?」思わず訊き返す。「ここに?」

『ああ。うまい飯屋があるからって、友だちに誘われたんだ。そしたらボヤ騒ぎがあって、しかも館内放送で外に出ろって言ってた』

まさしく、自分たちが体験したことだ。間違いなく、藤間はアルバ汐留の中にいる。

『滅多にない体験だから、電話で実況中継しようと思ったんだけど、なんだ、おまえもいたのか』

「残念ながら。すごい偶然だね」

『まあ、偶然なんて、そんなものだ。同じ場所にいるんだから、合流しよう。今、どの辺りにいるんだ？』

「えっと」周囲を見回す。「南中央館の、南寄りの辺り——っても、わかんないか」

『どこかで案内図を見るよ。南中央館の、南に近いところにいるんだな？』

「そう。さっきの館内放送で、南館から外に出るように言ってたでしょ。だから、そっちに向かって歩いてる」

『何階？』

「一階」

『わかった』

息を吐く音。藤間はため息をついたのか。なぜ？

『じゃあ、南中央館と南館のつなぎ目辺りにいてくれないか。俺もそこに行くから』

「近いの？」

『ああ。俺は建物の真ん中辺りにいる。すぐに追いつくよ』

「うん。じゃあ、待ってる——って、喫茶店の友だちは？」

『はぐれた』藤間は即答した。『待ってて』

「うん」

電話は切られた。依子は息をつく。

そうか。藤間がここにいるのか。

今までの不安感が一掃された気になった。藤間は周到な男だ。一緒にいると、いつの間にかすべてがうまくいっている。自分はそれに甘えるように数年間交際してきた。もちろん彼がいないときには、大人としてすべて自分で判断して行動しているわけだけれど、やはり藤間がいるといないとでは、大きな違いがある。

「どしたの？」

玲が訊いてきた。電話でのやりとりを説明する。

「もうちょっとで南館だから。そこで待ってたら、やってくるよ」

「よかった」

玲の顔にも安堵の表情が浮かんだ。玲は何度か藤間と会ったことがある。だから藤間が頼りになる人物だということを知っている。おいおい、藤間の彼女はわたしだぞと突っ込みたくなるような表情だった。

「行こう」

「うん」

南中央館と南館の接続箇所という明確な目的地ができたから、足も軽くなる。大きく一歩を踏み出そうとした。しかし、その足が止まった。

破裂音。続く悲鳴。

「何？」

依子は思わず言ったが、返事があるはずもない。玲は、凍りついたように立ち止まるだけだった。

悲鳴は後方から聞こえてくる。振り向いたけれど、人垣が見えるだけだ。彼らもまた、後ろを振り向いていた。

悲鳴なら、先ほども聞いた。吹き抜けから、人が降ってきたときだ。その凄惨な姿に、近くにいた来館者たちはパニック状態に陥った。慌てて逃げようとして近くにいた人にぶつかり、小競り合いが起きた。

あのときは警備員がなんとか収めて、南館への人の流れを作った。玲がへたり込んでしまって歩けなかったから、すぐに警備員についていくことはできなかった。おかげで、ずいぶん遅れて歩いている。

しかし、今聞こえた悲鳴は、響きが違った気がする。金切り声などという可愛いものではない。もっと切実な、喉が裂けそうな実体感を持った悲鳴とでもいおうか。あのような声を、人間が出せるのか。出すとしたら、どんなときなのか。

わからない。それでも、後方でただならぬ事態が発生したことだけは理解できた。依子は玲の腕をつかんだ。

「急ごう」

理性が戻ってくるまでに、少し時間がかかったようだ。それでも玲はかくかくとうなずいて、歩みを再開した。通路を南館へと向かう人たちの動きは、バラバラだった。立ち止まって振り返る者。変わらぬペースで歩く者。せかせかと人の間をすり抜けて、少しでも先に進もうとする者。

依子は、三番目の列に並ぶことにした。つまり、人波をかき分けて進むことにしたのだ。玲も依子の意図を理解して、前かがみになった。その方が、人の間をすり抜けやすいからだ。また破裂音。続く絶叫。先ほどよりも近い。異常事態は、いや、異常事態を作り出した人物は、こちらに近づいてきている？

恐怖のため、脚から力が抜けそうになる。依子は、藤間護の顔を思い浮かべた。お願い。早く来て。

脳裏の恋人に力をもらって、足を踏み出す。

「すみません！」

　言いながら、人と人の隙間に入り込む。玲も続いた。幸いなことに、ターコイズ・アイで購入したブローチは小さい。早足での移動にも邪魔にならないから助かる。つられるように、周囲の人も足を速め始めた。

　そこに、耳をつんざくような大声が響いた。

「こ、ろ、さ、れ、るーっ！」

　そして破裂音。驚くほど近くから聞こえた気がした。続いて、地鳴りのような不気味な響き。通路を埋め尽くしたすべての人々。彼らが一斉に声を出した結果、建物を覆い尽くすような響きが生まれたのだ。

　そして、地鳴りは津波になった。

　後方にいた人たち。自分の周囲。そして前方にいる人たち。彼らが一斉に駆けだした。

　まずいっ！

　そう思ったけれど、どうしようもなかった。依子と玲は、後方から突進してきた人間に激突された。そのまま押されて、前を歩いていた人間にぶつかった。脚がついていかない。結局周囲にいた人間がまとめて転ぶことになった。ぶつかってきた当人がいちばん早く立ち上がり、走り去った。腕に激痛。踏まれた。

床に手をついて上体を起こす。背後を見ると、引きつった顔をした一団がこちらに向かっていた。

逃げなければ。依子は倒れている人や走っている人を避けながら、なんとか通路の端に移動することができた。ここならば、パニックを起こした人たちにぶつかられずに済む。

「玲っ！」

大声で呼ぶ。玲がこちらを向いて、苦労しながらも傍にたどり着いた。

「何？　これ」

訊かれても、わかるわけがない。わかっているのは、あのような悲鳴が発せられるほどの何かが起きているということだけだ。

再び背後を見る。相変わらず多くの人が走ったり転んだりしている。その上空に、何かが飛んだのが見えた。丸いもの。なんだと思うまでもなく、破裂音と共に消失した。新たな絶叫が起こる。

依子の全身に鳥肌が立った。

あれだ。正体はわからなくても、パニックを引き起こしたのは、あの丸いものだ。破裂音と共に消えたのだから、割れたのだろう。あれが割れると、断末魔のような絶叫が起こる。あの中には、とんでもないものが入っていたのだ。今まで、破裂音が起こる度にその周囲が大きな被害を受けてきた。そして、破裂音は段々近づいてきている。

「逃げなきゃ」

狂乱状態の人波を避けながら、逃げ場所を探した。あった。すぐそこにドアがある。

「あそこへっ！」

依子は玲の腕を叩いてドアに向かった。一歩遅れて玲もついてくる。ドアには「STAFF　ONLY」と書かれてある。従業員が利用するドアだ。その中が何かはわからない。でも、少なくとも入ってしまえばあの丸いものからは逃れられる。

駆ける。ドアはもうすぐそこだ。手を伸ばす。そこに、脇から人影が現れた。若い男性が依子を追い抜いて、先にドアにたどり着いた。ドアノブを握って回す。ドアが開いた。若い男性が、若い女性をドアの中に押し込む。自分も入った。よし、自分たちも。手を伸ばす。しかし、ドアは目の前で閉ざされた。

――えっ？

続いて、がちゃりという音。ドアノブを握る。回す。回らない。鍵をかけられてしまった。

バカな。

「開けてっ！」

どんどんとドアを叩く。がちゃがちゃとドアノブを回す。しかし返答はない。鍵も開かない。ダメだ。ここからは逃げられない。

こうなったら、一秒でも早く南館との接続場所に着かなければ。そこに行けば、藤間と会える。気を取り直して、依子は前に進もうとした。

いきなり衝撃が襲ってきた。またしても、慌てた来館者にぶつかられたのだ。悪いことに、依子はドアの傍にいた。依子の身体はドアにぶつかり、勢いをつけた状態で側頭部をドアに叩きつけられた。

目から火花が出た。頭を押さえてうずくまる。さらに誰かがぶつかってきて、身体が横倒しになった。何とか目を開く。

逃げ惑う人々。そんな中にあって、依子は一人の人物に視線を留めた。つばの広い帽子をかぶり、サングラスにマスクをしている。体型からして女性だ。長袖のラッシュガードパーカーを着ていた。依子が彼女に目を留めた理由。周囲がパニックに陥っている中、彼女だけは明確な意思を持って動いているように感じられたからだ。

女性は倒れた人を踏みながら進んでいく。右手に何かを握って、左右に振っている。距離が近くなると、彼女が何をやっているのかがわかった。刷毛を手に持って、壁のペンキ塗りのように、周囲の人間に塗っている。塗りつけられた人間は、例外なく叫び声を上げていた。

こいつか。元凶は。

横倒しになったまま、依子は思った。あの丸いものを投げ上げたのも、彼女なのだろう。何をやっているのか理解できないけれど、少なくとも無差別攻撃していることは想像がついた。無差別。つまり、自分たちも標的になるということだ。逃げなきゃ。でも、身体が動かない。

女性が近づいてきた。顔は隠されていて見えない。それなのに、依子はこの女性と会ったことがあるような気がした。そう。自分はこの女性を知っている。

顔は思い出せなかった。

名前も思い出せなかった。

ただ、彼女と出会った場所が脳裏に浮かんだ。

そこは、喫茶店だった。

間章

「問題は、成功した後のことだな」

池田が言った。表情も口調も、研究者のものだ。

午後九時四十五分。コーヒー専門店「ペーパー・ムーン」は、すでに営業時間を終えている。残っているのは、店主である紙谷夫妻。アルバイト店員の百代。そして百代を支援する五人委員会のメンバーだった。

「失敗して逮捕されたのなら、仕方がない。どの程度まで進めてからの失敗かにもよるけれど、警察の取り調べは苛烈を極めるだろう。いくらモモちゃんの決心が固くても、洗いざらい供述させられることは間違いない」

百代に視線を送る。百代も硬い表情でうなずいた。「いえ、わたしは決して喋りません」などと浮ついた科白は吐かない。池田もうなずき返す。

「だから、変な言い方だけれど、失敗したのなら諦めもつくんだ。でも、成功したら？　計画どおりモモちゃんが、アルバ汐留で二千人を殺すことに成功したときのことを考えておかなければならない」

「って言いますと？」

三枝が尋ねる。池田は年下の友人に小さく笑ってみせた。

「今、失敗したら警察の取り調べは苛烈を極めるって言ったけど、成功したら、もっとひどいことになる。都心も都心、国会議事堂や霞が関の目と鼻の先といえる場所で、二千人が殺されるんだ。メンツが潰れるどころの話じゃない。まず間違いなく、トップをはじめ幹部数人が打ち首だ。けれど、だからこそ捜査は徹底して行われる。違法すれすれの、なりふり構わぬ行動に出るだろう。そんな警察を相手に、モモちゃんの犯行であることを隠し通せるか、ということだよ」

「そうですね」三枝が重い声で言った。「モモちゃんのご両親は、まだ健在なんでしょう？最愛の娘がたった一人で二千人を殺したとわかれば、生きていられないほどのダメージを受けるでしょう。犯人を特定させるわけにはいきません」

「でもさ」冬美が呑気な声を出した。「けっこうな重大事件でも、犯人が捕まらないまま時効を迎えてるじゃない。もちろん慎重にやるんだけど、それほど怯えなくていいんじゃないかな」

「そんなことはないですよ」池田が即答した。「事件は、それぞれ状況が違います。過去の迷宮入り事件については、警察のミスもあったでしょうし、運が手伝ったこともあるでしょう。今回も警察がミスするとはかぎりませんし、運が巡ってくるかもわかりません。警察が最高の捜査をするという前提で、対策を練らなければならないんです」

「それは困ります」

木下が抗議の声を上げた。「警察に、身辺をかぎ回られたくありません」

「警察が事情聴取しに来ることは、十分あり得るだろうね」

藤間が代わって答える。

「それって」木下が百代を見た。「モモちゃんが逮捕されて、俺たちのことを喋るってことですか?」

「そうじゃないよ」藤間は片手を振った。

「捜査する上で、警察は施設内の防犯カメラの映像を頼りにすることは間違いない。何万人になるかわからないけれど、記録されているすべての人間の身元を特定して、その人物がどうなったかを確認しようとするはずだ。作戦実行中のモモちゃんは、外見からは身元が特定できないような恰好をしている。けれどアルバ汐留に入ってから最初の仕込みを回収するまでは、モモちゃんとわかる姿で映り込んでいるだろう。彼女の勤務先の雇い主や常連客に事情聴取する可能性は、十分にある」

「お巡りさんたちは、ここに来たときにコーヒーを注文してくれますかね」

紙谷が緊張感のない声で言った。藤間が苦笑する。

「ともかく、事情聴取に来るのと疑われるのとでは、まるで違う。トリコセテン・マイコトキシンはもちろん、醤油差しひとつ取っても、そこから俺たちにはたどり着かない」

木下が肩から力を抜いた。安堵のため息を漏らす。藤間はさらに続けた。

「さらにいえば、大規模なテロ事件であれば、犯人は反国家、反政府組織と関わりがあると考えるだろう。警察は、実行犯にこれだけの事件を起こす能力があるかなんて、気にしない。背後にいる組織がすべてお膳立てして、実行犯は使い捨てられるだけ。そんなふうに考える。けれど、モモちゃんの背後には、組織はない。モモちゃんを疑うことも、そこから俺たちにたどり着くことも、相当難しいと思う」

「じゃあ、安心だ」

冬美が結論づけるように言ったが、池田が首を振った。

「防犯カメラでも何でも、はっきり犯人がモモちゃんとわかるシーンを撮られなければ、という話です。さっきも言ったとおり、事件前のモモちゃんの姿は、確実にカメラに捉えられます。でも、そこから事件を起こしている最中は、犯人がモモちゃんとはわからない。難しいのは、その後ですね。二千人殺した後、モモちゃんを事件からどう切り離すか」

藤間がまた後を引き取る。

「一人での犯行だから、どうしても時間がかかってしまう。一階に集まった来館者をまとめて殺害する際には、同じフロアには警察官も大勢いるだろう。来館者が障害物となって、すぐに警察官が近づいてくる事態は避けられたとしても、まっすぐ逃げて彼らの追跡を振り切ることは、相当難しい」

ペーパー・ムーンの中は静まり返った。事件後に百代を逃がす方法。その実現の困難さに、誰もが妙案を思いつかずにいるのだ。

藤間も思いつかない。逃げ切れるわけがない。閉ざされた空間である館内では警察の手から逃げられたとしても、建物の周囲は警察が包囲している。その囲みを破るなど、絶望的なことに思える。

しかし、藤間はアイデアをひとつ持っていた。百代が、警察に逮捕されずに済む、ただひとつの方法を。

しかし言えない。自分の口から言ってはいけないことだ。そっと百代を見る。察したのか、百代が静かに口を開いた。

「そんなの、簡単ですよ」

「えっ？」

三枝が発言者の方を見た。百代は、五人委員会のメンバーを等分に見て、続けた。

「逃げなければいいんです」

第十二章　終局

「止まらずに進んでくださーい！」

警視庁機動隊ＮＢＣ対応専門部隊の安中（あんなか）は、緊張を気取られないよう、意識してゆっくりと話した。

何もない日常でさえ、機動隊員の装備は威圧感を与える。その上、自分は今、短機関銃を持っているのだ。そんな人間がドスの利いた声を出せば、無駄に怯えさせてしまって、スムーズな避難につながらない。声は優しく、視線は鋭く。そうでなければならない局面だ。

安中は、南中央館一階の警備を担当していた。与えられた任務は、来館者を南館一階から避難させることと、来館者の中に交じっているかもしれないテロリストを見つけ出すことだ。

避難の方は、うまくいっていると思う。しかしテロリストを見つけ出す方は、困難を極めていた。

通路の端に立って避難誘導しながら、サングラスとマスクで顔を隠した人間がいないかをチェックする。いたら、そいつが長袖で肌の露出を避けているかを確認する。さらに、帽子をかぶっていないかを確認する。すべてが揃っていたら、声をかけて、通路の脇に連れ出す。

チームを組んだ佐村と手荷物検査をさせてもらい、疑いが晴れたら謝罪して人の波に戻ってもらう。そんなことをくり返しているのだが、何しろ、来館者の絶対数が多いのだ。

アルバ汐留の通路は、決して広くはない。にもかかわらず、南中央館の一階には、施設の北半分にいた来館者が集まっている。感覚としては、初詣客でごった返す神社くらいの人口密度だ。通路の中央部を歩かれれば、そう簡単に捕まえることはできない。ひと目で機動隊員とわかる恰好の自分が、人ごみを強引にかき分けて進むと、どうしても目立ってしまう。こちらの接近を悟られてしまうわけだから、もしその人物がテロリストであれば、その場で攻撃が始まってしまう危険性がある。

だから、これという人物を見つけたら、斜め後ろからそっと近づいて、攻撃の隙を与えずに身柄を確保しなければならないのだ。しかも善良な民間人だったときのことを考えると、力ずくというわけにもいかない。簡単な任務ではないのだ。

無線機が鳴った。すぐにレシーバーを取る。「はい」

『やられた』

前置きなしで上河内が言った。

『熱田と取手が、敵を取り逃がした。奴は南中央館の二階から、北側の従業員専用階段に逃げた。上がったか下りたかは、わからない』

安中はレシーバーを握りしめた。テロリストが、こちらに下りてくる可能性があるというのか。

『一階は、避難者でぎゅうぎゅうだろう？』

「はい」

『三階はがらがらだ。移動して他の場所を襲うつもりなら、三階を利用する可能性が高い。一階では、身動きが取れなくなるからな。しかし油断するな』

「はい」

『それから、毒物の正体がわかった』

「何ですか？」

『トリコセテン・マイコトキシンだ』

安中は息を呑んだ。上河内は淡々と言ったが、ごく微量で人を死に至らしめる、最悪レベルの猛毒ではないか。

『敵の装備を見て、おまえたちも同程度の対策で現場に出ている。しかし毒物の正体がわかった以上、今の装備では不十分だ。敵は自分の命が惜しくないのかもしれんが、こっちは違う。いいか。一階に現れても、奴には近づくな』

「…………」

近づかなくて、どうやって逮捕しろというのか。そう反論しかけて、安中は口を閉ざした。その先に続く言葉に想像がついたからだ。上河内が想像を音声にした。

『距離を置いて、射殺しろ。ためらうな。長谷と松野がやられたことを忘れるな』

「――わかりました」

安中は無線を切った。

いいだろう。自分は、ためらわない。

安中は自分自身に向かってつぶやいた。自分はまだ、人間に向けて発砲したことはない。でも仮にそうしなければならなくなったとしたら、相手の急所に狙いをつけて引き金を引く覚悟はあった。

ここに来るまでの間に、アルバ汐留の構造についてはレクチャーを受けている。南中央館の北側にある従業員専用階段がどこかも、頭に入っていた。その方向に視線を送る。来館者の人波の頭上に、ドアの上端が見えた。あれか。

上河内は、テロリストは三階に上がった可能性が高いと言った。しかしそれで緊張を緩めるような人間は、機動隊にはいない。避難誘導しながら、肌を隠している人間をチェックしつつ、さらに従業員専用階段の方向にも気を配っていた。腕時計で現在時刻を確認する。午後一時二分。熱田と取手が取り逃がしたのが、何分前のことなのか、上河内の連絡からはわからない。三階に上がったのかもしれないし、自分が注意を向ける前に、すでに人波に紛れてしまっているかもしれない。従業員専用階段に通じるドアは、自分のいるところの対岸に当たる。もしあそこから入られたら、自分のいる場所から視認することはできないかもしれない。

——と。

視界の隅で何か動いた。

反射的に顔を向ける。従業員専用階段の少し前方。丸いものが、避難する来館者たちの頭上に飛んでいた。

紙風船？

動体視力に優れた安中の眼は、その正体を瞬時にして見破っていた。そしてほとんど同時に全身の筋肉を緊張させた。平和な日常ならばともかく、テロ事件が起こっている施設内で目にするものではない。ましてや、放り投げたりしない。投げる人間がいるとすれば、それは胡乱な目的があるに違いないのだ。

紙風船は、登場したときと同じくらい唐突に姿を消した。その原因も、はっきりしている。破裂音を伴っていたから、爆発したのだ。音からして、爆竹。紙風船に爆竹が取り付けてあって、空中で爆発するように細工していたのだろう。

安中の背中に戦慄が走った。テロリストが使用しているのは、毒物だ。猛毒の、トリコセテン・マイコトキシン。紙風船の中に、カビ毒が入っていたら――。

安中の予想は当たっていたようだ。紙風船があった空間に白いもやのようなものが広がった。そして紙風船の真下にいた来館者たちが、顔を押さえて苦しみ始めたからだ。

まずいっ！

トリコセテン・マイコトキシンは、服用するよりも皮膚に触れさせた方が、より微量で死に至る。あんなふうに空中に舞ってしまったら、広範囲に被害が出る。しかも、通路は満員電車並みの人口密度だ。

「ぎゃっ！」

「いやあっ！」

「ぐふっ！」

人波の間から、十数名が叫び声を上げて頽れるのが見えた。そして、その身体を踏む足も。来館者を踏んだ足の持ち主を見る。スニーカー。トレッキングパンツ。ラッシュガードパーカー。マスク。サングラス。そしてつばの広い帽子。

あいつだっ！

安中は反射的に短機関銃を構えた。引き金に指をかける。

ダメだっ！

機動隊に配備されている短機関銃は、H&K社製MP5だ。銃身の短い機関銃としては命中精度が高い。しかし来館者たちの間を通して標的に当てられるほどのものではない。フルオートにして弾丸をばら撒けば片はつくかもしれないけれど、それでは他の来館者を巻き添えにしてしまう。日本の警察に許される手段ではなかった。

短機関銃から手を離し、腰のホルスターから拳銃を抜く。同じH&K社のP9Sだ。こちらの方が、命中精度はより高い。相棒の佐村も、ほぼ同時に拳銃を抜いた。

敵は地に伏した来館者たちを踏みつけながら、前に進んでいく。手に持っているのは刷毛だ。右手に握って、周囲に毛先を押しつけながら進んでいる。あの刷毛に含ませているものが、トリコセテン・マイコトキシンなのだろう。明らかに、無差別殺人だ。安中はテロリストに拳銃を向けた。

「動くなっ！」

叫んだ。パニック状態にある通路でも、声は届いたはずだ。しかし敵は動きを止めない。銃口を敵に向ける。しかし指は引き金を引かなかった。

撃てないっ！

来館者が全員倒れ伏しているのならばいい。横から撃てば済むことだ。しかし紙風船の被害に遭っていない来館者は大勢いる。彼らは立って、前に進んでいるのだ。それだけではない。敵の手前にも向こうにも来館者がいる。敵に当てられればともかく、外したら来館者に当たる。いや、敵に当たったとしても、P9Sに込められている弾丸は、九ミリパラベラム弾だ。貫通力が高いことが特徴の弾丸だから、敵を突き抜けてその先にいる来館者にめり込む可能性は、低くない。様々な悪条件をクリアして敵一人だけを射殺できるのは、ハリウッド映画の刑事だけだ。

奴は、すぐ近くに警察官がいることを知っている。おそらくは、警察が毒物を特定していることも予想しているだろう。最低でもレベルCの防護服を装着しなければ防げないことも。防護服を着ては動きが鈍くなるから、捕まえられないことも。そして来館者の間に紛れてしまえば、距離を置いたところから射撃できないことも。だからこそ、あんなに大胆な行動が取れるのだ。

ふざけやがって！

人の切れ目を探して撃とうとする。しかし、元々高い人口密度の中だ。切れ目などありはしなかった。佐村もまた、なんとか撃とうと銃口を小刻みに動かすが、タイミングをつかめないようだった。

「くそっ」

口が勝手に毒づいた。しかし怒りに脳を沸騰させながらも、安中は奇妙なことに気がついていた。敵は、つば広の帽子とサングラス、そしてマスクで防護している。しかしあんな防護は隙だらけだ。空中を舞っている猛毒から完全に身を守れるわけがない。微量でも、サングラスとマスクの隙間から、皮膚に付着するはずだ。そしてトリコセテン・マイコトキシンは、微量でも人を死に至らしめる。では、なぜあいつは死なない？

「――そうか」

佐村が突然声を出した。こちらを向く。

「あいつは死んでいない。安中さん、紙風船に入っていたのは毒じゃないですよ。人の動きを止めるだけのものです」

言うなり、人波に突進していった。撃てないのなら、多少のダメージを覚悟で、肉弾戦に持ち込んだ方がいいと考えたのだろう。相手は、女に見える。女であれば、組み伏せるのはたやすい。

最も近くにいる来館者を押しのけて進もうとしたとき、耳をつんざく大声が響いた。

「こ、ろ、さ、れ、るーっ！」

攻撃を受けた来館者たちの叫び声。先ほど安中が発した警告。それらよりもさらに大きな声だった。

声を出した人間は、特定できなかった。しかし安中は理屈によらず理解していた。あれは、テロリストの声だ。その証拠に――。

今までは、パニックに陥っていたのは紙風船や刷毛の攻撃を受けた人間と、その周囲だけだった。しかし今の大声で、南中央館一階全体に、一気に拡散したのだ。

「きいいいいいっ！」

「わっ！　わっ！　わわっ！」

これまで行儀よく避難していた来館者たちが、意味不明な声を上げながら駆けだした。ぶつかる。転ぶ。蹴られる。踏まれる。通路は混沌に支配されていた。

そんな中、佐村はパニックに陥った来館者たちをかき分けてテロリストに接近しようとする。しかし統制が取れてなさ過ぎた。転んだ人間が多いから、人を踏まずに歩けないのだ。日本の警察官は、何の罪もない一般市民を踏みつけて犯人に向かう訓練を行っていない。技術的にできないのではなく、精神的にできないのだ。

一方、テロリストは無造作に他人を踏みつけながら進んでいく。ときおり紙風船を投げては、道を作っていく。そして周囲に刷毛で毒物を撒き散らし、死体の山を作っていく。来館者を倒しながら進んでいくから、パニックに陥った人間に背後からぶつかられることがない。奴一人が、悠々と進んでいく。

安中も拳銃を構えていられなくなった。パニックに陥った来館者たちがこちらにも押し寄せてきて、安中にぶつかってきたのだ。佐村に続いて敵に近づこうとしても、無秩序な動きが邪魔をする。

バカな。

パニック状態の群衆に揉まれながら、安中は呆然としていた。

今までの、血の滲むような訓練は、いったい何だったんだ？　NBC専門部隊の隊員として、いつ何時日本でテロ事件が起きても対応できるはずだった。それなのに、紙風船と刷毛などという、ふざけた武器を持ったテロリストに近づけずにいるなんて。

敵は自ら道を作りながら進んでいく。自分たちは護るべき市民たちによって行く手をふさがれている。こんなことがあっていいのか？

安中は諦めなかった。人ごみをかき分けながら進んでいった。すでに絶望的な距離が開いているとわかっていながら。

／／／／／／／／／／／／／／／／／／

ついに、始めたか。

藤間は絶望的な気持ちで、前方で今からくり広げられる惨劇に思いを馳せた。

藤間は、南中央館の北端にいた。携帯電話で依子の生存を確認して、彼女と合流するために前に進もうとしたときに、破裂音が響いたのだ。

北中央館の三階で騒ぎを起こし、それが毒物によるものだと、警察にわからせる。そうすることによって、避難路を南館の端へと固定する。自然と南中央館と南館の一階に来館者が集結することになり、攻撃しやすい状況が作られるのだ。

紙風船を使用することは、池田と藤間が考えて決めた。空中で破裂させ、中に仕込んだカプサイシンを撒き散らし、標的となる来館者たちの動きを止める計画だった。カプサイシンならば百代自身が死ぬことはないし、上空で破裂音がしたら、誰もが反射的に上を向く。宙に舞うカプサイシンが目に入り、動けなくなる。後は、ゆっくりと刷毛でカビ毒を塗りつけていけばいい。

すべて計画どおりだ。にもかかわらず、藤間は気管を直接握られているような息苦しさを味わっていた。

依子はどこにいる。電話では、南中央館一階の南寄りと言っていた。つまり、人波の先の方にいる。破裂音の方向と大きさからして、百代はまだ北寄りの場所にいるはずだ。だから、まだ攻撃を受けてはいない。しかし百代は、すぐに南に向かって進む。依子には、南中央館と南館のつなぎ目で待ち合わせようと言った。依子がそこにたどり着くのと、百代が追いつくのと、どちらが早いか。

百代の邪魔をするつもりはない。百代の行動は、彼女と五人委員会が長い時間をかけて準備してきたものだ。彼女に対しても、計画そのものに対しても、強い思い入れがある。しかし一方で、依子を死なせたくないのも本音だ。百代に二千人を殺させておきながら、自分は大切な人一人を殺させないようにする。エゴイズムもここに極まれりだが、藤間にとっては当たり前の話だった。

どうする。どうやって依子を助ける。

このまま列に並んでいても、百代を追い越すことはできない。すぐに通路全体がパニック状態に陥る。そうなってしまったら、いくら百代がやっているように人を踏んで進んだところで、追いつけない。このまま、まっすぐ進むことに意味はない。

藤間は素早く左右を見回した。壁に見える、白いドア。従業員専用階段に通じるドアだ。幸いなことに、紙風船の後方にいた来館者たちは、まだ理性を保っている。突然の破裂音に動揺しているけれど、パニックには陥っていない。

「すみません、すみません」

早口で謝りながら、人ごみに身体をねじ込んでいく。斜めに進んで、ドアにたどり着いた。

ノブを回す。開いた。最小限の隙間を作って、身体を滑り込ませる。

従業員専用階段はがらんとして蒸し暑かった。駆け足で上がる。二階でいったん通路に出る。

「――っ！」

思わず足を止めた。二階の通路には、大勢の人間が倒れていたからだ。

最も近い場所に倒れている人間に、そっと近づく。顔面が、黒く変色していた。ぴくりとも動かない。トリコセテン・マイコトキシンの攻撃を受けたことは疑いなかった。百代は、南中央館の二階も攻撃していたのだ。

藤間は顔を上げた。南中央館の二階は、特段攻撃する必要のある場所ではなかった。むしろ、攻撃を避けようと話し合っていた。なぜなら、冬美が経営するアパレル店「サンドキャッスル・トーキョー」があるからだ。冬美本人は気にする必要はないといったけれど、だからといって優先的に攻撃する必要もない。

しかし現実には、百代は攻撃していた。北館と北中央館の中間辺りで、藤間は防護服を着た消防隊員が現場に駆けつけるのを見た。彼らが北側から百代を追ったとしたら、百代は南方向へ逃げざるを得ない。それならば、南中央館の二階が攻撃対象になる。ということは、サンドキャッスル・トーキョーも攻撃対象になったのか。

全身に鳥肌が立った。冬美は、昼食に出た店員に姿を見られたため、自分たちから離れた。彼らは、店に行こうとしていたのではなかったか。冬美は、どうなった？

確認しようとは思わなかった。しかし百代に先回りするためには、自然と冬美の店の方向に進まなければならない。行かなければ。

「どうしたんです！」

いきなり背後から声をかけられ、飛び上がりそうになった。振り返ると、機動隊員が立っていた。険しい目でこちらを見ている。

「早く、避難してください！　ここは危険です！」

「は、はい」

物慣れないふりをして左右を見回す。

「避難って、どっちに行けばいいんですか？」

お上りさんを装う。機動隊員はまっすぐ前を指さした。

「この先をまっすぐ進んでください。突き当たりで一階に下りたら、すぐに出口です。そこで、警察官の指示に従ってください」

「わ、わかりました。ありがとうございます」

一歩踏み出す。機動隊員は止めなかった。

おいおい。これだけ大勢の人間が倒れているんだ。危険だと、あんた自身も言った。止めるのが当然だろう。それなのに、なぜ止めない？

そっと振り返る。機動隊員はもうこちらに関心を寄せてはいなかった。吹き抜けを挟んで反対側に走っていった。よく見ると、ライフル銃を持っている。

そうか。近くにいたら来館者たちが邪魔になって撃てないから、二階から狙撃しようとしているのか。

無駄だ。どんな優れたスナイパーでも、大混雑の人ごみの中から特定の人間だけを撃つことなど、できるはずがない。パニックに陥った群衆の中にいる百代を倒そうと思ったら、ショットガンの一撃か機関銃の乱射しかない。警察に、罪もない一般市民を巻き添えにする覚悟がないと、彼女を止めることはできないのだ。

とにかく、邪魔をされなくて助かった。藤間は死体を避けながら進んでいった。走りたいところだけれど、迂闊に風を起こして、床に落ちているカビ毒を身体に付けるわけにはいかない。慎重に、かつ早足で進んでいく。それでも、人間を踏み越えながら歩く百代よりは速いだろう。

サンドキャッスル・トーキョーに近づいてきた。しかし店の様子は見えない。なぜなら、煙が立ち込めているからだ。だいぶん収まってきているけれど、それでもまだ空気が白く感じられた。

手前の店の前にも何人かが倒れている。彼らを避けながら、さらに店に近づく。ハンカチを口元に当てて、煙を吸い込むことを防いだ。進む。店にたどり着いた。

足を止めた。いや、足だけではない。全身が凍りついたように動けなくなった。

冬美は、そこにいた。

冬美は男性と抱き合うように倒れていた。頬が黒く変色している。カビ毒を身体に付着させてしまったのだ。男性の方は、サンドキャッスル・トーキョーの従業員だろうか。制服を着ている。そっとかがみ込むと、ネームプレートが確認できた。ネームプレートには『辻野』と書かれてあった。辻野。つまり、冬美の夫である辻野博信だ。彼は、汐留店の店長だったのか。冬美は、夫と抱き合ったまま死んだのだ。

いや、違うな。

藤間は自分の見立てを否定した。冬美の両腕は、夫の身体に回されてはいない。強張ったようになっているだけだ。抱きしめているのは、夫の方だ。だからむしろ、妻を捕らえたようにも見えた。逃げられないように。

一緒に死のうよ。

そんな声が聞こえた気がした。冬美は、自分が経営する店が攻撃されても構わないと言い切った。それはつまり、夫が死んでも構わないというのと同義だった。冬美は、夫を愛していなかったのだろうか。しかし夫の方は違った。だから、突然現れた妻を逃がさないように抱きしめた。

藤間は目を閉じた。木下が死に、三枝が死に、そして冬美も死んだ。百代の計画を手助けした五人委員会のうち、三人までが百代によって殺された。

残るは二人。池田は、無事に逃げ延びただろうか。せめて、彼だけでも生き残ってほしい。では、自分はどうか。自分は今から、最も凄惨な殺人現場に足を踏み入れようとしている。

藤間は歩みを再開した。白いドアにたどり着く。南中央館の南側にある従業員専用階段だ。ドアを開けて中に入る。いきなり人と鉢合わせした。若い男女だ。ぶつかりそうになり、なんとか身を躱した。

「すみません！」

男性の方が謝り、すぐに三階に向けて上っていった。

なるほど。指示どおり南館に向かわずに、階段で三階に逃げたのか。シネコンに隠れていれば、解放されるのに時間がかかるかもしれないけれど、攻撃を避けることができる。先ほどの「すみません」の発音だけで、ネイティブの日本語を話す人間ではないことがわかる。東アジア人の顔つきだった。韓国か、中国か、台湾か。外国でこんな事件に遭遇したのに、たいした判断力だ。藤間は感心しながら階段を下りた。そして階段を下りきる頃には、外国人男女のことは、完全に忘れていた。

一階のドアの前でいったん動きを止める。ドアの向こうの様子を窺う。耳を澄ませる必要がないほどの騒ぎ。百代は、もう通過しているだろうか。まだこちらに向かっている最中ならば、依子はまだ生きている可能性が高い。そして今から攻撃を受ける可能性も高い。自分に、防げるか？

ドアノブを回す。ここのドアは外開きだ。どうせ誰かが立っているか倒れているかしているだろう。ゆっくりと、しかし力を込めてドアを押す。しかしドアは数ミリ動いただけで、もっと硬い感触と共に止まった。よく見ると、鍵がかけられている。従業員用通路のドアにはサムターン式の鍵がついているけれど、普段はかけないのだと、冬美は言っていた。しかし、ここだけはかけられている。なぜだろう。

考えていても仕方がない。藤間は鍵を開け、再びドアを押した。予想どおり抵抗があったけれど、強引に押した。隙間ができる。人々が折り重なるように倒れているのが見えた。さらに押す。身体が入りそうな隙間が空いた。すり足の要領で、人を踏まずに外に出る。

遅かった。

ドアの前は、死屍累々だった。南館の方に視線をやる。百代の後ろ姿が見えた。彼女は、あのまま終局まで攻撃を続けていくのだ。では、依子は？

いきなり足首をつかまれ、心臓が止まりそうになった。倒れている来館者が、藤間の足首をつかんだのだ。しかしこちらを確認してつかんだわけではなさそうだ。眼に攻撃を受けたらしく、顔の上半分をどす黒く変色させている。もう、虫の息だ。助からない。

——えっ？

藤間は自分の足首をつかんだ人間を見た。女性だ。顔がひどい有様になっているけれど、見覚えがある気がした。いや、確かに自分はこの女性を知っている。亀山玲だ。依子の友人の。

背筋が凍った。玲に足首をつかまれたまま、周囲を見回す。いた。

依子は、横向けに倒れていた。その首筋から耳にかけて黒く変色している。依子もまた、百代の攻撃を受けたのだ。

顔面にカビ毒を浴びなかったのだろう。依子の顔は綺麗なままだった。けれど、藤間はそれが不幸中の幸いとは思わなかった。依子の顔は、激痛と恐怖で醜く歪んでいたからだ。

脳がしびれていた。

自分は、百代の計画に荷担した。持てる能力のすべてを使って、彼女が目的を達成する協力をした。その結果、何が起きた？　最愛の恋人が死んでしまったではないか。

涙は出なかった。ただ、恋人の亡骸(なきがら)を見下ろしていた。かがみ込んで抱きしめることもできなかった。しびれた脳が奇妙な理性を持って、そんなことをすれば自分にもカビ毒が付着するぞと警告しているからだ。

藤間の理性はなおもアドバイスする。百代は行ってしまった。ここは、もう攻撃を受けない。撒き散らされたトリコセテン・マイコトキシンを身体につけるへまさえしなければ、ここでじっとしていた方がいい。いずれ、警察官が助けてくれるだろう。

そうだね。藤間は理性に答える。そうしよう。ここには依子もいるし。

突然、藤間の目から涙がこぼれた。依子を失った悲しみ？　恋人を殺させた自分への怒り？　いや、そんなわかりやすい感情ではない。多くの来館者が襲われたのと同じパニック状態に、藤間も陥っていた。制御できない、無駄なエネルギーの渦が体内で荒れ狂っている。

藤間は叫んでいた。

「うあああああっ！」

／／／／／／／／／／／／／／／／／／

「人員を一階に集中させろっ！」

上河内は無線機に向かって怒鳴った。

「南中央館と南館の間だ！　奴はそこに向かっているっ！」

実行犯が南中央館の二階から姿を消した後、一階を担当する安中から報告が入った。実行犯は一階の来館者が集中しているところでテロを起こしたと。

『奴は、来館者を攻撃しながら、同時に盾にしています。こちらからは撃てません』

「じゃあ、白兵戦で取り押さえろっ！　相手は女だろうが！」

指揮官の激昂に、安中も激昂で答えた。

『床には、攻撃を受けた来館者が倒れていて、足の踏み場がありません！　来館者を踏んで歩くしか、奴に近づく方法はないんです！　奴自身は、倒れた来館者を踏みつけながら南に向かって進んでいるんです！』

上河内は喉の奥で唸った。自分は確かに、部下に向かって「射殺しろ」と命令した。しかし、来館者ごと射殺しろとは命じていない。カビ毒を浴びて苦しんでいる人たちを踏みつけろとも命じていない。警察官である部下たちは、無実の人間を犠牲にして犯人を検挙するような訓練を受けていないのだ。

上河内は無線機を握りしめた。どうする。命令するか。来館者に当たってもいいから撃てと。来館者を踏みつけて前に進み、犯人を検挙しろと。

事件が終わった後、すべての死傷者に対して、細かな検分がなされる。そのときに、銃創のある来館者がいたら、どうなる。もちろん弾丸が機動隊のものだということは、すぐにわかってしまう。警察官が、罪もない国民を撃った。犯人を撃とうとして誤ったという言い訳は通用しない。状況から考えて、リスクが高過ぎる。

マスコミだけではない。おそらくは、政治が問題にする。すでにこの事件は、世界中の注目を浴びる大事件となっている。政治家には、自分たちから視線を逸らしてもらうためのスケープゴートが必要だ。連中が、警察の不手際をことさら言いたてることは間違いないだろう。

危険はまだある。南中央館の一階で避難している来館者は、全員が被害を受けたわけではない。一方、彼らのほぼ全員が携帯電話、あるいはスマートフォンを持っている。被害を免れた来館者が、警察官が来館者を踏みつけているシーンを撮影して、ソーシャル・ネットワーク・サービスにアップロードすることは、十分に考えられる。すでにアルバ汐留内の光景は、ネット上に数多くアップロードされているのだ。こちらもまた、犯人検挙のために仕方がなかったという言い訳は通用しない。機動隊員が苦しむ国民を踏みつけている画像が一枚あれば、いかなる正当性も霧消してしまう。

ぎりっと音が鳴った。上河内が歯を強く嚙みしめた音だ。

「……くそっ！」

マイクを口元に持っていく。

「南館の担当は、全員一階に下りろ！　南中央館との接続部に行け！　奴はそっちに向かっている。その前方の来館者は無事だ。そいつらをどけて、正面から奴に突進しろ。それなら撃てないまでも、来館者を踏まずに済む。どうにかしてカビ毒の攻撃を躱して、奴を検挙しろっ！」

我ながら、無茶なことを言っている。元々は、カビ毒の攻撃から逃れるために、近づかずに射殺しろと命令していたのだ。それなのに撃てないとわかってからは、近づいて検挙しろと言う。ひどい上司だとは思うけれど、仕方がない。それに、この程度の方針転換でうろたえる機動隊員は、部下の中には存在しない。事実、部下たちから次々と『了解』という返事が届けられた。

頼む。

上河内は心の中で祈った。相手の武器がトリコセテン・マイコトキシンである以上、最低でもレベルCの防護服が必要だ。しかし今から着替えさせる時間的余裕はない。今この瞬間にも、犯人は来館者たちを攻撃し続けているのだ。一刻も早く、奴を止めなければ。

愛宕署刑事課の高見と東京消防庁の針谷が駆け寄ってきた。

「陸自が到着しました！」

午後一時九分。ようやく来たか。遅いなと考えかけて、思い直す。ＢＣテロ事件発生時における自衛隊の役割は、犯人逮捕ではない。除染と被害者の救助が主任務となる。そのための装備を調えてからやってきたのだから、かなり素早い対応だといっていい。

「よし、すぐさま被害者の除染に当たってもらおう。被害者は、正面広場に運んでいるんですね？」

針谷がうなずく。「そうです。ただし、多くの被害者がぴくりとも動かないんです。担架の数が絶対的に足りません。運び出す人員も」

「そのための自衛隊です。この前の合同訓練で、陸自が使える連中であることはわかっています。トリコセテン・マイコトキシンが身体に付着したら、水で洗い流すしか対処法がありません。フロアの除染は後でやってもらうとして、まずは被害者です」

「そうですね」応えながら、針谷が唇を嚙みしめた。「こども休憩室を見たときには、十人単位で犠牲者が出ると思いましたが、それどころではありませんね。生死が判明していない状態の被害者は、すでに百人単位です」

違う。

上河内は心の中でつぶやいた。南中央館の一階では、通勤電車並みの人口密度の中で攻撃が行われている。百人どころではない。千人、下手をすれば二千人クラスの犠牲者が出る。

おそらくは、すべて犯人の狙いどおりなのだ。犯人は、北側から事件を起こしている。警察や消防が、使用されたのがBC兵器だと見当をつけることは、容易に想像できる。来館者を風上である南側へ避難させることも。アルバ汐留の南端は南館だ。その先に浜離宮恩賜庭園があり、災害時の避難場所になっていることも、計画のうちなのだろう。

警察も、消防も、アルバ汐留の運営管理を担っている東京湾岸不動産も、犯人の想定どおりに動いた。その結果、南館と南中央館の一階通路には、大勢の来館者が集められることとなった。犯人はその一人として紛れ込み、大量殺戮を狙ったのだ。BC兵器を使用するならば、人口密度の高いところで実行した方が、効率がいいに決まっている。こども休憩室への攻撃からカオヤイへの攻撃までに四十分近いタイムラグがあったのも、来館者たちを出口付近に集中させる時間を与えたかったからかもしれない。

無線機を床に叩きつけたくなる衝動を必死に抑えて、上河内は高見を見た。

「避難できた来館者は？」

「はい。浜離宮恩賜庭園に集めています」

高見も悔しげな表情を隠さなかった。彼もまた、自分たちが犯人の掌の上で動いたことを理解しているのだ。しかし、いつまでも悔しがってはいられない。上河内は気を取り直して確認を続ける。

「避難者の健康チェックと身元確認は？」

「消防庁と私たち刑事課が行っています」

上河内が唸った。犯人が攻撃していないエリアにいた来館者たちは、被害者の数よりもずっと多い。下手をすれば万単位がいる。経験のない避難に、かなりの精神的ストレスがかかっているだろう。しかも外は炎天下だ。カビ毒とは関係のない体調不良を訴える人間が続出しても、不思議はない。その対応の大変さを想像して、軽いめまいを覚えた。

「都内の医療機関に、上から協力要請がいっているはずだ。それを当てにするしかない」

無責任な響きを伴っていることを自覚しながら、上河内は言った。機動隊の立場からすれば、今は避難者よりも、犯人検挙の方が大切だ。

無線機が鳴った。すぐさま取り上げる。

「どうだ」

南館担当の竹島（たけしま）が短く言った。

『配置につきました』

警視庁機動隊ＮＢＣ対応専門部隊の安中は、人ごみの中でもがいていた。

覚悟はできていた。安中が配備されたのは、南中央館一階の北寄りだ。アルバ汐留でテロ事件を起こしている実行犯が、南中央館の二階で姿を消したという連絡を受けている。三階へ上がったか、一階に下りたか。一階に下りてきて、騒ぎを起こす可能性がある。だから、犯人が来館者に攻撃を仕掛ける前に、射殺する。その覚悟はできていたのだ。

しかし、いざ実際に犯人が行動を起こしてしまうと、安中は何もできなかった。これほどまでに人間が密集している場所で銃を使うなど、あり得ない暴挙だ。頭では理解していたはずなのに、実際に密集地帯でテロを起こされる光景を目の当たりにして、ようやく実感できた。

銃を使わず取り押さえるためには、犯人に接近しなければならない。しかし自分と犯人の間には、多くの来館者がいる。その来館者たちは、犯人が空中で破裂させた紙風船により、顔を押さえて苦しんでいるのだ。紙風船の中に仕掛けられた何か――致死性でないにせよ、ダメージを与えるもの――を顔や頭部に浴びてしまい、動けなくなっている。来館者のほとんどが目をやられているためか、歩けない。床にうずくまっている。一方、刷毛の攻撃を受けた者は、完全に床に伏している。彼らを避けながら前進するのは、容易ではない。少なくとも、来館者たちを踏みつけながら進んでいく犯人よりも、スピードは遅くなる。

それでも、傍観しているわけにはいかない。できることをやらなければならないのだ。それは、少しでも犯人に近づくこと。

倒れている来館者を避けながら、足を踏み出す。元々が、初詣の神社レベルの人口密度だ。彼らが一斉にうずくまったり倒れたりしたものだから、足を置けるほどのスペースを探すのはひと苦労だ。どうしても脚の間とか腋の下とかを狙う必要がある。ロッククライミングの足場探しよりも時間がかかってしまう。

前方に顔を向ける。犯人の背中が見えた。

撃てる？

ホルスターのＰ９Ｓに手が伸びる。しかしその手が途中で止まった。犯人は自らが倒した被害者たちを踏みつけながら進んでいく。自分のように避けながら進むよりは、確かに速い。しかし平地を走っているわけではないから、それほどスピードは出ていないのだ。撃つには手頃な速度だ。

しかし撃てない。人間の上を歩いているから、どうしても動きが不安定になる。次の動きが予測できないのだ。それだけではない。犯人は南館に向かって一直線に進んでいるわけではなかった。ジグザグに進んでいる。その方がより多くを攻撃できるからだろうか。しかも、そのジグザグ具合も一定していない。よほど距離を詰めないと、確実に当てる自信はなかった。そして彼我のスピードの差からすれば、距離を詰められる可能性は極めて少ないと考えざるを得ない。

「すみません！　すみません！」

パニック状態の狂乱の中でも、ひときわ大きな声が響いた。後輩の佐村だ。佐村は安中よりもスタートが早かったから、右斜め二メートルほど先を進んでいる。大声で謝っているのは、避けきれずに来館者の手や足を踏んでしまったためだろう。どうにかこうにか進んでいるといった風情だ。

遥か前方では、犯人が紙風船と刷毛で周囲の来館者たちを攻撃している。すでにパニック状態に陥った群衆だ。ほとんど抵抗することなく、犯人の攻撃を受けている。

「動くなっ！　撃つぞっ！」

大声で叫んで、佐村が犯人に拳銃を向けた。しかし聞こえていないのか、それとも聞こえていて無視しているのか、犯人の動きに変化はない。それで佐村が怒った。拳銃を構えたまま、大きく足を踏み出した。

そのとき、佐村の前でうずくまっていた来館者が、突然身を起こした。若い男性だ。顔を上げる。絶妙のタイミングで、佐村の靴先が、その顔面を捉えてしまった。

「があっ！」

佐村が慌てて脚を引っ込める。「すっ、すみませんっ！」

謝ったが、蹴られた男性は許さなかった。いや、謝罪の声が耳に届いていたのかもわからない。反射的な行動なのかもしれなかった。男性は倒れながらも、蹴った脚を両手でつかんでいた。佐村が大きくバランスを崩す。受け身を取ろうとするが、脚をつかまれている状態ではそれもままならない。結局、若い男性と共に床に倒れ込んだ。

「ひゅっ！」

佐村が鋭く息を吸った。激しく咳き込む。

安中の背筋が凍りついた。佐村は、転んだ拍子に、床に溜まっていたものを吸い込んでしまったのだ。紙風船の内容物か、刷毛の成分か。どちらにせよ、人体にとって危険なものであることには変わりない。

佐村は両手で喉を押さえて転がった。周囲にいくらでもある空気が吸えないようだ。顔を青紫色にして口をぱくぱくさせている。

その姿を見て、安中は鋭い音を聞いた気がした。幻聴だ。自分の、理性の糸が切れる音。

佐村とは、共に厳しい訓練に耐えてきた。その後輩の無惨な姿を目の当たりにして、安中の頭から思考能力が消し飛んだ。

「こらあああっ！」

叫んだ。叫びながら、ダッシュしていた。安中は、来館者を踏みつけながら駆けだした。犯人との距離がどんどん詰まっていった。

／／／／／／／／／／／／／／／／

南中央館の一階は、完全なパニック状態だった。

警視庁機動隊NBC対応専門部隊の竹島と田は、上河内の指示で南館一階に下りていた。南館の一階は、南端のドアから浜離宮恩賜庭園へ避難する来館者でごった返している。自分たち機動隊員だけでなく、アルバ汐留の警備を担当している新橋警備保障の努力もあって、スムーズな避難ができていた。

しかし、途中から来館者たちの動きが怪しくなってきた。北側、南中央館の方から、血相を変えて駆け込んでくる来館者が急増したのだ。彼らは整然と避難していた前方の来館者に衝突して、派手に転んでいった。

上河内の情報どおりだ。南中央館では、テロが実行中らしい。彼らは、命からがら逃げてきたのだ。そして、犯人もまたこちらに向かっている。

そうはさせない。

竹島と田は、南館に駆け込んでくる来館者たちを避けながら、南中央館に移動した。左右に散る。

南中央館に配備された安中と佐村は、撃てなかったという。当然だ。犯人の周りには来館者が大勢いる。いくら拳銃の扱いに慣れた機動隊員でも、周囲に当てることなく確実に仕留めるのは至難の業だ。しかし前方からなら。変な言い方だけれど、犯人自身が、背後から人影を消している。誤射の危険が少なくなるのだ。それに、撃てなくても犯人の方からこちらに進んでくるのなら、白兵戦で取り押さえるのはたやすい。

二人同時に拳銃を抜いた。まだ銃口を正面には向けない。天井に向けている。手に刷毛を持った人間が現れたとき、はじめて正規の射撃姿勢になるのだ。

「こりゃ、厄介だな」

田の声が聞こえた。来館者たちは口々に叫び声を上げながら、走って逃げようとする。これだけ混雑したときに走りだしたら、周囲と衝突するのは明らかだ。何人もが転び、さらに多くの人間がつまずいて転んだ。他人を踏みつけてでも逃げようとする者。壁際に逃げてやり過ごそうとする者。これはもう、誰かが落ち着かせられる状態ではない。

もっとも、その気もなかった。今までは来館者たちの円滑な避難に尽力していたが、上河内の指示によって状況は変わった。犯人を待ち構えて、捕らえる。もしくは射殺する。来館者をどうにかするのは、その後のことだ。

問題は、犯人が攻撃をやめて、他の来館者に交じって逃亡を図ろうとしたときだ。サングラスを外し、マスクを外し、ラッシュガードパーカーを脱げば、他の来館者と区別がつかなくなる。パニックに陥った群衆の中に紛れられると、犯人を特定するのは非常に困難だ。田が「厄介だ」と言ったのは、その意味だ。

しかし、竹島は心配していなかった。犯人は、犯人としてここに現れる。自然にそう考えていた。

なぜか。竹島はその理由を知っていた。犯人の行動から、強い意志が感じられるからだ。犯人にどのような背景があるのかは、わからない。巨大な組織に使い捨てられる実行部隊に過ぎないのかもしれない。しかし、少なくとも犯人自身は、自らの強い意志によって動いている。報告を受けた今までの状況から、そう思えるのだ。そうでなければ、銃でも爆弾でもなく、刷毛や醬油差しでテロ事件を起こそうとは思わないだろう。

だから、犯人は犯人であることをやめない。カビ毒の最後の一滴がなくなるまで、殺戮を続ける。犯人はそう決心しているのではないか。犯人がサングラスを外すことなくここまで来ると考えたのは、そのためだ。

竹島はグリップを握る手に力を込めた。いざとなったら、ダッシュで犯人に近づいて、こめかみに銃口を当てて引き金を引くつもりだった。その際には、転んでいる来館者を踏みつけて進むつもりだ。自分の靴底には、カビ毒は付着していない。踏まれたところで、誰も死なない。上河内からは来館者を踏むなと言われている。しかしそれは、現場にいない指揮官の、勝手な言い分だ。現場の実行部隊は、命令を遂行するために最適な手段を執らなければならない。

絶叫がどんどん近づいてきた。あれが攻撃を受けた被害者のものであれば、そのすぐ近くに犯人はいる。絶叫が近いということは、犯人も近いということだ。

現在時刻を確認する。午後一時十五分。竹島は唇を強く引き結んだ。

来い。殺してやる。

／／／／／／／／／／／／／／／／／／

「こらあああっ！」

野太い声が背後から聞こえてきた。

百代は背後をちらりと見た。機動隊員がこちらに向かって走ってきていた。来館者を踏みつけながら。

「警察官は、簡単には近づいてこられない」

ペーパー・ムーンで、かつて池田はそう言った。

「床には、モモちゃんの攻撃を受けた客が転がっているからね。その連中を避けながら進むのは、容易じゃない。モモちゃんがやるみたいに、客を踏みつけながら進むのなら、話は別だけど」

「踏みつけてくるかもよ」

冬美が横から言った。「目の前で大勢が殺されてるんだから。多少の犠牲に目をつぶってでも捕まえに来る可能性は、低くないと思うんだけど」

「あるとすれば、キレたときでしょうね」

木下が代わって答える。「日本の警察は、罪のない一般人に危害を加えることはできません。そういう決まりだからではなく、身に染みついているんです。ですから、理性的な判断ができているうちは、逃げることは可能です。でも、警察官がキレたときには、何が起こるかわかりません。客を踏んで近づいてくるかもしれませんし、流れ弾が客に当たる危険性を無視して撃ってくるかもしれません」

　キレた人間の動きを理性的に予想することはできないから――木下はそう続けた。

「だったら」藤間がやや硬い声で言った。「キレられる前に決着をつける必要があるってことだな」

「そうだ」池田がうなずいた。「警察がいつ思い切った行動に出るかは、正直なところわからない。でも、せめてここにたどり着くまでは、理性を保っていてほしいものだ」

　池田はフロアガイドの一点を指さした。南中央館一階、南寄りの場所。

　指の先には、コインロッカーがあった。

　機動隊員がキレた。自分よりも速い。これでは、もうすぐ追いつかれる。

　百代は刷毛で周囲の来館者を攻撃しながら、その先を見た。南中央館の端まで、あと三十メートルくらいだろうか。その先には、おそらく機動隊員が待ち構えている。完全に挟まれてしまった。このまま進めば、まもなく自分は逮捕される。もしくは、射殺される。

　しかし、そうさせるわけにはいかない。自分には、他者に対する責任がある。そのためには、あのとき池田が指し示してくれた場所に、どうしても行く必要があるのだ。

　また背後を見る。機動隊員がどんどん距離を詰めてくる。次の行動のタイミングを誤ると、効果を発揮する前に取り押さえられてしまう。それはいつだ。今だ。

百代は軽くなったトートバッグに手を突っ込んだ。指先で中を探る。発煙筒は何本ある？四本だ。足りるか。いや、手元にある本数で対応するしかない。

百代は発煙筒を一本取り出した。着火して、背後に投げつける。機動隊員にぶつけるためではない。むしろ、自分のすぐ後ろ、機動隊員から離れた場所に落ちるようにした。たちまち背後に煙が立ち込めていく。

次の発煙筒は、左前方だ。おそらくは自分を待ち構えているだろう機動隊員たちの前。右前方にも一本投げる。これで、自分と機動隊員たちの間には、煙の壁ができた。右手の壁を見る。あった。コインロッカーのコーナーだ。

百代は、自分の右側で右往左往している来館者に刷毛の攻撃を加えると、右側に移動していった。壁際には防犯カメラが見える。その真下に発煙筒の最後の一本を投げた。さらに周囲に攻撃を加えながら、コインロッカーに近づく。百代は煙に紛れて、コインロッカーのコーナーに滑り込んだ。

／／／／／／／／／／／／／／／

「うわわっ！」

煙を見た途端、安中のキレた理性が突然つながった。来館者たちを踏みつけていた足に急ブレーキがかかる。

理性がつながった原因、それははっきりしている。恐怖だ。

煙の正体は、発煙筒だ。それはすぐにわかった。問題は、ただの発煙筒なのかということだ。自分は見ている。犯人が上空に放り投げた紙風船が破裂した途端、来館者たちが苦しみ始めた光景を。犯人が刷毛を一閃させた途端、異様な叫び声を上げて床に転がった光景を。その記憶が安中に警告していた。恐怖せよと。

犯人の今までの攻撃から考えて、発煙筒にも何らかの仕掛けがしてあると考えて間違いない。このまま煙に向かって突進したら、どうなる。自分の装備は、煙状の毒物を防げるレベルではない。苦しむ佐村の様子が甦る。煙に触れたら、あるいは吸ったら、自分もああなるのか。

安中は完全に立ち止まっていた。ただ、煙が犯人の姿を隠すのを見ているしかなかった。

／／／／／／／／／／／／／／／／

「しまった！」

竹島は叫んでいた。反対側の壁で待機する田を見る。田もまた、こちらを見ていた。

犯人の次の一手は、発煙筒だった。情報として聞いていた、紙風船ではない。武器の変更に、どのような意味があるのか。

いくつか、考えられることはある。紙風船が尽きてしまったから、他の武器を使っただけだという考え方もできる。視界を遮る煙の効果が必要だったという考え方も。しかし、今は悠長に考えている場合ではない。自分たちがこの煙にどう対応するかが重要なのだ。

考える前に、足が一歩下がっていた。この煙にも、カビ毒が含まれている可能性は高い。身を捨てて犯人と対峙する覚悟はあるが、まんまと犯人の罠にはまって中毒死することはできない。煙から距離を取らなければ。そして、離れたところから犯人を捜すしかないのだ。

／／／／／／／／／／／／／／／／／／

発煙筒の煙で、自分の姿を隠せたのはいい。しかし同時に、機動隊員たちの姿もまた見えなくなった。自分の動きを向こうが確認できていて、コインロッカーの前で捕まってしまうかもしれない。

悩んで立ち止まるわけにはいかない。機動隊員が来ないと信じて、コインロッカーの前に立った。ポケットから百円玉を取り出す。最後の四枚。最下段の大型ロッカーに超過分のコインを投入して、扉を開ける。中からポリタンクを取り出した。ポリタンクで扉を固定しておいて、百代はまず帽子を脱いだ。続いてサングラス、そしてマスク。いずれも紙風船のカプサイシンが付着しているから、舞わないよう注意する。ラッシュガードパーカーを脱ぎ、トレッキングパンツも靴下もスニーカーも脱いだ。代わりにロッカーからショートパンツとサンダルを出してはく。脱いだものは全部ロッカーにしまい、発火装置をセットして扉を閉めた。

今の自分は、白いTシャツにネイビーのショートパンツ、そしてサンダル履きという恰好だ。夏の休日を過ごすのに、最適な服装。ただし、左手のポリタンクを除いては。ライターをショートパンツのポケットにしまい、刷毛を突っ込んだボトルを右手に持って、コインロッカーを後にした。煙の立ち込める通路に戻る。

通路は、大量の煙で視界が極端に悪くなっている。カオヤイのときと同様だ。やるなら、今しかない。

何人殺せただろうか。設定している目標は、二千人だ。それくらいとっくに殺している気もするし、まだまだ百人に満たないような気もしている。わからない。カウンターを持って、数えながら攻撃していたわけではないからだ。それでもいい。自分はやれるだけのことはやった。計画の流れからしても、ここで仕上げをしなければ。

百代は、煙でパニック度合いの増した来館者たちを避けて、壁際に立った。カビ毒の入ったボトルを脇に置き、ポリタンクの蓋を開ける。ポリタンクを頭上に差し上げ、十八リットル満タンに入った灯油を頭からかぶった。全部はかぶらない。半分以上残して、また来館者の波に入っていく。女性が大勢いるところを中心に、できるだけ広範囲に灯油を撒いた。空になったポリタンクを捨てる。

みんな、ありがとう。

百代は、心の中で五人委員会に礼を言った。あなたたちのおかげで、わたしは目的を達成することができた。

けれど、なぜだか五人委員会の顔が思い出せなかった。あれほど長い時間一緒にいたのに。えっと、誰がいたっけ。

思い出そうとしたら、一人だけ顔が浮かんだ。藤間護。可愛らしい恋人のいる、企業研究員。なぜ藤間だけ思い出したのか。わからない。わからなくていい。とりあえず、彼に感謝しておこう。藤間さん、ありがとう。みんなによろしく。

左手でショートパンツのポケットを探り、ライターを取り出す。カビ毒をたっぷり含ませた刷毛を右手で顔の前に持っていく。

――達樹。

百代は、死んでしまった婚約者に語りかけた。

ごめん。わたしは、あなたのいるところには行けないと思う。でも、後悔はしていないよ。あなたの死は無駄にしないし、わたしの行動も無駄にはしない。この犯罪がきっかけで、世の中が変わってくれたなら。

百代は刷毛を自分の顔面に押しつけた。強烈な痛み。カビ毒は確実に眼を捉えた。眼が焼ける。まったく見えない。刷毛は足元に捨てた。手袋は外しているから、ボトルと刷毛には自分の指紋がついている。一緒に燃やしてしまわなければ。

目が見えない状態で、ライターを点けた。炎をTシャツに近づける。灯油をたっぷりと吸ったTシャツは、簡単に燃え上がった。たちまち全身が炎に包まれていく。

よし。これでいい。

すべて終わった。そして、すべてうまくいった。

強烈な達成感が、百代からすべての感覚を奪っていた。トリコセテン・マイコトキシンと炎がもたらす強烈な痛みも。意識が薄れていく。

百代が最後に見たのは、エプロン姿の自分の姿だった。自分は達樹と結婚して、彼の実家の食堂を継いだのだ。小さな店で経営は楽ではなかったけれど、達樹と一緒に歩む毎日は楽しかった。

そう。自分は幸せだ。

／／／／／／／／／／／／／／／／／

「なんだとっ？」

上河内が声を張り上げた。「炎だと？」

『そうですっ！』

無線機の向こうの竹島も絶叫していた。『発煙筒の煙で視界が遮られた後、炎が上がったんです！　おそらく灯油です』

背骨を直接つかまれるような恐怖を感じながら、上河内は言った。「犯人は？」

『確認できません』

それが竹島の返答だった。『発煙筒の煙は、成分がわからないので外に排煙できません。視界が利かないんです。少なくとも、南館に逃げてきた人間に、サングラスにラッシュガードパーカーの人間はいませんでした』

「おまえがそんなことを言う以上、火災と共に攻撃は止んだんだな」

『はい』

うむう、と上河内は唸った。犯人は、発煙筒で機動隊員と防犯カメラの視界を奪った。そして、炎だ。犯人が自分の正体を知られないように焼身自殺したのではないか——そんな仮説が思い浮かぶ。しかしすぐにかき消した。今は、想像で動くわけにはいかない。

「すぐに、消防に煙を調べさせる。それまでは、動くな。煙を吸わない位置まで下がれ」

『……了解』

悔しそうな声を残して無線が切られた。

上河内は、作戦行動中には決してやってはならないことをやっていた。呆然としていたのだ。

午後一時二十分。こども休憩室の異状が発見されてから、二時間も経っていない。そんな短い間に、これほどの被害を出してしまった。自分は、何ひとつできなかった。

のろのろと顔を上げる。周囲には、よく知っている顔が並んでいた。

愛宕署警備課の下田。

愛宕署刑事課の高見。

東京消防庁の針谷。

対テロ訓練で行動を共にした、大切な仲間たちだ。ここにいるメンバーが、間違いなく国内随一の対テロ対策チームだ。その自分たちが、ほとんど何もできないまま敵の攻撃を許してしまった。しかも、犯人はおそらく、もう死んでいる。

勝ち逃げされた。

これまで経験したことのない屈辱が、上河内の精神を支配していた。

無線機を床に叩きつけることはできなかった。

大声で叫ぶこともできなかった。

ましてや、涙を流すこともできなかった。

敗北者には、そんな行動は許されないのだ。ただ、屈辱に耐える以外は。

平静を装って部下に指示を与えながら、上河内は迷子になった三歳児のように孤独だった。


／／／／／／／／／／／／／／／／／／／／／／／／

「なんだ？」

来館者たちの変化に、関口は戸惑っていた。

南館の出入口。関口と島村はドアの前で警察官に制止された。上司の丸山も入ってくるなと言う。どうやら館内で大惨事が起きたらしいが、情報が入ってこない。周囲の警察官も状況は知らされていないようで、ただ南館から出てきた来館者たちを、浜離宮恩賜庭園へと誘導していた。仕方がないから、関口たちも制服警官に交じって来館者を誘導した。仕方がない。これも、立派な仕事だ。

しかし、突然来館者たちの様子が変わった。それまでは押すな押すなの混雑であっても、整然と行進していた。それが、突然走りだしたのだ。当然転ぶ人間も出てくる。関口や警官は、大声で落ち着くよう指示を出しながらも転倒した来館者を助けるのに精一杯だった。

そうしているうちに、来館者の数が少なくなっていき、最後にはいなくなった。

「少ない……」

毎週末館内を見つめてきた関口にはわかる。昼どきのアルバ汐留の来館者が、こんな数であるものか。もう数千人は多いはずだ。それなのに、もういなくなったって？

情報がない。関口は無線機を取った。

「課長。来館者の退避が完了したようです。館内の様子はどうなんですか？」

返事はなかった。

「課長？」

再度呼びかける。やはり、返事はなかった。

冷たいものが、関口の下腹に出現した。まさか、総合警備室も襲われたのか？

「課長っ！」

関口は無線機に向かって叫んだ。

返事は、なかった。

／／／／／／／／／／／／／／／／

「あ、あ、あ、あ……」

総合警備室では、丸山の声だけが響いていた。

丸山は泣いていた。犯人の罠にはまり、総合警備室に閉じ込められた。そんな中、防犯カメラの映像を情報として部下の関口や警察関係者に伝えることで事件解決に貢献しようとした。

しかし無駄だった。アルバ汐留の警備責任者である自分が、来館者たちがばたばたと死んでいくのを、モニター越しに見つめるしかできなかった。ただの傍観者。敗北者にすらなれないのだ。

本当は目を逸らしたかった。しかし警備責任者としての使命感から、映像を見つめ続けた。傍観者であることに耐えられなくなった時点で、丸山の精神の糸が切れた。丸山は身も世もない声を上げて泣き、やがてただのうめき声になった。

／／／／／／／／／／／／／／／／／

東京湾岸不動産の泰間詠子は、自分が空中に浮いているような感覚に囚われていた。頼りにならない榎本本部長を上手に操縦しながら、アルバ汐留を運営してきた。防災だって通り一遍の避難訓練に留まることなく、テロ事件が発生した際の対応も、独学で勉強した。それが今日、現実のものとなった。

もちろん、自分が先頭に立って事態の処理に当たれるわけではない。主役は警察であり消防だ。もう少ししたら、それに自衛隊が加わる。自分たち運営会社の仕事は、彼らの指示に従って、来館者たちを無事に避難させることだ。

しかし、報われなかった。テロリストは全館に毒物を撒き散らし、挙げ句の果てに火災まで起こした。警察や消防の話を聞くかぎりでは、カビから抽出した最悪レベルの生物兵器が使用されたらしい。そのようなもので汚染されたアルバ汐留が再び営業できるのか、まったく想像できなかった。

それでも、自分は大丈夫だ。こうして宙に浮いて、高みから状況を俯瞰(ふかん)している。自らの責任で行動したわけではない。他人の指示に対して、最高の回答を出しただけだ。だからこその、俯瞰した視点なのだ。何らかの責任を問われるとしたら、本部長の榎本だ。いち課長に過ぎない自分じゃない。もしアルバ汐留がダメになったとしても、別の施設で同じような仕事を与えられるだけだ。

今はショックを受けているから、身体を動かすことはできない。

でも、それは一時のことだ。自分はすぐに立ち直る。だって、アルバ汐留はただの職場であって、自分が人生を賭する場所ではないからだ。

そう。自分は大丈夫だ。

泰間詠子の目から、涙が滑り出てきた。

／／／／／／／／／／／／／／／／

前方で煙が上がったのが見えた。

藤間はその様子を、ぼんやりと眺めていた。いよいよ、最終段階に入った。

最初から、終着点は南中央館の一階だった。同じように避難者が集中する南館は出口が近いため、警察官がより多く配備されている。そこで行動を起こすのは危険だ。だから、途中の南中央館を狙った。狙いは当たり、百代は大量殺戮に成功した。依子も死んでしまうという、おまけ付きで。

五人委員会は、南館に行くまでに、警察官に包囲されてしまうことを想定した。だから南中央館のコインロッカーに灯油を隠した。事件が終わった後、百代が逮捕されず、家族も非難されないためには、彼女の犯行だということを隠し通す必要がある。だから証拠となるものを、すべて燃やすことにした。いちばんの証拠は、百代自身だ。

百代には、はじめから逃げ切るつもりなどなかった。逆にいえば、逃げ切るつもりがなかったからこそ、あれほど大胆に攻撃できたのだ。しかも計画では、二千人殺害という明確なゴールを設定しなかった。ノルマを設定してしまえば、達成しなければならないという焦りが生じる。焦りは、ミスにつながる。人数に関係なく、ここまでたどり着いたら終わり、というふうな流れにした方が、動きに迷いがなくなるのだ。迷いがなくなれば、さらに大胆になれる。これまで百代がミスなく行動できたのは、計画の高い完成度と、前夜に木下を殺害して心の準備ができたからなのだ。

五人委員会が指定した「ここまで」が、南中央館一階のコインロッカーだ。コインロッカーから灯油を出すと同時に、防犯カメラに映り警察官に目撃された装備をすべて脱ぐ。コインロッカー周辺に防犯カメラが設置されていないことは、確認済みだ。コインロッカーには、他のロッカー同様、発火装置を仕掛ける。証拠になるものは、すべて燃やしてしまわなければならない。

最後には、自ら灯油を浴びて火を点けるわけだけれど、その前にやることがある。自分の身体にトリコセテン・マイコトキシンを付着させることだ。ただ死ぬのではなく、テロリストの攻撃を受けて死ぬという演出をしてこそ、偽装は完璧になる。

煙はますます濃度を増していく。もうすぐ炎が上がるだろう。

藤間はハンカチを取り出して、涙をぬぐった。そして、煙に向かって歩きだした。もちろん、犠牲者たちを踏みながら。

「おいっ！　あんたっ！」

背後から呼びかける声が聞こえた。おそらく、煙は危険だと言いたいのだろう。無視して歩みを進める。残念ながら、あれはただの発煙筒だ。煙いだけで、死んだりはしない。もちろん、わかってそうしていることを気取られてはならない。異様な事件に正常な判断力が失われ、ただ館内放送に従って南に向かって歩いているだけだ。

煙の中に入る。先ほど涙を拭いたハンカチを再び口元に当て、さらに進む。ここいら辺りになると、百代の攻撃を受けていない来館者も多い。彼らは煙によって方向感覚を失い、それぞれがバラバラに逃げようとして互いに衝突していた。藤間も多くの人間にぶつかったけれど、幸いなことに転倒せずに済んだ。

水音が聞こえた。続いて、刺すような臭い。灯油だ。近くで、百代が灯油を浴びたのだ。

水音が続く。計画どおり、灯油を周囲に撒いている。十八リットルの灯油であれば、百代自身の他にも十人くらいは黒焦げにできるだろう。百代が、女性の被害者が多いところに撒く判断力を残していればいいのだけれど。

ボン、という音がして、右斜め前から火の手が上がった。反射的に顔を向ける。煙の向こうに、火柱が立っていた。あれが、百代だ。たちまち周囲に燃え広がる。

ほどなくして、スプリンクラーが作動して、散水を始めた。しかし灯油の火は、簡単には消えない。むしろ水よりも軽い灯油が水に乗って広がり、さらに被害を広げることすらある。灯油は自らと周囲をすっかり燃やしてしまってから、その火を弱めた。やがて、火は消えた。

スプリンクラーの水を浴びながら、藤間は百代に近づいていった。床には、十人ばかりの焼けた死体が転がっている。髪の毛も服も燃えてしまっているから、誰が百代かはわからない。わからないはずなのに、藤間はすぐに捜し当てることができた。

焼けた死体は、顔面もひどい火傷を負っていた。そのため人相はわからない。それでも、一人だけ他と区別できる特徴を持っていた。

その死体は、微笑んでいたのだ。

これが百代だ。いきなりカビ毒を塗りつけられ、苦悶の果てに死んでしまった人間は、こんな顔をしない。すべてをやり遂げた百代だけに許された表情だった。

スプリンクラーのおかげで、煙はかなり薄まってきた。しかし機動隊員は近づいてこない。まだ、煙の正体がわからないからだ。パニックを起こした来館者たちも、動物のように炎から逃げた。ここには今、自分一人しかいない。

「モモちゃん……」

藤間は小さな声でつぶやいた。手を合わせたりはしなかった。誰が見ているかわからないからだ。

百代は、須佐達樹の元に旅立つことができただろうか。もしそうなら、あの世で幸せになってもらいたい。普段はあの世なんてまったく信じていないくせに、今だけは素直にそう思えた。

藤間の目から、また涙が流れた。依子が死んだとわかったときの、パニックに陥った涙ではない。百代がもういないことを理性が理解したからこその涙だった。

煙がすっかり収まり、機動隊員たちが近づいてくるまで、藤間は泣き続けた。

間章

『死者2162人　空前の惨事

東京都港区で9月14日に発生したテロ事件は、史上例を見ない大惨事となった。現在明らかになっている時点で、死者2162人、重軽傷者1678人に上っている。これは、一カ所で発生したテロ事件の死傷者としては2001年のニューヨーク同時多発テロ事件を超える規模であり、関係者は大きな衝撃を受けている。官房長官をトップとする政府の緊急対策本部では、負傷者の治療に全力で当たると共に、犯行グループの特定を進めている。警察では、防犯カメラの解析を進め――』

（秋津新聞　二〇一三年九月十六日付朝刊より）

第十三章　拾遺

——ああ、懐かしい匂いだ。

台北の松山空港に降り立った呉信良は、ようやく全身の力を抜いた。傍らには、陳文琴。自分は、彼女を護り通したのだ。

台北の哈日族を集めて実現した、日本旅行。あの日、秋葉原へ行くという仲間たちから離れて、自分は文琴と共に汐留に向かった。彼女の買い物につき合うためだ。

しかし汐留で待っていたのは、想像を絶するテロ事件だった。言葉も完全には通じない異国で、突然襲ってきた災厄。

そんな中、自分は文琴を護った。幾多の危機をくぐり抜け、最後は無人の映画館で警察官に救助された。その後健康チェックと事情聴取をうけた。外国人だから怪しまれたのか、事情聴取というより尋問に近かった気がする。「キャッチ・ミー、イフ・ユー・キャンと言ってみてください」などという意味不明な要求もあったが、なんとか帰国を許された。おかげで何日も会社を休まなければならなかったけれど、ことの重大さを日本法人の大木勝信社長が本社に説明してくれたおかげで、別段お咎めはなさそうだ。

とはいえ、今の呉にとっては、会社などどうでもよかった。文琴が無傷で台湾に戻ってこられた。自分の力によって。それこそが、何より大切なことだった。

入国審査を終えて、到着ゲートをくぐった。後は、家に帰るだけだ。

呉は文琴に話しかけた。

「大変だったね」

文琴が人形のようにうなずく。「うん」

「まずは、家でゆっくり休んでよ。精神的なダメージは相当なものだと思うから」

呉はさりげなく続ける。ここで恩着せがましい発言は御法度だ。自分など、何もしていない。そんなふうに話さなければ。

「うん」文琴の声は、相変わらず小さかった。やはり、事件の傷は深いのだろうか。

「あの」呉は一歩踏み出した。「よかったら――」

また会ってくれないか。自分は役に立つから。そう言うつもりだった。けれど、その前に文琴が顔を上げた。悲しそうな顔。

「ありがとう」

お礼とは思えないくらい、沈痛な響き。呉は戸惑う。文琴は、どうしてしまったのか。

「本当に、ありがとう。あなたがいなかったら、わたしは日本で死んでいたかもしれない。

こうして戻ってこられたのは、呉くんのおかげ。本当に、感謝してる。でも、あなたとは、もう会えない」

——えっ?

呉は言葉の意味が咄嗟に理解できなかった。文琴は、今、何て言った?

文琴は、今にも泣きだしそうだった。

「あのとき、わたしはただあなたについていくだけだった。それが、わたしの命を救った。それは間違いない。それでも、いえ、だからこそ、呉くんとはもう会えないのよ」

「…………」

呉は返事ができない。文琴は悲しそうに、それでも迷いなく話し続けた。

「あのとき、ドアの鍵をかけたでしょう」

「えっ?」

「ほら、一階に下りて、そこでも事件が起きて、逃げるとき。呉くんは、非常階段みたいなところを見つけ出して、そこに入った。問題は、その後。あなたは、もう人が入ってこられないように、ドアに鍵をかけてしまった。その後、どんどんとドアを叩く音が聞こえても、鍵を開けなかった」

「——ああ」ようやく思い出した。確かに、自分は階段に通じるドアを見つけ出し、文琴をそこに入れた。犯人が追ってくるのを防ぐため、鍵をかけた。その後ドアを乱打する音は、犯人のものだと思い込んでいた。

文琴の瞳が光を帯びた。怒り？　いや、嫌悪か？

「あのとき呉くんが鍵を開けていたら、もう何人かが助かっていた。でもあなたはそうしなかった。あなたは、やっぱりエリートなのね。自分のことしか考えない。自分だけ助かればいいと。だから、鍵を開けなかった」

「…………」

バカな。文琴は何を言っている？　助かるためには当然の処置じゃないか。あの階段を使えずに死んでしまった人間がいたにせよ、それは自分たちよりも先に階段にたどり着けなかったからじゃないか。そう言いたかった。けれど文琴はとっくにわかっているとばかりに首を振った。

「ごめんなさい。あなたのその行動によって助けられたわたしに言う資格がないのは、わかってる。でも、わたしは見てしまった。あなたが、他人を見捨てた瞬間を。あなたには、本当に感謝している。でも、わたしが愛したいのは、危険を冒しても赤の他人を助けようとしてくれる人なの。あなたについていけば、満ち足りた生活を送れることはわかっている。それでも、あなたとは一緒にいられない」

文琴は、呉に向かって深々と頭を下げた。他人に向かってするように。

「さよなら」

決定的なひと言を残して、文琴は歩きだした。呉が行こうとする方向とは、逆の方向に。

呉は立ち尽くしていた。

いったい何が起こったんだ?

自分は命懸けで文琴を護ろうとした。そのために知恵を絞り、行動を起こした。結果を見ても明らかだ。自分は成功者だ。文琴に愛される資格は十分にある。それなのに、文琴は離れていった。なぜ?

わからない。文琴の考え方や行動は、自分には理解できない。理解できないから、動けない。

ただ、立ち尽くしていた。

//////////////////

薄暗い会議室。

疲れ切った顔をした警察官が二名、テーブルを挟んでいた。他には誰もいない。

「すると、やはり犯人は篠崎百代だと」

愛宕署警備課の下田がそろりと言うと、同じく愛宕署刑事課の高見が小さくうなずいた。

「たぶん、間違いない。俺たちは、アルバ汐留の防犯カメラの映像をすべて解析した。最後の火災までをすべて。その結果――」

「篠崎百代は、あの場に突然現れた」

下田が後を引き取った。

「それまで南中央館一階の映像に、篠崎百代は映っていませんでした。ところが発煙筒の煙が立ち込めて、火災が起きたら、突如として篠崎百代の死体がそこに現れた。篠崎百代が煙に紛れてラッシュガードパーカーを脱いだ可能性が、極めて高いというわけですね。でも――」

「証拠がない」

今度は高見が後を引き取った。

「防犯カメラは万能じゃない。解像度の問題もあるし、映り方の問題もある。館内は大パニックだった。来館者の動きを、全員正確に把握できたわけじゃないからな。火災現場で発見された人間の中で、最も可能性が高いっていう程度だ。それに、篠崎百代には、バックがない」

篠崎百代は、埼玉県さいたま市にある喫茶店のアルバイト店員だ。警察は、相当突っ込んだ捜査を行った。その結果、篠崎百代が反政府組織と接触した事実はなかったことがわかっている。

「なんといっても、使われたのがトリコセテン・マイコトキシンだからな。そんじょそこらの過激派では造れないだろう」

警察は、毒物の専門家に訊いて回った。素人に、トリコセテン・マイコトキシンが造れるかと。

答は、常に「否」だった。まず、手に入らない。日本中の小麦畑を探して、それでも見つかるかどうか。万が一見つけられたとしても、そこからカビを培養して、さらに有効成分だけ抽出するのは、高度な専門知識と専用の設備が必要だ。素人がやれば、まず間違いなく取り扱いを誤って死んでしまうだろうと。つまり、篠崎百代が単独でカビ毒を製造することは、まず不可能なのだ。

「でも、藤間護がいるじゃありませんか」

下田が反論する。

篠崎百代にカビ毒を製造する能力がないとわかった時点で、警察は一人の関係者に注目した。喫茶店の常連客、藤間護。藤間は品川化学工業という高い技術力を持つ企業の研究職だから、自前でカビ毒を造れるのではないか。

高見が首を振る。

「藤間に関しては、徹底的に内偵した。品川化学工業は、防衛省と共同研究している。そのツテで総務部門の協力を得ることができた。奴が発注した試薬や実験器具をすべて調べ、やりとりしたメールの内容を確認し、インターネットの検索履歴も、追えるところまで追っていった。もちろん交友関係もチェックした。その結果、藤間は研究所で、カビ毒など製造していなかったことが判明した。さらにいえば、奴もまた、篠崎百代と同様、反政府組織とのつながりはなかった。奴は、協力者でも黒幕でもなかったんだ」

ということは、事件にはやはりそれなりの組織が関与していて、その組織がカビ毒を篠崎百代に渡したことになる。しかしそんな組織と篠崎百代は、つながりがないのだ。

「つながりといえば、捜査線上に妙な奴らが浮かんでいましたね」

下田が言うと、高見が宙を睨んだ。

「ペーパー・ムーンの常連か」

「そうです。篠崎百代が勤務していた喫茶店には、藤間の他にも常連客がいました。そのうちの一人が、辻野冬美です。辻野はアルバ汐留に出店していましたから、アルバ汐留の内部情報を手に入れられる立場にありました。辻野が篠崎百代に情報を流したのではないか。そんな意見も出ましたよね」

「しかし、辻野冬美も、アルバ汐留でテロの犠牲になっている」

「口封じかもしれませんよ」

「いや、違うだろう。辻野は店長である夫の身体から付着したカビ毒で死亡している。犯人に攻撃されたわけじゃない。それでも、ペーパー・ムーンは他の常連客にも、気になる点はあった。辻野冬美だけじゃなくて、三枝慎司もアルバ汐留で死んでいる。池田祐也と藤間護は生き残ったけれど、あの場にいたことがわかっている」

「おまけに、木下隆昌が、自分のアパートで死んでいた……」

下田が言うと、高見が頭を振った。肯定とも否定とも受け取れる仕草だ。

「鑑識によると、致命傷となった傷は、他殺でも自殺でもあり得るものらしい」

「でも、木下には自殺の動機がありません。もちろん遺書もありませんでした。おまけに第一発見者が、それまでアルバ汐留にいた池田というのも気になります」

「気にはなる」高見が答えた。「しかし、それ以上の捜査は進まなかった。東京であれほどの事件が起きたから、埼玉県警も協力のために動員されていた。そちらに気持ちが向いていて、集中力を欠いたのは否定できないだろう。ともかく、ふたつの事件に関連性は認められないというのが、捜査会議での結論だった」

下田がため息をついた。

「わかりやすく言うと、篠崎百代が犯人だと断言できないということですね」

「そういうことだ」

高見が伸びをした。

「状況証拠しかない。犯人は、館内のコインロッカーに、犯行に使用した道具を隠していた。しかしそれも、発火装置によって燃えてしまった。すべて焼け焦げていたから、道具から犯人をたどることはできない。おそらく犯人は、着替えて自分の毛髪や細胞のついた服を燃やしたかったんだろうな。使用しなかったらしい道具は燃えずに残っていたが、犯人には結びつかなかった。それに、篠崎百代自身も、顔にカビ毒が付着していたんだ。だから単なる被害者という可能性も無視できない。この段階で情報をオープンにしたら、マスコミが偏向報道するだろう。篠崎百代が犯人として扱われて、それが唯一無二の真実であるかのように語られる。そうしたら、篠崎百代の遺族が黙っていない。被疑者死亡ではあるけれど、これほどの事件だ。民事訴訟にも影響するから、迂闊な発表を行えば、逆に訴訟を起こされる。ただでさえ、ネットには機動隊員が被害者を踏みつける映像がアップされて、警察への風当たりがものすごいんだ。現状では、絶対に、勝てない」

要は、警察は発表しないということだ。下田が大きなため息をついた。

「二千人以上が殺され、千六百人以上が負傷した事件が、迷宮入りですか。警察のメンツ丸つぶれどころの話じゃありませんね」

高見がゆるゆると首を振った。

「メンツの問題じゃない。あの事件で俺たちが体験したのは、未だかつて起こらなかった種類のテロだった」

「リアルタイムで進行する、化学テロ……」

「防犯カメラの映像からも、実行犯は一人だったことは間違いない。少なくとも実行中は、誰も関わっていない。奴は警察の動きを読み切り、自分の持っている武器を最大限に活かすことで、たった一人で目的を達したわけだ。やりようによっては、一人で二千人を殺せる。しかも、二時間足らずの間に。最悪の前例を残したわけだから、世界中のテロリストが真似しようとするだろう。今頃、上層部では対応策が練られているはずだ。もっとも、日本だけの話かもしれないが」

下田は眉間にしわを寄せた。

「海外なら、周囲の来館者ごと射殺ですか」

「そんな国も、あるかもしれないな」

高見が曖昧な表現で肯定した。下田が表情を戻す。

「結局、犯人の目的は何だったんでしょうか。篠崎百代が犯人だとして、過激派組織とも狂信団体とも接点のない奴が、なぜショッピングモールで無差別殺人を起こしたのか」

　高見は目を閉じた。事件との関わりを終了させるように。

「それが、最大の謎だ。篠崎百代は、防犯カメラの映像から類推すると、犯人に思える。しかし奴には、動機も化学兵器を手に入れる手段もない。そんな奴を、法律は犯人と言わない」

　下田は椅子の背もたれに体重を預け、天井を睨んだ。

「篠崎百代か……」

　ペーパー・ムーンの店長である紙谷邦男が、篠崎百代の写真を見せてくれた。店内で、常連客に囲まれているシーンだ。常連客たちは「モモちゃん、誕生日おめでとう」という横断幕を抱えていた。

　写真で見る篠崎百代は、可愛らしい顔をしていた。エプロン姿もよく似合っている。どこに出しても恥ずかしくない、コーヒー専門店の看板娘。それが篠崎百代だ。そんな人間が、一人で四千人近くを攻撃し、うち二千人を殺害したなどとは、にわかには信じられない。もし篠崎百代が犯人だったのなら、彼女の心の奥底には、自分などには想像できない禍々(まがまが)しいものが巣くっていたのだろう。

しかし篠崎百代は死んでしまった。もう、確認することはできない。
永遠に。

終章

重機のエンジン音が響いていた。

土を掘り、運び、固め、形を整えていく。大型トラックやヘルメット姿の作業員が、広い敷地内を忙しそうに駆け回っていた。

その様子を、藤間護は遊歩道のデッキから眺めていた。傍らには、池田祐也。

デッキの手すりに身体を預けて、池田が口を開いた。

「結局、公園になるんだな」

「ああ」藤間が短く答える。

篠崎百代が起こした事件については、『汐留テロ事件』という呼称が定着した。『地下鉄サリン事件』のように使用された毒物の名前が使われなかったのは、トリコセテン・マイコトキシンという長い名前のためだと、藤間は考えている。

警察は、事件が篠崎百代の単独犯行だとは、発表しなかった。それでも自分や池田が受けた事情聴取の印象から、治安当局が百代を強く疑っているのは明らかだった。しかし彼らは断定まではできなかった。なぜなら、彼女には動機も手段もないから。

現行犯逮捕されるか、決定的な映像が残っていなければ、なんとかなる。藤間たち五人委員会がそう考えた理由も、そこにある。仮に治安関係者が百代の真の動機を聞かされたとしたら、呆れ返るだろう。呆れ返り、そして激怒する。

「ゲリラ豪雨をなくすため、海風を遮っているアルバ汐留を取り壊す。そのためには、施設内で大勢の人間が死ぬ必要がある——」

池田が、小さな声で言った。藤間は工事現場を見たまま答える。

「池田の目算が、見事に当たったわけだ」

池田もまた、工事現場から目を離さなかった。

「実現させたのは、藤間が教えたカビ毒だ」

顔を見合わせ、力なく笑った。

アルバ汐留を運営していた東京湾岸不動産は、施設の扱いに困った。建物の中で、二千人を超える客が死亡したのだ。いくらカビ毒を除染し、内装を張り替えても、今までどおりの商業活動など、できるわけがなかった。強行したところで、客が寄りつかない。犯人がわからないから損害賠償を請求できないし、さぞかし揉めたことだろう。

結局、東京都が敷地を買い取ることで決着がついた。建物を取り壊して、鎮魂のための記念公園とする。眼下でくり広げられているのは、その造園工事なのだ。

二人はしばらくの間、黙って工事の様子を眺めていた。

「──なあ」

沈黙を破ったのは、池田だった。

「モモちゃんは、願いを叶えた。ゲリラ豪雨の原因を取り除き、須佐くんのような死に方をする人間をなくすという願いを。五人委員会のメンバーとして、おまえは満足なのか？」

藤間はすぐには答えなかった。数秒の沈黙の後、意気地のない返答をした。

「池田は、どうなんだ？」

「俺か」池田は、友人の逃げを咎めなかった。視線を上げ、晴れた空を見つめた。

「俺がモモちゃんに協力した理由を、憶えてるか？」

「ああ」藤間は答える。「池田が必要としていたのは、実践だったな。おまえが立案した計画を実践して、しかも成功してくれる人がいたら、おまえの今後の研究生活に大きな力になると」

「そうだ」池田は一度うなずき、続いて首を振った。

「あのときの体験は、俺の研究活動にプラスになっている。それは間違いない。でもな。あの事件を思い出すとき、浮かぶのはモモちゃんの笑顔だけなんだ。なんのことはない。俺も、おまえや三枝くんと同じだ。あのとき協力したのは、自分の研究が本当の理由じゃなかった。

モモちゃんだから協力した。そういうことだよ」

百代は、婚約者である須佐達樹が死亡してから、他の誰とも交際しなかった。妄想してみる。紙谷梓の勧めに従って、百代が須佐を忘れたら、どうなっていただろう。たとえば自分が依子と別れる覚悟で、誠心誠意百代を口説いていたら。そして、百代がそれを受けていたら。あの事件は起きなかったし、百代は今でも生きている。しかしそれが彼女にとって幸福なことなのかどうかは、判断できなかった。

池田がふうっと息をついた。

「ともかく、結果は出ている。アルバ汐留はもう存在しないし、海風を遮ることもない」

「だからといって、ゲリラ豪雨がなくなるとは、かぎらないけどね」

「それはいいよ。モモちゃんがそうしたかったんだし、彼女は望みを叶えたんだ」

「そう、望みを叶えた」藤間が後を引き取る。

「アルバ汐留ができて以来、都心には風が吹かなかった。いわば、ずっと凪の状態にあったわけだ。だとしたら、事件は雨乞いならぬ風乞いの儀式だったと考えることもできる。儀式のためには、二千人の生け贄が必要だった。だからモモちゃんは、殺人を二千回繰り返した」

「そうだな」

池田は虚空に向かって返答した。

「目的の明確な殺人は、テロじゃない。世間は『汐留テロ事件』なんて呼んでるけど、あれはテロじゃなかったんだ」

そのとおりだ。あの事件は、世間には犯人不明、目的不明のテロ事件として記憶されている。しかし百代は、明確な目的を持って行動し、達成した。やはり、儀式だったのだ。

この場で儀式が行われたのであれば、同じ場所にいた自分たちができることは何か。祈ることしかない。

池田がショルダーバッグを探った。取り出したのは、缶コーヒーだった。デザインが懐かしい。それもそのはず、その商品は、今は売られていないからだ。百代がコインロッカーの超過料金を支払って開けるために、必要とした百円玉。百代は千円札を自動販売機に投入して、缶コーヒーを一本買っておつりをもらうことで入手していた。事件当日の朝、五人委員会に配ったのが、そのときに購入した缶コーヒーだった。

藤間はふっと笑った。「なんだ、おまえもか」

言いながら、デイパックに手を突っ込む。抜き出された手には、缶コーヒーが握られていた。あのときに、百代に渡されたものだ。

二人で、顔を見合わせて笑った。よく振ってから、缶コーヒーを開栓する。同時にひと口飲んだ。賞味期限は切れているけれど、缶に入っていただけあって、味はそれほど劣化していなかった。

池田は、工事現場を眺めながら、缶コーヒーを飲んでいた。

その髪を、海風がなぶっていた。

参考文献

『法医学ノート』石山昱夫／サイエンス社／一九七八年
『新法医学　改訂第2版』津田征郎／日本醫事新報社／一九九〇年
『緊急招集』奥村徹／河出書房新社／一九九九年
『自衛隊指揮官』瀧野隆浩／講談社／二〇〇二年
『生物兵器と化学兵器』井上尚英／中公新書／二〇〇三年　＊
『ヒートアイランドの対策と技術』編：森山正和／学芸出版社／二〇〇四年
『生物・化学テロ災害時における消防機関が行う活動マニュアル』編集：救助技術の高度化等検討会／東京法令出版／二〇〇五年
『最新　日本の対テロ特殊部隊』菊池雅之・柿谷哲也／発行：アリアドネ企画、発売：三修社／二〇〇八年
『都市型集中豪雨はなぜ起こる?』三上岳彦／技術評論社／二〇〇八年
『「地下鉄サリン事件」戦記』福山隆／光人社／二〇〇九年
『救急医療機関におけるCBRNEテロ対応標準初動マニュアル』編：厚生労働科学研究事業「健康危機管理における効果的な医療体制のあり方に関する研究」班／永井書

店／二〇〇九年
『2訂版　消防職員のためのトリアージ』監修：高橋功、編集：玉川進／東京法令出版／二〇一〇年
『カビ図鑑　野外で探す微生物の不思議　第2版』著：細矢剛・出川洋介・勝本謙、写真：伊沢正名／全国農村教育協会／二〇一一年
『NBC災害活動マニュアル　消防のための基礎と実践　東京オリンピックに我々はどう備えるべきか？』Jレスキュー特別編集／イカロス出版／二〇一四年

＊トリコセテン・マイコトキシンに関する記述は、『生物兵器と化学兵器』に準じた。

この作品はフィクションであり、実在の人物、団体、事件等には一切関係ありません。また本作品の記述は、実際の警備、救護の状況を正確に描写したものではありません。（作者）

解説

吉野仁

二千回の殺人。一度に二千人を殺害するのではなく、ひとりひとりを殺し、それを二千回くりかえしていく。まさに前代未聞のテロリズムだ。いったいだれが何のためにどうやってそんな大それた犯罪をおこなうのか。

本書『二千回の殺人』は、二〇一五年十月に刊行された『凪の司祭』を文庫化にあたり改題したものである。初出は「ポンツーン」(二〇一三年五月号〜二〇一五年四月号)。

コーヒー専門店「ペーパー・ムーン」で働く篠崎百代は、婚約者である須佐達樹が死亡した真の原因を知った。やがて協力者とともに大胆な行動を起こす計画を練り、準備していく。その協力者とは、店の常連の五人、藤間護、三枝慎司、池田祐也、辻野冬美、木下隆昌。仲間内で「五人委員会」と呼びあい、彼女の企みを手伝うことになった。議論を重ね、可能性を吟味し、たどりついたのは、巨大な密室ともいえる場所でおこなう完全犯罪だった。

ところが、その実行日、思いがけない事件が発覚した。メンバーの木下が自宅のベッドで血まみれとなって死んでいたのだ。突然の異常事態に藤間らは計画の中止を告げようと百代のあとを追い、大型ショッピングモール「アルバ汐留」へ急ぐ。だが、すでに地獄のごとき凶行劇の幕はあがり、だれも彼女をとめることはできなかった。

これまで石持浅海の作品に親しんできた読者ならご存じのとおり、作者はデビュー以来、本格推理の書き手でありつつ、多くの作品で〈テロ〉をテーマやモチーフ、舞台や背景として扱ってきた。二〇〇二年書籍としてのデビュー長編『アイルランドの薔薇』は、アイルランドの宿屋で起きた殺人をめぐるミステリーだが、殺されたのはアイルランド統一をめざす武装テロ組織の男である。近年では〈テロリストシリーズ〉を発表しており、『攪乱者』ではコードネームで呼び合うメンバーが組織から奇妙な任務を与えられるという連作集で、『煽動者』は同じテロ組織内部で起きた殺人事件の謎に迫る長編作だった。

二十一世紀はテロの世紀と呼ばれている。その口火を切ったのは二〇〇一年、ニューヨークで起きた9・11テロだ。二〇一五年のパリ同時多発テロ事件をはじめ、アジア、中東、ヨーロッパなど世界各地で大なり小なりテロが発生している。日本では一九九五年の地下鉄サリン事件以降、宗教や政治による大規模なテロこそないものの、いくつかの無差別殺人が起きている。いつ恐ろしい悪意に巻き込まれるか分からない時代なのだ。

この『二千回の殺人』もやはり〈テロ〉を題材にした小説である。それでも、日本国内で二千人をこえる命が奪われる物語は、四十作をこえる作者の作品のなかでも、かなりの異色作にちがいない。

もしくは二〇一七年四月に発表の長編『鎮憎師』は〈復讐の連鎖〉をテーマにしていた。憎しみ、復讐という要素も本作で重要なものだ。また、これまで作者は〈テロ〉とともに、〈クローズドサークル〉すなわち閉鎖された空間で起こる犯罪を扱ってきた。本作も閉じた場所が舞台となっているのだが、その規模が半端ない。巨大なショッピングモールなのである。殺人の数、空間の広さという意味で桁違いのスケールだ。

さらにもうひとつ作者の特徴を挙げると、事件に関し、さまざまな意見を口にし、仮説を検討していくなど、登場人物たちの間で〈グループディスカッション〉を重ねて展開するケースが多い。居合わせたメンバーで状況の確認、すべての可能性の洗い出しなどを徹底的におこなうのである。その議論の流れをたどる面白さを経て、最後に驚きの真実があらわれる。それが大いなる読みどころなのだ。

ここでは終章をのぞく十三章まで、それぞれの章と章の間に事件当日までの過去の場面が挿入されており、それは篠崎百代と「五人委員会」が犯罪計画を具体化していく過程でもある。いかなる方法で確実に二千人もの人間を殺そうというのか、完全犯罪として決着させるのか。本作はいわば〈ハウダニット〉ミステリーといえるだろう。十二ある〈間章〉をたどっていくことで事件の背後に隠されていたものが、すべて明らかになるのだ。

『二千回の殺人』は、このように〈テロ〉〈クローズドサークル〉〈グループディスカッション〉など、石持浅海ならではのテーマ、舞台設定、ミステリー展開を持ち合わせている長編なのである。

だが、それだけではない。

当然、大型施設でこれだけの規模の殺人が起こるとなると、とつぜん巻き込まれた人々にとっては恐怖の出来事にほかならない。「アルバ汐留」を訪れた買い物客、ショップ店員、警備員らの視点でそれぞれに描かれるさまは、まさにパニック・ホラー大作である。状況がよく分からないまま正体不明の相手に殺されてしまうのだから。なかでも異色なのは、偶然訪れた親日の台湾人カップルの登場だろうか。はからずも事件に巻き込まれ、必死に逃げ出そうとするふたり。すなわちサバイバル・スリラーでもあるのだ。

さらに冒頭で「五人委員会」のひとりが死体で見つかることから、本来は犯行現場に行く予定ではなかった他の四人のメンバーにどのような運命が待ち受けているのかというサスペンスも加わっている。現場に居合わせた配偶者、仲間や恋人を助けることはできるのか。

とどめは、施設の警備員や駆けつけた警官、消防隊員、機動隊などが犯罪を阻止せんといかに行動するのか、という読みどころだ。裏を返すと、篠崎百代と「五人委員会」が立てた計画は警備や犯罪対応のプロに通用するのかという興味である。百代らは、ひとつの単純な方法やプランだけではなく、状況や場面の変化による代替策の準備をおこたっていなかった。どこまでも周到なのだ。いったいどんな秘策を用意しているのか。

もっとも、こうしたいくつもの〈ハウダニット〉に対してじっくり考えをめぐらす余裕もないほど急展開でストーリーは運ばれていく。そして驚くようなクライマックスが待ち構えている。読者のなかには、ゾンビ活劇ものの娯楽映画を怖がりつつ愉しむ感覚でページをめくっていったという方も少なくないのではないだろうか。

それにしても、フィクションとはいえ、日本の犯罪史では見たこともない惨劇が繰り広げられていく。恋人を失った篠崎百代に同情できる面はあるとしても、これほどの無差別大量殺人を正当化できるとは思えない。亡くなった恋人、須佐達樹がこれで本当に浮かばれるだろうか。しかも実際には東京でこの何年か本書の冒頭で描かれたような災害は起こっていないのだから。もしくはすべて計画どおりにうまく行きすぎるという批判をもつ方がいるかもしれない。

いや、それでもなお、ページをめくっていくごとに圧倒されるのは、確かな科学的知識や技術、周到な準備やシミュレーションのもとでおこなわれた完全犯罪の恐ろしさであり、それが狂気に近い執念で実行されることである。篠崎百代が迎えるラストの場面は圧巻のひとことだ。また読み終えて「五人委員会」がたどる結末を知るとなお感慨深いものが心に残る。およそ現実にはありえないと思う出来事を描くからこそ小説なのだ。

石持浅海ワールドが全開の本作、犯人探しや真相探求の本格推理とはまた異なった面白さをとことん堪能していただきたい。

——ミステリー評論家

この作品は二〇一五年十月小社より刊行された
『凪の司祭』を改題したものです。

幻冬舎文庫

●最新刊
銀色の霧
女性外交官ロシア特命担当・SARA
麻生　幾

ロシア・ウラジオストクで外交官の夫・雪村隼人が失踪した。調査に乗り出した同じく外交官の紗羅はハニートラップの可能性を追及する中で事件の核心に迫っていく。傑作諜報小説。

●最新刊
［新版］幽霊刑事（デカ）
有栖川有栖

美しい婚約者を遺して刑事の俺は上司に射殺された。が、成仏できず幽霊に。真相を探るうち俺を謀殺した黒幕が他にいた！　表題作の他スピンオフ「幻の娘」収録。恋愛&本格ミステリの傑作。

●最新刊
十五年目の復讐
浦賀和宏

ミステリ作家の西野冴子は、一切心当たりがないまま殺人事件の犯人として逮捕されてしまう。些細な出来事から悪意を育てた者が十五年の時を経て、冴子を逃げ場のない隘路に追い込む……。

●最新刊
800年後に会いにいく
河合莞爾

「西暦2826年にいる、あたしを助けて」。残業中の旅人のもとに、謎の少女・メイから動画メッセージが届く。旅人はメイのために〝ある方法〟を使って未来に旅立つことを決意するのだが――。

●最新刊
告知
久坂部　羊

在宅医療専門看護師のわたしは日々、終末期の患者や家に籠る患者とその家族への対応に追われる。治らないがん、安楽死、人生の終焉……リアルだが、どこか救われる6つの傑作連作医療小説。

二千回の殺人

石持浅海

平成30年10月10日　初版発行
平成30年10月31日　2版発行

発行人——石原正康
編集人——袖山満一子
発行所——株式会社幻冬舎
〒151-0051東京都渋谷区千駄ヶ谷4-9-7
電話　03(5411)6222(営業)
　　　03(5411)6211(編集)
振替00120-8-767643
印刷・製本—図書印刷株式会社
装丁者——高橋雅之

幻冬舎文庫

ISBN978-4-344-42788-4　C0193　い-59-1